그 형제의 연인들

박경리 장편소설

다산
책방

차
례

일러두기

- 의성어, 의태어, 방언 등은 작가의 의도에 따라 원문을 따랐다.

# 1. 어느 날의 환자

"전에는 소화불량 하면 웃었죠. 그런 것 모르고 살았거든요. 뭣이든 닥치는 대로 먹고 잠 잘 자고 그러나 나이는 속일 수 없는 모양입니다."

붉은 코가 뭉실하고 사람이 좋게 보이는 중년 사나이는 주사를 찌르고 있는 간호원에게 한 팔을 내맡긴 채 지껄였다.

회전의자에 우두커니 앉아 있는 심인성沈仁盛 의사는 사나이의 말을 듣는 둥 마는 둥 하다가,

"과로하시지 말아야죠."

습관적으로 뇌었다.

"과로하지 않고 어디 살아갈 수 있습니까? 주렁주렁 매달린 자식새끼들을 보면 머리가 아찔해집니다."

심 의사는 입을 다물어버린다.

짙은 눈썹과 햇볕을 못 본 창백한 얼굴에는 엷은 우수가 지나간다.

창밖에는 궂은비가 쉴 새 없이 내리고 있었다. 진찰실 안의 공기는 습기로 하여 무겁게 내려 깔린다. 장마철에 들어선 것이다.

"우울한 날씨군."

인성은 담배를 붙여 물었다. 담배 연기를 뻑뻑 내뿜으며 과로하지 않고 어디 살 수 있느냐고 한 사나이의 말을 재음미한다. 의사와 환자의 대화가 마치 부자와 빈자의 대화같이 느껴졌다.

인성은 씁쓸하게 웃는다. 몇 해 전에 이곳에다 의원을 벌였을 무렵 가난한 환자를 대할 때마다 심인성은 그런 생각을 더러 했었다. 동인의원同仁醫院이 자리하고 있는 곳은 서울에서도 변두리인 서대문의 막바지 빈촌과 부촌의 중간 지대였다.

"지치지도 않고 비가 오시누만요."

주사를 끝낸 사나이는 팔을 비비며 또 말을 걸었다.

"글쎄올시다. 시골에선 홍수가 난다고 야단인데……."

심인성은 덤덤히 뇌었다.

"비가 안 오면 안 와서 야단, 오면 온다고 야단. 천지의 조화가 인간들에게 참으로 여의치 않습니다그려."

심인성은 씁쓸하게 웃을 뿐이다.

"홍수도 홍수려니와 서울의 날품팔이도 굶어 죽게 알맞죠. 일정시대 도카타 고로스냐 아이쿠치와 이라나이―공사장의 막일

꾼을 죽이는 데 단도는 일없다―라 했는데 그 말이 꼭 들어맞죠. 비가 이리 연일로 와서야 품팔이꾼들 굶어 죽지 별수 있겠습니까?"

"노형께서는 바람깨나 쐬셨군요?"

인성은 하층계급에서 쓰는 그의 익숙한 일본말에 빙그레 미소를 지으며 말했다.

"헤헤헷…… 젊었을 한 시절에는 일본으로 굴러다니며 무진히 고생을 했었금."

사나이는 코를 벌름하더니 간호원에게 주사 값을 내놓고 공손히 인성에게 인사를 했다. 그리고 다 떨어진 비닐우산을 들고 나간다.

"선생님 도카타란 무슨 말예요?"

간호원 미스 한이 주사기를 알코올로 소독하며 물었다.

"음…… 뭐라 할까? 아 참, 요즘 도로 공사하는 데 일꾼들 있잖아?"

"예."

"그런 일꾼들을 도카타라 하지."

"결국 노동자란 뜻이군요."

심인성은 고개를 끄덕이며 무심히 달력을 본다. 칠월 이십일이다. 인성은 아내의 해산 예정일이 며칠 남지 않은 것을 깨달았다. 이때 누군가 도어를 확 밀고 쫓아 들어왔다.

"서, 선생님! 빨리 왕진을 부, 부탁합니다."

대학생 비슷한 청년이 파아랗게 질린 얼굴로 소리쳤다. 우산도 없이 비를 맞고 쫓아온 모양으로 헝클어진 머리에서 빗물이 뚝뚝 떨어지고 있었다. 인성은 급환자임을 짐작하고 잽싸게 왕진용 가방을 들고 일어섰다. 병원 밖으로 나선 인성은,

"우산 속으로 들어오시오."

했으나 청년은 그냥 비를 맞고 걷기만 한다. 인성은 청년의 뒤통수를 바라보며 묵묵히 걸어가다가,

"누가 편찮으시죠?"

"누님이……."

청년은 돌아보지도 않고 대답한다.

"어디가 편찮으시죠?"

인성의 사무적인 물음에 비로소 청년은 보조를 늦추며 뒤돌아보았다.

"갑자기 배가……."

하고는 초초하게 인성을 바라본다.

"혹시 임신 중이 아니세요?

"아닙니다."

청년의 큼지막한 눈이 흔들렸다. 그는 손수건을 꺼내어 얼굴을 닦는다. 인성은 그에게로 가까이 다가서며 우산을 내밀었다.

"제가 들겠습니다."

하며 우산을 받아 들었다. 한참 동안 말없이 걸어가던 청년은,

"혹시 맹장염이나 아닌지요?"

"글쎄…… 가봐야죠."

청년을 따라 인성이 들어간 집은 열 간이 채 못 되는 자그마한 집이었다. 건넛방에서 여자의 신음 소리가 들려왔다.

방으로 들어서니 스물예닐곱쯤 돼 보이는 여자가 방바닥에 배를 엎치고 몸부림치고 있었다.

"누님, 선생님 오셨어. 바로 누워."

청년의 말에 여자는 겨우 몸을 가누었다.

'음, 아름답다!'

입술까지 빛깔이 죽은 얼굴이었으나 참으로 아름다운 여자였다.

진찰을 한 결과 청년이 걱정한 내로 환자의 병은 맹장염이었다.

"맹장염이군요. 빨리 서두셔야 되겠습니다."

그러자 청년의 얼굴이 확 변한다. 절망에 얼굴이 일그러진다.

"큰 병원에 가셔야 되겠는데요?"

인성은 가방을 챙기며 일어섰다.

"서, 선생님! 어떻게 도리가 없겠습니까?"

청년은 인성을 막아서듯 하며 애원한다.

"수술하는 도리밖에 없죠. 급성이니까……."

청년은 한숨을 푹 내쉰다.

"로터리에 있는 윤외과로 가십시오. 윤 박사께서는 절대로 실패가 없으신 분이니까."

인성은 그렇게 말하기는 했었지만 그런 문제보다 환자를 입원시킬 돈이 없다는 것을 짐작할 수 있었다.

"그, 그보다 도, 돈이 없습니다."

청년의 눈에서는 굵은 눈물방울이 뚝뚝 떨어졌다. 인성은 눈길을 돌렸다. 허다하게 당해온 괴로운 일이다. 그러나 내과 전문인 인성으로서는 다른 도리가 없었다. 윤 박사는 선배로서 좀 아는 사이였지만 그런 사정을 말하고 부탁할 처지는 못 되었다.

'나로서는 할 수 없는 일이지. 언제까지나 이런 감정에 사로잡혀서는 안 된다. 내 잘못은 아니야.'

인성은 모진 마음을 먹고 청년을 피하여 신돌 위에 내려섰다.

"사정이 딱하지만 저로서는 도리가 없습니다."

뒤쫓아 나온 청년은 얼굴을 팍 숙였다. 인성은 얼른 돌아섰다. 환자의 신음 소리와 절망적인 청년의 눈길이 인성의 덜미를 잡는 듯했으나 그는 그 집에서 급히 걸어 나오고 말았다.

'나로서는 할 수 없지.'

그러나 그런 변명으로써 인성의 양심을 잠재울 수는 없었다.

"수술을 하지 않으면 그 여자는 죽을 것이다. 젊은 나이의…… 그 아름다운 여자는 죽고 말 것이다. 그러나 할 수 없지. 내 힘으로는 할 수 없는 일 아닌가? 도와준다는 것도……."

인성은 자기혐오에 사로잡혔다. 궂은비는 여전히 질금질금 내리고 있었다.

'우울한 날씨군.'

인성은 병원에 돌아가고 싶지 않았다. 의사라는 직업에 대하여 어떤 회의와 권태가 엄습해 왔던 것이다. 자기 직업에 만족을 느끼고 의욕을 가졌다가도 아까 그와 같은 일을 당하고 나면 어쩔 수 없이 자기 직업이 싫어지게 마련이다.

'아직 딱지가 덜 떨어져서 그런 거야. 그러려면 의사가 되느니보다 사업가가 될 걸 그랬지? 돈을 벌어서 자선 사업을 하는 거야. 하하핫……'

개업한 후 어떤 선배에게 그런 고충을 털어놓았더니 그 선배는 웃으며 그런 말을 했었다.

'이 구질구질한 감상 때문에 내가 괴로워하다니…… 내 잘못은 아니야.'

우산을 쓰고 왕진용 가방을 든 채 인성은 지향 없이 빗길을 터벅터벅 걷고 있었다.

'다방에 가서 차나 한잔 마실까?'

그러나 그는 길가에 있는 서점으로 쑥 들어가고 말았다. 그는 할 일 없이 이 책 저 책을 뒤적거리다가 무심히 눈을 들었다. 잡지를 들여다보고 있던 젊은 여자도 동시에 눈을 들었다. 순간 그들의 눈은 부딪쳤다. 그들은 서로 당황하며 얼른 눈길을 돌렸다.

젊은 여자의 눈빛은 몹시 맑았다. 소녀티가 아직 남아 있는 그는 감색 레인코트를 입고 있었는데 어딘지 모르게 선병질적으로 보였다.

'안색이 좋지 않아. 가슴을 앓는 사람 같아.'

인성은 서적 위로 눈길을 떨어뜨리며 마음속으로 중얼거렸다. 젊은 여자는 점원이 포장해 주는 잡지 한 권을 겨드랑에 끼더니 빨간 우산을 펴 들고 서점에서 나가버린다. 인성도 〈라이프〉 한 권을 사들고 서점을 나섰다. 젊은 여자의 모습은 어디로 사라졌는지 보이지 않았다. 그 여자의 뒤를 쫓아 나온 것은 아니었지만 인성은 왠지 모르게 실망 비슷한 기분이 들었다.

결혼한 지 오 년. 무풍지대를 거닐듯 지나온 오 년. 그만큼 평범했다면 평범한 생활이었고 행복했던 것 같기도 했다. 그러나 아주 행복했다는 확신을 가질 수 없는 데서 인성의 직업에 대한 회의나 사회에 대한 회의가 숨어 있었던 것인지도 모른다.

아내 송현숙宋賢淑은 인성을 무기력하다고 요즘 와서 탓한다. 인성은 현숙의 말은 옳다고 시인하였다. 아닌 게 아니라 그의 친구들 중에는 병원을 개업하여 상당히 치부致富한 사람도 있었고 대학에 남아서 필사적으로 연구에 몰두하고 있는 사람도 있었다.

'번번히 나는 좌절을 느낀다. 왜 그럴까.'

인성은 한참 걷다가 길가에 있는 다방으로 쑥 들어갔다. 눈으로 빈 좌석을 찾는데 우연하게도 아까 서점에서 눈이 마주친 그 젊은 여자와 또 눈이 부딪치고 말았다.

여자는 미색 레인코트에 머리를 짧게 깎은 청년과 마주 보고 앉아 있었다. 인성은 무망중에 아무 데고 털썩 주저앉았다. 우연이라고 하지만 한 번도 아니고 두 번씩이나 그런 일이 되풀이 되는 것은 어떤 의미의 암시 같기도 했다. 인성은 불안한 예감이 들었다. 꼭 끄집어낼 수 없는 감정이지만 마음이 미묘하게 들뜬다. 날씨 탓인지 다방에는 별로 손님이 없었다. 페리 코모의 굵고 감정이 풍부한 목소리가 전축에서 흘러나오고 있을 뿐이다. 젊은 그들과 얼마 떨어지지 않은 좌석에서 인성은 그들을 바라볼 수 있었다. 여자는 이따금 인성이 있는 곳으로 시선을 보내곤 했다.

'저 여자는 내가 그의 뒤를 밟아 이 다방으로 들어왔다고 오해하고 있는 것이 아닐까?'

좀 우스웠다. 그러나 그 여자는 남자의 미행을 당할 만큼 충분히 아름답고 매력적이었다. 화장기가 없는 얼굴은 아까 서점에서 볼 때보다 한층 창백하게 느껴졌다. 입술에도 핏기가 없고 다만 그 짙은 눈빛이 그의 표정을 온통 강조하고 있었다.

인성은 커피를 주문하고 방금 사 온 〈라이프〉를 펴 들었다. 그러나 마음은 그 여자에게로 자꾸만 쏠려 글자가 눈에 들어오지 않았다.

'어지간히 주책이 없군.'

마침 주문한 커피가 왔기에 인성은 책을 덮어버리고 커피 잔을 들었다. 또 여자가 힐끔 쳐다보았다. 여자의 시선이 이쪽으로 향한 것을 알자 인성에게 등을 보이고 앉았던 청년이 뒤돌아본다. 인성은 좀 난처한 기분이 들었으나 그렇다고 해서 자리를 옮길 수도 없고 다방을 나설 수도 없는 일이었다.

'저 젊은 연인들이 나를 조롱할는지도 몰라. 나는 저 여자를 따라온 것이 아니었는데…….'

희미한 패배감이 마음 한구석에 감돈다. 그러나 그들 젊은이들의 분위기는 왜 그런지 어수선한 것처럼 느껴졌다. 그 어수선한 공기는 차츰 험악하게 변해가는 듯하더니 나직나직한 언쟁으로 발전해 가는 모양이었다. 그러나 주로 청년이 지껄이고 여자는 무거운 침묵을 지키고 있었다. 그러자 청년이 언성을 높이며 뭐라고 지껄였다. 순간 여자는 벌떡 일어섰다. 창백한 얼굴이 한결 더 창백해졌다. 여자는 의자를 밀어내고 급히 밖으로 나가버린다. 그와 동시에 청년도 벌떡 일어섰다. 그러나 여자의 뒤를 쫓지 못하고 자리에 도로 주저앉으며 담배를 꺼내어 붙여 문다. 인성은 그런 광경을 흥미 있게 바라보았다.

다방 안에는 기타 솔로가 나직이 흘러 퍼지며 사람의 마음을 조용히 흔들었다. 청년은 담배만 뻑뻑 피우다가 재떨이에 눌러 끄고 자리에서 일어섰다. 짙은 눈썹에 눈빛은 흥분 탓인지 날카로웠다.

청년이 다방에서 나간 뒤 인성은 슬그머니 일어섰다. 밖에 나왔을 때 빗발은 좀 뜸했다. 그는 병원으로 돌아왔다. 초조한 낯빛으로 동생 주성宙盛이 기다리고 있었다. 검은 티셔츠를 입은 주성은 넓은 어깨를 흔들며 일어섰다.

"뭐 하러 왔어?"

그 말 대답은 하지 않고 주성은 인성의 팔을 대뜸 잡았다.

"형님! 가세요."

인성은 노한 듯한 동생을 의아하게 쳐다보며,

"어디로?"

"어서 가세요!"

주성은 거의 인성을 떠밀다시피 했다.

"별안간 무슨 일이냐?"

"사람이 다 죽게 되었는데 이러고 있을 순 없습니다."

"뭐?"

인성의 낯빛이 변한다. 그의 눈앞에는 아내 현숙의 얼굴이 주마등처럼 지나가고 겹쳐진다.

"너 형수 말이야? 산기가 있느냐?"

인성은 서둘며 물었다. 그러나 주성은 대답하지 않는다. 인성의 마음은 한층 불안해졌다.

"말 좀 해! 어떻게 된 거야?"

역시 주성은 대답하지 않고 인성을 밖으로 끌어내더니 지나가는 택시를 잡았다. 그리고 인성을 자동차 안으로 밀어 넣었다.

"윤외과로 빨리!"

인성의 마음이 철썩 내려앉는다.

"대, 대체 어떻게 된 일이야!"

"형님!"

주성은 심각한 목소리로 형을 불렀다.

"형님은 아까 다 죽어가는 환자를 내버리고 가셨죠?"

노여움에 눈이 삼각형으로 꼬꾸라진다.

"뭐? 뭐라구?"

"시간을 다투는 맹장염 환자 말입니다."

"아아."

비로소 혼돈된 머릿속에 몸부림치던 젊은 여자 생각이 났다.

"돈이면 제일입니까? 저는 형님이 그런 줄 몰랐습니다."

"그거 무슨 뜻이야! 난 외과 전문이 아니란 말이야!"

인성은 역정을 냈다. 아내에 관한 일이 아니니 다행이라 생각하면서도 이렇게 법석을 부려서 끌어내 놓고 어쩌니저쩌니 탓을 부리는 게 비위에 거슬렸다.

"저는 형님을 경멸했습니다. 옛날의 형님은 그렇지 않았어요."

"나는 자선가가 아니란 말이야! 더욱이 내 분야 밖의 일 아니냐."

"그냥 내버려두면 죽어버린다는 것은 뻔한 일 아닙니까? 죽어가는 사람을 그냥 내버려두어야 옳겠습니까?"

좀 마음이 찔끔했으나,

"한이 없는 일이지. 그런 사람이 한두 사람이냐?"

"그건 형님의 양심을 덮어두려는 변명입니다."

"양심의 문제가 아니야. 현실적인 문제란 말이야. 그런데 대관절 지금 어디로 가는 거냐?"

"아시다시피 윤외과로 가죠."

"거기에 내가 가야 하는 목적은?"

인성은 알면서도 물었다.

"그 환자가 입원하고 수술을 받는 데 형님이 책임지시라 구요."

"나더러 돈을 내란 그 말이냐?"

"보증만 서주십시오. 우선 급하니까요. 그럼 수일 내로 돈은 마련될 겁니다."

"대체 그 환자는 너의 뭐란 말이냐?"

주성은 인성을 노려보듯 쳐다보다가 얼굴을 쑥 돌렸다.

"친구의 누님입니다."

주성은 성난 듯 대답했다. 그러나 그의 눈에는 슬픔과도 같고 우수와도 같은 이상한 아픔이 흘러갔다. 완강하게 느껴지는 두 툼한 입술만이 고집 세게 꾹 다물려진다.

인성은 얼굴이 갸름하고 몸집은 날씬했다. 세련되고 교양 있 는 풍모였다. 그러나 주성은 얼굴이 짤막하고 굴곡이 강했다. 어딘지 패기만만한 개성적인 얼굴이었다. 그들의 용모가 상반 된 것과 마찬가지로 그들의 기질 역시 그러했다.

자동차는 하얀 이 층 건물 앞에서 멎었다. 윤외과 병원이었 다. 자동차에서 내린 인성은 찻삯을 치르고 뒤에 엉거주춤 서 있는 주성을 돌아보았다. 냉랭한 눈빛이었다.

"네가 아쉬워서 나를 찾아왔으면 고분고분 부탁할 일이지 건

방지게 굴지 말란 말이야. 내게는 여기까지 올 의무가 없다. 너만 해도 그렇지 나에게 이러쿵저러쿵 요구할 권리가 있느냐 말이다. 요다음부터는 주제넘게 덤비지 말란 말이야."

인성은 매우 불쾌한 어조로 말을 내뱉었다. 그러나 그는 병원 쪽으로 발길을 돌렸다. 주성은 욱해가지고 말대꾸를 할 양으로 입을 쭈빗거렸으나 인성이 병원으로 들어가는 것을 보자 입을 다물어버린다. 주성은 인성이 원장실로 사라지자 급히 대합실로 달려간다.

우중충하고 살벌한 대합실에는 그의 친구 유혜준柳惠俊이 주먹을 양 무릎에 올려놓고 마치 무슨 선고라도 받을 사람처럼 머리를 빠뜨리고 앉아 있었다.

"혜준아! 됐다! 됐어."

혜준은 고개를 번쩍 쳐들었다. 빛을 잃고 있던 그의 얼굴에는 금세 시뻘건 피가 몰려들었다.

"정말이야?"

하며 벌떡 일어선다.

"형이 왔다!"

"고마워."

혜준은 주성의 손을 덥석 잡았다.

딱딱한 대합실의 나무 의자에는 혜준의 누이 유혜원이 의자 모서리를 움켜쥐며 간신히 몸을 가누고 있었다.

"혜준 누님! 정신 차리세요."

주성은 혜준을 밀어내고 혜원 옆에 다가서서 커다란 손으로 어깨를 살그머니 누르며 말했다. 혜원은 낮은 목소리로 신음했다. 괴로워하는 그 모습을 내려다보는 주성의 눈에는 간절하고 절박한 빛이 있었다. 원장실로 들어간 인성은 한참 있다가 나왔다. 혜준은 인성 앞으로 쫓아가며,

  "가, 감사합니다."

하고 고개를 숙였다. 그러나 인성은 꿈적 없이 고개만 끄덕였다. 그리고,

  "윤 박사한테 얘기했다."

  간단한 그 한마디를 주성에게 던졌다. 그리고 돌아서려다 말고 의자에 쓰러져 있는 혜원에게 일별을 보낸다.

  "곧 수술하게 될 것입니다."

  그는 아무도 쳐다보지 않고 혼잣말처럼 하고는 돌아섰다.

  "무리하신 것 아닐까?"

  살았다 싶으면서도 인성의 너무나 쌀쌀한 태도에 혜준은 겁먹은 듯 말했다.

  "아니야. 내가 막 주사를 주었더니 화가 나서 그러는 거야. 저렇게 빤질빤질해 보이지만 실상은 마음이 약하고 휴머니스트지."

  주성은 형이 아닌 타인처럼 말하고서 씩 웃었다. 혜준의 얼굴에는 처음으로 안심과 수심이 얽힌 미소가 떠올랐다. 그의 얼굴이 해맑아서 그런지 얼굴빛이 검은 주성보다 훨씬 어려 보였다.

얼마 후 혜원은 수술실로 운반되어 갔다. 감정을 많이 억제하고 있었으나 혜준은 떨었다. 그는 불행한 누이를 사랑하고 있었다. 불행하기 때문에 더욱 사랑했는지도 모른다. 주성과 혜준은 수술실 앞의 복도를 서성거리다가 얼빠진 사람처럼 서로의 얼굴을 우두커니 바라본다.

"자네 아니더면 누이는 죽었을 거야."

혜준은 푸듯이 뇌었다.

"사람이란 살게 마련이야."

주성은 멍하니 대답하고 굳게 닫혀진 수술실의 문을 바라본다.

주성과 혜준은 다 같이 K대학 독문과의 졸업반이었다. 그들은 상반된 성격이면서도 아주 친했다.

혜준은 모처럼의 일요일을 이용하여 혜원을 찾아갔던 것이다. 그러자 아무도 없는 집 안에 혼자 배를 움켜쥐고 있었던 것이다. 인성이 다녀간 뒤 혜준은 물에 빠진 사람이 지푸라기를 잡는 심정으로 주성에게 전화를 걸었던 것이다. 주성은 흥분이 되어 이내 달려왔다. 그리고 혜준으로부터 동인의원의 의사가 다녀간 얘기를 들은 주성은 화를 냈다. 그때까지도 혜준은 방금 다녀간 의사가 주성의 형인 것을 모르고 있었다. 주성은 우선 혜원을 윤외과 병원에 실어다 놓고 인성을 끌고 왔던 것이다.

혜준의 집은 지방인 B읍이었다. 혜준이 K대학에 입학했을 때만 해도 그의 부친은 꽤 큰 사업체를 가지고 있었고 집안 살림은 풍족했었다. 그러나 어느 사기사詐欺師의 농간에 빠져 폐광을 사가지고 모든 사업체를 그 속에 때려넣은 채 나자빠지고 말았던 것이다. 재기불능에 봉착한 그의 부친은 절망 끝에 불우하게 세상을 떠나고 만 것이다. 지난겨울의 일이었다. 그리하여 그 집은 급격한 내리막길에서 몰락하고 말았다. 혜준은 가정교사로 전전하면서 겨우 학교만은 계속하고 있는 형편이었다.

한편 그의 누이 혜원을 말하면 부친의 전성시대, 그는 S대학의 영문과에 다니다가 중퇴하고 그 지방의 자산가의 아들과 결혼을 했다. 혜원은 아름답고 총명한 여자였다. 결혼 당시 아무도 그가 남편으로부터 배척당하리라 생각지 않았다. 그러나 그의 남편에게는 과거의 여자가 있었다. 그는 결혼한 후에도 서울을 오르내리며 그 여자와의 관계를 끊지 않았고 아들까지 그들 사이에는 있었다. 그리하여 혜원은 그 결혼에 실패하고 말았다.

혜원은 친정으로 돌아와 삼 년을 보냈다. 그동안 집안의 몰락, 부친의 사망, 거듭되는 불행을 겪었고 궁여지책으로 서울로 올라왔다. 옛날의 스승을 만나 그분의 소개로 어느 회사의 영문 타이피스트로 취직은 했건만 그 수입은 겨우 혼자 생활을 지탱해 나갈 정도였고 동생의 잡비를 가까스로 뜯어주는 핍박한 생활이었던 것이다.

주성은 혜준을 통하여 혜원을 알게 되었다. 어느 날 다방에서 처음으로 혜원을 소개받았을 때 주성은 친구의 누님이라는 생각을 하지 못했다. 혜원은 나이보다 젊어 보였고, 불행으로 하여 어둡고 다분히 신경질적으로 보이는 그 여자의 눈에 주성은 끌려들어 갔다. 그러나 혜준이나 혜원은 주성의 마음을 몰랐다. 수술이 끝난 것은 복도에 희미한 전등불이 켜졌을 무렵이다.

인성은 저녁 열 시가 지난 뒤 집으로 터덜터덜 돌아갔다. 현숙은 내다보지도 않았다. 식모가 급히 나와서 대문을 따주었다. 오랜 냉전 끝에 이미 습관화돼 버린 일이었다.

"아주머니는?"

"주무세요."

몸이 무거우니 일찍 자리에 드는 것은 아무 잘못도 아니었다. 그렇게 생각하면서도 낮에 겪은 여러 가지 일 때문에 마음속이 개운치 않은 참이라 기분이 좋지 않았다. 그렇다고 해서 아내의 다정스러운 웃음을 바라는 것도 아니었다. 그러나 인성은 밖의 일로 하여 아내에게 화풀이를 한다거나 아내의 잘못을 나무라는 일은 결코 없었다. 그러한 성격은 현숙을 얼마 동안 행복하게 했다. 현숙은 남편을 마음이 너그러운 사람이라 오해했다.

세월이 거듭될수록, 그러나 현숙은 말수가 적은 남편은 마음이 너그러운 것이 아니고 무관심이라는 것을 깨달았다. 과묵한 인성의 마음 밑바닥을 흘러가는 것은 뭐라 형용할 수 없는 싸늘한 거리감이라는 것을 느끼기 시작했다.

인성이 안방으로 발을 들여놓았을 때 자리에 누워 있던 현숙은 부시시 일어났다. 기미가 까무끄름하게 끼인 얼굴에 눈은 부승부승 부어 있었다. 개성은 없었지만 왕시往時에 아름다웠던 얼굴이다.

'동물적이다.'

가눌 수 없으리만큼 부푼 현숙의 복부로부터 인성은 슬그머니 외면을 한다. 결혼 후 처음의 임신인 만큼 시초에는 어떤 감동이 없지도 않았다. 그러나 그 감정은 섞여서 원상으로 돌아갔고 오히려 어떤 염오가 더 쌓이는 듯했다.

"좀 어떻소?"

인성은 의무적으로 물었다.

"어떻기는요……."

현숙이는 씨쁘둥하게 대답했다.

'처음부터 우리들에게는 감동이 없었다. 평범하다는 건 죄악이야.'

인성은 신문을 집어들고 얼굴을 가렸다.

그들은 서로 사랑하여 한 결혼은 아니었다. 그렇다고 해서 억지로 한 결혼도 아니었다. 그때 인성은 깊이 자각한 것은 아니었지만 일종의 허무주의에 사로잡혀 있었다. 신경이 굵지 못한 그가 의학이라는 세계를 통하여 수시로 인간의 죽음을 보아온 탓이었는지도 모른다.

그러한 그에게 있어 인생을 아름답게 생각할 수 없었고 남녀 결합에 있어서 꿈을 지닐 수 없었다. 집안에서 권하는 대로 그는 평범하게 현숙을 받아들였던 것이다.

"저녁 안 드시겠어요?"

현숙은 머리를 쓸어넘기며 다소 누그러진 목소리로 물었다.

"별로 생각이 없소."

신문으로 얼굴을 가린 채 인성은 조용히 말했다.

'권태? 애초부터지…… 우리들에게는 시초부터 아무런 감격도 없었다. 현숙에게 나는 권태를 처음부터 느낀 것일까? 아니야. 인생 자체가 끝없이 즐거운 것이 아니냐.'

인성은 신문을 돌려 들었다.

광고란에 육체파 여우의 화려한 미소가 실려 있었다.

"장밋빛 인생, 흐—."

인성은 쓰게 웃는다.

"여보오!"

우두커니 앉았던 현숙이 무슨 생각이 난 듯 인성을 불렀다.

"왜 그러오?"

인성은 신문으로 얼굴을 가린 채 말한다.

"오늘 명륜동 어머니가 오셨어요."

"……"

"왜 여태 입원도 하지 않고 있느냐고 야단하시잖아요."

"……"

"전 그냥 조산원이나 와달라고 해서 집에서…… 당신도 계시고……."

"당신 좋을 대로 하구려."

"그럼 입원할까?"

"그 편이 안전하겠지."

"도모지 당신은 흥미가 없군요."

"뭐가?"

"우리들 아기에 대해서 말예요. 그리구 저에게도⋯⋯."

"또 쓸데없는 소리."

낮에 주성이 쫓아와서 서두른 바람에 당신한테 무슨 변고가 있었나 싶어 놀랐다는 말을 하려다가 인성은 그만둔다.

"당신은 대체 무슨 생각을 하기에 밤낮 그리 우울한 표정을 하고 계세요?"

"타고난 표정인걸."

"당신은 이 가정이 그렇게도 싫으세요?"

"내 표정은 병원서도 마찬가지야."

"그러니까 당신은 모든 면에 의욕을 잃고 있어요."

"할 수 없지."

"우울한 데는 반드시 무슨 원인이 있을 것 아니에요."

"⋯⋯."

"왜 말씀을 못 하세요?"

"할 말이 없는걸."

"당신은 내가 싫으시죠?"

"또 그 소리."

"처음엔 저도 당신의 그런 성격 좋게 봤어요. 하지만 성격 탓이 아니라는 것을 차츰 알게 됐어요. 당신은 저에게 불만을 품고 계신 거예요. 아이가 없어 그렇거니 생각도 했어요. 그렇지만 그것도 아니잖아요?"

"당신에게 불만이 있으면 다른 여자를 좋아하게?"

"저를 싫어하는 것과 다른 여자를 좋아하는 것은 별문제 아니에요? 당신은 날 싫어해요!"

"그만해 두우. 몸에 해롭다니까. 신경질은 그만 부려."

인성은 여전히 신문으로 얼굴을 가린 채 말했다.

"제발 그 신문 좀 놓고 날 좀 쳐다봐요!"

참다 참다 못해 현숙은 신문을 확 잡아 뜯었다.

"이거?"

"왜요? 신문으로 장벽을 쌓으면 그만이에요?"

인성은 아무 말 않고 담배를 붙여 물었다. 이러니 싸움이 될수가 없다. 현숙도 신문을 뜯고 보니 자기의 행위가 과했다고 뉘우쳐지는 모양이었다. 동시에 흥분도 가라앉는다.

'내가 왜 그랬을까?'

싸움의 동기를 찾으려 했으나 아무것도 없었다.

남편의 죄는 신문을 들고 있었다는 것밖에 없다.

'왜 내가 화를 냈을까? 몸이 무거워서 신경이 과민해진 탓일까?'

그러나 현숙은 먹구름처럼 몰려오는 불안을 어쩔 수 없었다.

인성은 담배 연기만 내뿜고 있었다. 그 연기는 인성의 마음을 가려주는 안개 같았다. 인성은 담뱃재를 떨면서,

"이제 자지."

그러나 현숙은 움직이지 않았다.

"남들은 우리를 행복한 부부라 생각하고 있어요. 따지면 저도 그렇다고 생각해요. 하지만 어째서 늘 이렇게 불안한지 알수 없어요. 당신의 마음이 천리만리 밖에 있는 것만 같고 때론 미칠 것만 같아요."

현숙의 어세는 한결 누그러졌다. 그러나 스스로를 의심하고 그것을 또 괴로워하는 빛이 그의 얼굴을 가득히 메웠다. 인성의 마음은 좀 측은한 정으로 젖었다.

"평범한 죄밖에 없어."

푸듯이 왼다. 그러나 인성은 그 말이 자기에게 한 말인지 상대방을 두고 한 말인지 알지 못했다. 그러나 현숙은 그 말 한마디에 어느 정도의 노여움을 풀었다.

"제 성미도 나빴어요."

"……."

그들 사이에는 오랫동안 침묵이 흘렀다.

"여보오?"

인성은 고개를 들고 현숙을 쳐다보았다. 현숙의 마음은 고요한 자리로 돌아간 모양이었다.

"자리 깔아드려요?"

"아니, 내가 하지."

인성은 몸을 일으켰다.

"아 참, 명륜동 어머니가 오셨는데······."

"······."

"도련님 말씀을 하시더군요."

"주성이 말이오?"

"예. 언젠가 제가 말한 일이 있죠?"

"이상규 씨 따님 말이오?"

"예, 약혼식이라도 해두는 게 어떻냐구요. 그쪽에서 그렇게 말한답니다."

"아직 졸업도 안 했는데······."

"그러니까 약혼식만이라도····· 효자동 아버님께서도 그 규수라면 하시지 않았어요?"

"부모님 생각만으로 되우? 본인의 말이 없지 않소."

"그러니까 당신이 도련님보구 말씀을 하셔야 얘기가 될 거 아니에요."

"그건 나보다 당신이 적격 아니오."

"저는 몸이 이래서······."

"바쁠 것 없소······."

인성은 주성의 혼담에도 냉담한 반응을 보였을 뿐이다.

"그럼 전 내일 입원할래요."

"그러구려. 김산부인과에 전화해 두리다ㅡ."

인성은 건넌방으로 건너가려고 문 쪽으로 다가갔다.

"여보."

인성은 무슨 얘기가 또 남았느냐는 듯 돌아본다.

"키스해 주시고 가세요."

현숙은 소녀처럼 웃었다. 인성은 픽 웃으며 아내 등에 팔을 감았다. 그 순간 인성은 아내의 복부를 느꼈다. 염오의 감정이 전신에 돌았다. 인성은 아내의 이마에 가볍게 입을 대고 얼른 팔을 풀었다.

"잘 자요."

그는 한마디 남기고 급히 건넌방으로 건너왔다.

옷을 벗어 걸고 책상 앞에 앉았다.

"후—."

그는 담배를 기갈 난 사람처럼 붙여 물었다. 안방에서는 아무 소리도 나지 않았다. 통금 준비 사이렌이 무겁게 들려온다. 밤은 빗소리 속에 묵중하게 가라앉았나 보다.

인성은 잠이 오지 않아 수면제를 먹고 자리에 들었다. 사방의 공간이 인성의 몸을 덮쳐 누른다.


현숙은 딸아이를 분만했다. 비교적 안산이었고 산후의 경과도 아주 좋아서 일주일 만에 퇴원을 하고 집으로 돌아왔다. 그리고 집에 돌아온 뒤도 이십 일이 지났다.

인성은 현숙이 안산했다는 기별을 듣고 병원으로 쫓아갔을 때 무서운 고비를 넘기고 이제는 평화와 만족 속에서 미소 짓고 있는 현숙을 보았다.

"수고했소."

현숙의 손을 잡고 진심으로 그렇게 말했다. 땀에 축축이 젖어 있는 아내의 얼굴을 인성은 아름답다고 생각했다. 그리고 아이의 아버지라는 것에 실감이 나지는 않았으나 그런대로 흐뭇한 기분이었다. 그러나 현숙이 집으로 돌아오고 생활이 본시로 돌아가자 인성의 마음도 본시의 상태로 되돌아오고 말았다. 현숙이보다 인성 자신이 어떤 변화에 기대를 걸었던 만큼 괴로움은 컸다.

그새 구질구질하게 비가 내리던 장마철도 지나가고 병원의 창문에는 빨간 놀이 어리어 있었다.

"젖을 토합니까?

인성은 갓난아기의 가슴을 헤치며 물었다.

"예, 가끔."

아이 엄마가 대답을 했다.

그때 젊은 남녀가 같이 진찰실로 들어왔다.

"좀 기다리세요."

미스 한의 말을 들었으나 인성은 환자거니 하고 얼굴을 들지 않았다. 그 남녀는 다소 거북한 듯 진찰실 한구석에 마련된 의자에 앉았다.

"체했군. 봐."

인성은 청진기를 데스크 위에 놓고 얼굴을 들었다. 동시에 남녀는 자리에서 몸을 일으켰다.

"아아."

인성은 약 한 달 전에 있었던 일이 기억 속에 확 되살아나는 것을 느꼈다.

"선생님!"

혜준은 꾸벅 절을 했다. 그리고 두벅두벅 다가왔다. 혜원은 머뭇머뭇하며 조심스레 몸을 가누었으나 이따금 불안한 눈초리를 인성에게 보낸다. 수술의 예후가 좋은 모양이었으나 아직 얼굴은 창백했다. 그리고 그 얼굴에는 안개가 서린 듯 이상한 향수 같은 것을 자아내게 했다.

"어떻습니까? 이제 괜찮으세요?"

인성은 미소 지으며 물었다. 혜원은 얼굴을 붉히며 소녀처럼 고개를 끄덕였다.

"선생님, 저, 정말로 감사합니다."

혜준은 마음이 서둘러지는데 말이 뜻대로 나오지 않는 듯 또다시 머리를 꾸벅 숙였다.

"저에게 감사할 것 없습니다. 주성이가 형을 경멸한 덕입니다."

"예?"

혜준은 어리둥절해한다. 인성은 쓸쓸하게 웃으며 더 이상 말하지는 않았다. 그러나 그때 내버려두었으면 없어졌을지도 모르는 한 생명이 지금 자기 앞에서 화사한 미소를 짓고 있는 일이 대견하지 않은 바도 아니었다.

말없이 서 있는 혜원의 태도가 답답하였던지 혜준은,

"누나, 인사해요."

하며 혜원을 앞으로 밀어냈다.

"고맙습니다. 선생님 이렇게……."

하다 말고 혜원은 말이 막히는지 혜준을 돌아보며 해죽이 웃었다.

"별말씀을……."

그들 세 사람은 다 같이 흐뭇이 웃었다. 혜원의 미숙하면서 어딘지 정다워 보이는 분위기는 한결 오가는 공기를 부드럽게 하였다. 미스 한에게 주사를 맞은 아이를 안고 약봉지를 든 아기 엄마가 인사를 하고 나간다. 인성은 그들에게 앉기를 권하고,

"주성일 만났습니까?"

혜준에게 눈을 돌리며 물었다.

"예, 방금 만나고 오는 길입니다."

"왜 같이 오지 않았어요?"

"바쁜 일이 있다 하면서……."

인성이나 혜준은 주성이 혜원을 사랑하고 있는 일을 모르기 때문에 예사롭게 말했다.

"같이 왔었음 좋았을걸. 저녁이라도 대접하고 싶은데……."

인성은 창문에서 스며드는 놀을 받으며 앉아 있는 혜원을 바라보는 것이 왠지 즐거웠다.

"아, 아닙니다. 저희들이 선생님을 모시고 저녁을 할까 생각하고 왔습니다. 심 군보고 같이 가자고 권했습니다만 기어코 안 오려는군요."

"나에게 막 대들었으니 약간 미안했겠죠. 하하하……."

인성은 드물게 웃었다. 혜원과 혜준도 따라 웃었다.

"정말 그날 선생님 아니었으면 누이는 이렇게 올 수 없었을 겁니다. 이 은혜는……."

"그런 말씀은 그만두시고 경과가 좋아서 무척 다행입니다."

이렇게 이야기를 주고받고 있는데 현숙이 푸른 원피스를 입고 나타났다. 그의 눈은 아름다운 혜원에게로 재빨리 쏠렸다.

"당신이 웬일이오?"

인성은 일어서며 다분히 힐난조로 말했다. 그는 현숙이 병원으로 나오는 것을 전부터 싫어했다.

"구경 가시자구요."

현숙은 아내의 위치를 과시하듯 자신 있게 말하며 자리에 앉았다.

'환자는 아닌 모양이야.'

현숙은 회색 스커트에 흰 블라우스를 입은 혜원을 살펴보며 마음속으로 중얼거렸다. 어딘지 우수에 잠겨 있는 듯한 그의 표정에 현숙은 본능적인 미움을 느꼈다.

'그럼 누굴까?'

질투의 감정이 꽉 밀려왔다.

"약속도 안 하구 별안간 어디로 가자는 거요?"

인성은 약간 미간을 찌푸린다.

"그동안 집에만 있었더니 갑갑해서요."

"애는 어쩌구?"

"젖 먹여놓고 왔어요. 식모가 보겠죠."

"오늘은 안 돼."

인성은 좀 강경한 어조로 말하고 혜준이 쪽으로 얼굴을 돌렸다.

"표를 사온걸요."

현숙의 목소리가 날카로워진다. 인성은 아무 말도 안 했다.

"환자도 없지 않아요?"

현숙이 입에서는 다시 올곧잖은 말이 나왔다.

분위기가 이상한 것을 느낀 혜준은 일어섰다. 혜원도 따라 일어섰다.

"그럼 선생님, 요다음에 또 찾아뵙겠습니다."

혜준은 사모님이냐고 인사를 하고 싶었으나 인성이 소개도 해주지 않고 차가운 표정으로 앉아 있었기 때문에 그냥 일어선 것이다.

"그럼 주성이하고 요다음에 오시오."

인성은 가볍게 인사를 했다.

그들이 나가버리자,

"누구예요?"

하며 현숙이 물었다. 그 말 대답은 하지 않고,

"병원에는 나오지 말라 했잖어?"

싸늘한 어조로 말했다.

"누구냐고 묻지 않아요?"

"나를 찾아온 사람을 당신이 꼭 알아야 할 이유는 없지 않소."

전에 없이 과격하다.

"어머! 이상하군요. 그이들이 있는데 제가 와서 화내시는 거예요?"

"당신이 병원에 나오는 게 싫단 말이오."

"왜 싫으시죠?"

현숙은 따지듯 말했다.

"이유는 없어. 내가 일하고 있는 곳에 가족이 나오는 게 싫단 말이오. 그 성질은 오늘에 한한 것이 아니잖소."

미스 한도 있고 하여 인성은 어세를 낮추었다. 그리고 벌떡 일어서더니 가운을 벗어 걸고 손을 씻은 뒤,

"나갑시다."

하며 현숙의 등을 밀었다. 현숙은 입을 꾹 다물고 나왔다.

"간호원까지 있는데 창피하지 않소?"

"그래요! 간호원까지 있는데 자기 아내를 그렇게 모욕할 수 있어요?"

"결혼한 당시부터 내가 뭐랬소? 내 직장에는 절대 나오지 말

라 하지 않았소.”

“다른 사람들은 안 그러는데 왜 당신만 그러시는 거예요?”

“개개인의 성미가 다 같을 수는 없지.”

“저에게 비밀이 있으니까 그렇지 뭐예요. 남편이 있는 곳에 아내가 못 간다는 법이 어디 있어요?”

“비밀?”

인성은 픽 웃는다.

“아까 그 여자는 누구죠?”

“환자요.”

“환자 같지 않았어요. 요다음 또 찾아뵌다고 했었어요.”

“당신 참 곤란한 사람이군. 그렇게 궁금하거든 주성이한테 가서 물어보오.”

그 말에 현숙은 다소 마음을 놓는 모양이다.

“지금 어디 가죠? 우리는?”

“당신이 구경 가자 하지 않았소?”

“그럼 극장에 가는군요.”

인성은 지나가는 택시를 잡았다.

자동차에 오르자,

“어느 극장이오?”

“수도.”

현숙은 시무룩하게 대답했으나 훨씬 누그러진 투다. 인성은 담배를 꺼내어 붙여 물었다. 담배 연기를 후우 내뿜는 그의 마음에는 삭막한 바람이 불었다. 아까 찾아온 혜원에 별다른 감정을 품었던 것은 아니었지만 연연한 그 모습에 비하여 현숙은 어딘지 억세고 정감이 부족했다. 그러나 외모에서 오는 어떤 분위기 때문에 그의 마음이 삭막해지는 것은 아닌 듯했다. 인간과 유리된 마음, 어떤 누가 나타나도 유리된 마음은 잡아당겨질 것 같지 않은 깊은 고독이 인성의 가슴 깊이 차지하고 있는 것이다.

"당신은 한 번도 구경 가자고 먼저 말한 적이 없었어요."

"……."

"당신은 아기 얼굴도 잘 보려 하지 않았어요."

"말 마오."

인성은 담배를 비벼 끄고 창밖으로 시선을 던졌다.


참으로 오래간만에, 거의 반년 만에 인성은 극장에 갔다. 극장 앞에는 많은 사람들이 득실거리고 있었다. 한가한 사람들이 어째서 이렇게도 많은가 인성은 생각했다.

"웬 사람이 이렇게 많을까?"

혼잣말처럼 중얼거리는데 그 말을 귀담아들은 현숙이,

"일요일 아니에요."

했다.

"참, 그렇군."

인성은 고소를 짓는다.

"당신은 세월 가는 줄도 모르시는군요."

"세월 가는 줄 몰라서 그런 게 아니오. 세월이 그냥 멎어 있는 것만 같아서 그렇지."

인성은 자기 마음을 이해할 까닭이 없는 현숙에게 푸념 비슷하게 말했다. 현숙은 다른 때처럼 인성의 말꼬리를 잡고 시비하려 하지는 않았다. 아까 병원에서 신경질을 부린 것도 다 잊어버린 듯 오래간만에 남편과 함께 극장으로 온 것이 즐거운 눈치였다.

'단순해서 좋군.'

인성은 현숙이 옆얼굴을 슬며시 쳐다보며 극장 안으로 들어갔다.

"아직 끝나지 않았나 봐요. 들어가시겠어요?"

"끝나면 들어가지."

인성은 휴게실에 마련된 소파에 가서 앉았다. 사실 현숙을 따라오기는 했지만 인성은 피곤하여 구경할 기분이 아니었다. 현숙은 남편 옆에 다소곳이 앉으며 핸드백 위에 손을 얹었다. 매니큐어를 칠한 손톱이 불빛 아래 반짝거린다.

"우리 앞으로 한 달에 한 번만이라도 구경을 해야겠어요."

현숙은 뭔지 기대에 찬 목소리로 말했다. 인성은 대답이 없다.

"너무 오락을 모르고 사니까 생활이 빡빡하고 삭막해요."

인성은 현숙의 말이 옳다고 생각했다. 그러나,

"시간이 있어야지."

"어머! 병원에 진종일 우두커니 앉아 계시면서 한 달에 한 번쯤 시간을 낼 수 없단 말이에요?"

"병원을 비울 수 없잖소."

"다른 사람은 일요일엔 꼬박꼬박 쉬어도 돈만 많이 벌지 않아요. 환자도 별로 없는데 병원만 지키고 앉아 있음 뭘 해요?"

"……."

"당신이 아무리 그러셔도 안 돼요. 오늘처럼 표를 사가지고 제가 병원에 갈 걸요 뭐, 정말 우리 생활을 좀 개선할 필요가 있어요."

병원으로 나온다는 말에 인성은 질겁을 했으나 극장에까지 와서 현숙의 비위를 거슬려주고 싶지는 않았다. 그는 입 밖에 아무 말도 내지 않고 앉아 있었다.

다음 프로 시간이 가까워지자 관객들은 차츰 불어나기 시작했다. 각양각색의 인간들이 제각기의 포즈와 표정을 지니고서 휴게실로 들어오고 있는 것이다.

'인간의 전시장 같군.'

어디서나 어느 곳에서나 인간들은 있게 마련인데 인성은 하필 이곳에서 그러한 생각을 하며 신기스럽게 사람들을 바라본다. 그러자 마침 영화가 끝난 모양으로 사방의 문을 밀고 사람들이 와 쏟아져 나왔다.

"여보, 어서 들어가요."

현숙은 인성의 손을 덥석 잡았다. 쏟아져 나온 사람만을 느꼈을 뿐 영화가 끝난 줄도 모르고 앉아 있던 인성은 갑자기 현숙의 손이 자기의 손을 잡았을 때 거의 본능적으로 그 손을 뿌리치고 말았다. 현숙의 눈매는 노여운 빛이 확 돌았다. 인성은 뿌리친 손을 둘 곳이 없어 공연히 호주머니 속에 찔렀다.

'하, 내가 실수를 했구나.'

그러나 어쩔 수 없는 일이었다.

"들어갈까?"

어중간하게 말하며 인성은 몸을 일으켰다. 그러나 현숙은 혼자 앞서서 두벅두벅 걸어가 버린다. 인성은 그를 놓치지 않으려는 듯 급히 걸어간다. 장내로 들어간 현숙은 뒤따라온 인성을 본체만체하고 좌석을 찾더니 입을 꾹 다물고 자리에 털썩 주저 앉았다. 인성도 앉았다. 장내는 관객의 교대로 말미암아 몹시 웅성거렸다.

입맛이 썼다. 나올 때부터 뒤틀린 감정은 끝내 뒤틀리고 말았다. 밤에 집으로 돌아가서 현숙의 신경질을 받아야 할 생각을 하니 마음이 무거웠다. 그러나 인성은 그것을 생각하지 않기로 하고 앞자리에 앉은 여자의 머리에 눈을 보냈다. 시원하게 말아 올린 머리를 보랏빛 네커치프로 묶은 뒤통수가 귀엽게 보였다.

소녀인가 했더니 인성의 눈이 뒤통수로부터 목덜미로 미끄러져 내려갔을 때 뽀얗고 화사한 피부는 성숙한 여자임을 알려주었다. 인성은 아무 잡념 없이 아름다운 조각품을 감상하듯 여자의 목덜미를 쳐다보고 있었다. 현숙이와 말없이 신경전을 벌이고 있느니보다 그편이 훨씬 마음 편했기 때문이다. 그러나 현숙에 대하여 잔인한 자기의 처사가 불식간에 일이었다 할지라도 마음에 전혀 걸리지 않는 것도 아니었다.

인성의 눈길을 느낀 것도 아닐 텐데 아름다운 목덜미의 여자는 별안간 얼굴을 뒤로 돌렸다. 그들의 눈은 순간 부딪쳤다.

'앗!'

하마터면 인성의 입에서 놀라움의 말이 튀어나올 뻔했다. 비가 내리던 그날, 그러니까 급성 맹장염의 혜원을 내버려두고 애원하는 혜준을 뿌리치듯 하며 나섰던 그날이다. 거리를 방황하다가 서점에서 눈이 마주친 그 여자, 바로 그 여자였던 것이다. 다방에서도 눈이 부딪쳤고 또다시 극장에서 세 번째의 우연한 시선의 충돌인 것이다. 그쪽에서도 인성을 기억하고 있었던지 좀 당황하며 고개를 돌렸다.

이름도 성도 모르고 말 한마디 건네본 일 없는 그 여자와 이렇게 세 번씩이나 우연이 되풀이되고 보니 인성으로서도 기묘한 생각이 들지 않을 수 없었다. 뭔지 운명적인 것을 느끼게 한다. 그만큼 인성에게 있어서 그 여자의 인상은 생생한 것이었다.

'이상한 일이다.'

인성은 자기도 모르게 그 여자의 왼편 좌석과 오른편 좌석을 살펴보았다. 양편에는 다 여자가 자리 잡고 있었으며 통 말이 없는 것으로 보아 동행도 아닌 모양이었다.

'혼자 왔을까?'

인성은 다방에서 본 그 남자를 생각했다. 머리를 짧게 깎은 젊은 청년이었지 하고 생각했다.

그러다가 인성은 스스로 놀라며 쓰디쓴 웃음을 띤다.

'부질없는 일을!'

현숙은 완강하게 침묵을 지키며 대결이라도 하듯 정면을 노려보고 있었다. 인성은 시선을 허공에 던졌다. 그러다 그는 가까이서 본 그 미지의 여자의 윤곽이 한층 선명한 것을 느끼고 있었다. 여자의 눈동자는 열을 민 듯 떨리고 있었다는 생각도 들었다. 여전히 얼굴은 창백했지만 여자도 인성을 본 후에는 몸가짐이 좀 산란한 듯 느껴졌다. 영화가 상영되었다.

인성의 눈은 다시 여자의 머리로 갔다. 그러나 그는 이내 눈을 감아버렸다. 영화에 대한 흥미보다 그의 머릿속에는 다른 일들이 꽉 밀려드는 것 같았다. 눈을 감은 암흑의 세계, 조용한 음악이 들려온다. 영화를 보고 있다는 그 현실마저 거부하고 싶은 야릇한 심정—.

'나는 정말 현숙을 싫어하고 있는 것일까?'

영화는 끝났다. 관객들은 숙연한 표정으로 일어섰다. 인성은 앞자리를 보았다. 여자는 도중에 나간 모양으로 자리는 비어 있었다. 밖으로 나온 인성과 현숙은 곧장 택시를 몰고 집으로 돌아왔다. 그들은 집에 돌아오기까지 한마디 말도 건네지 않았다.

방으로 들어온 현숙은 옷을 후딱후딱 벗어 던지고 식모가 안고 온 아이를 받아 안았다.

"막 울었어요."

현숙은 팔을 들어 시계를 보면서,

"젖 먹을 시간에 꼭 알맞게 왔는데 뭘 그래?"

한다.

인성은 할 일 없이 신문을 펼쳐 들었다. 식모는 나가려다 말고,

"참 명륜동의 할머니가 오셨더랬어요."

"음. 그래?"

"구경 가셨다 했더니 몸조심 안 하구 나가셨다고 막 야단하 시잖아요."

인성은 주성의 혼담 때문에 장모가 왔다 갔구나 싶었지만 아 무 말 하지 않았다. 식모가 나간 뒤 현숙이 역시 아무 말 하지 않았다.

아이는 젖꼭지를 문 채 잠이 들어버렸다. 현숙은 아이를 눕히 면서 신문으로 얼굴을 가린 인성을 힐끗 쳐다보았다.

"이제까지."

인성은 신문을 놓고 일어섰다. 역시 현숙은 아무 말도 하지 않았다. 인성은 거북하게 생각하며 건넌방으로 돌아왔다. 임신 을 계기로 하여 그들은 오래전부터 잠자리를 같이 하지 않고 지 냈다. 출산한 후 한 달이 지났건만 인성은 현숙을 가까이하지

않았다. 인성은 이내 불을 끄고 자리에 들었다. 왜 그런지 허전했다.

'아 참, 저녁을 안 했구만.'

냉전 바람에 인성이는 저녁을 까맣게 잊어버렸다. 그러나 새삼스럽게 일어나서 밥 달라 하기도 싫었고 식모는 으레 밖에서 저녁을 했거니 생각한 모양으로 일찍 자기 방으로 물러가서 아무 말이 없다. 인성은 그런대로 잠이 들어버렸다.

몇 시쯤 됐을까? 인성은 사람의 손을 느끼고 눈을 떴다. 방 안은 깜깜했다.

"누구냐?"

인성은 나직이 말했다. 대답이 없다.

"누구냐? 현숙이오?"

현숙이었다. 그는 슈미즈 바람으로 인성이 옆에 엎드려 울고 있었다.

"여보, 왜 이래요?"

인성은 일어서서 불을 켜려고 했다.

"불 켜지 말아요!"

현숙은 벌떡 일어서서 인성의 팔을 잡았다. 인성은 불을 켜다 말고 슬그머니 자리에 앉았다.

"당신 왜 그러오?"

현숙은 흐느낀다.

"정말 왜 이러는 거요?"

"흠흠 흑흑……."

"울지만 말고 말을 하오."

"몰라서 묻는 거예요?"

"……."

"확실한 대답을 해주세요."

"무슨 대답을 하란 말이오?"

"제가 묻는 말에."

"……."

"당신에겐 좋아하는 사람이 따로 있죠?"

"없소."

"분명히?"

"없소."

인성은 기계적으로 없다는 말을 되풀이한다.

"과거에도?"

"과거?"

"예. 과거에 말예요. 그런 사람이 있어 당신은 못 잊어 하는 게 아니에요?"

"못 잊어 할 사람이 있었다면 참 행복하겠는걸."

인성은 웃었다.

"그럼 또 한 가지 묻겠어요. 마음 속이지 말고 대답해 주세요."

"검찰관 같군."

현숙의 입에서 무슨 말이 나올 것인지 뻔히 알고 있었기 때문에 인성은 일부러 농치듯 말했다.

"당신은 제가 싫죠? 그렇죠?"

인성은 얼른 대답이 나오지 않았다.

"대답해 주세요."

현숙은 다잡듯 말했다.

"나는 다른 여자를 사랑한 일이 없소."

"그걸 묻는 게 아니에요. 나를 좋아하는지 싫어하는지 그 대답을 해주시란 말예요."

"이렇게 사는데 무슨 잔소리가 있어!"

인성은 바락 화를 냈다. 궁여지책이다.

"알았어요. 아, 알았어요! 당신은 대답을 못 하시는군요."

현숙은 다시 울기 시작했다.

"이혼하세요! 싫은 사람하고는 같이 못 살아요. 이혼하세요!"

"미친 소리."

그렇게 말하기는 했지만 인성은 괴로웠다. 이렇게 빡빡한 상태가 언제까지 계속될지 그 자신도 의심스러웠던 것이다.

"애정도 없는 생활 계속할 이유가 없지 않아요."

인성은 현숙의 말이 옳다고 생각했다.

그는 숨을 들이마셨다.

"나는 당신을 모르고 살아왔어요. 당신의 마음이 어디 있는가 그것을 생각하지 않고 살아왔어요. 모를 때는 몰라서 살았지만 이제는 그게 아니에요."

　"현숙이?"

　"……?"

　"우리 그럼 이혼할까? 이혼을 해야겠느냐 말이오."

　"예?"

　현숙은 지금껏 이혼하자고 떠들던 자기의 말은 다 잊어버리고 소스라쳐 놀라더니 크게 소리 내어 우는 것이었다. 현숙은 인성이 그렇게 나올 줄은 차마 몰랐다.

　"내 성격 탓인걸 어떡허우?"

　인성은 어세를 낮추며 현숙을 잡아끌었다. 측은한 생각이 들었던 것이다.

# 2. 사랑하는 마음

"수술을 한 번 하고 나더니 미인이 되셨군요."

타이프를 치고 있다가 잠깐 틈이 나기에 신문을 보고 있는데 같은 사무실에서 일하고 있는 사원 장용환張容煥이 말을 걸었다. 혜원은 빙긋이 웃었을 뿐이다.

아닌 게 아니라 혜원은 아름다워졌다. 좀 여윈 듯했으나 도리어 그것이 연연한 풍정을 자아내게 했다.

"모름지기 여성은 한 번씩 수술을 할지어다!"

서류철로 데스크를 탕탕 치며 일어선 경리과의 임 씨林氏가 싱글벙글 웃으며 말했다.

"그것도 원판이 좋아야만 통하는 얘기지."

누군가가 임 씨 말에 대꾸했다.

결국 그런 말들은 모두 혜원의 미모를 찬미한 것이었다. 그러니 다른 여자 직원들이 마음이 온당할 리가 없었다.

"싱겁기는— 우리 사에는 탐미주의자의 기사님들이 많으셔."

여자 직원들은 비쭉거렸다. 모두 혜원보다 나이 젊었지만 혜원의 미모에는 겨룰 여자가 없었다. 혜원의 전력前歷을 모르는 그들은 혜원을 미스로 알고 있었다. 미모의 여인이 삼십이 다 돼가도록 결혼을 하지 않는 것을 좀 의아하게 생각하고 있었으나 그보다 그들은 혜원을 시기하는 마음이 더 강하였다.

장용환은 여자 직원들의 좋잖은 눈초리를 재미난 듯 바라보고 있다가 슬며시 창가로 가서 담배를 붙여 문다. 후리후리한 키에 인상이 매우 좋은 사나이다. 미남형인 장용환에게 호감을 가지는 여자들은 많았다. 그러나 동료 이상의 별다른 감정의 표시가 없는 혜원에게 장용환의 마음은 자꾸만 끌려가는 것이었다.

혜원이 수술을 했다는 말을 들었을 때도 용환은 곧장 문병하러 갔고 혜원의 어려운 처지를 눈치챈 용환은 예금을 꺼내어 오만 환을 보내기까지 했다. 그러나 혜원으로부터 감사하지만 금전적인 염려는 하지 말라는 정중한 편지와 함께 돈은 되돌아오고 말았다.

'자존심 때문일까? 아니면 내 처사를 오해했을까?'

용환은 상당히 괴로웠다. 그러나 출사한 혜원의 태도는 전과 조금도 다름없는 것이었다.

'과거가 있었을지도 모른다. 그 여자의 얼굴에는 늘 우수가

끼어 있다.'

용환은 멍하니 창밖을 바라보며 중얼거렸다.

'그러나 혜원 씨의 과거보다 그 여자의 마음의 소재가 문제 아니냐. 혜원 씨는 나에게 아무런 관심도 없는 모양이야.'

우울했다. 용환은 담배를 버리고 자리로 돌아와 앉았다. 그리고 외국상사에 보낼 영문 편지를 꺼내어 한번 읽어본 뒤 다시 일어서서 혜원 곁으로 갔다.

"이거 좀 찍어주시오."

혜원은 신문을 놓고 편지를 받았다. 혜원은 민첩하게 찍어나갔다.

'밤에 핀 옥잠화 같은 여자야.'

그렇게 마음속으로 중얼거리고 있는데 전화가 울렸다.

"여기 흥업상삽니다."

용환은 먼저 말을 했다.

"유혜원 씨 계시면 좀 대주십시오."

굵은 남자의 목소리가 들려왔다.

"유혜원 씨 전화."

용환은 혜원의 얼굴빛을 살피며 말했다. 타이프를 치고 있던 혜원은 어리둥절한 표정으로 용환을 바라보았다.

"전화 왔다니까요."

용환이 거듭 말을 하자 비로소 혜원은 일어서서 용환으로부터 수화기를 받아 들었다. 그러나 여전히 석연치 않은 표정이다.

"여보세요? 제가 유혜원입니다만."

아무 말이 없다.

"여보세요?"

혜원은 초조하게 또 불렀다. 기침 소리가 수화기를 타고 들려왔다.

"접니다."

굵은 목소리가 한참 만에 들려왔다.

"……?"

"주성입니다."

"아아! 주성 씨 웬일이세요?"

혜원은 놀라며 수화기를 고쳐 든다.

"한번 뵙고 싶습니다."

"언제?"

혜원의 목소리는 갑자기 싱싱해졌다.

"오늘 밤에."

주성의 목소리는 혜원에 비하여 침울하게 들렸다.

"무슨 걱정이 생겼어요? 혹 혜준이가……."

"아, 아닙니다."

"그럼 어디서 만나 뵐까요?"

"아무 데서나…… 어디 다방이라도."

주성은 목이 메인 듯한 묘한 목소리를 냈다.

"그럼 주성 씨가 지적해 주세요."

"음…… 종로에 있는 수선다방 아십니까?"

"수선다방?"

"언젠가 혜준이하고 처음 만나 뵈던 곳인데요."

"아아, 알겠어요."

"거기서 기다리고 있겠습니다. 퇴근하시는 대로 나와주시겠어요?"

"나가겠어요."

혜원이 전화를 끊으려 하는데,

"좀 어떠세요?"

혜원은 자기 건강에 대히어 묻는 거라고 이어 생각하였다.

"괜찮아요."

동생의 친구로서 손아래 남자인데도 혜원은 뭔지 믿음직스럽고 어리광이라도 피우고 싶은 심정에서 웃으며 대답하였다.

"그럼 기다리겠습니다."

혜원은 전화를 끊고 가벼운 발걸음으로 자리에 돌아왔다. 용환의 가라앉은 듯한, 그러면서도 울울한 눈빛이 혜원에게로 쏠린다.

'얼굴이 환하다. 다정스런 목소리였다. 누굴까? 누구기에 혜원 씨는 그렇게 다정스리 구는 것일까?'

질투의 감정이 이글이글 타오르는 것 같았다.

'제기랄— 애인이 있음 어때? 빼앗아 버리는 거지—.'

용환은 자기 자신 속에 야만적인 피가 솟구치는 것을 느낀다.

'어떤 수단을 써서라도 저 여자를 나는 가져야 해—.'

그는 책상 앞으로 돌아가서 주먹으로 책상을 쾅 친다.

"어머나! 왜 이러세요?"

그 옆에 책상을 나란히 하고 앉아 있던 임희자林姬子가 눈을 흘긴다.

"힘이 남아나서 죽겠구먼."

용환은 자기 체내에 끓어오르는 야만적인 피를 그렇게 표현했다.

"그러시다면 서울운동장에 가서서 권투 시합이나 하세요."

"그거라도 해야겠는걸? 누구든지 걸려들면 때려눕히고 싶다."

용환은 허황한 웃음을 혼자 껄껄 웃었다.

"아이 무서워라. 괜히 그러지 마세요. 실연한 사람처럼 왜 그리 보채는 거예요?"

임희자는 무심히 하는 말이었으나 용환의 가슴을 그 말은 쿡 찔렀다. 혜원이 힐끗 용환을 쳐다보았다.

"흥! 연애를 해야만 실연을 하지. 거 시시하게 굴지 말아요. 모르면 모르되 내게 실연을 당할 사람은 있을지 몰라도 내가 실연을 하다니 그거 말이 되오?"

"아아주 또 비싸게 노시네."

"그까짓 실연할 바에야 아무도 못쓰게 망가뜨려 버리지 그냥 두나, 누가?"

"무서운 말을 하네요. 미스터 장이 눈독을 들인 여자야말로 큰 재난이군요."

그때 혜원은 다시 용환을 힐끗 쳐다보았다.

"그러나 실연할 그는 없으니까, 그리고 미스 임한테 연정은 안 가질 테니 쓸데없는 걱정은 말아요."

"흥, 왜 이러시우? 미스터 장이 오늘은 이례적으로 흥분하시니 정말 뭐가 있기는 있는 모양이죠? 아까 난 실연한 사람처럼 그렇다 했지 실연한 사람이라 하지 않았어요."

"아무래도 좋아."

용환은 일어서서 사무실 안을 왔다 갔다 한다. 아무래도 일이 손에 잡히지 않는 모양이다.

회사 일이 끝나고 혜원은 잠시 얼굴을 고친 뒤 복도로 나섰다.

"혜원 씨!"

하며 뒤에서 용환이가 불렀다. 돌아보니 용환은 담배를 손가락 사이에 낀 채 급히 걸어왔다.

"같이 가십시다."

하는 것이었다. 목소리는 다분히 억압적이었다.

"어디로 가시죠?"

혜원은 경계심을 나타내며 물었다.

"저 말입니까? 전 종로 쪽으로 갑니다."

"예? 방향이 같군요."

그들은 층계를 밟고 내려왔다. 거리에 나섰다. 잠자코 따라 걷던 용환이,

"약속이 있으시죠?"

불쑥 물었다.

"예."

"실례지만 애인이세요?"

"예?"

자기도 모르게 그 순간 혜원은 낯빛을 붉혔다.

"약속하신 분 말입니다. 애인이시냐구요."

"아, 아니에요. 동생 친구예요."

"동생 친구?"

용환은 그렇게 반문하는데 혜원은 왜 자기가 얼굴을 붉혔는지 그 까닭을 모르겠다는 생각을 했다.

"동생 친구면 애인이 될 수 없다는 얘긴가요?"

용환은 완연히 천착하는 눈초리로 혜원을 바라본다.

"그거 무슨 뜻이죠?"

혜원은 좀 발끈해져서 어성을 튕겼다.

"현대에 있어서는 연애하는 데 있어서 연령의 구애를 받지 않는다는 얘기죠."

혜원은 쓰게 웃으며,

"만나기만 하면 다 애인이 되는 건가요?"

"남자와 여자의 경우는 대강 다 그렇죠."

용환은 좀 투박스러운 어조로 뇌까리며 먼 곳으로 시선을 주며 걷는다.

"그럼 대체 사람들은 애인을 몇이나 가져야 합니까?"

혜원은 짜증 섞인 말을 했다.

"하하핫…… 참 그렇군요."

용환은 혜원의 말에 이유 없이 껄껄 웃었다.

"너무 관심이 지나쳐서 그랬는가 봅니다. 실례했습니다."

용환은 덧붙여 말했다. 고집을 세우지 않고 쉽게 자기 잘못을 시인하는 용환의 태도에 혜원의 마음도 누그러졌다.

"이번에 제가 아팠을 때 사실은 그 동생 친구가 에를 많이 썼어요. 그분의 형님이 의사라서 큰 도움을 받았어요."

마음이 누그러져 그런 말을 털어놓았으나 혜원은 이내 후회했다. 그런 자기의 개인 사정을 용환에게 말할 필요는 없었다고 생각한 것이다.

"아아, 그러세요? 고마운 친구군요."

용환의 말은 몹시 서먹서먹했다.

"그렇지만 대단히 유감입니다. 그리고 섭섭한 얘기군요."

"예?"

혜원은 용환의 진의를 알 길이 없어 의아하게 뇌었다.

"그 사람의 호의는 받아들이면서 저의 호의는 물리치시니—."

혜원은 아차 싶었다.

그러나 용환의 말투가 추근추근한 것만 같아서 기분이 나빴다.

"저도 모르는 사이에 동생하고 그이가 병원으로 끌고 간 거예요."

"아셨다면 그것도 거절했을 거란 말씀인가요?"

용환은 발걸음을 멈추고 혜원을 지그시 바라본다. 마음을 꿰뚫을 듯한 날카로운 눈빛이었다.

"장 선생님은 왜 그리 자꾸만 따지시는 거예요? 그러면 마음의 부담이 돼서 전 싫어요. 선생님이 보내주신 것, 그땐 필요 없었기 때문에 돌려드린 거예요."

혜원은 눈살을 찌푸리며 신경질적으로 말했다.

"죄송합니다. 아닌 게 아니라 따지는 버릇이 있어서 야단났어요."

용환은 머리를 긁적긁적 긁었다.

"한 직장에서 그러시면 피곤하지 않아요?"

혜원은 다시 못을 박듯 말했다. 그 말은 나에게 이제는 관심을 가지지 말라는 뜻으로 들리기도 했다. 그것을 용환은 충분히 느꼈다. 마음을 물어뜯는 말이다 생각하였다. 그렇게 생각하니 그는 반동적으로 어떤 충동이 솟구쳐 올랐다.

"혜원 씨!"

"······?"

혜원은 그 어세에서 무서운 것을 느낀다.

"나는 혜원 씨를 사랑합니다. 결혼해 주십시오."

혜원은 숨이 막힌 듯 대답을 못 한다. 무서운 것을 느끼기는 했지만 이렇게 노상에서 그런 말을 하리라고는 정말 생각지도 못한 일이었다.

"놀라셨습니까?"

"놀랐습니다."

"해답을 하세요."

"고마운 말씀이지만 받을 수 없는 처집니다."

혜원의 입모습은 야무졌다.

"……저에게 애정을 느낄 수 없다는 말씀이군요."

용환의 얼굴은 창백해졌다.

"그런 것 생각해 본 일도 없습니다. 다만 저에게는 남편이 있으니까요."

"예?"

용환의 창백한 얼굴에 다시 피가 모여들었다. 혜원은 그 말을 입 밖에 내고서 스스로 감당 못 하는 듯 당황한다. 남편과는 이미 이혼한 지 오래다. 그런데도 왜 그런 말을 입 밖에 냈는지 혜원 자신도 알 수 없는 일이었다.

"예, 그렇습니까? 정말, 정말 몰랐습니다."

"전 이제 가겠어요."

혜원은 용환에게 급히 말하고 길을 건넜다. 용환은 말뚝처럼 멍하니 서 있었다. 혜원은 수선다방 앞에서 한참 서 있었다. 가슴이 뛰고 있었다.

'왜 그런 말을 했을까? 버림받은 여자라는 말을 하기가 싫어서? 아니면 장 선생의 구혼을 거절하는 수단으로? 으흠—.'

혜원은 주성과의 약속을 그냥 팽개치고 도망치고 싶은 기분이었다. 그러나 그는 가까스로 문을 밀고 들어섰다. 주성은 신문을 읽고 있다가 혜원을 보자 얼른 일어섰다.

"많이 기다리셨군요?"

혜원은 아까 받은 충격 때문에 떨리는 목소리로 물었다.

"아닙니다. 앉으세요."

주성은 혜원의 가느다란 목소리에 비해서 아주 무뚝뚝했다. 자리에 앉은 혜원은 자기의 호흡을 세었다. 영 안정이 되지 않았다.

"얼굴빛이 아직도 창백하군요."

"아무래도 아직은……."

"나가시는 것 무리 아닐까요?"

"글쎄……."

혜원은 조금 전의 그 일 때문에 낯빛이 더 나빠졌을 거라 생각했다.

한동안의 침묵이 흘렀다. 레지가 차를 날라 왔다. 음악이 흐르고 있는 듯했으나 혜원은 주성과 마주 앉은 공간이 두렵기만 했다.

"무슨 일이라도……."

혜원은 그 공간을 무너뜨리듯 말을 꺼냈다.

"아닙니다. 만나 뵙고 싶어서요."

혜원의 가슴은 다시 흐트러졌다. 현대에 있어서 연애하는 데 연령의 구애를 받지 않는다는 장용환의 말이 생각난 때문이다. 아무 용무도 없이 남자가 여자를 만나고 싶다면 그것은 어떤 연정을 의미하는 것이다.

'아까 전화할 때도 나를 만나고 싶다 했지?'

그때는 무심히 들었던 말이다. 그러나 지금은 그렇지가 못했다. 용환의 그 말 때문인지도 모른다. 또는 목소리만 들었던 그때와 달리 지금은 주성의 표정을 눈앞에 볼 수 있는 때문인지도 몰랐다.

'그보다도 나는 주성 씨에게 호감을 갖고 있는지도 몰라?'

"혜준 누님께서 완쾌하시고 또 오늘 이렇게 직장에 나가시니 축하라도 드리고 싶은 기분이었습니다."

혜원의 당황하는 꼴을 본 주성도 자기의 노골적인 표현을 뉘우친 듯 좀 자중하는 투로 말했다.

"고마워요."

"어디 조용한 곳에 가서 저녁이라도 대접했으면 좋겠습니다만."

"학생이 무슨 돈이 있어요?"

혜원은 자기의 마음을 흩트려 버리듯 일부러 웃음의 말을 하

며 웃었다. 그러나 그 목소리는 자연스럽지 못하였다. 주성은
농 비슷한 혜원의 말에 힐끗 눈을 들어 쳐다보았다. 학생이라는
말은 그의 마음을 상하게 했다. 학생임에는 틀림이 없겠으나 혜
원이 의식적으로 그를 나어린 사람 취급을 하려 드는 것이 싫었
던 것이다.

"저야 뭐 부모님 덕택에 공밥 먹구 공부하지 않습니까."

"그래두요."

"번역 같은 것 좀 합니다. 그래서 용돈은 뜯어 쓰지요."

주성은 무거운 어조로 말했다.

"그런데 이번에 제가 입원한 비용에 대해서 혜준이가 명확한
말을 하지 않아요. 어떻게 된 거죠?"

돈 말이 나왔으니까 혜원도 그 일에 대하여 확실한 것을 알아
서 어떻게 방도를 취해야겠다고 생각했다.

"그건 걱정 안 하셔도 됩니다. 실비로 했으니까요."

"실비라도 비용은 들었을 것 아니에요?"

"혜준이하고 얘기가 다 돼 있으니까요."

주성은 그 말을 회피하려 든다. 사실 그 비용의 뒷수습은 주
성이 모조리 다 했던 것이다. 그의 형은 분가해 있었고 아버지
심상호沈相浩 씨는 사업에서 손을 떼고 있었으나 여전히 그는 많
은 주株를 가지고 있었기 때문에 생활은 풍족했다. 건실하다고
믿고 있는 둘째 아들 주성이가 일이십만 환을 요구했다 하더라
도 심상호 씨는 인색하게 거절하지는 않았을 것이다. 그러나 주

성은 좀 찔리는 데가 있어 출가한 누이에게 십만 환을 꾸었고 자기가 가지고 있는 돈으로 이럭저럭 꾸려댔던 것이다.

혜원이 그 일에 대하여 마음의 부채를 느끼는 것을 보자,

"혜준이도 같이 데리고 오려고 했습니다만 남의 집에 매여 있으니 삼갔죠."

하며 화제를 돌린다.

"우리가 대접을 해야 할 처진데 그런 말씀 마세요. 참, 어제 그 병원에 갔었어요."

"형을 만나셨습니까?"

"예. 주성 씨하고 같이 오지 않았다고 말씀하시더군요."

"화내지 않았어요?"

"아뇨."

"제가 싫은 소리를 좀 했죠. 형은 우유부단하여 저같이 성미가 급한 놈한테는 맞지가 않아요. 하지만 선량한 인텔리죠."

"좀 어렵게 느껴지더군요."

"말이 없으니까 그렇게 보이는 거죠. 실상은 살아가는 데 영자신이 없는 사람입니다."

"어머! 형님을 막 격하시키네요? 그럼 주성 씨는 살아가는 데 자신이 있으세요?"

"저 말입니까? 있죠."

"아직 젊으니까 그럴 거예요."

"혜준 누님은 늙으셨습니까?"

주성은 힐난하듯 혜원을 쳐다본다.

"전 많은 일 겪지 않았어요?"

혜원은 약한 시선을 주성에게 보냈다.

"안 되면 전 똥구루마라도 끌어볼 작정입니다. 세상에는 다 체면을 차리니까 안 되죠. 막 부딪치면 안 될 일이 어디 있어요?"

혜원은 주성의 젊음과 그 견실한 사고에 어떤 감격을 느낀다.

"그래, 형하고 저녁은 같이하셨습니까?"

주성은 본시의 화제로 돌아가며 멀리 바라보는 듯 눈을 들었다.

"아니에요. 부인께서 나오셔서……."

"형수씨가 나왔어요?"

주성은 좀 의아한 듯 혜원에게로 시선을 돌렸다.

"아마 부인 되시는 분인가 보던데요."

"그래요?"

주성은 말꼬리를 끌다가 벌떡 일어섰다.

"나가실까요?"

밖으로 나온 그들은 어느 왜식 집에 마주 앉아서 저녁을 했다. 혜원은 밥을 먹으면서 여태까지 이렇게 흐뭇한 시간이 자기에게는 없었다는 것을 깨달았다. 비록 자기보다 나이 어리고 아직 학생의 몸이지만 마음의 한구석을 기대어보고 싶은 심정이었다. 그러나 그것을 느끼는 것과 동시에 혜원은 자기 자신을 비참하게 생각하지 않을 수 없었다.

'나에게는 청춘이 없었다. 누구를 사랑해 본 일도 없고 사랑을 받은 일도 없었지. 이렇게 살아가노라면 나는 뭐가 될까?'

고독이 확 밀려들어 왔다. 삭막했던 결혼 생활, 구애하는 사람이 없지도 않았다. 그러나 그 사람들은 너무나 혜원과 먼 거리의 사람들이었다. 장용환이만 해도 그랬다. 장용환의 구혼을 거절한 것은 혜원 자신이 이미 결혼의 경험을 가진 여자라는 문제 때문은 아니었다. 그는 장용환과 같이 거닐면서도 어떠한 정감도 일지 않았다. 거절의 이유는 그것뿐이었다. 그 순간에 있어서 강한 자의식은 아니었지만. 그런데 지금은 그렇지가 않았다. 수성과 마주 앉은 시간을 즐기고 있는 것이다. 마주 앉은 시간을 즐기고 있을 뿐만 아니라 자기 자신의 처지를 비참하게 생각하고 있는 것이 아닌가.

"왜 말이 없으시죠?"

"예?"

혜원은 꿈에서 깨어난 듯 얼굴을 들고 주성을 바라본다.

"고독해지는군요. 자꾸만."

주성은 입을 꼭 다물어버린다. 혜원은 약간 얼굴을 붉히며,

"몸이 약해지니까 그런가 보죠."

무안한 말을 덧붙였다.

"왜 고독하게 사셔야 합니까?"

굵은 목소리가 울려 나왔다.

"어디 마음대로 되는 일이에요?"

"마음대로 한번 해보세요."

주성은 거의 명령하듯 성난 목소리로 말했다.

"억지군요."

"억지가 아닙니다. 혜준 누님은 마음의 창문을 꼭 닫아버리고 사시는 거예요. 왜 불행하다고 생각하십니까? 왜 고독하다고 생각하십니까? 사람은 누구나 다 근본에 있어서는 고독합니다. 그 고독과 고독이 모여서 살아야죠. 합쳐야 합니다."

"아무 고독하고나? 그러면 더욱더 고독해질 거 아니에요? 전 그렇게 생각하고 있을 뿐이죠. 마음의 창문을 닫고 있는 게 아니에요. 주성 씨는 그런 체험이 없으시니까."

혜원은 좀 흥분했다. 애정을 느낀 남편은 아니었지만 그러나 그쪽에서 먼저 배반을 했다는 것은 혜원의 마음속에다 깊은 열등감을 심어놓고 말았다. 그 일을 두고 혜원은 주성에게 체험이 없으니까 모를 거라 한 것이다.

"고독하다고 해서 아무거나 다른 고독하고 더불어 사시란 말은 하지 않습니다. 서로 만나야 할 사람이면 그것을 회피해서는 안 된다 그 말씀입니다. 저 같으면 쫓아가서 잡을 것입니다. 그러고 말 것입니다."

주성의 눈이 날카롭게 빛났다. 마치 불이 튀는 것 같다고 혜원은 생각했다. 그들은 잠시 동안 침묵을 지켰다. 그러나 혜원은 자기를 덮쳐 씌우는 듯한 주성의 강한 분위기 속에서 가슴이 떨려옴을 느꼈다.

"나가실까요?"

식사가 끝나자 한동안 우두커니 앉아 있던 주성이 먼저 일어섰다. 거리에 그들이 나왔을 때 사방은 어둠에 묻혀 있었다. 태평로에서 세종로까지 가로수 사이에 솟은 가로등이 뿌연 빛을 발하고 있었다. 도시가 가진 가장 아름다운 시각이다. 전차 소리도 달리는 자동차의 클랙슨 소리도 향수를 자아내고 메마른 도시인들 가슴에 낭만을 부어주는 시각이다. 연인끼리 걸어도 좋고 혼자 걸어도 좋은 서울의 세종로 밤거리. 그들은 중앙청 앞을 돌아서 안국동 쪽으로 빠져나갈 때까지 한마디 말도 하지 않았다. 그러나 주성으로부터 풍겨나오는 분위기는 강렬하였다. 그 이상한 압력이 혜원의 가슴을 조여들게 하였다.

'정말 나는 고독하다. 어딘지 기대고 싶다. 지쳐버렸다아아.'

혜원은 가볍게 한숨지었다.

'육체의 고통을 이겨낸 때문일까? 이렇게 허황할 수가 있어? 밤거리가 아름다운 때문일까? 사람이 그리워진다. 정말, 정말 사람이 그리워진다.'

혜원은 또다시 숨을 몰아쉬었다.

'안 돼. 안 된다. 이 사람하고는 안 돼. 미래가 없어. 지나가는 사람이야. 내 옆을 스치고 지나간 그 많은 사람들과 마찬가지로……'

"혜준 누님?"

"예?"

"피로하지 않습니까?"

"별로."

"무리하시는 것 아닙니까?"

"아니."

"어디 드라이브라도 하고 싶군요."

"……"

"혜준 누님하고 함께―."

"안 돼요."

주성의 말은 확실한 애정의 표시다.

"안 된다 하니까 더 그 말을 꺾어보고 싶군요."

주성은 말하더니 지나가는 자동차를 잡았다. 그것은 순식간
의 일이었다.

"타세요."

"안 된다니까요. 늦었어요."

"타세요."

주성은 떼쓰는 아이처럼 혜원의 손목을 잡아끌었다. 혜원은
안 된다 안 된디 하며 마음속으로 소리쳤으나 자동차에 오르고
말았다.

운전수는 핸들을 잡은 채,

"어딜 가시죠?"

"한강!"

주성이 큰소리로 말했다.

"화내셨어요?"

주성은 혜원에게 얼굴을 돌리며 좀 질린 듯 말했다. 역시 그는 젊었다. 우격다짐으로 나오는 만용이 있는 반면 어설프고 두려운 마음도 가셔지지 않았던 것이다.

"화냈어요."

혜원은 쓸쓸하게 웃었다. 주성이도 빙긋이 웃었다. 웃는데 목으로부터 볼이 불그레하니 물들었다. 흥분과 어색함에서 그런 모양이다.

"조용히 얘기하고 싶었습니다. 벌써 전부터."

주성은 나직이 말했다. 혜원은 달리는 차창 밖으로 눈을 돌렸다. 거리의 불빛들이 주마등처럼 지나간다. 한강 인도교 위에서 자동차를 버린 그들은 나란히 모래를 밟고 강가로 걸어갔다.

달이 강물 위에 둥실 떠 있었다. 한결 시원한 바람이 불어왔다.

"혜준 누님?"

"……."

"애정 문제에 있어서 연령의 차이 같은 것이 큰 장애가 된다고 생각하십니까?"

"자연스러운 일은 못 되겠죠."

혜원은 자기 자신도 놀라우리만큼 냉정한 목소리로 대답했다.

"왜 자연스럽지 못합니까? 남의 눈 때문에 그렇습니까? 하나의 풍습 때문에 그렇습니까?"

"남의 눈도 한국의 풍습도 중요하겠죠. 하지만 오랜 세월 속에서 어쩔 수 없이 몸에 배어버린 자기 자신이 더 중요하지 않겠어요?"

"그건 혜준 누님을 두고 하시는 말씀입니까?"

"저만이 아닐 거예요. 대부분의 사람들은 다 그렇겠죠."

"제 자신도 그렇다고 생각하십니까?"

"그건 모르겠어요. 아마도 의식하지는 않지만……."

"저에게도 그 오랜 풍습이 배어 있을 거란 말씀이군요?"

혜원은 배에다 힘을 주며 또록또록 말을 했으나 발끝이 어디로 가고 있는지 알 수 없었다. 또록또록한 답변도 자칫하면 중간이 뚝 잘라지고 말 것만 같은 위태로운 생각이 들었다.

주성의 말은 분명히 애정의 고백이다. 피하려야 피할 수 없는 주성의 마음의 표현인 것이다.

'그렇다면 나는? 나는 다만 외로워서 이 사람을 따라왔단 말인가.'

외로운 이유만이라면 낮에 장용환을 그렇게 뿌리칠 수는 없는 일이었다. 혜원은 벌써 오래전부터 주성의 애정을 받아들일 어떤 자세가 돼 있지 않았던가? 무의식적이었는지도 모르지만 혜원은 주성을 좋아했던 것이 아니었을까?

"유치하다 하실는지도 모르겠습니다."

사북사북 모래를 밟는 소리와 더불어 주성의 목소리가 먼 곳에서처럼 들려왔다.

"너무나 유명한 얘기지만 나폴레옹이 조세핀을 사랑한 경우, 유명한 사학가 귀조가 열 살이나 나이 더 먹은 여성을 영원히 사랑한 경우, 로렌스가 프리다를 사랑한 경우, 얼마든지 있는 일입니다. 그렇지만 그것을 흉내 내려는 것은 아닙니다. 또 이런 얘기 저 자신을 변호하기 위하여 하는 말도 아닙니다. 혜준 누님께서 너무나 저를 경계하고 계십니다. 그 마음을 열어보고 싶었을 뿐입니다. 그 몸에 배었다는 풍습을 떼어버리고 싶었을 뿐입니다. 그런 것을 혜준 누님 마음에서 떼어버린 후 설령 거절을 당하는 일이 있어도 저는 사랑한다는 말을 드리고 싶습니다. 설령 저를 사랑하지 않는다 하더라도 그것을 구실로 삼지 마십시오."

주성의 목소리는 메아리처럼 먼 곳에서 울려왔다.

"경계를 한다면 이렇게 따라왔겠어요? 그렇지만 전 열등감을 떼어버릴 수는 없어요."

주성은 걸음을 멈추었다. 혜원도 걸음을 멈추었다. 긴 그림자가 모래 위에 뻗어 있고 밤은 죽음처럼 고요하다. 주성은 숨을 몰아쉬었다.

"혜원 씨!"

와락 달려들어 혜원을 껴안았다.

"이러지 마세요!"

그러나 혜원의 몸은 가냘프고 주성의 몸은 완강하였다. 아니 혜원의 마음은 허황하고 주성의 마음은 줄기찼다.

"사랑합니다! 오래전부터."

주성의 뜨거운 입김이 싸늘한 혜원의 얼굴을 덮어씌운다. 구름에 가려졌던 달이 다시 물 위에 둥실 떠 있었다. 멀리멀리 아주 먼 곳에서 기적이 울려왔다.

두 사람은 모래 위에 주저앉았다. 허탈한 사람처럼 그들은 강물을 바라보고 있었다. 사나이의 손자국이 아직 남아 있는 듯 혜원은 양어깨가 뻐근한 것을 느낀다. 이윽고 주성은 담배를 붙여 물었다. 슬픔에 젖은 듯한 주성의 옆얼굴이 하늘을 올려다본다.

"말씀하세요. 혜원 씨."

"……."

"저를 사랑한다고."

"사랑해요. 그렇지만 미래가 없는 사랑이에요."

"왜 그런 말을 하세요?"

주성은 노한 듯 얼굴을 돌리고 혜원을 쳐다보았다.

"주성 씨는 그렇게 생각지 않으세요?"

"단연코! 단연코 그렇게 생각지 않습니다."

주성은 외치듯 말했다.

"주성 씨가 그렇게 생각지 않아도 나는 그렇게 생각하고 있어요. 미래를 생각하고 미래에 기대를 가진다면 나는 주성 씨를 사랑할 수 없을 거예요.”

“그런 편견이 어디 있습니까?”

“편견이 아니에요. 감정이죠. 제발 우리가 앞으로 또 만난다 하더라도 미래는 생각하지 않기로 해요.”

“왜 그렇습니까? 저의 감정은 유희가 아닙니다.”

“저의 감정도 유희가 아니기 때문이에요.”

“이해할 수 없습니다.”

“삼십이 다 돼가는 여자, 그것도 과거가 있고 그 과거도 버림받은 여자, 그런 것에서 어떻게 벗어날 수 있단 말예요?”

혜원은 무릎 위에 얼굴을 얹었다. 그의 눈에서는 눈물이 흐르고 있었다.

“사랑하면, 사랑하면 그만이오. 혜원 씨, 일어나세요.”

주성은 혜원의 팔을 끌었다.

“자, 이제 돌아가세요.”

혜원은 일어섰다. 두 사람은 오던 길을 되돌아 간다.

“피곤하죠?”

“아니.”

주성은 혜원의 손을 꼭 잡았다. 인도교로 올라온 그들은 택시를 잡아탔다. 자동차는 질풍처럼 밤거리를 달렸다. 서대문 막바지에 이르렀을 때 시계는 열한 시를 가리키고 있었다. 자동차에서 혜원을 부축하고 내린 주성은,

“다음 토요일에 만나주시겠어요?”

혜원은 주성의 얼굴을 쳐다볼 뿐이다.

"다섯 시에 오늘 만났던 그 다방에서."

주성은 혜원의 어깨 위에 손을 얹었다가 돌아섰다. 그리고 돌아보지도 않고 두벅두벅 걸어간다. 혜원은 그 뒷모습이 사라질 때까지 서 있었다. 아쉬움이 가슴 가득히 밀려왔다. 한없이 먼 세계의 사람만 같았다.

'오다가다 스친 사람……'

혜원은 돌아섰다.


"내가 돌아오기 전에 동생이 오거든 가지 말고 기다려라 일러요."

인성은 가운을 벗고 가방을 들면서 말했다.

"예."

미스 한은 무심히 대답을 했다. 그러나 다음 순간 그의 얼굴에는 이상한 미소가 돌았다.

"만일 사모님이 오시면 뭐라고 말씀드릴까요?"

인성은 금세 상을 찌푸렸다. 그러나 아무 대꾸도 하지 않고 돌아섰다.

"가시죠."

인성은 환자 집에서 온 식모에게 눈을 보냈다. 식모는 민첩한 동작으로 인성의 앞장을 섰다.

미스 한이 이상한 미소를 띠며 한 말에는 그만한 이유가 있었다. 현숙은 인성의 신변에 있는 유일한 여성인 미스 한에 대하여 요즘 이상한 생각을 가진 것이다. 인성의 냉담한 태도의 원인을 그런 곳에서라도 찾지 않고는 견딜 수 없는 심정에서였다. 병원에 나오지 못하게 한 이유도 그것에다 결부시켜 보려 하는 현숙이었다. 그것을 미스 한이 눈치챘던 것이다.

인성은 식모를 따라 다소 가파른 언덕길을 올라갔다. 공기는 맑고 큰길이 내려다보이는 언덕길.

"흐음."

인성은 한숨 비슷하게 숨을 몰아쉬었다. 식모를 따라서 가는데 인성은 아무도 없는 공간을 혼자 헤엄질 하고 있는 느낌이 들었다. 그 공간 속에 현숙의 성난 얼굴이 멀어졌다 가까워졌다 한다.

'나는 너무나 인생을 만만하게 보았어. 인생을 경멸한 대가를 나는 지금 치르고 있는 거야.'

현숙은 요즘 병원에 자주 나타났다. 인성이 싫어하건 좋아하건 아랑곳없이 나타난다. 그러고는 미스 한을 천착하듯 바라보다간 돌아간다. 현숙이 병원에 나타나는 그날 밤이면 인성은 침묵으로써 현숙을 괴롭혀 주고 대항하는 것이었다. 그럴수록 현숙은 신들린 사람처럼 행동이 거칠어지고 병원에는 발걸음이 더 잦아지는 것이었다. 어젯밤에는 인성도 참다 못해,

"무조건이오!"

하며 말을 꺼냈을 때 현숙은 증오에 찬 눈으로 인성을 노려보

았다.

"병원에는 나오지 말란 말이오!"

"제가 병원에 나가면 당신 할 일을 못 하오?"

현숙이 응수했다. 한참 말을 주고받다가,

"그럼 일요일에는 집에서 쉴 테니 제발 병원에는 나오지 마오."

하는 수 없이 인성은 타협 조로 나갔다.

"아무래도 당신이 하는 짓은 병적이에요."

"……."

"제가 나가면 왜 안 된다는 거예요?"

"당신 말대로 병적이라 생각하면 되지 않소."

"그것에도 이유는 있을 거 아니에요."

"직장에 가족이 나와서 내가 일하는 것을 바라보고 있다는 게 싫소. 그야말로 병적으로 싫단 말이오."

"흥!"

설전은 그리하여 일단 끝이 났다.


인성은 언덕으로 올라섰다. 식모를 따라 들어간 곳은 잡초가 제 마음대로 우거져 있는 황폐한 뜨락이었다. 뜨락 한복판에 붉은 벽돌로 된 양관이 우뚝 서 있었다. 삼십 평은 족히 될 성싶은 큰 집이었다. 본시는 소쇄하게 꾸며진 듯 보이는 건물이었으나 지금은 황폐한 뜨락과 마찬가지로 낡고 허술한 고옥古屋이 되어 있었다. 다만 붉은 벽돌의 벽을 타고 뻗어 올라간 담쟁이만이 기울어지려는 석양을 받아 씽씽하게 빛나고 있었다.

현관으로 들어서자 중늙은 소복의 부인이 그를 조용히 맞이했다. 이마가 반듯하고 젊었을 시절의 아름다운 모습을 연상케 하는 점잖은 부인이었다.

"환자는?"

인성이 물었다.

"예, 선생님."

부인은 지친 듯 말을 하다 말고 이마를 한 손으로 짚었다.

"방금 객혈을 했죠."

"그럼 전부터 나빴습니까?"

"예. 마산요양소에 가 있었어요. 그러다가 많이 좋아져서 일 년 전에 집으로 왔죠. 그랬는데 그만 오늘 또……."

"자제분이십니까."

"딸이에요. 지금 한창 흥분하고 있어서…… 병원의 선생님이라면 아주 질색을 합니다."

"예. 알겠습니다."

인성은 부인의 안내를 받아 좁다란 복도를 돌아갔다. 환자가 있는 방문 앞에까지 온 부인은 기도라도 올리는 자세로 한동안 묵묵히 서 있었다. 한참 후엔 문을 열었다.

남향으로 넓은 창문을 낸 밝은 방이었다. 허술하고 낡은 외관에 비하여 방 안은 깨끗하였다. 방 안의 분위기는 소녀의 꿈이 아직 감돌고 있는 듯 아늑하고 부드러운 것이었다. 환자는 창문을 바라보고 돌아누워 있었다.

"규희야?"

부인은 몸을 앞으로 구푸리며 조심스럽게 딸의 이름을 불렀다. 그러나 규희라 불리운 여자는 돌아보지 않았다.

"규희야? 선생님 오셨다."

하며 부인은 딸의 몸을 살그머니 돌려준다.

'으읍!'

인성은 마음속으로 경악의 소리를 질렀다. 여자의 눈도 크게 벌어졌다. 그리고 그 맑고 큰 눈동자는 푸른 바다처럼 출렁거렸다. 그러나 핏기 잃은 입술은 꾹 다물려져 있었다. 마치 말을 잊어버린 숲속의 요정처럼, 그리고 인성이 아득히 먼 곳에 있는 것처럼 그런 눈으로 바라보고 있는 것이었다. 인성은 지혈제 주사를 놓아주며 규희의 얼굴을 깊숙이 내려다보았다. 그늘처럼 살눈섭이 몇 번 움직였다.

'규희라구? 드디어 우리는 부딪치고 말았구나. 이상하다. 정말 이상한 일이 아니냐?'

인성은 주삿바늘을 뽑았다. 여자가 지닌 온통 노는 것이 다 신비스럽게 느껴지는 것이었지만 그보나 더 신비스러운 일은 이러한 해후였던 것이다.

'아직도 흥분하고 있구나.'

인성은 비로소 정신을 차렸다. 그는 규희가 병자라는 사실을 전혀 잊어버리고 있었던 것이다. 인성은 수면제를 꺼내었다. 환자는 좀 잠을 자야 한다고 생각했던 것이다.

"냉수 가져오셔서 이 약을 먹이십시오."

하고 부인을 돌아다보았다. 부인은 조용히 일어서 나갔다. 부인이 나가버리자 규희는 창가에 놓인 빨간 달리아를 바라보고 있던 눈을 돌렸다. 그리고 인성을 올려다보았다.

"선생님이 의사라고는 정말 생각하지 못했어요."

처음으로 입을 떼었다. 낮은 목소리가 고요한 방 안을 진동하고 있다고 인성은 생각했다. 더불어 그 미소도 파문처럼 넓게 퍼져서 가슴에 울려온다고 인성은 생각했다.

"기억하고 계시군요."

"기억하구 있구말구요. 선생님은 기억하지 않으셨어요?"

"기억하고 있었으니까 물어보는 거 아닙니까?"

그들은 서로 마주 본 채 미소 지었다.

"어느 병원이에요? 이 근방에 있는 병원이에요?"

"동인병원입니다. 여기서 곧장 내려가면."

"예, 예, 알아요. 그 앞을 자주 지나다녔는데 몰랐군요."

규희는 몹시 애석해하는 표정이었다.

"말씀 많이 하시면 안 됩니다."

인성은 가까스로 자기가 의사라는 직분에 있는 사람임을 의식하며 규희의 말을 막았다.

"괜찮아요. 저도 잘 알고 있어요."

규희는 병자답지 않게 밝은 웃음을 머금었다.

"아시면서 왜 나다니셨죠? 집에서 조용히 요양하셔야죠."

인성은 나무라듯 말한다.

"지쳐버렸어요."

순간 규희의 얼굴에는 절망의 빛이 돌았다.

"그런 생각이 잘못입니다. 목숨은 귀중한 겁니다. 스스로 버리려 하면 안 되죠."

"어쩐지 살고 싶어지는군요."

규희는 쓸쓸하게 웃었다.

"살고 싶으면 살 수 있는 일 아닙니까?"

"그럴까요?

그들은 오래오래 전부터 서로를 잘 알고 지낸 사이처럼 가슴에서 가슴으로 말이 옮겨졌다.

부인이 컵에 냉수를 담아가지고 들어왔다. 규희는 인성이 보는 앞에서 순순히 약을 먹었다.

"한숨 푹 주무세요."

인성은 가방을 챙겨놓고 일어섰다. 인성이 방문 앞에 이르자,

"선생님."

규희가 불렀다.

"내일도 오세요."

인성은 잠자코 고개를 끄떡여 준다. 부인이 의아한 눈초리로 두 사람을 번갈아 보았다. 그도 그럴 것이 의사라면 머리를 쩔

86

쩔 흔들고 싶어하는 규희였기 때문이다.

인성은 천천히 언덕을 내려간다.

"내일도 오세요."

하던 규희의 목소리가 귓가에 쟁쟁 울리고 있었다. 따뜻한 피가 전신을 맴돌고 있는 것을 느낀다. 지금까지 여자에게, 아니 인간에게 대하여 느껴본 일이 없는 강한 인력, 그것은 인간에 대한 시정詩情이며 향수였다. 인성은 자기 자신 속에 그런 피가 세차게 잠을 깨고 있는 것에 스스로 놀란다.

"죽지는 않아. 살려고 마음먹으면 죽지는 않아!"

인성은 걸음을 빨리하였다. 그의 마음속에는 그를 둘러싼 환경에 대한 아무런 고통도 없었다. 그는 완전히 자신의 위치를 잊고 있던 것이다.


인성이 병원으로 돌아왔을 때 환한 형광등 아래 주성이 우두커니 앉아 있었다. 인성은 데스크 위에 가방을 털썩 내려놓고,

"벌써부터 왔나?"

"아뇨. 지금 막 왔어요."

"그동안 바빴나?"

"별로."

주성은 하품을 씹으며 대답했다.

인성은 기다리고 있는 환자 쪽에 눈을 보낸다.

"무슨 할 말씀이 있어요?"

주성이 물었다.

"별일은 아니다만…… 하여간 저녁이나 같이하자."

하고 인성은 환자 곁으로 갔다. 진찰을 하고 주사를 놓아주고 약의 처방을 써준 뒤 인성은 일어섰다.

"나가자."

인성이 먼저 병원을 나섰다. 주성도 슬그머니 따라나왔다. 그리고 인성과 어깨를 나란히 했다. 거리의 불빛은 아름다웠다.

"좀 멀지만 천천히 걸어가지."

인성은 플라타너스 밑을 천천히 걷는다.

"무슨 할 말씀이 있어요?"

주성은 형이 왜 자기를 불러냈는지 그것이 몹시 궁금했던 모양이다.

"음."

"무슨 일인데요?"

"천천히 말하지."

주성은 입을 다물었다.

'설마 혜원 씨와 내 일을 형이 알고 있는 것은 아니겠지.'

그러나 주성은 그러한 기우보다 혜원이 이 근처에 살고 있다는 사실이 어떠한 절실한 감정으로 빌려들어 왔다. 그날 밤 혜원도 주성을 사랑하고 있다는 일을 알고 난 후 주성은 거의 정신을 못 차릴 정도로 혜원에게로 쏠려가는 자신을 보고 있는 것이다. 혜원이 살고 있는 근처의 거리를 걷고 있다는 그 한 가지 일만으로도 그의 가슴은 뛰는 것이었다. 거리는 정말 아름다웠다. 주성의 정감은 어떠한 추한 것도 미화시켜 놓고야 말았다. 오직 혜원을 사랑하는 그 일만으로써.

"주성아?"

인성은 담배를 붙여 물고 한 모금 깊숙이 빨아 당기더니 동생을 불렀다.

"예."

"너 요즘 연애하고 있는 게 아니냐?"

인성은 빙그레 웃었다.

"예?"

주성은 걸음을 딱 멈추고 인성을 올려다보았다.

"왜 그리 놀라는 거야?"

"그런 말을 왜 물으시죠?"

주성의 얼굴에는 불안한 빛이 돌았다.

"그냥 물어본 거지."

주성은 어금니를 꾹 다물고 고개를 떨어뜨리며 다시 걷기 시작한다. 사실 인성은 무심히 한 말이었다. 우연히 뜻밖에도 규희를 만난 데서 온 어떤 감정의 여운에서 그런 말을 했는지도 모른다. 그러나 주성은 입이 무겁고 좀처럼 그런 말을 하지 않는 인성의 입에서 연애라는 말이 튀어나왔을 때 정말 당황하지 않을 수 없었던 것이다.

'형이 알고 하는 소릴까? 혹? 그럴지도 모르지. 우리들이 만

나는 것을 형이 보았을지도 모르지. 이 동리에 있으니까.'

주성은 무심히 걷고 있는 인성의 얼굴을 한번 슬쩍 훔쳐보았다. 그들의 사랑의 정당성을 주장하면서도 주성의 마음에 끼어드는 어두운 그림자를 부인할 수 없었다.

'나는 내 인생을 살아가는 거야!'

주성은 자기 자신에 대한 노여움을 느꼈다.

'부모의 인생이나 형제의 인생을 대신하여 주는 건 아니란 말이야. 하물며 남의 인생을 본받을 필요는 없단 말이야. 내가 원하고 내가 얻고 그리고 내 뉘우침이 없다면 그만 아니냐. 나는 사랑한다. 혜원 씨를 사랑한다. 나는 그 여자와 결혼하고 말 테다. 누가 뭐라 하더라도.'

주성은 입술을 꼭 다물었다.

한참 후 인성은 어느 조용한 양식점으로 데리고 들어갔다. 좌석에 앉은 주성은 밝은 불빛 아래서 인성의 얼굴빛을 한번 살폈다. 인성이 어느 만큼 혜원과 자기 사이의 일을 알고 있는지 역시 궁금한 일이 아닐 수 없었다. 그러나 인성의 눈빛은 빛나고 어떤 기대에 차 있는 듯 보였다.

'이상하다?'

"너도 날 닮았으면 쉽게 연애는 못 할 거다."

인성은 푸듯이 뇌며 빙그레 웃었다.

"……?"

갑자기 연애에 대한 말을 자주 하는 인성의 심중을 헤아리기 어려웠다.

'형이 말하려고 하는 것은 내가 생각하고 있는 일보다 아주 각도가 다른 것이 아닐까?'

혜원의 일에서 비켜난 것인 것만은 확실하였다. 그러나 인성과 관계되는 이야기를 꺼낸 것을 짐작할 수 있었다. 주성은 마음을 단단히 먹었다.

"내 의견으로는 결혼의 시기가 늦어지는 한이 있어도 자기가 찾는 사람을 만나서 살아야 한다고 생각한다. 인생을 경멸하고 가볍게 다루어서는 안 된다. 그리고 결혼문제는 중대한 일이야. 나는 요즘 그 문제를 많이 생각하고 있다."

인성의 눈빛은 갑자기 어둡게 가라앉았다.

"어째서 형님이 그런 말 하는지 난 모르겠소."

"지금 한 말은 내 푸념이고……."

"그럼 형님의 결혼 생활은 불행하다 말입니까?"

"불행하다면 차라리 낫지. 불행 속에도 한 가닥의 감상은 있으니까. 불행도 행복도 느껴본 일이 없다."

주성은 인성의 그 말을 이해할 수 있었다. 객관적으로 볼 때도 그들 부부의 생활은 너무나 무미건조했던 것이다. 그러나 통 말이 없는 인성이 하필 왜 그런 푸념을 하는지 이해가 가지 않았다.

"사실은 이런 말 하는 게 불충실한 일이지. 그러나 그것은 내 의견이고 오래전부터 부탁을 받아온 일을 너에게 얘기하마. 너 이상규 씨 따님 알지?"

"예? 송애입니까?"

"음—."

"송애가 어쨌단 말입니까?"

"어쨌다는 게 아니구 명륜동에서 자꾸 말을 하니까."

"사돈댁에서요?"

"음, 이상규 씨하고 명륜동하고는 인척관계거든."

"그래서요?"

"넌 송애라는 그 사람을 어떻게 생각하고 있나?"

"친한 친구일 뿐입니다. 옛날부터."

"결혼 상대로 생각해 본 일 없나?"

"없어요."

주성은 성난 듯 대답했다.

"뭐 내가 이런 말 한다고 해서 부담을 느낄 필요는 없다."

마침 주문한 식사가 왔다.

"자, 먹으며 얘기하자."

인성은 포크를 들었다.

"효자동의 아버님도 찬성하시고 또 너도 그 사람과 친한 것 같고 명륜동에서도 자꾸 말을 하니 내가 너 의사를 타진해 본 것 뿐이다. 생각이 있으면 약혼식이라도 올려놓는 게 무방하지 않을까 싶어서—."

주성은 잠자코 고기를 썰었다.

‘만일 유혜원이라는 사람이 나타나지 않았다면 나는 송애하고 결혼했을지도 몰라.’

이송애李松愛는 중학 시절부터 주성과 친한 사이였다. 남녀공학인 B중학의 동기 동창이었던 것이다. 집안끼리도 다소 알고 있는 터이고 해서 성적이 좀 떨어진 송애는 주성에게 곧잘 찾아와 수학 같은 것을 배우곤 했었다. 명랑하고 귀여운 소녀였었다.

“내 생각에도 너의 결혼은 아직 이르다고.”

“이르고 늦고 간에 송애하고 결혼할 마음은 없습니다.”

“너무 잘 아는 사이라서 그런가?”

“친하다는 것과 사랑한다는 것은 별문제입니다.”

“그건 그렇겠지.”

인성은 순순히 시인했다.

“결혼문제만은 저 혼자서 생각하겠어요.”

“그것도 좋지. 적어도 나만은 간섭 안 하겠다.”

주성은 인성이 전에 없이 다변多辯한 것도 이상하거니와 전적으로 자유의사에 맡기는 일도 미심쩍었다. 너무 이야기가 수월하다고 생각하였다.

“간섭 안 하는 일뿐만 아니라 협조해 줄 마음은 없어요?”

주성은 인성의 마음을 떠볼 양으로 말을 슬쩍 비쳤다.

“그야 경우에 따라서 협조할 수도 있지.”

“어떤 경우를 말입니까?”

"못마땅할 경우에는 방관하는 거구. 내 마음에 드는 일이라면 협조하지."

"어떤 경우를 못마땅하다 생각하죠?"

"그야 당해봐야지."

"그건 애정을 두고 하는 말입니까? 혹은 처지나 환경을 두고 하는 말입니까?"

"글쎄…… 당해봐야지."

"현실에 있어서 그 조건이 구비되지 못하였으나 애정이 순수할 때는 어떡허죠?"

주성은 억압하듯 말을 밀어댔다.

"너 연애하고 있는 것 아니냐?"

아까 올 때 거리서 연애하고 있지 않느냐고 물을 때와는 사뭇 딴 표정이다.

"연애하고 있습니다. 그 여자를 사랑하고 있습니다."

주성은 도전하듯 굵은 목소리로 말했다.

"음…… 언제부터?"

"오래전부터였어요."

"음……."

인성은 미소 지었다. 동생이 누군가를 사랑하고 있다는 일이 왜 그런지 즐거웠다. 전 같으면 무관심으로 혹은 냉소로써 대했을지 모르는 일이었다.

"그래, 어떤 여자냐?"

인성은 그답지 않게 다시 물었다.

"그건 말씀드릴 수 없어요, 지금은. 자립하여 내 생활을 갖기 전에는."

주성의 어조에는 패기가 넘쳐 있었다.


인성과 헤어진 주성은 혜원을 찾아갔다. 혜원이 살고 있는 집 앞에서 한동안 방황하다가 문을 두드렸다. 안방에 사는 주인마누라가,

"누굴 찾으시오?"

하며 얼굴을 내밀었다.

"저 건넛방에 사시는 분을 만나 뵈려구요."

"그럼 들어오우."

주성은 들어갔다. 방문 앞에서 주성은 기침을 한 번 하고 나서,

"혜원 씨."

나직이 불렀다.

"어머!"

놀라는 소리가 났다. 그러나 방문을 열어주지는 않았다. 한동안의 침묵이 흘렀다.

"들어오세요."

한참 만에 혜원의 목소리가 들려왔다. 주성은 방문을 열고 들어섰다. 혜원은 등을 보이며 돌아앉아 있었다.

"형을 만나러 온 김에 들렀죠."

주성은 변명 비슷하게 뇌었다.

"아무 말씀도 없이 오시면 어떡해요?"

혜원의 목소리는 떨리어 나왔다.

"잘못했습니다. 저절로……."

발이 이곳으로 오더라는 말을 차마 못 한다.

혜원은 몸을 돌이켰다. 그 순간 혜원은 힐끗 눈을 들어 주성을 보았다. 눈이 새빨갛게 충혈되어 있었다.

"우셨어요?"

"나는 가끔 마음이 내키면 혼자서 울어요. 그러면 마음이 후련해지거든요. 그렇지만 우는 꼴 남에게 보이긴 싫어요."

"왜 울죠?"

주성은 노한 듯 물었다.

"모르겠어요. 이 세상에 나 혼자 사는 것만 같아서 그렇게 우나 부죠."

"못난 소리. 바람 쐬러 나가시지 않겠어요?"

"나가고 싶지 않아요. 그보다 주성 씨, 돌아가세요."

"……."

"약속한 날에 나가겠어요."

"……."

"너무 철없이 굴지 마세요. 나도 괴로워요. 아무것도 손에 잡히지 않고."

혜원의 얼굴에는 깊은 우수가 모여들었다. 하얀 저고리 동정 위에 목이 아른아른 흔들린다.

"견딜 수 없습니다. 보고 싶었습니다."

주성은 빛나는 눈으로 혜원을 노려보았다.

"나가세요! 혜원 씨."

주성은 혜원의 손목을 덥석 잡았다.

"어디로 가자는 거예요?"

혜원의 충혈된 눈이 발발 떨리고 있는 것 같았다.

"아무 데나. 이 방에서는 질식할 것만 같소."

주성의 젊은 피는 이글이글 끓어오르고 있었다. 혜원은 살그머니 손을 뽑았다.

"그럼 나가세요. 다방에서 차 한 잔만 마시고 오는 거예요."

혜원은 일어섰다. 그리고 입은 그대로 밖에 나왔다. 선선한 바람이 볼에 스치고 지나갔다. 그러나 그들은 다방으로 가지 않았다. 어딘지 모르게 그냥 걷고만 있었다. 거리에는 오가는 사람도 많고 불빛도 번거로웠으나 그들은 오직 그들 자신만이 이 천지간에 존재하고 있는 양 걷고 있었다. 실상 그들의 눈앞에는 아무것도 보이지 않았다. 서로의 입김이 있을 뿐이다.

# 3. 마르지 않는 샘

넓은 집 안은 괴괴하였다. 아침 이슬을 머금은 삽풀 사이에서 풀벌레들이 울고 있었다. 생명의 송가처럼 울고 있는 풀벌레의 소리는 가을이 다가오기에 한층 처량하게 들렸다. 미명의 옥색 공간은 차츰 걷혀지고 동편 하늘은 붉게 물들기 시작했다. 규희의 어머니 염씨 부인은 관사 치마저고리의 소복 차림으로 나섰다.

"규희는 아직 자고 있지?"

뒤따라 나온 식모 양평댁에게 물었다.

"예."

"그럼 그냥 가겠다."

"다녀오세요."

양평댁이 인사를 하자 염씨 부인은 돌아서다 말고,

"참, 밥상은 자주 차려내요. 짜증 부리더라도 양평댁이 권해서 밥 좀 먹게 해요."

"예."

염씨 부인은 아침 일찍부터 절에 가면서 역시 딸 규희의 식사 문제가 걱정되는 모양이다.

"그럼."

하고 염씨 부인은 나갔다. 두 어깨가 축 처져 힘이 없어 보이는 뒷모습이다.

"쯔쯧······."

양평댁은 혀를 끌끌 차며 돌아섰다.

'음······ 가엾은 마님, 살림은 망하고 따님은 병이 들고 늘그막에 무슨 고생이람. 태산같이 믿었던 아드님도 그 모양이니······ 아들도 소용없지.'

그는 부엌으로 돌아와 연탄을 갈아 넣는다.

삼 년 전만 해도 이 집은 으리으리하게 잘살고 있었다. 그러니까 양평댁이 이 집에 온 지 십 년이 지난 셈이다. 그때 규희의 아버지 이시우李時雨 씨는 정계에서 은퇴하고 잡지사와 영화 제작에 손을 대고 있었다. 그러던 것이 일억 환을 넘어 들인 영화가 연달아 실패하고 따라서 잡지사도 궁지에 빠졌던 것이다. 파산과 아울러 이시우 씨는 뇌일혈로 갑자기 세상을 떠났던 것이다. 이때 그의 외동아들 이규상李奎祥은 도미 유학 중이어서 아버지 장례에도 참석하지 못하였던 것이다. 이시우 씨가 돌아가고 채무 정리를 한 결과 남은 것이라고는 현재 살고 있는 집 한 채와 잡지사가 점령하고 있던 이 층 건물이 하나 남았을 뿐이었다. 여기에다 설상가상으로 규희는 폐를 앓게 되어 마산요양소로 가지 않으면 안 되게 되었다.

규희의 몸이 회복되어 집으로 돌아왔을 때 미국에 유학 중인 규상으로부터 편지가 왔다. 편지의 사연인즉 그곳의 미국 여성과 결혼하였다는 것이고 그곳에 영주할 의향을 밝힌 것이었다.

"몹쓸 놈의 자식. 혼자 남은 어미는 어찌 살라고. 으흐흐……."

염씨 부인은 밤을 지새우며 울었다. 잡지사에서 보내주는 얼마간의 돈으로 생활은 궁색하지 않게 꾸려갔지만 성하지 못한 규희를 데리고 불안에 떨며 살아가는 염씨 부인에 유일힌 희망이던 아들의 그런 편지는 절망의 구렁텅이로 염씨 부인을 떠밀어 넣었다.

양평댁은 조용조용히 조반을 지었다.

"일어났나 부다."

양평댁은 귀를 기울이며 혼자 중얼거렸다. 규희 방에서 기척이 났던 것이다. 며칠 전에 피를 쏟았으나 병세는 좀 호전된 듯 생각되었다.

양평댁은 반숙한 계란에다 생선 지진 것을 깔끔하게 밥상에 올려놓고 김이 모락모락 나는 밥그릇을 얹은 밥상을 들고 규희 방으로 들어갔다.

"조반 드세요."

연분홍 네글리제를 입은 탓인지 열이 나는 때문인지 규희의 얼굴빛은 은은하고 아름다웠다.

　"이르구면."

　규희는 말끔히 빗질을 한 머리를 쓰다듬으며 몸을 일으켰다.

　"어머니는?"

　"절에 가셨어요."

　"절에?"

　"예. 절에 가셨어요."

　"아이 참, 절에는 뭣 하러 가실까?"

　얼굴을 찌푸린다.

　"아가씨 병 나으시라고 불공드리러 가셨죠."

　"불공드린다구 병이 낫나 뭐……."

　"얼마나 괴로우시면 그러시겠어요?"

　규희는 아무 말 하지 않는다.

　"자, 어서 조반 드세요, 식기 전에. 마님께서는 아가씨 식사 걱정만 하시다 가셨어요."

　"많이 먹을게요. 오늘 아침엔 기분이 좋아."

　규희는 빙그레 웃었다. 오래간만에 보는 웃음의 얼굴이라 생각하며 양평댁은 방문을 닫고 나갔다.

　한참 후 양평댁이 짤짤 끓는 숭늉을 떠가지고 들어왔을 때 규희의 밥그릇은 제법 절반이나 비어 있었다.

　"어머, 많이 자셨구면요."

"입맛이 좀 나는 것 같아. 양평댁이 지진 생선이 맛나요."

"그래요?"

양평댁은 퍽 좋아한다.

"양평댁?"

"예."

"방 안이 쓸쓸하잖아?"

규희는 밥상을 물리고 숭늉 그릇을 든 채 방 안을 두루 살핀다.

"꽃을 꽂을까요?"

"뜰에 무슨 꽃이 피었어요?"

"별로 좋은 게 없어요."

"그럼 사 와요."

"예."

양평댁은 밥상을 들고 나가면서,

"참 이상도 하지? 그 의사 선생님이 오시고부터는 아가씨가 아주 명랑해졌어."

천착하는 기분에서 한 말은 아니었다. 그로서도 규희의 기분이 좋다는 것은 즐거운 일이었던 것이다.

양평댁은 거리로 나와서 꽃가게로 들어갔다. 이것저것 꽃이 많았으나 새빨간 샐비어가 그의 눈을 끌었다. 그는 샐비어를 한 묶음 사가지고 집으로 돌아왔다.

꽃병에 꽃을 꽂아 규희 방으로 들어갔다.

"어마! 벌써 사 왔어요?"

"진지 많이 드셔서 그 상으루요."

"어머!"

규희는 식모의 마음 씀이 고마워 활짝 웃었다.

"샐비어구먼."

"무슨 꽃인지 전 모르지만서도 빛깔이 하 고와서 샀죠."

"타는 듯 붉군. 전에는 우리 뜰에도 많이 피었더랬는데……."

"마음에 안 드세요?"

"아니, 빛깔이 싱싱해서 방 안이 훤해요. 그리구 양평댁?"

"예?"

"꽃병은 책상 위에 얹어놓고 저 벽장 열어봐요. 그림이 있으니까 내걸어요."

양평댁은 규희가 누워서 시키는 대로 꽃병을 책상 위에 놓고 벽장 문을 열었다. 그때 응접실에서 전화벨이 요란스럽게 울려왔다. 양평댁은 일손을 멈추고 급히 밖으로 달려갔다. 한참 후에 되돌아온 양평댁은,

"아가씨한테 전화 왔어요. 받으시겠어요?"

"어디서?"

"누구냐고 물어도 대답은 안 하고 아가씨한테 대달라고만 하는군요."

"여자? 남자?"

"여자예요."

"누굴까?"

"어떡헐까요? 아프시다고 거절할까요?"

"아니."

"받으시겠어요?"

"이리로 돌려주어요."

응접실로 돌아간 양평댁은 스위치를 규희 방으로 돌리고 벨을 눌러 신호를 했다.

규희는 비스듬히 몸을 일으켜 수화기를 들었다.

"여보세요?"

"이규희 씨예요?"

듣지 못한 여자의 목소리가 이내 울려왔다. 음악 소리도 섞여 나왔다. 다방에서 전화를 건 모양이다.

"예, 그렇습니다만 댁은 누구시죠?"

"잠깐만 기다리세요."

"이상하다. 무슨 일일까?"

전화를 바꾸는 모양이다.

"규희요?"

굵직한 남자의 목소리다.

"어머!"

규희의 얼굴이 싹 변한다.

"일전에 전화했더니 규희가 아프다 하시면서 어머니가 전화 바꿔주시지 않더군."

"그래서 호출자를 여성으로 택했군요."

규희는 입가에 냉소를 띤다. 그러는데 어딘지 허탈한 감이 온 얼굴에 퍼져 나간다.

"할 수 없지 않아? 한번 만나야겠기에."

"무슨 용건이시죠?"

"따지는 거야?"

화난 목소리였으나 박력이 없다.

"무슨 용건인지 물어보는 건 당연한 일이 아니에요?"

"물론 얘기가 있지. 하지만 용건이라면 사무적으로 들리거든."

남자는 좀 누그러진 어세로 말하였다. 규희는 먼 곳으로 시선을 던진 채 말이 없다.

"정말로 아픈 거야?"

"거짓말이면 어떡헐 테요?"

"난 규희의 약혼자야. 날 피할 작정인가? 그렇게는 되지 않을걸."

협박조로 나온다. 규희의 얼굴빛이 변한다.

"옛날 얘기죠."

규희는 애써 태연하게 말했다.

"날 피하려 한다고 그렇게 될 줄 아나? 어림도 없다. 난 집념이 강한 사내야."

"상진 씨가 집념이 강하다면 난 집착이 없는 여자예요. 아시겠어요?"

규희는 강하게 쏘아붙인다.

"이봐, 규희. 우리가 그럴 사이냐 말이다. 생각해 봐. 우린 서로 사랑했다. 그사이 약간의 잘못된 점이 있었다 해도 사랑하는 사이에 무슨 큰 허물이 되겠냐 말이다."

"다 엎질러진 물은 도로 담을 수 없다 하더군요."

"그러지 말고 한 번만 더 만나줘. 그렇게 간단하게 헤어질 수 있을까?"

사나이는 애원한다.

"상진 씨!"

규희는 격한 어조로 불렀다. 다음 말을 이어보라는 듯 사나이는 잠자코 있었다.

"나는 또 객혈을 했어요. 상진 씨는 이제 규희가 완쾌된 걸로 알고 옛날로 돌아가자 하는 모양이지만 그건 잘못 계산한 거예요. 그러나 그보다 더 중요한 일은 규희가 상진 씨를 사랑하고 있지 않다는 사실이에요."

"아니다! 거짓말이다! 규희는 나에게 복수하려는 거야."

사나이는 흥분하여 외치듯 말했다.

규희는 수화기를 놓았다. 그러나 이내 벨이 다시 울리기 시작했다. 규희는 수화기를 내려놓고 말았다.

"흐음……."

규희는 자리에 누웠다.

정상진丁尙鎭은 그가 주장하는 대로 규희의 약혼자였다. 규희의 아버지 이시우 씨가 살아 있을 때 상진은 미술대학을 나와 영화에 관계하고 있었다. 상진은 또한 이시우 씨 친구의 아들이었으며 처음 영화에 관계하게 된 것도 그런 집안끼리의 친분에서 비롯된 것이며 처음에는 영화미술을 담당했다가 시나리오에 손을 대기 시작했던 것이다.

규희와 상진은 중학 시절부터 친한 사이였다. 양가의 부모들도 그들이 결혼할 것을 바라고 있었다. 그들은 이시우 씨가 세상을 떠나기 전에 약혼식을 거행했던 것이다. 그러나 집안이 망하고 이시우 씨가 별안간 세상을 떠나자 상진은 여배우 성미혜成美惠에게 미치게 되었다. 집안이 망하고 이시우 씨가 별세한 이유로서 상진이 배신한 것은 아니었다. 그러나 그러한 사항이 상진의 마음을 가볍게 한 것만은 사실이었다. 그는 연연하고 때로는 허탈감에 사로잡히는 규희에게 어떤 불안을 느꼈고 이미 규희를 범하고 말았지만 어딘지 미숙하고 가냘픈 규희에게 짙은 욕정을 품을 수 없었던 것이다. 거기에 비하면 성미혜는 짙은 향취를 지니고 있었다. 한마디로 말하여 성미혜와의 관계는 연애라기보다 애욕에 지나지 못하였다. 그러한 관계가 오래 계속될 리는 없었다. 그들은 일 년 남짓 동서생활을 하다가 헤어지고 말았다.

그때 규희는 마산요양소에서 집에 돌아와 있었다. 그는 갖은 방법으로 규희에게 접근하려 했으나 규희보다 염씨 부인이 절대 반대였다. 그러나 규희는 거리에서 가끔 만날 수 있었다. 그러면 규희는 구태여 피하지 않고 같이 차를 나누기도 했으나 규희의 마음은 싸늘하게 식어 있었다. 과거에 상진을 사랑하던 일마저 의심스럽게 여기는 눈동자였다. 그럴수록 상진의 마음은 달떴고 규희에 대한 집념이 강해지는 것이었다. 그는 규희가 자기에게 그 처녀성을 바쳤다는 사실을 중대시하고 유일의 희망을 걸었다. 그리고 은연중에 너는 나에게서 떠나지 못한다는 것을 표시해 왔던 것이다.

규희는 자리에 누운 채 손을 뻗쳐 라디오를 켰다. 볼륨을 낮추어놓고 빨간 샐비어를 바라본다. 그의 마음은 지극히 안정된 것이었다. 상진이 뭐라고 하건 물거품처럼 지나가 버린 과거의 일에 불과하였다.

'나에게는 미래가 없어. 동시에 과거도 무의미한 거야. 미래가 없는데 과거가 무슨 소용이람, 흥.'

상진의 협박 따위는 규희에게 아무런 의미도 없었다. 잃어버린 처녀성 따위도 그러했다. 얌전하게 누군가에게 시집을 간다면 그것은 중요한 일이었을 것이다. 그러나 그는 기약하기 어려운 병실의 사람이 아닌가.


정오가 지나고 두 시가 되었다. 규희는 시계를 보며 혼자 빙그레 웃었다.

'오실 때가 됐구먼.'

인성은 일주일 동안 월요일과 목요일 두 시면 반드시 왕진 가방을 들고 나타났다. 오늘은 목요일인 것이다. 올 때가 됐다고 중얼거리고 있는데 양평댁의 목소리에 얽혀 인성의 목소리가 들려왔다.

규희는 미소 지은 얼굴로 문을 바라보았다. 인성이 들어왔다. 회색 싱글에 녹색 타이를 매고 반반한 이마는 여전히 창백했다.

"어머니는?"

하고 인성이 물었다. 인성이 올 때면 언제나 방으로 따라 들어오게 마련이던 부인이었기 때문이다.

"절에 가셨어요."

인성은 규희의 낯빛을 주의 깊게 살폈다.

"좀 어떠시오?"

"기분이 좋아요."

"식사는?"

"많이 했어요."

인성은 주사기에 약을 뽑아 넣으며,

"약은 규칙대로 잡수시오?"

하고 물었다.

"예."

인성은 규희에게 주사를 놔주고 약을 내놓더니 가방을 챙겼다.

"선생님?"

"……."

"바쁘세요?"

"아니."

"그럼 천천히 가세요. 양평댁이 차 끓여 올 거예요."

인성은 아무 말도 하지 않았다. 규희도 입을 다물었다. 한참
만에,

"참 조용하군요."

인성이 푸듯이 뇌었다.

"어머니가 안 계셔서 더욱 그래요."

"조용해서 참 좋습니다."

"전 싫어요."

"왜?"

"생각을 많이 하니까요."

"무슨 생각?"

"여러 가지 생각을 해요. 죽는 일, 죽으면 영혼은 어디로 갈까
요? 선생님은 생각해 본 일 없으세요?"

"전에는 많이 생각해 보았습니다."

"지금은?"

"나이 들지 않았습니까."

인성은 픽 웃었다.

"나이 들면 생각하지 않게 되나요?"

"글쎄…… 아마 그럴 겁니다."

"어머, 흐미한 말씀을 하시네요."

"아닌 게 아니라 흐미해지는군요."

"왜 그럴까요?"

"나도 모르겠습니다."

"선생님은 자기 자신을 모르고 사세요."

"그럴 때가 많죠."

"행복하지 않으세요?"

"행복?"

인성은 되뇌며 슬그머니 웃었다.

"물론 결혼은 하셨겠죠? 그날 극장에 오신 분 부인이죠?"

"……"

"기분 상하셨어요? 환자가 이런 말 물어보는 것 싫으시죠?"

"아니, 별로."

"연애결혼 하셨어요?"

규희는 인성을 빤히 쳐다보며 묻는다. 인성은 담배를 꺼내었다. 환자집에서 언제나 삼가고 있는 담배였는데 그는 잠시 그것을 잊고 있었다.

"선생님은 말씀이 없으시니까 어려워요. 어떻게 생각하면 노하신 것 같기도 하고."

"노하지 않았습니다."

인성은 담배 연기를 내뿜으며 조용히 말했다.

"그럼 무관심이에요?"

"무관심일 만큼 관조적이 못 됩니다."

그러자 양평댁이 차를 가지고 들어왔다. 인성에게는 커피였고 규희에게는 밀크였다. 양평댁은 두 사람 앞에 찻잔을 놓고 이내 나가버렸다. 규희는 잠자코 인성의 커피 잔을 잡아당기더니 자기의 밀크 잔에다 커피를 약간 따랐다. 그리고 인성의 커피잔에다 도로 밀크를 부어 섞었다. 그러고는,

"괜찮죠? 전 밀크가 싫어요. 하지만 저에게 커피는 주지 않는걸요."

어린아이처럼 웃었다. 인성은 말할 수 없이 귀엽다고 생각했다. 그는 잠시 동안 환자와 의사라는 위치를 잊고 규희의 하얀 손을 바라보고 있었다. 인생이 이렇게 이늑하고 장밋빛처럼 아름다운 것인가 인성은 생각하다 말고 눈길을 돌렸다.

"선생님?"

인성은 규희를 쳐다보았다.

"이제 밖에 나가도 되겠죠?"

"안 됩니다."

인성은 힐난하듯 규희를 정시한다.

"왜요? 이렇게 성한걸요. 가끔 나가면 되지 않아요?"

"꼭 나가야 할 일이라도 있습니까?"

"쓸데없는 공상만 하고 누워 있는 일 견딜 수 없어요."

"아직은 안 됩니다."

"천장만 바라보고 있으란 말예요? 이렇게 전 앉아 있지 않아

요? 가끔 나가는 거야 어떨라구요."

"참아야죠."

"그럼 선생님이 좀 더 자주 오세요."

"네에?"

"무인도에서 사람을 만난 것 같아요. 선생님이 오시면…… 처음부터 이상했어요. 처음 서점에서 선생님을 봤을 때 정말 사람을 만난 것 같았어요."

"그럼 다른 사람들은 사람이 아니고 동물이란 말입니까?"

인성은 쓰게 웃으면서도 흥분을 느꼈다.

"그런 뜻이 아니에요. 오해하실는지 모르지만 선생님 같은 분과 만나서 얘기하면 외롭지 않을 것 같았어요. 선생님이 의사라는 일이 얼마나 다행한 것이었는지 몰라요."

'나도 처음 규희 씨를 만났을 때 그랬었습니다.'

그러나 인성은 그 말을 입 밖에 내지 않았다. 인성이 묵묵히 앉아 있는 것을 보자 규희는,

"이런 말 자꾸 하니까 싫으시죠?"

"아뇨."

"말씀 좀 하세요. 선생님도."

"무슨 말을 할까요?"

"어마."

그러나 인성이 웃고 있는 것을 보자 규희는 안심한 듯 창밖으로 시선을 던졌다.

"이제 가을이 되나 부죠?"

"가을이군요."

"전에 마산요양소에 있을 때의 일이었어요."

규희는 창밖에 눈을 던진 채 말했다.

"서울서 내려온 제 또래의 환자가 있었어요. 아름다운 여자는 아니었어요. 하지만 조용하고 마음씨 고운 여자였어요. 그이는 이맘때 죽었어요."

규희는 시선을 돌렸다.

"노오랗게 나뭇잎이 물들고 그러지 않아도 마음이 센티해지는데 그이의 죽음을 봤을 때 자살하고 싶은 충동을 느꼈어요. 뭔지 죽음이 아름다운 것만 같았어요. 나뭇잎이 굴러떨어질 때 슬프지만 아름답다 생각하지 않으세요? 감상입니까? 감상이겠죠. 하지만 감상을 경멸만 할 게 아니라고 생각했어요. 어차피 사람은 다 죽게 마련이지만 저의 경우에 삶보다 죽음이 더 가깝고 의미가 있을 것만 같아요. 어떻게 사느냐는 문제보다 조용히 곱게 죽을 수 있는 일이 더 절실한 문제만 같았어요. 그 친구는 정말 조용히 잠들어 버린 듯 고통 없이 죽었어요. 이 세상에 대한 집착이란 조금도 없었어요. 영원한 나라로 떠난다는 평화한 마음만을 가지고 있었던 것 같았어요. 그인 크리스천이었죠. 신앙의 힘으로 그렇게 됐을까요? 저는 아무것도 믿지 않아요. 다만 그이의 죽음을 보았을 때 나도 저렇게 죽고 싶다고 생각했어요. 그리고 자살하고 싶어지더군요. 결국 죽지는 못했지만……."

인성은 아무 말도 하지 않았다. 라디오에서 음악이 흘러나오고 있었다. 초원을 양떼들이 몰려가는 듯 미명의 하늘에서 별빛이 꺼져가는 듯 조용한 선율이 흐른다.

"사는 것을 아름답게 생각할 수는 없습니까?"

인성은 한참 만에 입을 떼었다.

"선생님은 아름답다고 생각하세요?"

"지금까지는 그런 생각 하지 않았습니다."

"그럼 지금은?"

"지금?"

인성은 말문이 딱 막혔다.

"아무튼 선생님하고 영화 한번 보러 갔음 좋겠어요. 아름다운 것을 찾을 수 있을 것 같기도 해요."

"규희 씨 몸이 나으시면."

"데려가 주시겠어요?"

"예."

"좀 낭비해도 좋겠죠?"

"무슨 뜻이죠?"

"남이 십 년 살면 전 삼 년밖에 못 살 거 아니에요? 그러니까 인생을 좀 낭비해도 좋다는 거예요."

"자꾸 그런 말만 하면 안 됩니다. 누가 삼 년밖에 못 산다 했어요?"

"제가요. 제가 그렇게 생각하고 있는 거예요."

"환자들은 다 그런 소리를 하죠. 그러나 성한 사람이 먼저 죽는 경우도 얼마든지 있으니까요. 소위 감상이란 그 말, 규희 씨는 병 자체를 감상적으로 생각하고 있어요. 그건 절박하지 않다는 증겁니다. 환자 중에는 괜찮다는 말을 하면 화를 내는 사람이 있어요. 의사가 거짓말하고 있다고 믿는 거예요. 규희 씨도 그런 부류의 사람 아닙니까? 옛날이면 몰라도 객혈을 했다고 해서 그걸 사형선고로 생각해서는 안 됩니다."

"상식적인 얘기만 하시네요."

인성은 시계를 보았다.

"가시게요?"

"예, 모레 들르죠."

"그럼 하루 걸러서 오시겠어요?"

규희의 눈이 빛난다. 인성은 고개를 끄덕였다. 규희는 따라 일어섰다. 그리고 샐비어의 꽃을 한 송이 꺾었다.

"꽃아드릴게요."

규희는 인성의 위 호주머니에다 꽃을 꽂았다. 인성은 움칠하고 놀라며 뒤로 주춤 물러났다. 규희의 태도는 조금도 스스럼없는 대담한 것이었다. 그러나 환하게 웃고 있는 그의 얼굴은 무심한 아이 같았다.

"선생님? 샐비어의 꽃말을 아세요?"

"모릅니다."

인성은 좀 화난 듯 퉁명스럽게 대답했다.

"불타는 사랑."

규희는 까르르 웃었다.

"불타는 사랑……."

인성은 소년처럼 얼굴을 붉히며 규희의 말을 바보같이 되뇌었다. 전신이 부르릉 떨렸다. 바로 자기 턱밑에 규희의 커다란 눈동자가 인성을 올려다보고 있었다. 축축이 젖은 입술이 인성의 시야에서 흔들리고 있었다. 와락 잡아당기기만 하면 맥없이 그대로 자기 가슴에 쏠리고 말 얼굴이다 생각했다. 인성은 다리에다 힘을 주었다. 그리고 상반신을 겨우 가누었다.

"하지만 전 불타고 있지 않으니까 선생님을 위해서 안심이군요."

규희는 한 발자욱 물러섰다. 허탈한 미소가 그의 얼굴에 감돌았다.

"불타는 사랑이 아니에요. 샐비어는 눈 내리는 창가에 토해낸 핏빛일 거예요. 어느 소녀의 저주일 거예요."

허탈한 미소는 규희 얼굴에서 사라졌다.

"괜히 그리고 싶었어요. 그렇게 무서운 얼굴로 절 보심 안 돼요. 선생님."

인성은 비로소 슬그머니 웃었다. 그러나 폭풍우가 지나간 듯심한 피곤이 엄습해 왔다.

"아, 어지러워."

별안간 규희는 두 손으로 얼굴을 감싸더니 자리로 푹 쓰러지고 말았다.

"아!"

인성은 자기도 모르게 허리를 굽혀 규희를 안아 일으켰다.

"규희 씨!"

"괜찮아요. 괜찮아요, 선생님."

규희는 손을 내저었으나 입술은 핏기를 잃고 있었다.

"좀 어지러웠을 뿐예요."

인성은 재빨리 가방을 열어 강심제를 준비했다.

"괜찮다는데두요."

"안 돼!"

인성은 꾸짖으며 주사를 놓았다. 그리고 바늘을 뽑고 팔을 주무른다.

"살고 싶은데 역시 사는 일에 자신이 없군요, 선생님."

"아무 말 하지 말고 가만히."

"아니에요. 이야기하고 싶어요. 이렇게 허구한 날을 천장만 바라보고 있으란 말예요? 건강한 사람의 흉내라도 내고 있어야 할 게 아니에요?"

규희는 떼를 쓰듯 말했다.

"의사의 지시에 복종하지 않는 환자를 더 이상 보아줄 수 없소."

인성은 화를 냈다. 규희의 눈이 멎었다.

"규희 씨가 내 하라는 대로 하지 않으면 나는 내일부터 오지 않겠소."

인성은 다시 되풀이하며 다짐하듯 말했다. 규희는 입을 꾹 다물고 뚫어지게 인성을 올려다본다.

"만일 몸이 좋지 않거든 병원으로 전화 거시오."

인성은 긴장을 풀고 빙그레 웃었다. 규희도 따라 웃는다. 인성은 가방을 챙겨 넣고 다시 일어서며,

"흥분하면 안 돼요. 조용히."

규희는 인성의 위협이 들렸는지 이번에도 아무 말 하지 않고 고개만 끄덕였다. 인성은 양평댁을 불러서 규희를 돌보라 일러 놓고 밖으로 나왔다. 의사라는 위치를 지켜 감정의 노출을 극력 막기는 했으나 인성은 현관문을 밀고 나섰을 때 심한 갈증을 느꼈다. 그러나 그의 가슴에는 샘처럼 부드러운 정감이 솟아나고 있었다.

'어쩌자는 것일까?'

인성은 혼잣말을 뇐 후 무거운 압력이 자기를 내리누르는 것을 깨달았다.

'규희를 나는 어쩌자는 것일까?'

인성은 자기도 알 수 없는 분노를 느낀다. 잡초가 우거진 뜨락에 황혼이 내리깔린다. 인성은 한참 동안 그런 것들을 멀거니 쳐다보고 서 있었다.

'규희는 죽지 않아.'

인성은 자기를 내리누르는 그 무거운 압력이 규희의 병세이기라도 하듯 뇌었다.

'어떤 희망만 준다면 규희는 죽지 않아. 중요한 것은 그로부터 허무해하는 감정을 빼버리는 일이지.'

그러나 허무해하는 감정을 빼버리는 일에 있어서 인성은 과연 의사일 수 있는지 그것은 심히 의심스러운 일이었다. 아니 오히려 그 문제에 있어서 인성 자신이 환자였는지도 모를 일이었다. 지금까지 인생에 대하여 무관심하려 했던 인성이나 일종의 자학 의식에 사로잡힌 규희나 다 같이 육체보다 어떤 정신적인 환자가 아니었던가. 그 정신적인 환자들이 지금 서로 다가서려 하고 있는 것이다. 인성은 위 호주머니에 꽂힌 꽃을 내려다보다가 픽 웃으며 그것을 뽑아 손에 들었다.

인성은 발을 옮겼다. 대문을 나섰다. 그가 나갔을 때 담쟁이가 우거진 담벽에 어떤 사나이가 붙어 서서 담배를 피우고 있었다. 인성은 무심히 그 앞을 지나쳤다. 그러나 인성이 몇 발자욱 걸음을 옮겨놓았을 때,

"여보세요."

뒤에서 인성을 불러 세우는 것이었다. 주변에 행인이라고는 아무도 없었으므로 인성은 돌아다보았다. 그리고 자기를 불러 세운 사나이의 얼굴을 주시했을 때 인성의 낯빛은 약간 흔들렸다.

"저를 부르셨습니까?"

인성은 가방을 왼손에서 오른손으로 옮겨 들며 침착하게 물었다.

"예, 그렇습니다."

사나이는 피워 물었던 담배를 던져버리고 인성에게로 다가왔다. 짧게 깎은 머리에 갈색 티셔츠를 입은 사나이. 인성의 기억속에 남아 있는 사나이다. 그때 다방에서 규희와 다투던 바로 그 사나이 상진이었던 것이다. 그는 규희에게 전화를 걸다가 그만 지쳐서 규희를 찾아왔으나 차마 집 안에는 들어가지 못하고 집 둘레를 배회하고 있었던 것이다.

"실례올시다만 의사 선생님이세요?"

상진은 정중한 태도로 물었다.

"그렇습니다만……."

왜 묻느냐는 투로 인성은 상진을 바라본다.

"저는 이 집과 친지간이 됩니다만 혹 이 댁의 따님을 보고 나오시는 길이 아닌지요."

"그렇습니다."

대답했으나 매우 불쾌하였다.

"그, 그럼 그 사람의 병세는 어떤지요…… 알고 싶습니다만……."

상진은 띄엄띄엄 말하며 인성의 얼굴을 보았다. 얼굴은 희멀쑥하고 두 어깨가 떡 벌어져 젊음이 넘쳐흐른다. 인성은 그 젊음에 압박을 느꼈다.

"글쎄요…… 아시는 사이라면 들어가 보시죠."

인성은 냉랭히 말했다. 그리고 발길을 돌렸다. 그러나 상진은 집으로 들어갈 생각은 하지 않고 인성을 따라 걷기 시작한다.

'어떻게 되는 사람일까?'

인성은 묵묵히 걸으면서도 옆에 따라오는 상진을 의식 밖으로 내쫓을 수 없었다.

'대체 누굴까? 규희의 애인이란 말인가?'

질투를 느끼기보다 절망 비슷한 기분이 앞섰다.

"선생님, 담배 태우시죠."

상진은 담뱃갑을 내밀며 인성에게 담배를 권했다.

"아니, 안 하겠습니다."

"못 피우세요?"

인성은 대답을 하지 않았다. 젊은 사람이 너무 능숙하다고 생각했다.

"실은 좀 거북한 사정이 있어서 그 댁에 들어가지는 못 합니다만……."

상진은 말머리를 풀었다.

인성은 침묵을 지킨다.

"그 댁 어머니께서 노여움을 풀어주시지 않아 출입은 못 하고 있습니다만 규희는 앓고 있는 사람의 이름입니다."

상진의 입에서 규희라는 말이 나왔을 때 인성은 흐트러지는 자신을 느낀다.

"그 규희는 제 약혼자죠."

"약혼자?"

인성의 안색이 완연히 변한다. 그러나 어둠이 깔리기 시작한 거리에서 상진은 인성에게 일어난 변화를 알지 못하였다.

"예, 약혼자였습니다."

상진은 담배를 붙여 물고 연기를 훅 뿜어낸다.

"처음 만나 뵌 선생님께 이런 말 드리는 것은 실례인 줄 압니다만 저로서는 규희의 병세에 대하여 무관심할 수 없는 일입니다. 그러나 상호 간에 약간 트러블이 있어서 규희 어머님께서 저를 배척하고 있는 형편이죠. 그런 처지에 있으니만큼 선생님께 염치없이 물어보는 것입니다."

상진의 말투는 제법 심각했다.

'약혼자였다구? 약혼자……'

"어떻습니까? 지금 위험한 상태인가요?"

"아닙니다. 환자의 마음먹기에 달렸습니다. 섭생만 잘하고 꾸준히 치료만 한다면 나을 겁니다."

약혼자라 하는 바에야 구태여 규희의 병세를 비밀에 부칠 이유가 없었다. 그러나 인성은 설망 뒤에 서글픔이 밀려오는 것을 느꼈다.

"그렇습니까? 다행이군요. 규희가 아프게 된 데는 저의 책임도 있었습니다. 아마 규희는 자포자기했을 것입니다."

상진은 인성에게 친밀감을 표시하며 그의 마음도 모르고 말했다.

실상 상진은 규희의 마음이 자기로부터 떠난 것을 잘 알고 있었다. 그러나 그의 허영이나 어떤 집착이 그 사실을 부인하려 했다. 규희가 자기를 거절하는 것은 배신을 당한 데 대한 반발에 틀림없을 것이라고 그는 생각하고 싶은 것이었다. 그런 희망을 버리지 못하는 때문에 그는 규희의 뒤를 끈덕지게 쫓아다니는 것이었다.

인성과 상진은 병원 앞에서 헤어졌다. 인성이 병원으로 들어섰을 때—.

분홍색 블라우스를 너절하게 걸친 현숙이 도사리고 앉아서 인성을 노려보고 있었다. 현숙을 보는 순간 인성은 손에 들고 온 샐비어를 의식했다.

"어디 갔다 이제 오시는 거예요?"

따지듯 물었다. 그러나 인성은 아무 말도 하지 않고 꽃과 가방을 데스크 위에 놓은 뒤 창가에 가서 담배를 붙여 물었다. 연기를 유리창에다 대고 훅 뿜어낸다. 아련하게 떠오르는 얼굴, 규희였다. 그 규희의 얼굴을 덮쳐 씌우듯 방금 병원 앞에서 헤어진 사나이의 얼굴이 불쑥 솟아올랐다.

'어리석게도—.'

쓰디쓴 것이 심장을 타고 내려가는 듯했다.

'한껏 소녀의 실없는 호의에 넋이 나가듯 환희를 느꼈으니 어리석고 못난 자식이지.'

현숙이 옆에서 지켜보고 있는 것도 잊고 인성은 쓴웃음을 흘렸다.

"어디 갔다 오셨느냐 말예요."

현숙의 목소리가 쨍! 하고 울렸다. 완전히 묵살을 당하고 만 현숙은 분을 이기지 못한다.

"어디 가기는? 환자 집에 갔지."

울화가 목구멍까지 치밀어 주먹이라도 휘두르고 싶은 심정이었으나 미스 한도 옆에 있고 하여 그럴 수는 없었다. 그는 애써 목소리를 낮추었던 것이다.

"흥! 환자 집에서 반나절을 보냈단 말예요?"

"하루를 다 보냈음 어쨌다는 거요!"

인성은 순간 이성을 잃어버리고 화를 바락 낸다. 다른 때만 같아도 인성은 현숙의 앙칼진 태도를 그냥 보아 넘겼을 것이다. 그러나 분홍색 블라우스를 너절하게 걸치고 있는 현숙의 모습에 그는 견딜 수 없는 염오를 느꼈다. 그에게는 모든 불행이 현숙으로 하여 비롯된 착각마저 들었다.

"그걸 말이라고 하는 거예요?"

인성이 화를 내는 바람에 다소 움칠하기는 했으나 현숙은 지지 않았다.

"뭣하면 당신이 나와서 내 대신 병원 일을 보구려."

어떻게 말을 끼워볼 수 없는 싸늘한 바람이 인성의 주변에 확 일었다.

"기가 막혀서……."

현숙도 그 말에는 어이가 없는 모양이다. 인성은 의자에 와서 털썩 주저앉았다. 어떤 가능성 있는 생각이 그의 머리에 퍼뜩 지나갔던 것이다.

'생각해 볼 만한 일이군.'

인성은 현숙의 얼굴을 멀거니 쳐다본다. 그는 외국에 한 일 년 다녀올 생각을 한 것이다. 애초 그의 부친은 인성에게 외국에 갔다 오는 게 어떠냐는 말을 한 적이 있었다. 그러나 그는 그때 흥미 없는 일이라 생각했던 것이다. 지금 그 생각을 해보는 것은 규희와 관련된 것은 전혀 아니었다. 그는 가정에 대한 견딜 수 없는 권태에서 놓여나고 싶었던 것이다.

'한 일 이 년 있다 오면 내 심경에도 어떤 변화가 올지 모르지. 현재 이런 형편 속에 나를 속여가며 산다는 것은 현숙을 위해서 나를 위해서 불행한 일이 아니냐.'

인성은 현숙으로부터 눈길을 돌렸다. 그것이 신호이기나 한 듯 현숙은 입을 열었다.

"아무튼 집으로 가세요."

그 말이 끝나기도 전에 전화벨이 따르르 울렸다. 현숙이 수화기를 냉큼 들었다.

"예, 예, 그렇습니다."

대답하면서 현숙의 눈살이 찌푸려진다.

"예, 실례지만 댁은 누구시죠? 뭐요? 규희라 하면 아신다구요?"

인성의 얼굴빛이 변한다.

"그보다 용건은 뭐죠? 저에게 말할 수는 없다구요?"

인성은 현숙이 들고 있는 수화기를 와락 빼앗았다. 현숙의 얼굴이 푸르락누르락한다.

"아, 여보세요."

"어머! 선생님! 지금 전화받은 분 누구세요? 용건을 따지고 물어보죠?"

또렷또렷한 규희의 목소리가 마치 콩알처럼 튀어온다.

"이제 좀 진정이 됐어요?"

인성은 규희가 묻는 말에 대답하지 않고 딴전을 피웠다.

"지금 전화받으신 분 혹? 부인 아니세요?"

"그런 일은 그만두고 잠을 푹 자야 할 게 아니오."

인성은 우울하게 말하였다. 현숙의 얼굴과 상진의 얼굴이 마구 엇갈리며 눈앞에 빙빙 돌고 있었다.

"참 이상하군요. 역시 그런가 보죠? 오해하고 계시지나 않을까요?"

규희는 인성이 자꾸 말을 회피하는 것을 보자 확실하게 깨달은 모양이다.

"그럴 리 없습니다. 그런데 용건은?"

"궁금했어요. 선생님이 꽃을 그냥 꽂고 거리를 거니시는 모습을 생각하니 막 웃음이 나오지 뭐예요."

규희는 까르르 웃었다. 인성도 쓰게 웃었으나 아무 말도 하지 못한다. 인성이 웃는 것을 보자 현숙은 울화가 치미는지,

"여보, 대체 누구예요?"

하고 물었다. 그와 동시에 규희 쪽에서,

"선생님 내일 오시죠?"

했다.

"그러죠."

"그럼 꼭 오세요."

규희는 다짐하듯 말했다. 인성이 수화기를 놓으려 하자 현숙이 번개처럼 수화기를 낚아챘다. 인성은 아연한 표정으로 우두커니 서 있었다.

"여보세요!"

현숙의 얼굴에 피가 모여들었다.

"실례지만 댁은 누구세요?"

규희는 현숙의 지나친 힐난조에 기분이 잡쳐진 모양이다.

"왜 그러세요?"

일부러 반문한다.

"누구냐고 묻지 않아요."

"그럼 댁은 누구세요? 전 당신에게 전화 건 일 없어요."

알면서 심술을 부려보는 규희다.

"뭐라구요? 그럼 얘기하리다. 난 심인성의 아내 되는 사람이오."

"아 예, 그러세요? 진작 말씀하시지 않고. 사모님이시군요. 전 이규희라고 해요. 심 선생님의 환자예요."

어디까지나 조롱하는 투다. 그쯤 되면 승패는 명백하다.

"환자라면 자리에 누워 있을 일이지 왜 전화질이야?"

"어머! 사모님께서 오해하고 계신 것 아니에요?"

"오해가 다 뭐야?"

인성은 현숙의 팔을 쳤다. 수화기가 땅바닥에 굴러떨어졌다. 동시에 현숙은 얼굴을 가리고 울음을 터뜨렸다.

"당신 마음대로 하오! 병원 일은 내 알 바 없소!"

인성은 거칠게 병원 문을 떠밀고 밖으로 뛰쳐나왔다. 현숙의 울음소리가 뒤통수를 치는 듯했으나 그 목소리는 인성의 심장을 물어뜯는 듯 징그럽기만 했다.

현숙의 행패는 상식으로 생각할 수 없는 일이었다. 일종의 광란 상태라 할 수밖에 없었다. 사랑하지는 않았으나 인성은 현숙이 그렇게까지 교양이 없는 여자라고는 생각지 않았다. 여자에게 흔히 있을 수 있는 히스테리라 치더라도 현숙이 한 짓은 도를 넘는 행위였다. 상대를 모욕하기 앞서 자기 자신을 욕되게 하는 짓이었던 것이다.

행길까지 나온 인성은 어디로 갈까 한참 망설이며 우두커니 서 있었다. 가로등이 희미하게 어두운 보도 위를 비쳐주고 있었다. 그는 생각이 내키지 않는 채 다시 두벅두벅 걷기 시작했다.

'빌어먹을!'

인성에게 밀어닥친 오늘 하루의 사건들은 희로애락의 극단적인 교차였었다.

'흥!'

인성은 발이 닿는 대로 정처도 없이 걷고 있었다.

'음, 윤을 찾아가자!'

인성은 발길을 멈추고 지나가는 택시를 잡았다. 그가 찾아가려고 마음먹은 곳은 의대의 동기생인 윤태호尹泰浩가 경영하고 있는 S동의 그 병원이었다. 윤태호는 학생 시절에 가장 친한 친구였다. 그는 가정적으로도 행복한 듯했고 병원도 자리가 잡혀서 잘해나가고 있었다. 요 몇 해 동안 그들의 사이는 소원해졌다. 피차간의 생활이 바쁘고 거리가 먼 탓도 있었지만 그보다 인성의 침체된 생활이 친구를 찾지 못하게 한 것이다. 인성은 택시를 버리고 병원으로 들어갔다.

'음, 꽤 넓어졌군.'

몇 해 전에 왔을 때만 해도 병원은 그다지 넓지 않았다. 그러던 것이 지금은 확장되어, 들어선 대합실만 해도 비품들이 모두 번지르르했다.

간호원이 내다본다.

"윤 선생 계시오?"

"네, 올라오세요."

하고는 인성을 잠시 살피더니,

"잠깐만 기다리세요. 선생님 지금 식사 중이세요."

간호원은 인성을 환자로 알고 있는 모양이다.

"식사 중에 미안합니다만 이런 사람이 왔다고 좀 전해주시겠어요?"

인성은 명함을 간호원에게 내밀었다.

"네?"

하다가 간호원은 진찰실을 지나 안으로 들어갔다.

인성은 의자에 털썩 주저앉아 맞은편 벽을 바라본다. 벽에는 그림이 걸려 있고 창가에는 깨끗한 커튼이 늘어져 있었다. 그런 것들은 모두 윤태호의 생활이 극히 정상적인 것을 말해주는 듯하여 인성은 일종의 선망을 느꼈다.

'연애결혼을 했었지―.'

상냥하고 민첩하게 보이던 윤태호의 아내를 인성은 생각했다. 전에는 전혀 그런 일은 생각해 본 적이 없었다. 이윽고 복도를 달려오는 발소리가 들려왔다.

"야아! 신이 웬일이야? 이거 해가 서쪽에서 솟지 않겠나!"

윤태호는 오래간만에 친구를 만나 여간 반갑지 않은 모양으로 인성의 손을 덥석 잡았다. 인성 역시 친구의 손을 잡으니 감회가 없을 수 없었다.

"자네 몸이 많이 불었군. 사장 타입 아냐?"

인성은 애써 명랑해지려고 농을 걸었다.

"운동 부족이라 자꾸 살이 찌는 모양이지? 이러고 있을 게 아니라 들어가자."

"어디로?"

"이 사람이 어디라니? 집에 말이야. 여편네도 어서 나가서 모셔 오세요 하잖아. 핫핫핫……."

"싫다. 자네 재미나는 살림을 보면 심술이 난다."

"하 참, 나만 못 해서 하는 소린가?"

"잔말 말고 나가자."

"어디루?"

"어디긴 술 하러 가잔 말이야."

"이거 참 별안간 밥 먹는 사람을 끌어내 놓고서…… 그러지 말고 안으로 들어가지. 술은 얼마든지 내놓을 테니까."

"술맛이 나야지. 잔말 말고 어서 나가자. 밥을 먹다 나왔으면 술로 채우면 되잖아."

"이거 무슨 벼락이야? 그럼 잠깐만 들르게."

"아냐, 나 요 앞에 있는 다방에서 기다리고 있을 테니……."

인성은 두말할 겨를도 없이 문을 밀고 나가버린다.

"음? 왜 저럴까? 무슨 일이 생겼나? 안색도 나쁘고……."

윤태호는 중얼거리다가 안으로 급히 들어간다. 병원 맞은편에 있는 다방으로 들어간 인성은 담배를 붙여 물었다.

'술이라도 실컷 마셔야지, 견딜 수 없다. 뭐가 뭔지 모르겠다. 어차피 가기는 어디로 가야지.'

인성은 손님도 없이 한산한 다방을 둘러보다가 전화에 눈이 갔다. 그는 벌떡 일어났다. 그리고 전화가 놓인 곳으로 다가가

서 다이얼을 돌렸다.

"누구세요?"

양평댁의 목소리가 들려왔다.

"자지 않으면 규희 양으로 좀 바꿔주시오."

"예."

한참 있다가,

"여보세요. 선생님이세요?"

시무룩한 규희의 목소리였다.

"아까는 미안했소."

"⋯⋯?"

"원래 병적인 사람이라서 규희 씨에게 할 말이 없소."

"선생님."

"⋯⋯."

"선생님은 불행하시군요."

규희의 목소리는 낮았다.

"미처 의식도 못 하고 살아왔소."

"내일, 내일 그래도 오시겠어요?"

규희는 소심스럽게 물었다.

"가죠."

"꼭 오세요."

"참."

"뭐예요?"

"규희 씨 약혼자를 만났는데……."

"뭐라구요?"

규희의 목소리는 한결 높았다.

"그 약혼자께서 몹시 걱정을 하더군. 규희 씨의 용태에 대해서 나에게 문의하길래 걱정할 것 없다고 말했죠."

"선생님 엉뚱한 말씀을 하시네요."

"엉뚱한 말이라니?"

"미안하지만 저에겐 그런 약혼자는 없습니다."

규희는 노한 듯 어성을 퉁겼다. 이번에는 인성이 어리둥절해한다.

"제가 알지도 못하는 약혼자가 어디 있어요?"

규희의 목소리는 야무졌다. 물론 그 야무진 목소리는 상진에 대한 감정의 표시였고 여러 가지로 겹쳐진 슬픔에 대한 가장이기도 했지만.

"그럼 그 청년이 거짓말을 했을까?"

인성은 반신반의로 중얼거렸다.

"흘러간 일은 모두 무의미한 거예요. 그리고 설령, 설령 제가 누구를 사랑한다 해도 미래를 생각하지는 않을 거예요."

규희의 목소리는 잠긴 것 같았다. 인성은 현숙의 실례를 사과하려고 건 전화가 뜻밖에 방향이 다른 곳으로 옮겨진 것에 다소 당황한다. 그러나 상진이 규희의 약혼자가 아니었다는 말은 마음속에 뭉클뭉클 뭉그러져 있던 울분을 얼마간 풀어주었다. 동시에 그런 생각을 하는 자기 자신을 뻔뻔스럽다 생각하고 부끄럽게 여겼다.

"여러 가지로 오늘은 실례가 많았소."

인성은 얼마간의 거리를 두고 말했다. 조금 전에 현숙이 한 짓을 생각하면 어떤 감정의 음영을 나타낼 수 없었던 것이다.

"아니에요. 제 잘못이 더 많아요."

그러자 뒤에서 누가 어깨를 툭 쳤다. 돌아보니 태호가 웃고 서 있었다. 인성은 잠자코 자리를 가리켰다.

"선생님?"

"……."

"아아, 그만두겠어요."

"……."

"내일 오시죠?"

"가겠습니다."

"기다리겠어요. 그럼 안녕."

규희는 여음을 남기고 전화를 끊었다. 인성의 마음도 뭔지 미진한 것 같아 가슴이 답답하였다.

"일찍 나왔군."

인성은 자리에 앉으며 말했다.

"하도 서두르는 바람에 안 나올 수가 있어야지."

"미안하게 됐다."

인성은 비로소 슬그머니 웃는다.

"누구에게 전화를 한 거야? 꽤 심각한 표정이던데?"

태호는 무심히 한 말이었으나 인성은 얼굴을 좀 붉힌다.

"이상한데?"

태호는 인성을 살핀다. 그의 태도가 전과 달랐기 때문이다.

"이상하긴? 환자 집에 건 거야."

"그런데 왜 얼굴을 붉혀?"

"누가 얼굴을 붉혀?"

인성은 친구 앞에서 소년처럼 당황하는 것이었다.

"됐어. 그만하면 샘은 아직 마르지 않았던 모양이야. 난 자네가 연애한다면 쌍수를 들고 환영하겠다."

"실없는 소리 말아. 여편네한테 몽둥이뜸질할라고."

인성은 연막을 치노라고 그에게는 어울리지 않는 농으로 응수했으나 여편네라는 말에는 왠지 실감이 나지 않았고 말을 하고 보니 쑥스럽기 그지없었다.

"자네는 한 번쯤 마음을 앓아봐야만 인간이 된단 말이야. 나로서는 신발견이야. 자네가 얼굴을 붉힌다는 일이. 그러니 즐겁지 않겠나. 하핫핫—."

태호는 신나게 웃어젖혔다. 그것은 전혀 빈말이 아니었다. 그는 인성의 성격을 잘 알고 있었고 인성의 마음 바닥을 흐르는 삭막한 것을 늘 불만으로 여겨온 터이다.

"그거는 그렇다 치고 그동안 뭘 하노라고 움직이지 않았나?"

태호는 화제를 돌렸다.

"하기는 뭘 해? 환자 없는 병원을 지키고 앉았는 게 고작이었지."

"그날이 그날이란 말씀이군."

인성은 담배 연기를 푹 뿜어낸다.

"그럼 일어나지. 술 하러 갈 약속이 아니던가?"

태호는 싱글벙글 웃으며 말했다.

"음."

인성은 그제사 생각이 난 듯 일어섰다. 그들은 으쓱한 뒷거리의 바로 찾아들어 갔다.

"어서 오세요."

인형같이 꼭 같아 보이는 얼굴들이 역시 꼭 같은 웃음을 띠며 그들을 맞이한다. 그들은 구석진 좌석을 찾아서 마주 앉았다.

"뭘 드시겠습니까?"

여급은 인성이 기대앉은 의자 모서리를 살짝 짚으며 물었다.

"맥주하고 뭐 안주나 갖다주슈."

태호가 먼저 주문을 한다.

"아니, 위스키를 가져와요. 그리고 우린 사담이 있으니까."

인성은 태호의 주문을 급히 수정한다. 그리고 사담이 있다 한 것은 너희들은 오지 말라는 뜻이다. 여급은 금세 샐쭉해지며 돌아섰다.

"오늘은 자네를 납치해 왔으니까 내 마음대로야."

인성은 여급의 뒷모습을 바라보며 말했다.

"좋도록."

얼마 후 여급 대신 보타이를 맨 보이가 술을 가지고 왔다. 바안은 어두컴컴한 조명 탓으로 비가 내리고 있는 듯한 분위기였다. 여급들이 술꾼들의 시중을 들고 있었으나 고급 바라 그런지 손님들은 비교적 조용하고 점잖은 것 같았다. 술을 몇 잔씩 나눈 뒤 태호는 아까와 달리 정색을 하며,

"인성이."

하고 불렀다. 인성은 슬며시 태호를 바라본다.

"자네 무슨 일이 있는 것 아냐? 얼굴빛이 나쁜데?"

"아무 일도 없었어."

"전과 달러."

"취하고 싶을 뿐이야."

"이유 없이?"

"사는 게 지루해졌어."

"권태를 느꼈다 그 말인가?"

인성은 대답 없이 술을 들이켠다.

"애당초부터 흥미 없이 살아온 자네 아니었나? 새삼스럽게 권태는 무슨 놈의 권태야."

"아마도 흥미를 갖기 시작하니까 내 주변에 대해서 권태를 느끼게 되는지도 모르지. 난 여태까지 남을 부럽다 생각한 일도 없고 내가 남보다 낫다고 자부해 본 일도 없네. 그런데 난 아까 자네 병원에서 처음으로 선망 비슷한 것을 느꼈지."

"미안한 얘기군."

"내 권태가 자네 탓은 아니니까."

"가정불환가?"

"좋도록 생각하게."

인성은 얼버무리며 술을 또다시 들이켰다. 빈 잔에 술을 부어 연거푸 몇 잔을 마신 뒤 인성은,

"왜 자네 나를 그렇게 쳐다보나?"

하며 핏발이 선 눈을 들었다.

"어쩐지 자네가 인간다워진 것만 같아서."

인성은 쓰디쓰게 웃다가 다시 술잔을 들었다. 연거푸 들어간 술은 인성의 뇌 신경을 허물어놓고 말았다.

"이봐 태호, 자네는 날 보고 이제 인간다워졌다 했지?"

"그래, 유감이란 말인가?"

태호는 얼근히 취했다.

"아, 아니야. 자네하고 정반대의 말을 한 여자가 있었지."

"뭐라구 하던가?"

"처음 만났을 때 인간을 본 것 같더라구."

"으음? 그럼 그 여자는 동물원에서 왔단 말이야?"

"아, 아니, 나도 그렇게 말하기는 했지. 다른 사람들은 그럼 다 동물이냐구."

"거 요망스런 여자군그래. 이 나도 그럼 동물이란 말인가."

"아아니, 그런 뜻이 아니구 외로워지지 않을 것 같은 기분이

들더라는 거야."

"자네를 만나니까 그렇더란 말이지?"

"마, 그렇지."

"그래, 그 여자는 자네 애인인가?"

"애인이 아니라. 소녀 같은 환자야."

"에키! 이 사람. 그렇게 기막히는 사랑의 고백을 듣고도 애인이 아니라니. 자넨 여전히 목석이구나."

"그 여자는 사랑을 고백한 것 아니야. 가슴을 앓고 있는 사람인데 일종의 니힐리스트야. 아름다운 여자다."

"아까 그럼 그 여자한테 전화를 걸었나?"

"응."

"자네 그 여잘 사랑하고 있군."

"사랑할 처지가 되나."

"처지가 되면 사랑할 수 있단 말이지?"

"그렇다."

"음——."

태호의 얼굴은 갑자기 심각해졌다. 그들은 동시에 술잔을 들고 마셨다.

"음, 그럼 부인이 그것을 알고 계시나?"

"알고 모르고가 있나. 아직 의사와 환자라는 것뿐인데. 하지만 오늘 기분 나쁜 일이 있었다."

술은 인성의 말을 헤프게 했다. 그는 낮에 일어난 일을 태호

에게 대강 설명을 했다. 그리고,

"거의 병적이야. 상식적으로 생각할 수 없어."

인성은 한숨을 내쉬었다.

"그건 자네 책임이야."

"그걸 누가 모르나."

"알아도 할 수 없는 노릇이지. 애정 문제만은 말이야. 아닌 게 아니라 나도 자네가 아무렇게나 쉽게 결혼해 버리는 것을 의아하게 생각했었다."

"흐—음. 어디 가야겠네. 그렇지 않으면 미쳐버리겠다."

"그편이 좋을지도 모르지. 한번 돌아오게. 자네야 뭐 아버님께서 다 봐줄 게 아닌가."

"나도 탈출구를 그곳에서 찾고 있어. 금년 안으루."

"떠나겠나……."

"음."

두 사람은 발이 후들후들해지는 것을 느끼며 바에서 나왔다.

"이봐 인성이. 기생집에 갈까? 자네가 한턱했으니 나도 한턱해야 할 것 아닌가."

"좋도록."

태호와 인성은 퇴계로 쪽으로 나왔다. 그리고 태호가 휘청거리며 지나가는 택시를 보고 손을 들었으나 택시는 모두 그냥 지나갔다.

"제기랄! 이봐, 택시!"

태호가 소리를 지르며 택시를 부르는 동안 인성의 취한 눈에 비치는 남녀 한 쌍이 있었다.

'저, 저게 누구야?'

남녀 한 쌍은 방송국으로 올라가는 길에서 내려오고 있었다. 그들은 다정하게 어깨를 나란히 하고 무슨 얘긴지 주고받고 하며 내려온다.

'주성이구나! 그리구 저 여자는 유혜원!'

인성을 슬며시 가등을 피하며 돌아섰다. 얼마 후 그들은 어느 방향으로 빠졌는지 보이지 않았다.

"자, 어서 타게."

그들은 종로 쪽으로 나가서 어느 노기老妓가 경영한다는 요릿집으로 들어갔다. 접대부들이 아양을 떨며 방 안으로 들어왔을 때 인성은 술에 취한 탓인지 아까처럼 오지 말란 말은 하지 않았다.

"자네 마음속에 아직도 마르지 않는 샘을 위하여 축배를 올리네."

태호는 유쾌하게 떠들고 놀았다. 통금 시간이 거의 다 되어 태호는 인성을 그의 집까지 데려다주고 돌아갔다.

현숙은 울어서 눈이 퉁퉁 부어 있었으나 태호와 함께 돌아온 것에 안심이 되었는지 별말은 하지 않고 인성을 맞이했다. 사실 그 자신도 낮에 한 짓이 과했다고 생각했고 일면 인성의 위협을 근심한 터라 밖에 나타내지는 않았으나 들어온 것만도 고맙게 여기는 눈치였다. 인성이 역시 술이 들어 그의 깔끔하고 냉정한 성격을 얼마간 풀어놓았고 생리적인 욕구가 그의 삭막한 표정을 역시 좀 풀어놓았다. 그는 건넌방으로 가지 않고 방바닥에 퍽 주저앉으며,

"이불 깔아 와!"

하며 호령한다. 현숙은 재빨리 잠옷을 꺼내놓고 어느 때보다 고분고분 이불을 폈다.

"불 꺼요!"

다시 호령한다. 명령은 즉시 효력을 발하여 불이 꺼졌다. 인성은 참으로 오래간만에 현숙의 팔을 잡아끌었다.

"나도 복이 없는 사람, 당신도 복이 없는 사람이오."

인성은 현숙을 포옹하며 말했다. 그렇게 말을 하고 보니 현숙이 정말 불쌍한 여자만 같아 가슴이 아팠다.

"여보, 정말 정말 아무 일 없죠? 그렇죠?"

현숙은 인성의 가슴에 파고들며 어리광 비슷하게 말했다.

"아무 일도 없소."

인성의 머릿속에 순간 규희의 얼굴이 휙 스쳐갔다.

"정말이죠?"

"아무 일 없소."

녹음된 말처럼 꼭 같은 억양으로 되풀이한다.

"만일 당신에게 다른 여자가 생겼다면 난 죽어버리고 말 테예요."

인성은 눈을 감았다. 술로 인하여 징발徵發된 욕정마저 별안간 식어버리는 느낌이 들었다. 인성은 현숙을 겨우 밀어내고 일어서서 불을 켰다. 아이의 자고 있는 얼굴이 이상하게 자기를 빤히 쳐다보고 있는 것만 같았다.

'할 수 없다!'

인성은 도로 불을 끄고 자리에 들어 잠을 청했다.

# 4. 상한 비둘기

마지막 강의 시간이 끝나자 주성은 급히 일어섰다. 그리고 강의실 밖으로 나갔다. 혜준은 그 뒤를 급히 따랐다.

교정에는 낙엽이 서글프게 구르고 있었다. 가을도 이제 이별을 고하려 하고 있었다. 주성이 뒤에 바싹 다가선 혜준은 그의 어깨를 덥석 잡으며,

"이봐."

하고 불렀다.

"아아, 난 누구라구?"

주성은 돌아보며 어색한 웃음을 띤다.

"어디 가는 거야?"

"어디 가기는 집에 가는 거지."

떨떠름한 주성의 대답이다.

"바쁘나?"

"별로."

"그럼 차 한잔하러 가자."

"그러지."

두 사람은 보조를 같이하고 교문을 나섰다. 혜준은 요즘 주성이 왜 자기를 회피하려 드는지 그 이유를 알 수 없었다. 처음에는 누이의 입원비로 하여 자기가 거북해할까 봐 주성이 고의적으로 그러는 줄 알았다. 그러나 그것이 아니었다. 주성은 때때로 불안한 표정을 짓는가 하면 몹시 서두르고 그런가 하면 멍하니 방심한 사람처럼 되는 때도 있었다.

"한겨울만 고생하면 서울도 굿바이다. 에이, 지긋지긋해."

혜준이 낙엽을 걷어차면서 내뱉었다. 아닌 게 아니라 혜준에게 있어서는 사 년이란 서러운 세월이었다. 가정교사로 전전하며 학업을 계속했으나 이제 몇 달이면 끝이 나는 것이다. 기쁜 마음보다 혜준은 서글픈 마음이 앞서는 것이었다.

"서울하고 굿바이 하는 게 그리 쉬운 줄 아니?"

"별수 있어? 군에 가야지."

"복무가 끝나면 또 와야 하는 곳이 서울이야."

"난 그런 생각 없다. 시골에 가서 교편이나 잡고 살란다."

"막말하는 게 아냐. 싫으나 좋으나 그래도 서울은 우리들의 연인이야."

"흥!"

혜준은 콧방귀를 뀡겼다. 그들은 종로 쪽으로 나와서 학생들이 잘 가는 음악 살롱으로 들어갔다. 차를 마시고 한참 앉아 있다가 혜준이 말문을 열었다.

"주성이 너 요즘 무슨 일이라도 있는 게 아냐?"

"무슨 일?"

주성에게 완연한 동요가 인다.

"나한테 숨기고 있는 일이 있지?"

"숨기고 있는 일이 있다고?"

"너 연애하고 있지?"

혜준은 정면으로 쏘았다. 주성은 혜준의 얼굴을 뚫어지게 바라보다가,

"그렇다."

하는 수 없다고 생각했는지 그는 나직한 목소리로 시인했다.

"상대는 누구야?"

"상대도 모르고 하는 소린가?"

"내가 알 턱이 있나. 너가 말하지 않는데."

"정말 모르나?"

주성의 얼굴에는 고민의 빛이 역력했다.

"모른다. 누구야?"

"잘 아는 사람이다."

"잘 아는 사람? 그게 누군데?"

"내 입으로 말하기는 싫다. 차차 알게 될 거야."

주성은 우울하게 말했다. 혜준은 주성의 주변의 여자들을 생각해 보았다. 주변의 여자들이라야 모두 클래스메이트인 여학생들이다. 그러나 아무리 생각해 봐도 어느 누구라고 점을 찍을 만한 사람은 없었다.

이때 머리를 짤막하게 자른 여자가 음악 살롱에 들어섰다. 보랏빛 바바리코트에 노르스름한 머플러를 두르고 있었다. 그는 주성을 보자 좀 놀라는 표정을 짓더니 그 옆으로 두벅두벅 다가왔다.

"주성 씨."

"아, 송애냐?"

주성은 시트에 기댄 몸을 일으켰다.

"오래간만이네요."

송애는 혜준을 힐끗 쳐다보며 주성에게 말했다.

"오래간만이군. 그동안 잘 있었어?"

"별일 없었어요."

"누굴 만나러 왔나?"

"아뇨, 한번 들러본 거예요."

"여기 자주 오나?"

"동무들이 오니까."

"여기 앉지."

주성은 자기 옆자리를 가리켰다.

"실례하겠습니다."

송애는 혜준에게 인사를 하며 자리에 앉았다. 입술이 좀 볼통했으나 살빛이 곱고 귀엽게 생긴 얼굴이다.

'이 여자가 혹? 아냐, 내가 알고 있는 여자라 했지.'

혜준이 송애를 곁눈질하며 생각하고 있는데,

"혜준이 소개하지."

주성이 좀 투박스러운 목소리로 말했다.

"S대학 약학과에 다니는 이송애 씨, 그리고 이 친구는 나하고 같이 다니는 유혜준이야."

주성이 소개말을 끝내자 송애가 먼저 고개를 수그리며,

"처음 뵙겠습니다."

혜준은 얼떨떨해하며,

"잘 부탁합니다."

송애는 당황하는 혜준을 보고 웃는다. 그러나 주성의 마음은 편치 않았다. 언젠가 형으로부터 송애와의 혼담을 들은 후 그는 송애를 만날 때마다 무거운 짐을 짊어진 느낌이 드는 것이었다.

"명년에는 졸업이지?"

화제에 궁하여 주성은 뻔히 알고 있는 평범한 말을 꺼내었다.

"그런가 봐요."

송애는 남의 일처럼 대답하고 나서,

"주성 씨는 학교 나오시면 뭘 하시겠어요? 계획은 서 있겠군, 물론."

"아무 계획도 없어. 우선 군대에 갔다가 와서 생각해야지."

주성은 냅다 던지듯 말했다. 이런저런 잡담 끝에 혜준이 시계를 보더니,

"나 가봐야겠어."

하며 일어섰다. 그러자 주성이도 따라 일어섰다. 송애가 주성을 쳐다보았다.

"넌 천천히 오지 그래?"

혜준이 송애의 분위기를 살피며 말했다.

"아, 아냐. 가봐야지."

송애는 감정을 누르며 앉아 있었다. 그는 주성과 단둘이서 얘기하고 싶은 것이 많았다.

"그럼 송애는 천천히 와."

"그렇게 바쁘세요?"

주성은 말이 막히는 듯 송애로부터 시선을 돌린다.

"바쁘지는 않지만 가봐야지."

"나도 나가겠어요. 같이 가요."

송애는 발딱 일어섰다. 밖으로 나온 혜준은 돈암동행 버스를 타고 가버렸다. 그리고 노상에는 주성과 송애가 남았다. 자연히 같이 걷게 되었다.

"주성 씨."

"……."

"날 피하고 싶으시죠? 솔직히 말씀하세요."

"아, 아냐."

"주성 씨는 전과 같지 않아요. 많이 달라졌어요."

"그야 자라니까 달라질 수밖에."

송애는 픽 웃는다.

"바쁘세요?"

송애는 아까 음악 살롱에서 한 말을 되풀이했다.

"바쁠 건 없지만."

"그럼 저녁 사드리겠어요."

"지금이 몇 신데 벌써 저녁을 한다는 거야?"

"그러니까 어디 가서 얘기나 좀 하다가 저녁을 하면 되잖아요?"

주성은 잠시 망설이다가,

"그럼 그러지."

겨우 승낙을 했다. 그러나 송애가 심각한 말을 꺼낼 것을 짐작하니 약간의 괴로움이 없지 않았다. 현재 주성의 머릿속에는 유혜원밖에 없었다. 어떠한 여유도 느낄 수 없을 만큼 그는 혜원에게 열중되어 있었던 것이다. 그들은 되돌아서서 어느 다방으로 들어갔다.

차를 청한 뒤 송애는,

"요 전날 밤에 전화했더니 안 계신다 하더군요."

"언제쯤?"

"일주일 전이었어요. 그 전에도 몇 번인가 했었는데."

일주일 전의 밤이라면 혜원을 만나러 갔던 날이다.

"편지를 내려고 했었지만 서로 만날 수 있는 사람인데 편지 쓰는 것도 우습고 해서 그만두었어요."

주성은 담배를 꺼내 붙여 물었다. 뭐라 말하기가 곤란했다. 송애도 한동안 침묵을 지킨다.

"서대문 형님 댁에 가끔 가세요?"

이윽고 송애는 말을 다시 꺼냈다.

"안 갑니다."

자기도 모르는 사이에 경어를 쓰고 말았다. 송애는 쓰디쓰게 웃는다.

"그럼 형님을 못 만나셨겠군요."

"통."

"현숙 언니하고 심 선생님하고 사이가 퍽 나쁘신가 봐요?"

"난 내막을 몰라."

"바람 피우시는 게 아닐까?"

"그런 사람이라면 존경하게?"

"어머! 기가 막혀."

"형은 우유부단하고 의욕이 없는 사람이야. 그냥 세월아 흘러가라는 식의 사람이지."

"그럼 주성 씨는 안 그렇단 말이에요?"

"물론이지. 난 명백히 하고 살아갈 테야. 이거면 이거, 저거면 저거, 분명해야지. 인생을 흐리멍덩하게 보내서야 쓰나? 내 인생은 어느 누구의 것과도 바꿀 수 없고 두 번 오는 것도 아니잖아? 후회 없도록 힘껏 살아볼 테야. 괴로우면 괴로운 대로."

"말과 같이 그리 쉬운 것일까요?"

"쉽지는 않겠지. 하지만 쉽지 않다고 미리부터 포기하는 못난이가 되기 싫단 말이야."

"자신이 있군요. 그럼 주성 씨는 절망일 때도 포기하지 않겠어요?"

송애의 눈빛이 빛났다.

"의욕이 있는 곳에 절망이 있을 수 없어."

주성은 내친걸음이라 억지로 밖에 들리지 않는 말을 우겨댔다. 그는 혜원과의 관계를 추궁이라도 당한 듯한 착각을 일으키고 있는 것이다.

"정말 오만하군요."

"오만하다구?"

"그렇잖구요."

"이 세상에 내가 나온 것을 주장하는데 어째서 오만하다는 거야?"

"그게 어째서 이 세상에 나온 것의 주장이 될 수 있어요?"

"산다는 것은 주장이야. 절망을 뛰어넘고 내가 살아간다는 것은 내가 이 세상에 나온 것을 주장하는 거지 뭐야."

그렇게 몰리니 송애도 말문이 막힌다.

그는 우두커니 주성을 바라본다. 왕성한 의욕, 사나이답게 떡 벌어진 두 어깨, 의지적으로 꾹 다문 입술. 일 년 전만 해도 송애는 주성이 미래의 자기 남편이 될 사람이라 믿었다.

'그러나 지금은 왜 이렇게도 멀기만 할까?'

"주성 씨?"

"……."

"주성 씨는 애정에 있어서도 그렇다고 생각하세요? 절망이 있을 수 없다구?"

주성은 좀 움칠한다.

"자기가 원하는, 간절히 원하는 사람이라면 그의 애정을 차지할 수 있다고 생각해요?"

"내 경우라면 꼭 차지하고 말겠다."

주성은 선언하듯 말한다.

"그러면 저의 경우는?"

주성은 다시 한 번 움칠했다. 그러나 입을 떼지 않을 수 없었다.

"그것은 송애가 생각할 문제가 아닐까? 송애 자신의 일이니까."

냉정하기 그지없는 말투였다.

"내 자신의 일이죠. 하지만 주성 씨와 연결되는 일이라면?"

송애의 얼굴이 창백해진다. 대화는 결국 주성을 궁지에다 몰아넣고 말았다. 어차피 어느 때고 한 번은 겪어야 할 일이었지만.

"나 어머니한테 다 들었어요. 주성 씨로부터 아무런 말이 없다는 것, 그리고 집안에서는 모두 찬성한다는 것도. 나는 기다렸어요. 무슨 대답이 반드시 있으리라는 것을. 그러나 아무런 말도 없었어요."

하는데 송애의 눈에서 눈물이 울컥 쏟아진다.

"나는 주성 씨를 떠나서 결혼이라는 것 생각해 본 일도 없었어요. 학교 졸업만 하면 응당 우리들은 맺어질 줄 알았어요. 그러나 주성 씨는 요즘 저를 피하려 하는 거예요. 더 참을 수 없었어요. 저는 주성 씨처럼 애정이나 인생을 그렇게 오만하게 생각지는 않았어요. 자신이 없었거든요. 결국 자신이 없었다는 것은 이러한 결과로써 재확인된 것뿐이었어요."

송애는 얼굴을 들고 눈물을 막으려는 듯 불퉁한 입술을 꼭 다물었다. 볼이 경련을 일으킨다.

"말씀해 주세요. 이거면 이거, 저거면 저거 분명하게."

"난, 난."

주성의 목소리는 목에 걸린 듯 까칠했다.

"나, 나는 송애를 누이동생처럼 생각해 왔다. 날 용서해 주."

주성은 얼굴을 떨어트렸다. 주성은 무거운 침묵을 지키다가 송애를 힐끗 쳐다보았다.

"송애."

낮은 목소리였다.

"잔인한 얘긴지 모르겠다. 그러나 솔직하게 말해두는 게 역시 좋을 거야. 흐리멍덩하게 끌고 가는 일은 나도 괴로워."

주성은 잠시 말을 끊었다. 명확하게 한다는 것은 그의 지론이 지만 송애 앞에서 그것을 명백하게 한다는 것은 역시 괴로운 모양이다. 그만큼 송애의 존재는 주성에게 비중이 큰 것이었는지도 모른다. 송애는 이미 체념한 듯 눈을 내리감고 꼼짝하지 않았다.

"난 송애를 좋아했어. 하지만 이성으로서 연정을 느껴본 일은 없었다. 누이같이 항상 내 곁에 있는 누이동생같이 생각되었어. 우리가 너무 가까이 어릴 때부터 지내온 탓인지 모르지. 어차피 어느 때고 송애는 그것을 알아야 할 게 아닌가?"

송애의 입언저리가 파르르 떨린다. 주성은 입을 꾹 다물고 외면을 한다.

"솔직히 말씀해 주셔서 감사해요."

목이 꽉 막힌 듯 목소리는 가늘게 떨려 나왔다. 그리고 송애는 찻잔을 두 손으로 꼭 움켜잡는다. 쓰러지려는 몸과 마음을 그 찻잔 하나로 지탱해 나가고 있는 듯 그는 움켜잡고 있는 것이었다.

"용서해 주."

용서받아야 할 만한 일은 아무것도 없었다. 그러나 주성은 순식간에 그 말이 나왔다.

"뜻밖의 말은 아니었어요."

송애는 웃으려 했다. 그러나 웃음은 내지 않고 얼른 얼굴을 숙여버린다. 다방 안에는 음악이 별안간 크게 터져 나왔다. 쨍

과리를 치는 듯 바위를 부수는 듯 꽝꽝 울린다. 레지가 놀라며 볼륨을 낮추는 모양이다. 실내에는 다시 고요하게 음악이 흘러나왔다. 송애는 자기 마음이 낱낱이 부서져서 파편처럼 사방에 튀었다가 다시 가슴을 내리치고 있다고 생각했다.

"어떡허시겠어요?"

송애는 시계를 보며 물었다. 창가에 어둠이 밀려오는 때문인지 송애의 얼굴은 희고도 푸르렀다.

"저녁은 내가 사겠어."

주성은 일어섰다. 그리고 문간을 향하여 걸어 나왔다.

"마지막으로?"

뒤따라오며 송애가 나직이 말했다. 주성은 돌아다보았다. 송애의 눈에는 눈물이 가득 고여 있었다. 주성은 황급히 얼굴을 돌렸다.

"왜 그런 말을 하는 거냐?"

"자주 만나면 괴롭지 않아요."

주성의 가슴이 찡했다.

'만일 혜원 씨가 내 앞에 나타나지 않았다면?'

거리로 나온 주성은 질주하는 자동차를 바라보며 생각했다.

'난 송애를 사랑했을지도 몰라……. 아니 너는 왜 주저하는 거지? 너의 심상心象은 지금 흐려지고 있지 않느냐. 아니야, 송애가 불쌍하기 때문이지. 야, 이 페미니스트야!'

주성은 혼자 마음속으로 중얼중얼거렸다.

'명확하게 하는 것도 쉬운 노릇은 아니군.'

주성은 자세를 고쳐 잡았다.

"이리로 갈까?"

주성은 한식 음식집 앞에서 걸음을 멈추며 송애를 돌아다보았다. 송애는 주성을 한동안 바라보더니,

"주성 씨가 저녁을 사시기로 하고, 그렇지만 오늘만은 저에게 장소 선택권을 주셔야 해요."

송애는 쓸쓸한 웃음을 띠며 말했다.

"그럼 그래."

주성은 순순히 응했다. 송애는 택시를 잡았다.

"타세요."

송애는 주성에게 명령했다.

"어디로 가는 거야? 교외로 가나?"

"아뇨. 운전수 양반, 곧장 나가세요."

주성은 다소 불안해졌다. 그러나 송애가 내린 곳은 중국 요릿집이었다. 성큼성큼 안으로 들어간 송애는 보이에게 방을 잡아달라고 청했다. 자그마한 방으로 들어간 송애는 바바리코트를 벗어 걸고 단정하게 앉았다. 주성도 무릎을 꺾고 앉았다.

두 사람 사이에 씽! 하고 지나가는 듯한 침묵과 공간 그리고 시간—. 음식이 왔다. 그들은 조용히 식사를 시작했다. 송애는 체념한 듯 보였다. 그러나 때때로 그의 얼굴에는 일루의 희망을 걸어보는 빛이 감돌기도 했다.

송애는 언뜻 보기에 매우 밝았고 외향적이었다. 그러나 실상 송애는 내성적이었다. 어떤 의미론 보수적이기도 했다. 남 보기에는 보이프렌드도 많은 듯 생각되지만 사실은 그렇지 못했다. 그것은 어릴 때부터 친해온 주성을 열렬히 사모해 온 탓이었는지도 모른다. 송애의 꿈은 오로지 주성으로부터 시작되었고 주성과 더불어 그의 꿈은 미래로 펼쳐졌던 것이다. 그랬던 만큼 그의 애정은 외곬으로 흘러갔고 주성이 차지했던 마음의 자리에 그 어느 것으로도 메우기 어려운 송애였던 것이다.

"번역을 더러 하신다죠?"

송애는 당기지 않는 음식을 억지로 입속에 밀어 넣으며 말했다.

"음."

"보수는?"

"그저 그렇지. 용돈을 뜯어 쓸 정도."

"저도 무슨 일을 했음 좋겠는데……."

"송애한테는 야심이 있어야지."

"여자가 야심을 가진다고 무슨 뾰죽한 수가 있겠어요?"

"생각이 낡아."

"할 수 없어요."

"의지할 곳이 있으니까 그런 거야. 아무도 없이 황막한 사회에 내던져졌다고 생각해 봐. 그땐 송애는 패배할 수밖에 없는 거야."

주성은 옛날처럼 활달하게 말했다.

"이미 패배한걸요."

주성은 급히 음식을 밀어 넣는다.

"졸업하면 군에 가죠?"

송애는 화제를 돌렸다. 아까 다방에서 한 말을 되풀이하는 것이다.

"가야지."

"갔다 오시면?"

"글쎄. 뭐든지 닥치는 대로 해볼 테야. 아무것도 두려울 것 없어."

"자신이 만만하네요."

"이제 알았나?"

주성은 씩 웃었다. 역시 다방에서 주고받은 말을 그들은 되풀이하고 있었던 것이다. 식사가 끝나고 밖으로 나왔을 때,

"저녁은 주성 씨가 내셨으니까 제가 영화 한턱하겠어요. 가시겠어요?"

"어차피 오늘 밤 시간은 송애한테 할애했으니까."

주성은 응했다. 그들이 태평로로 되돌아와서 A극장 앞에 이르렀을 때다.

"아아."

주성은 당황하며 낮게 소리쳤다. 그쪽에서도 몹시 놀라는 표정이었다.

166

"혜원 씨, 어디 가시는 길입니까?"

"지금 퇴근하는 길이에요. 늦게까지 일이 있었어요."

송애는 혜원의 아름다운 모습에 위압된 듯 서 있었다.

"그럼 실례하겠어요."

혜원은 주성과 동행인 송애에게 한 번 눈길을 보내고 지나치려 했다.

"아, 아닙니다. 같이 가세요. 송애, 그럼 요다음 또 만나."

주성은 영화고 뭐고 다 팽개치고 혜원의 뒤를 쫓아간다. 송애는 노상에 우두커니 선 채 멀어져 가는 주성의 뒷모습을 바라보고 있었다.

"그분께 실례 아니에요?"

혜원은 땅을 내려다보고 걸으면서 말했다. 혜원은 혜원대로의 열등감과 서글픔이 있었다.

"괜찮습니다."

말은 그렇게 했으나 송애를 길바닥에 내버려두고 쫓아온 것이 마음에 안 걸리는 것은 아니었다.

"그분 누구시죠?"

"어릴 때부터 잘 아는 사입니다."

"퍽 귀엽게 생겼더군요."

"예쁘장하게 생겼죠."

"왜 절 따라오셨어요?"

"오고 싶으니까."

"어린애 같군. 정말 어쩌자는 거죠?"

"어쩌기는요…… 저녁 했어요?"

"예, 회사에서 나오면서."

"혼자서?"

"동료들하고 같이요."

"집에 가시는 겁니까?"

"물론이죠."

"잠깐만 다방에 들르시죠."

"또요? 다방은 싫어요."

"그럼."

"집에 바로 가겠어요."

"제가 같이 가면 안 되죠?"

"안 돼요."

"그럼 이대로?"

혜원은 아무 말도 하지 않았다. 그 역시 안 된다 하면서도 주성과 그냥 헤어지기 싫은 눈치였다. 그들은 혜원의 집과는 방향이 다른 곳으로 곧장 걸어 나갔다.

"아까 혜준이를 만났습니다."

"혜준이를요?"

혜원은 좀 뜨끔한 모양이다.

"혜준이 저에 대하여 의심을 갖고 있어요."

"저 때문에?"

"아직은 모르죠. 다만 저를 좀 이상하게 생각하고 있는 모양입니다."

"어떻게?"

"연애하고 있지 않느냐고 물어봅디다."

"그래서요."

"하고 있다고 그랬죠."

"왜 그런 말씀 하셨어요?"

혜원은 얼굴을 붉히며 화난 음성으로 말했다.

"숨길 필요가 뭐 있습니까? 누가 죄를 지었어요?"

"혜준이 알면 화낼 거예요."

"왜 그렇습니까?"

"그럴 수밖에 더 있어요? 우리들은 미래를 기약할 수 없지 않아요?"

"또 그 소리! 왜 자꾸만 그러죠? 제가 자립할 수 있을 때 우리 같이 생활을 갖는 거예요. 하여간 혜준이보고 상대를 아직 밝힐 수 없다고는 했죠. 그러나 어차피 알게 될 일입니다. 혜준은 혜원 씨하고 생각이 다를 겁니다. 그 녀석은 나를 잘 알고 있어요."

"그런 얘기 자꾸만 하면 전 불안해서 견딜 수 없어요. 전 미래 같은 것 생각하고 싶지 않아요."

주성은 입을 다물어버렸다. 말을 하면 할수록 혜원은 불안해할 것이고 따라서 자신도 그 불안 속에 말려들어 갈 것만 같았다. 그는 졸업을 생각하고 군대의 복무연한을 생각했다. 혜원은 미래를 생각하기 싫다고 했으나 주성은 미래가 너무나 아득한 것 같아서 초조함을 느낀다.

"여기가 어디죠?"

혜원은 걸음을 멈추었다. 밤은 짙게 그들을 감싸고 있었다.

"저리로 갑시다. 저기가 삼청공원이군요."

그들은 공원으로 들어갔다. 그리고 빈 벤치에 나란히 앉았다. 사실 그들은 넓은 서울 안에서 갈 곳이 없어 헤맸다. 그러나 발이 닿는 대로 온 곳이 삼청공원이요, 밤은 어둡고 허술하나마 앉을 자리가 있으니 한결 마음이 놓이는 것이었다.

"주성 씨?"

주성은 대답 대신 핸드백 위에 얹어놓은 혜원의 손을 잡았다.

"혜준이보고 말씀하심 안 돼요."

"언제까지나?"

"언제까지나."

"영원히 말입니까?"

"예."

"왜 안 됩니까? 우리는 사랑하고 있어요."

주성은 와락 혜원을 끌어당겼다. 숨이 막힐 듯한 포옹이었다. 열렬한 키스는 입술에서 이마, 볼로 스쳐갔다.

"놓으세요."

혜원은 흐트러진 머리를 쓸어 넘긴다.

"혜원 씨!"

혜원은 가볍게 몸부림쳤다.

"이거 무슨 병이죠?"

소년 같은 말씨였으나 주성의 목소리는 슬프게 들렸다.

"아주 못쓰는 병이에요."

혜원은 비로소 픽 웃었다.

"아무것도 손에 잡히지 않아요. 바보가 되는 모양입니다. 어디로 가든 혜원 씨 환상 때문에……."

하고는 자기 딴에도 우스운지 하하 소리내어 웃는다. 혜원은 행복하였다. 이 순간만은 모든 것을 잊고 행복해질 수 있었다. 남편과의 차가운 결혼 생활에서 혜원은 진정한 뜻에서 남자의 사랑을 몰랐다. 상대방에게 책임이 있는 일이지만 혜원 자신에게도 책임이 없지 않았다. 남편이 포옹할 때 그는 한 번도 마음이 타오른 일이 없었던 것이다.

"혜원 씨."

"예."

"어디 이사해요. 아파트 같은 곳으로. 내가 드나들 수 있는 곳으로."

"그건 안 돼요."

혜원은 강경하게 거부했다.

"이대로 가면 정말 미쳐버릴 것만 같아요."

"안 된다니까요."

혜원은 또 화를 냈다. 주성에게 화를 내기보다 자기 자신의 흔들리고 있는 마음에다 화를 낸 것이다. 바람이 쌀쌀하게 불어왔다. 가을은 깊었다. 멀리 시가의 가로등이 뿌옇게 번지고 있었다.

"갑시다. 집에까지 모셔다 드리죠."

주성도 체념한 듯 일어섰다. 그들은 나란히 공원 밖으로 나갔다. 주성은 혜원을 보고,

"춥지 않아요?"

"아니."


점심시간이 지났을 때다. 늦가을이 지난 초겨울처럼 날씨는 한랭했다.

"야, 오늘은 추운데— 난로 피워야겠군."

임 씨가 턱을 달달 떨었다.

"지금이 어느 때라고 난로를 벌써 피워요?"

임희자가 핀잔을 준다.

"종 씨, 그러지 맙시다. 사사건건이 반목만 해서야 쓰겠소? 우리 다 한 할아버지 자손 아니오."

"아마 만 촌쯤은 될 거예요."

임희자는 콧방귀를 뀐다. 그는 임 씨가 늘 혜원을 두둔하고 있는 게 못마땅했던 것이다.

"만 촌이고 천 촌이고 간에 추운 거야 추운 거지 뭐."

임 씨도 좀 욱한다.

"밖을 좀 보시란 말예요. 플라타너스 잎이 그냥 있지 않아요."

"노오랗게 물들었구먼."

둘이서 할 일 없이 다투고 있는데 장용환이 과장실에서 나오며 싱글벙글 웃는다.

"무슨 좋은 일이 있소? 월급이라도 올랐단 말이오?"

임희자를 상대하고 있던 임 씨가 장용환에게 시선을 돌이켜 물었다.

"가만히 계시오."

용환은 임 씨를 막는 듯 팔을 한 번 벌리고 나서,

"여러분!"

하고 손뼉을 쳤다. 책상 위에 깔려 있던 시선이 일제히 장용환에게 몰려들었다.

"오늘 근무시간이 끝난 후에 돌아가시지 않고 기다려주시기를 부탁합니다."

무슨 중대방송이라도 할 듯한 자세였으나 그의 말은 간단했고 이내 자리에 주저앉고 말았다.

"무슨 일인데 그래요?"

임희자가 궁금한 듯 물었다.

"아마 해로운 일은 아닐 거요."

"미스터 장은 알고 계시군요? 그럼 공개하세요."

임희자는 다시 말했다.

"알면 일을 못 해요."

"마찬가지 아니에요. 궁금하게 생각해도 그렇죠."

"하여간 좋은 일은 덮어두었다가 나중에 금덩어리라도 생기는 공상이나 해요."

"아, 아주 또 전매특허처럼 비싸게 구네요."

"아아 두 임 씨께서 왜 그리 앙탈이오? 좁쌀밥을 먹었나 왜 그리 말이 많소?"

"온, 가만히 있는 사람을 왜 걸머지고 나오는 거야?"

"종씨니까 공동책임이지."

그러자 임희자는 입을 삐죽하며,

"말없이 얌전한 샌님이 돌아서서 호박씨 깐답디다."

누구에겐지 모르게 비양 쳤다.

"만 촌이 넘는다는데 왜 내가 책임을 져?"

"결국 두 사람이 근사하게 닮았다는 얘기가 아니오."

"쳇."

장용환은 무슨 좋은 일이 있다는 바람에 내심으론 좋으면서 겉으로 투덜거리고 있는 임 씨로부터 눈길을 돌렸다. 그리고 열심히 타이프를 치고 있는 혜원의 옆모습에 눈을 준다. 하얀 스웨터를 입은 혜원은 용환의 말에는 별반 관심이 없는 듯 타이프만 치고 있다. 몹시 차갑게 보이는 얼굴 표정이었다.

'흥! 흙으로 빚어놓은 듯한 그 녀석이 뭐가 좋아서…… 남편

이 있다고? 어엿하게 남편이 있는 여자가 그따위 나어린 녀석하고 놀아난단 말이냐?'

용환은 마음속으로 중얼거렸다. 그는 혜원이 남편과 이혼하고 서울로 올라온 사실을 혜원의 고향 사람으로부터 밝혀냈다. 그 후 그는 혜원의 집을 몇 번인가 찾아가서 혜원을 만나지 못하고 돌아섰으나 결국 주성과 함께 오는 혜원을 목격하게 되었던 것이다. 그리고 한번은 그들 뒤를 밟자 그들의 관계가 보통이 아닌 것도 확인하였다. 정말 혜원에게 남편이 있었다면 용환은 혜원으로부터 물러섰을지도 모른다. 그러나 주성이라는 애송이—용환의 눈에는 주성이 애송이로밖에 보이지 않았다—를 사랑하고 있다는 사실이 그의 투시를 도빌시키고야 말았다. 그리고 그는 실망하기보다 도리어 혜원을 만만하게 보았고 손쉽게 생각하게 되었다.

"그따위 녀석한테 넘어가는 여자라면 문제없다!"

그는 혜원을 범하기 어려운 여자로 보았다. 애초에는 그리고 진정으로 결혼까지 생각했었다. 그러나 지금은 그것이 아니었다. 한번 유혹하고 싶은 기분인 것이다. 어쨌든 영구히 갖고 싶건 일시적으로 갖고 싶건 간에 혜원을 손아귀에 넣고 싶은 욕망에는 변함이 없었던 것이다.

시계가 다섯 시를 가리키자 임 씨는,

"미스터 장!"

하고 성급히 불렀다.

"금덩어리가 나오건 은덩어리가 나오건 간에 얼른 말해. 어서 집에 돌아가야지."

"집에 돌아가는 게 문제야? 듣고 싶은 게 문제지. 집에 돌아가지는 못할 거야."

하고서 장용환은 일어섰다.

"여러분! 사실은 김 과장 댁에서 모임을 갖기로 했습니다."

"무슨 모임이오!"

누군가가 실망한 듯 말했다.

"술 마시는 모임이죠."

"단순히?"

"김 과장님 생신이거든."

"아아."

모두 맥이 탁 풀리는 모양이다. 술 마시는 일도 좋은 일에는 틀림이 없겠으나 그들의 기대는 다른 곳에 있었다.

"난 또 월급이나 올려주는 줄 알았지."

임 씨가 푸념 비슷하게 말했다.

"월급을 올려주면 말할 사람이 따로 있지 내가 왜 말을 하누."

하고서 용환은 다시 여러 사람을 바라보며,

"한 사람도 빠지면 안 된다는 이야기니까 혹 약속이 있는 사람도 그 약속은 무효로 돌리기로 하시오."

하며 장용환은 혜원의 얼굴을 슬쩍 살폈다. 아닌 게 아니라 혜원은 주성과 만날 약속을 했다. 별안간 과장 댁으로 간다니 당황하지 않을 수 없었다.

'어떡허나?'

언제나 주성으로부터 연락이 있기 때문에 혜원으로서는 연락할 길이 없었다. 혜원이 난처해하는 모습을 먼빛으로 본 장용환은,

"오늘 밤의 모임은 사적, 공적으로 중대한 일이니 한 사람도 빠져서는 안 됩니다."

하고 못을 박듯 말했다.

'흥, 술 먹으러 오라니 반갑기는 반가우나 그 녀석이 왜 저리 열심이야?'

임 씨는 마음속으로 중얼거렸다.

한 시간가량 회사에서 서성거리다가 여섯 시가 지난 뒤 사원들은 택시를 몇 대 잡아서 분승하고 김 과장 댁으로 갔다.

김 과장은 한복 차림으로 점잖게 그들을 맞이하였다. 집은 한식 가옥이었으나 널찍하고 조촐하였다.

"아무 한 것도 없는데……."

병약해 보이는 부인은 소박한 웃음을 띠며 여자들을 맞아들였다. 혜원은 좋은 부인이라 생각했다.

그들은 삼간 방에 빽빽이 들어앉았다.

"그런 짓 할까 봐 별안간 말했는데…… 공연한 짓을……."

김 과장은 혀를 찼다. 사원들은 과장의 생신날이라 하는데 그

냥 갈 수 없어서 모두 돈을 모아 케이크를 사 온 것이다. 그것을 두고 김 과장은 못마땅한 듯 말했다. 결코 호남도 미남도 아니었으나 김 과장은 중후해 보였고 교양이 있어 보였다. 별로 말을 하지 않지만 사원들은 그를 두려워하고 존경하는 것이었다.

음식은 이어 들어왔다. 부인의 솜씨가 보통 아닌 모양으로 보기만 해도 소담스럽고 먹음직스러웠다. 김 과장은 손수 잔에 술을 부으며,

"여러분, 박봉에 수고가 많으시오. 오늘은 내 생일이기보다 여러분들과 술자리도 같이하고 싶은 생각에서— 자, 듭시다."

여자들은 코카콜라를, 남자들은 따끈따끈한 정종을 들었다. 처음에는 모두 윗사람인 데다가 처음 와보는 집이라 긴장했으나 술이 들어감에 따라 그 긴장은 차츰 풀어지기 시작했다.

혜원은 처음 올 때 도중에서 나가려니 생각했다. 그러나 장용환의 의식적인 방해공작으로 제일 구석진 자리에 몰려들고 말았다. 게다가 장용환이 옆에 벋치고 앉아 있었다.

'야단났네? 어떡허지? 눈이 빠지게 기다리고 있을 텐데……'

마음이 초조하니 음식도 입에 당기지 않았다. 모두들 떠들어대는 속에서 혜원만이 외롭게 앉아 있었다.

"유혜원 씨, 좀 잡수세요."

임희자가 다음의 무슨 말을 준비하고 있는지 혜원을 힐끗 쳐다보며 말했다.

"먹고 있어요."

"유혜원 씨가 안 잡수시니까 미스터 장이 자꾸만 우릴 쳐다보지 않아요."

"어마! 왜요?"

"그걸 모르세요? 혜원 씨 몫이 없어질까 봐 그러지 뭐예요?"

혜원은 쓰디쓰게 웃고 만다.

"어서 잡수세요, 혜원 씨. 어물어물하다가는 빈 접시만 남습니다."

임희자의 말을 기다렸다는 듯 장용환이 다정스레 권한다. 방 안에 가벼운 웃음소리가 났다. 혜원의 얼굴이 새빨개진다. 아무리 무관한 주석이라도 모두가 용환과 자기를 관련시켜 생각해 보는 일은 싫었다. 더욱이 용환이 자기에게 애정을 고백한 후 그를 대하기 거북한 데다가 능청스럽게 임희자와 손발을 맞추어 자기를 놀려주는 것이 아닌가 싶으니 화가 치밀었다.

김 과장은 점잖게 앉아서 부하들에게 술을 권하고 자기도 마시면서 전에 없이 말을 많이 하고 있었다. 회사 일에 관한 것부터 연전에 구미 지방으로 다녀온 이야기며 현재 국제 정세, 국내 사정에 이르기까지 그대로 일가견을 피력하며 연방 웃음 짓는 낯이다.


연회가 끝난 것은 거의 열 시가 다 된 때였다. 모두들 푸짐하게 장만한 음식에다 알맞은 분위기라 술들을 많이 마셨으나 상사의 초대였고 또한 김 과장이 흉금을 터놓고 얘기하는 것이었으나 그에 대한 평소의 두려움 때문인지 주사를 부리는 사람은 별로 없었다. 비교적 조용하고 아기자기하게 연회는 끝난 셈이다.

혜원은 김 과장에 대하여 호감을 느꼈다. 그가 회사에 들어갔을 때 김 과장은 해외에 출장 중이었고 돌아온 후에도 별로 접촉이 없어 그의 뇌리에는 김 과장에 대한 인식이 희미하였다. 그러나 오늘 밤에 김 과장으로부터 받은 느낌은 신중하고 위엄이 있으면서도 교양이 높고 선량한 사람이라는 점이었다. 그와 더불어 그의 부인에 대한 인상도 매우 좋았고 서로의 분위기가 잘 조화된 부부라 생각하였다. 다른 여직원들은 결혼 전이라 예사로 보았는지 모르지만 가정생활의 체험을 가지고 있는 혜원은 그들 부부의 분위기가 예사로 보여지지 않았다. 질투의 감정까지는 가지 않았지만 그는 선망 비슷한 기분은 들었다.

주성을 사랑하면서도 그는 그 자신이 허황한 것을 느꼈고, 아니, 사랑하기 때문에 도리어 발이 땅에 붙어 있지 않은 불안감에 사로잡히는 것이었다.

'나는 이러한 가정생활에 향수를 느끼고 있는 것일까?'

아닌 게 아니라 혜원은 직장생활을 고통스럽게 생각하고 있었다. 그의 감성이 예민한 데다가 결혼 전의 다른 여직원처럼 결혼까지 잠시 동안 거치고 지나가는 곳이라고 생각지 못하는 데서 혜원은 괴로운 것이다. 빵을 위하여 언제까지나 쥐꼬리만 한 월급을 바라고 다녀야 하는 처지가 서글프고 지겨웠던 것이다.

연회가 끝나고 모두 밖으로 나왔을 때 언제 연락을 했는지 여러 대의 택시가 대문 앞에 대기하고 있었다. 김 과장이 집안 식구를 시켜 택시를 불러 온 모양이었다.

"버스 타고 실컷 갈 텐데 과장님 왜 이러십니까?"

하며 모두가 이구동성으로 사양을 표시했으나 김 과장은 웃으며,

"술들이 취했는데 가다가 주정을 부리면 어떡해……."

"우린 술 안 마셨어요."

임희자가 어리광 비슷하게 말했다.

"남성들만 우대했다고 집사람이 항의할걸?"

모두 기분 좋게 와 하고 웃었다. 제각기 방향에 따라 어울려져 택시에 올랐다. 그리하여 순서대로 떠나갔다.

혜원은 서대문 못 미쳐서 집이 있는 임 씨와 함께 맨 마지막 택시에 올랐다. 그러자 그때까지 어물쩍거리고 있던 장용환이 그들의 뒤를 따라 자동차에 올랐다.

"아니, 미스터 장은 어디로 가는 거야? 우리하고는 방향이 다르잖아?"

임 씨는 눈치도 없이 말했다.

"왜요? 방해가 되나?"

장용환은 술 마신 것을 핑계 삼는지 그다지 아름답지 못한 투로 말했다.

"별소리를 다 하는군. 방향이 다르니까 하는 말이지."

"서대문 가는 도중에 볼일이 좀 있어서 그러는 거요."

장용환은 능글맞게 말하고 시치미를 딱 뗀다. 혜원은 장용환이 택시에 오를 때부터 잔뜩 눈살을 찌푸리고 있었다. 장용환과 함께 자동차를 타고 가는 일도 마음에 내키지 않는 일이었는데 임 씨와 주고받는 말 또한 괴상하여 혜원은 몹시 기분이 나빴다. 그러나 장용환이 같이 탔다고 해서 도로 내릴 수도 없는 일이었다. 이래저래 처음부터 혜원은 거북한 위치에 놓이기만 했다.

'단둘이서 가는 것도 아닌데 어떨라구?'

얼굴은 찌푸렸으나 아무 말 없이 앉아 있었다. 그러나 마음속은 부글부글 끓었다. 사전에 아무 연락도 없이 주성과의 약속을 저버린 일이 내내 마음에 걸렸고 연회석상에서 과장까지 있는데 장용환이 적극적인 호의를 보였고 마치 자기 애인이나 된 것처럼 주변에다 시위를 하던 장용환을 생각하면 불쾌하기 짝이 없었다. 게다가 임희자는 장용환에게 좀 다른 감정을 품고 있었는지 줄곧 혜원을 걸고 들어 장용환을 빈정거렸고 혜원에게 무안을 주었다. 만일 혜원이 장용환을 사랑했다면 임희자의 그만한 가시 돋친 말쯤은 묵살할 수도 있었고 무시할 수도 있는 일이었다. 그러나 오늘 밤따라 평소보다 더 장용환을 밉게 생각하였다. 희여멀쑥하다고 생각한 장용환 얼굴도 보기가 싫었고 사내답다고 전에는 더러 생각한 그의 언동도 경박하게 보여졌다. 그러니 임희자의 노골적인 적의가 아프지도 않은 배 만지는 격으로 비위에 거슬리지 않을 수 없는 일이었다.

택시가 미끄러지자 문간에 서 있는 과장 내외에게 인사를 그들은 하였다. 자동차는 밤거리를 쾌속으로 달리기 시작한다. 잎이 떨어지기 시작한 가로수와 가로등이 차창 밖에 휙휙 달아난다. 혜원은 고집 세게 차창에다 얼굴을 바싹 붙이고 거리만 내다보고 있었다. 두 사나이로부터 풍겨오는 술 냄새는 속이 뒤집힐 지경으로 언짢았던 것이다.

"볼일 보구 집에 돌아가려면 늦겠는걸?"

술에 취해 있기도 하지만 비교적 남녀관계의 문제에 우둔한 편인 임 씨는 또 쓸데없는 걱정을 했다.

"늦어지면 자고 가지 무슨 걱정이오. 임 씨처럼 마누라가 있어 바가지 긁을까 봐?"

"그야 그렇지."

임 씨는 헤헤 하고 웃는다.

"그러나저러나 장가는 가야겠는데…… 금년은 속절없이 또 그냥 넘기나 부지?"

장용환은 차창에 얼굴을 바싹 붙이고 앉아 있는 혜원의 뽀오얀 목덜미에 한번 눈을 주고 나서 뇌었다.

"지 가기 싫어서 안 가는 것을 뉘보고 탓할꼬?"

임 씨는 코라도 골고 잤으면 싶은지 혀 꼬부라진 소리로 말했다.

"내가 언제 장가 안 가겠다 하던가요? 올 사람이 없어서 못

가지."

"흥! 제법 겸손하구나. 좋아하는 여자가 많다는 소문이던
데?"

"만 명이면 뭘 해? 내가 좋아하는 자가 날 싫어하는걸."

장용환은 다시 혜원의 뽀오얀 목덜미를 힐끗 쳐다보았다. 임
씨에게보다 혜원에게 하는 말이었다.

"싫어하는 여자를 구태여 쫓을 건 없지. 좋아하는 여자 속에
서 고르면 되잖아."

"싫어할수록 더 좋아지는 걸 어떡해?"

"아아, 스톱! 운전수!"

별안간 임 씨가 비실비실 일어서며 소리쳤다. 자동차는 머물
렀다.

"미스터 장은 더 가겠어? 난 여기서 내려야 해."

임 씨는 찌뿌둥거리며 자동차에서 내렸다.

"저도 내려야 해요."

혜원도 일어섰다. 그러자 장용환은 혜원의 손목을 와락 잡으
며 거칠게 자리에 앉히더니,

"운전수, 어서 가시오."

하고 명령한다. 자동차는 찌뿌둥하게 서서 손을 흔드는 임 씨를
남겨놓고 다시 미끄러졌다.

"아니에요. 내리겠어요. 볼일이 있는걸요."

혜원은 다시 몸을 일으켰다.

"볼일은 내일 보시오. 댁까지 모셔다 드리죠."

장용환은 배 속에서 밀어내는 듯한 목소리로 말하고 나서 미묘한 웃음을 입가에 띤다.

"횡포하군요. 지나치지 않아요?"

혜원은 노여움을 띠고 장용환을 노려본다.

"혜원 씨! 오늘 밤은 제 주정을 받아주셔야 합니다. 아시겠어요?"

여전히 그의 입가에는 미묘한 웃음이 감돌고 있었다.

"누굴 위협하시는 거예요?"

혜원의 목소리는 날카롭다.

"아무 말 마십시오. 다 알고 있습니다."

혜원의 얼굴빛이 좀 변한다. 그리고 입술을 깨문 채 그 대답은 하지 못한다.

"왜 거짓말을 하시죠? 나는 다 알고 있어요."

"운전수! 나 여기서 내릴 테니 차 세워주세요."

참다 못해 혜원은 발을 구르듯 하며 말했다. 자동차의 속도가 늦추어진다.

"운전수! 그냥 가요. 내 시키는 대로만 해! 그러면 수가 날 테니까."

자동차의 속도는 다시 빨라졌다.

"어디로 갑니까?"

운전수는 돌아보지도 않고 물었다. 여자가 아무리 앙탈을 해도 소용없었다. 수가 난다는 남자의 말은 돈벌이에 눈이 어두운 운전수에게 더없이 매력적인 말이 아닐 수 없었다.

"곧장 앞으로만 나가요."

이 말에 혜원은 견딜 수 없는 불안을 느꼈다.

"안 돼요! 안 돼!"

하는데 자동차는 서대문 로터리를 돌아서 신촌 가는 길로 빠지고 있었다.

"누가 잡아먹으려 합니까? 잠시 드라이브하는 거요. 달아나면 쫓고 싶은 사람의 심린데 게다가 난 오늘 술을 마셨단 말이오. 내 주정을 더 이상 도발시키면 위험해요. 위험해."

장용환은 술 취한 핑계를 하며 다시 혜원의 손을 덥석 잡았다. 혜원은 그 손을 뿌리치려 했으나 장용환은 놓아주지 않았다. 운전수는 자동차를 몰면서 빙그레 혼자 웃으며 용환의 말을 듣고 있었다. 혜원은 혼자서 아무리 나부대 봐야 소용없는 것을 깨달았다.

'내가 미처 생각을 못 했구나!'

과장 댁 앞에서 택시를 탄 것을 뼈저리게 후회하였으나 이제는 소용이 없었다. 운전수와 한통속이 되어 하는 짓에 혜원은 자신의 무력함을 안타깝게 느낄 뿐이다.

"나는 집착이 강한 사나이오. 그것을 안 것은 혜원 씨를 만난 후였었소. 그리고 내가 그 애송이보다 못하지 않다는 신념도 강한 것이오."

혜원의 두 어깨가 꿈틀하고 움직였다. 그러나 장용환의 말은 그다지 놀랍지는 않았다. 어떻게 하면 이 사나이로부터 욕을 면할까 싶은 생각뿐이었다.

'이대로 자동차가 달려가면? 혹 사람 없는 벌판에라도 나를 끌어놓고 행패를 한다면?'

혜원은 수갑을 찬 죄수처럼 용환의 손에 한 손이 묶인 채 자기를 향하여 무수한 바늘이 날아오는 것만 같은 무서움을 느낀다.

'최악의 경우 나는 어떡허지? 아니야 설마……'

혜원은 장용환과 타협하는 수밖에 없다고 생각했다.

"장 선생님?"

어세를 낮추어 물었다. 장용환은 대답이 없었다.

"제발 차 좀 돌려주세요. 어디로 가시는 거예요? 시간이, 시간이 늦은데."

"걱정 마세요. 악한이 미녀를 납치해 가는 공상을 하시면서 공포에 떨지 말구요."

"농담은 그만두시구요. 차 돌려주세요."

할 수 없이 애원을 한다.

"오라잇! 운전수, 차 돌리시오. 서대문으로."

운전수는 희뭇이 웃으며 차를 돌렸다. 동시에 손을 뽑으려고 여태 애를 썼던 혜원의 손도 장용환으로부터 풀려나왔다. 장용환이 별안간 마음을 돌린 데 대하여 혜원은 우선 고마운 생각이 들었다. 그리고 호구를 탈출한 듯 마음이 놓였다.

"장난이 지나칩니다."

혜원은 노기를 풀고 나무라듯 말했다.

"장난이 없어지면 인생이 삭막해서 어떻게 살아요? 그러니까 술이라는 게 좋다는 거죠."

은근히 또 술 핑계를 하며 자기 행동을 합리화시키려 든다. 사실 장용환은 찰거머리처럼 악착스러운 인간도 아니요, 아주 악인도 아니었다. 임 씨의 말이 아니라도 장용환을 좋아하는 여자는 많았다. 그런 만큼 장용환은 여자에 대하여 자신이 있었고 따라서 혜원이 그렇게 자기의 애정을 거절할 줄은 몰랐다. 더군다나 젊은 애인이 그에게 있다는 사실을 알았을 때 그 심술이 나서 견딜 수 없었던 것이다. 그러나 그의 말대로 오늘 밤의 행동이 장난으로 그치는 것은 아니었다. 다만 오늘 밤의 행동은 혜원을 유혹하는 일종의 전주곡에 지나지 못하였던 것이다. 방법상 그 정도로 해두자는 것이다.

자동차는 다시 서대문 로터리로 돌아왔다. 시간은 열한 시가 지나 있었다.

"화내셨어요?"

장용환은 부드러운 목소리로 말했다.

"화냈어요! 그런 법이 어디 있어요?"

하는데 혜원의 눈에서 눈물이 울컥 쏟아졌다. 안심과 더불어 서러움이 북받쳐 올랐던 것이다.

"미안합니다."

"미안해할 것을 왜 했어요?"

혜원은 그 앞에서 눈물을 보인 것이 분했지만 눈물은 멎지 않았다.

"잘못했습니다. 감정의 억제는 때로 야만적으로 폭발되니까요."

장용환의 목소리는 제법 심각했다. 그 말은 혜원의 마음을 얼마간 풀어놓았다.

"다 왔어요. 내려주세요."

혜원은 손수건을 꺼내어 급히 눈물을 닦으며 말했다. 자동차가 멎기도 전에 장용환은 돈을 꺼내어 운전수에게 주었다. 운전수는 액수가 생각보다 많았던 모양으로 지극히 만족스러운 표정으로 돈을 호주머니 속에 밀어 넣었다. 그리고 천천히 차를 세우더니 친절하게 문을 열어주었다.

'어떡헐 작정일까? 그냥 차를 돌려보낼 생각인 모양이지? 통금 시간이 다 돼가는데……'

혜원은 다시 불안을 느꼈다. 장용환의 만용을 생각하면 또 무슨 짓을 할지 모르는 일이었다. 그러나 하여간 집 근처까지 왔으니 일단은 안심할 수 있었고 설령 통금 시간이 다 되었다는 핑계로 부둑부둑 집에까지 따라 들어온다면 좀 창피스러운 일이기는 하지만 밀어내고 문을 잠가버리면 그만이란 생각도 들었다.

그들이 자동차에서 내리자 운전수는 차를 몰고 쏜살같이 오던 길을 되돌아가는 것이었다. 거리에는 사람의 그림자 하나 없었다. 집까지 가려면 아직도 약 백 미터가량은 남아 있었다.

"그럼 안녕히 가세요. 어쨌든 고마워요."

혜원은 앞질러 말하고 발길을 돌리더니 급히 걷기 시작했다.

"안녕히 가라구요? 어딜 가란 말입니까?"

용환은 싱글벙글 웃으며 넉살 좋게 따라온다.

"그걸 제가 어떻게 알아요!"

혜원은 되도록 참고 그를 돌려보내려 했으나 끈덕지게 따라오는 것에 그만 울화통이 터지고 말았다.

"너무 야박하군요. 통금 시간은 임박해 오고 가을바람이 소슬하게 부는데 거리에서 잘 수는 없고."

"여관에 가시면 되잖아요."

혜원은 그저 한 발이라도 더 떼어놓으려고 서둔다.

"혜원 씨!"

따라오던 장용환은 혜원의 어깨를 덥석 잡았다. 혜원은 세차게 상반신을 흔들었다. 그러자 장용환의 다른 한 손이 또 어깨를 잡았다.

"놓으세요!"

"안 놓겠어요."

"소리를 지를 테예요!"

"어디 한번 질러보세요."

정작 소리를 지르려니 입 밖에 말이 나오지 않는다.

"놓아주세요. 이거 무슨 꼴이에요?"

혜원의 목소리는 다시 애원으로 변했다.

"사랑의 표시가 왜 나쁘죠?"

하더니 장용환은 혜원을 꽉 껴안는다.

"아앗!"

혜원은 소리치며 입술을 빼앗기지 않기 위하여 얼굴을 마구 흔든다. 그때였다. 어둠 속에서 무엇이 쫓아 나왔다.

"이 새끼!"

그 소리에 장용환은 주춤하며 팔의 힘을 풀었다. 그사이에 혜원은 장용환의 포옹을 뿌리칠 수 있었다.

"이 개새끼가!"

장용환은 좀 당황하며 욕설을 퍼붓는 사나이를 돌아다본다.

"아아."

장용환은 애써 태연한 척 하면서 '아하 바로 네 녀석이구나' 하는 투로 웅얼거렸다. 그 사나이는 심주성이었다. 그는 장용환 곁으로 한 발 한 발 다가섰다. 그의 살기 띤 분위기에 장용환도 두려움을 느꼈는지 한 발 물러섰다.

"넌 대체 누구야? 무슨 상관으로 이러는 거야?"

장용환은 알면서 시치미를 뗀다. 그러나 주성은 대답 대신 주먹으로 장용환의 턱을 갈겼다.

"윽!"

"주성 씨! 안 돼, 안 돼요! 폭력은 안 돼요."

혜원은 놀라며 주성의 팔에 매달린다.

"죽여버릴 테다. 이 새끼!"

주성은 씨근덕거리며 내뱉었다.

"어서 가세요! 장 선생."

혜원은 용환의 등을 밀었다. 생각하면 괘씸하고 분하기 짝이 없다. 다리라도 하나 부러뜨려 주었으면 싶었다. 그만큼 애증의 감정이 강한 혜원이었으나 그의 나이와 험난한 사회라는 풍파 속에서 그는 분별의 힘을 기른 것이다.

"어디 두고 보자."

형세의 불리를 깨달은 장용환은 돌아섰다. 체력은 어슷비슷 했으나 요란을 떨어보았자 여자를 밤거리에서 억지로 포옹한 일은 역시 떳떳하지 못한 것이다. 장용환이 길모퉁이로 사라지자,

"대체 저 새끼는 누구예요?"

주성의 목소리가 떨려 나왔다. 정말 죽이고 싶은 심정인 모양이다.

"회사의 동료예요."

"뭣 땜에 저런 작자하고 밤늦게까지 돌아다니죠?"

거친 목소리로 말하며 주성은 혜원을 노려보았다.

"그게 아니에요."

"그게 아니기는 뭐가 아니에요. 다 봤어요. 자동차 같이 타고

오는 걸. 저하고의 약속을 팽개치고 저 작자하고 만나야 할 그런 절박한 이유라도 있었어요? 이렇게 밤늦게까지."

"오해하지 마세요."

"오해가 뭡니까. 다방에서 두 시간을 기다렸어요. 사고라도 났는가 싶어서 집으로 뛰어오지 않았겠어요?"

"그게 아니에요. 과장 댁에서……."

혜원은 대강 설명을 했다. 설명을 하는데 눈물이 쏟아진다.

"개새끼! 그냥 숨구멍을 막아버리는 건데."

주성은 두 주먹을 불끈 쥐고 부들부들 떨었다.

"어떻게 해요? 늦었는데……."

"할 수 없죠. 형님 댁에라도 가죠."

"그렇게 하세요."

그들은 집 앞에까지 와서 서로 마주 본다. 혜원의 마음은 어느 때보다 흔들리고 있었다. 자기에게 남편이 있었다면 그런 수모를 당했을 리 만무였고 그런 불쾌한 일이 있었다 하더라도 그만두면 되는 일이었다. 그리고 미스라 알고 있을 때의 장용환의 태도는 그래도 정중한 점이 있었고 진실하였다. 그러나 남편에게 소박을 당한 여자라는 것을 안 후의 그의 태도는 다분히 조롱적이었고 함부로 사람을 다루려 들었다. 혜원은 피곤하였다. 내일 또다시 그 직장에 나가야 할 생각을 하니 죽고 싶도록 세상이 귀찮아진 것이다.

"들어가세요."

주성은 무겁게 입을 떼었다.

"죽고 싶어요."

"……."

"먼저 가세요."

"들어가면 안 돼죠?"

"……."

"얘기하고 싶어요."

주성의 숨결은 거칠었다.

"아니에요. 요다음에……."

혜원은 가까스로 말한다.


간밤에 윤태호와 술을 잔뜩 마신 인성은 열 시 가까이 자리에서 일어났다. 세수를 하고 방으로 들어오니 현숙이 아랫목에 도사리고 앉아 있다가,

"오늘은 병원에 안 나가세요?"

매우 명랑한 어조다. 인성은 아무 대꾸도 없이 신문을 집어들었다. 현숙도 어제 한 일을 생각했음인지 대답이 없는 인성에게 바로 대놓고 불평을 하지는 않았다.

"여보오?"

"……."

"도련님한테 당신 그 얘기 했어요?"

"무슨 얘기?"

"무슨 얘기라뇨?"

"모르니까 묻잖아."

짜증을 낸다.

"송애 일 말예요."

"아아."

"도련님 만나보셨어요?"

"만나봤어."

"그쪽에서 얼마나 기다리고 있는데 당신은 그렇게 성의가 없어요?"

"내 자신에게 성의가 없는데 남의 일에 성의가 있을 턱이 있소."

인성은 현숙에겐지 자기 자신에겐지 모르게 냉소를 띤다. 다른 때 같으면 발끈해질 현숙이었으나 용하게도 참는다.

"그래, 얘기는 했죠?"

"했소."

"뭐라구 해요?"

"아직 결혼할 생각 없다고 그러더군."

"그럼 송애가 마음에 들지 않는다는 말예요?"

"주변에서 이러쿵저러쿵할 필요가 없어. 서로 잘 아는 사이 아니오? 젊은 사람들, 저희들끼리 의사표시를 하게 되겠지."

"아니에요. 그건 그렇지가 않아요. 그 사람들은 벌써 어릴 때부터 서로 친한 사이니까 그런 문제를 내놓고 말하기가 거북할 거예요. 주위에서 서둘러주어야죠."

"그러니까 아까 말했잖아. 본인이 아직 결혼하지 않겠다고."

"결혼은 늦어지더라도 그럼 약혼이나 해두죠. 그쪽에서도 그런 의견이니까요."

"당신은 모르는 소릴 하는군."

"결국 당신이 성의가 없어 그런 거죠 뭐. 형이 돼가지고."

"형이 무슨 소용이 있어. 형이 대신 장가갈 수 있소?"

"남의 일 같구면."

"남의 일이지 뭐요."

"어째서 남의 일이에요?"

"긴말할 필요 없소. 본인이 뜻이 없으니까 문제는 명백하지 않소."

"송애가 어째서 그렇다는 거예요? 어디가 못해서."

"여보, 결혼이란 후회 없도록 해야 하는 법이오. 주성이는 적어도 형보다는 인생을 알아."

잔인하다고 생각했으나 현숙이 자꾸만 말꼬리를 물고 늘어지는 바람에 화가 좀 났던 것이다.

"어머! 그럼 당신은 우리들의 결혼을 후회하고 있난 말예요?"

금세 현숙의 낯빛이 변한다.

"후회하고 있소."

"그럼 어쩌자는 거죠?"

"되도록이면 내 혼자 되고 싶어."

인성은 신문에 눈을 박은 채 나직이 말했다. 현숙의 얼굴이 노오래진다.

"역시, 역시, 그럼 당신은 다른 여자를."

현숙은 험악한 표정으로 다가앉는다.

"다른 여자가 문제 아니오. 당신은 성격상 나하고 맞지 않소. 그리구 앞으로도 당신은 불행할 수밖에 없지 않소? 나는 이번에 웬만하면 병원도 집어치울까 싶은 생각이오."

그 말에는 현숙도 대답이 없다. 어제 병원에서 한 짓을 생각하는 때문이다.

"굳이 이혼하겠다는 뜻은 아니오. 당신이 응하지 않는 이상. 그러나 나로서는 형식적인 의무만을 다할 작정이니 그렇게 알아요."

현숙은 한동안 말이 없다가,

"어제는 저도 흥분했나 봐요. 당신에게 다른 여자가 없다는 것을 확인만 한다면 다시는 병원에 안 나가겠어요."

하며 기세 꺾인 말을 했다. 순간 인성은 측은한 생각이 들었으나 그것이 실행되리라 믿지도 않았고 한 번 먹은 마음은 가라앉지 않았다. 모든 것 다 뿌리치고 싶은 욕망은 강했다. 비록 일시적인 일이라 할지라도.

두 사람의 얘기는 결론을 얻지 못한 채 끝이 났다. 현숙은 인성이 병원에 나가지 않은 일에 신경을 썼으나 다른 때보다 강경하게 나온 인성을 생각하며 꾹 참는다. 열두 시가 지나고 점심을 끝낸 뒤 인성은 일어섰다.

"병원에 가시는 거예요?"

인성은 이렇다 저렇다 말없이 나가버린다. 병원으로 온 인성은 왕진 가방을 들고 규희 집으로 향하였다. 집 앞에 이르니 다른 때와 변함없이 집 안은 괴괴하였다. 벨을 누르니 양평댁이 이내 나왔다.

"어머, 오늘도 오셨네요?"

어제 왔는데 오늘 또 오느냐는 투다. 그러나 천착하는 표정은 아니었다.

"좀 어떠시오?"

"아주 기분이 나쁜가 봐요. 아침부터 아무 말도 안 하고 마나님은 절에 가셨다 어제 오셨는데 시골에서 전보가 와서 또 내려가셨구면요."

인성은 규희 방으로 들어갔다. 규희는 몸을 일으키려 했다.

"그대로 계세요."

규희는 도로 자리에 몸을 뉘이며 인성의 눈을 응시했다.

"간밤에 잘 주무셨어요?"

부부 싸움을 하지 않았느냐는 뜻이었는데 인성은 묘한 충격을 받는다.

"규희 씨는 잘 잤어요?"

인성은 쓰게 웃으며 말했다.

"선생님?"

"……."

"규희 씨라 하시지 마세요. 싫어요."

"……."

"규희라고 그냥 불러주세요."

"그렇게 말하면 더욱 부르기 거북하지."

"차차로……."

"약은 꼬박꼬박 먹었어요?"

"먹었어요."

"어머님이 안 계시다구?"

"예. 어제 쓰러진 얘기를 양평댁보고 하지 말라 했어요. 어머니는 별로 걱정하시지 않고 삼촌 댁에 내려가셨어요."

"어제는 정말 죄송하게 됐습니다. 용서하시오."

"선생님은 정말 죄송하다고 생각하세요?"

인성은 대답을 못 한다. 규희는 인성을 빤히 쳐다보다가,

"왜 그럴까요?"

혼잣말처럼 뇌었다.

# 5. 애증

인성은 의아하게 규희를 쳐다본다.

"저는 마땅히 당해야 할 모욕을 당한 거예요."

"왜?"

"그건, 그건 저의 마음이 불순했으니까요."

"불순……."

"선생님은 어떻게 생각하셔도 상관없어요. 하지만 저의 감정은 자유예요. 전 선생님을 처음부터 좋아했어요. 아마도 몸이 성한 처지 같으면 전 이런 말 하지 않았을 거예요."

인성은 놀라움에 전신을 떨었다. 전혀 예기하지 못했던 일은 아니었다. 말없이 교류되는 마음과 마음을 느껴왔다. 그러나 막상—어제저녁 태호의 말을 들었을 때는 그는 절망했기 때문에—규희의 대담한 고백을 듣고 보니 그는 자신을 가눌 수 없을 만큼 혼란되는 것을 느꼈다.

"성한 사람이라면 저의 인생도 풍성하여 저도 저의 자존심을 지켰을 거예요. 아무 욕망도 요구도 없어요. 제가 제멋대로 좋아하는 것을 내버려두면 되는 거예요."

인성은 방바닥을 내려다본다. 그는 무슨 말을 했으면 좋을지 알지 못했다.

"규희."

"예?"

"나는 규희 씨보다 더 심한 병자가 아니오? 아니 불구자지. 규희는 몸이 성하지 못했기 때문에 말을 하노라 했지만 나는 불구자이기 때문에 사랑한다는 말을 못 하였소."

"결혼하셨기 때문에?"

"그렇소. 나는 결단도 없고 이혼을 할 수 있을지 의문이오."

"저는 이혼하시라 하지 않았어요. 제멋대로 좋아하겠다 했을 뿐예요."

"불행해두?"

"사랑하는데 불행할 수 있어요?"

"왜 나 같은 사람을 좋아했소?"

규희는 벌떡 일어나 앉았다.

"선생님은?"

"나도 모르겠어. 왜 규희를 좋아하는지."

하는데 인성은 슬픔이 꽉 치밀어 올랐다.

그는 이성을 잃고 규희를 포옹하고 말았다. 규희가 병자라는 것도 자기는 아내 있는 사람이라는 것도—.

"어디, 어디로 갔음 좋겠어. 규희하고."

"일 년만 선생님하고 살고 싶어요."

"나는 영원히 살고 싶어."

"그러면 아마도 벌주실 거예요. 하나님이 샘이 나서."

"둘이서 받는 벌이라면 달게 받겠어."

"우리에게 벌주는 일이란 두 사람을 갈라놓는 일이 아니에요?"

"아무 말 말아요."

인성은 다시 규희를 강하게 껴안았다. 여자에게 처음 느껴보는 연정인 만큼 인성은 어느 수줍음까지 느끼면서도 그의 피는 강하게 끓었다. 마치 그들은 소년과 소녀처럼 흥분하는 것이었다.

인성은 해가 진 뒤 규희 집에서 나왔다. 집으로 돌아가기가 싫었다. 어느 여관방에라도 가서 그냥 꼬꾸라져 하룻밤을 보냈으면 싶었다. 그는 거리를 방황하다가 효자동으로 향하였다. 집에 들어서자 어머니가 좀 의외란 듯한 표정으로,

"너가 웬일이냐?"

그 말 대답은 하지 않고,

"아버지 계세요?"

"음, 사랑에 계신다. 그러지 않아도 너가 안 온다고 걱정하시

더구나."

인성은 사랑으로 들어갔다. 안경을 쓰고 석간신문을 읽고 있던 심상호 씨는 인성이 들어오는 것을 보자 안경을 벗고 신문을 밀어내며,

"너가 웬일이냐?"

마누라와 꼭 같은 말을 했다.

"아버지 그간 안녕하셨습니까?"

인성은 심상호 씨 앞에 무릎을 꿇었다.

깨끗하게 도배를 한 삼간 방 안에는 좀 냉기가 도는 듯했다. 가을이 짙은 때문이기보다 심상호 씨 인품에서 우러나오는 분위기였다.

마주 앉은 부자간은 여러 모로 상통한 점이 많았다. 우선 그 냉랭한 분위기가 그러했고 우울한 표정과 용모가 그러했고 헌칠한 허우대가 몹시 닮았다. 사람은 모두 자기를 닮은 것보다 반대되는 것을 좋아하지만 심상호 씨 역시 그러했다. 그는 형인 인성이보다 동생인 주성을 더 사랑했다. 인성이 장자면서도 분가를 하려고 했을 때 심상호 씨는 말리지 않았고 마음속으로 주성을 장가들어서 데리고 있을 작정을 한 것이다.

"그렇게 바쁘냐?"

나무라는 말은 아니었으나 집에 통 발걸음을 하지 않은 아들에게 다소의 유감은 있었다.

"별로 바쁘지는 않습니다만."

인성도 바쁘냐고 묻는 아버지의 심정을 잘 알면서도 바빠서 못 왔다는 말은 하지 않는다.

"아이는 잘 크느냐?"

"예."

그저 건성으로 말한다.

"병원 일은?"

말이 적은 편인 심상호 씨도 궁금하기는 매일반인지 일일이 물어본다.

"시원치 않습니다."

"거 장소가 나빠놔서……."

심상호 씨는 입맛을 다신다.

"장소보다도 권위가 없어 그렇겠죠."

인성은 쓰게 웃었다. 심상호 씨는 그 말 대답을 하지 않고,

"어디 좋은 곳으로 옮겨보면 어때? 시설도 새로 갖추고……."

"그보다도…… 실은 의논을 좀 하려고 왔습니다."

심상호 씨는 아들의 얼굴을 힐끔 쳐다본다.

"어디 좀 다녀올까 싶습니다만."

"외국에 말이냐?"

"예."

"진작 그럴 일이지. 새삼스럽게."

"……"

"왜 그런 생각을 별안간 하게 되었나?"

"별 이유는 없습니다."

심상호 씨는 또다시 입맛을 다셨다. 아들이 무슨 생각을 하고 있는지 도모지 알 수 없는 것은 옛날이나 지금이나 마찬가지였기 때문이다.

'나는 이렇지는 않았다. 내 성격이 차갑다고는 해도 일에 대한 의욕은 있었다. 왜 자식이 이 모양인지······.'

심상호 씨는 인성이 결혼할 때의 일을 생각했다. 심상호 씨 자신이 별로 즐겨 하지 않았던 일인데 하여간 말을 꺼냈을 때 반대할 줄만 알았던 인성이 아무 감동도 없이 그러마고 했을 때 심상호 씨는 놀라운 한편 실망을 했던 것이다. 하찮은 동기가 뜻밖의 운명을 좌우하듯 인성의 결혼도 색시 쪽에서 몸 달아하는 바람에 슬쩍 한번 걸어본 말이 그대로 성사했던 것이다. 심상호 씨는 자기 입에서 나온 혼담이니 불만을 표시할 수는 없었으나 의아한 생각은 버릴 수 없었다.

심상호 씨는 차가운 성격이면서도 사업에 열중할 수 있었고 마누라를 사랑하기도 했고 젊은 시절에는 더러 외도도 했었다.

"병원을 양도하고 그 사람은 친정에 가 있기로 하고 당분간."

인성도 심상호 씨와 함께 멍하니 앉았다가 비로소 구체적인 생각이 떠오른 듯 말을 꺼내었다.

"너 처한테 의논을 했느냐?"

"아직 하지 않았습니다."

"출가외인인데 너가 없더라도 집에 와 있어야지 친정에 가 있

208

기로 하다니 말이 되겠느냐?"

"본인의 의사가 아무래도……."

"시집살이는 좋아하지 않을 거란 그 말이지?"

"……."

"본인의 생각이 그렇다면야 할 수 없고. 만일 너의 처가 외국 가는 걸 반대한다면?"

"반대할 까닭도 없겠지만 제 생각으론 모르게 떠나고 싶습니다."

"그건 또 왜?"

심상호 씨의 이맛살이 바싹 모여든다.

"별로 이유가 없습니다."

인성의 얼굴도 어둡게 가라앉았다. 당장에 떠날 것도 아니건만 그는 규희를 생각하고 있었다.

'내가 규희를 버리고 떠난다고?'

외국으로 가겠다는 대화는 전혀 무의미한 것만 같았다. 그러나 그는 하나의 타성에서 미끄러지듯,

"떠난 후에 편지로 알리면 이해해 주리라 믿습니다."

전혀 허공에 뜬 이야기였다. 현숙이 이해해 줄 리도 만무하지만 인사 편지 정도일 뿐 떠나온 일에 대해 설명하는 편지를 띄울 인성도 아니었다.

"너 처에게 불만이 있는 게 아니냐?"

인성은 묵묵부답이다.

"그래서 어디 가려고 하는 게 아니냐?"

"불만도 만족도 없습니다."

인성은 얼굴을 찡그렸다. 심상호 씨는 한동안 생각에 잠겼다가,

"하여간 외국 갈 절차를 밟아라. 그럼 여비하고 너가 그곳 체류하는 동안의 비용은 내가 내마."

"고맙습니다."

"그런데 어디로 갈 작정이냐?"

"서독에나 가볼까 싶습니다."

"그래?"

그러자 마침 그의 어머니가 방문을 열고 들여다보며,

"애아범, 저녁 하고 왔나?"

애아범이라는 말이 생소하기 짝이 없었으나 그의 어머니는 할머니가 된 사실만은 즐거운 모양이다.

"저녁 아직 안 했습니다."

"그럼 여보 인성이하고 같이 건너오세요. 저녁 준비가 다 됐어요."

하고는 문을 닫고 나간다.

"너가 갈 때까지 너 어머니보고 말하지 않는 게 좋을 게다."

인성은 현숙에 대하여 간섭을 받지 않고 옥신각신하는 것이 싫어서 말을 하려 하지 않지만 심상호 씨는 아들을 멀리 보내는 일을 근심할까 싶어 당분간은 비밀로 해두자는 것이다.

"그럼 저녁 하러 가지."

심상호 씨는 일어섰다. 말이 적기로는 인성이나 심상호 씨나 다 마찬가지였으나 아들 앞에서는 심상호 씨가 좀 말이 많은 편이다. 그만큼 인성은 답답한 존재였던 것이다. 안방으로 들어간 인성은,

"주성이 아직 안 왔어요?"

생각난 듯 물었다.

"요즘엔 웬일인지 밤낮 나돌아 다니기 일쑤구나. 애가 어째 덜렁덜렁하고 뭐가 그리 바쁜지."

이야기가 나온 김에 어머니는 불평을 털어놓는다. 인성은 어젯밤 일을 생각했다.

'남산에서 내려오던 남녀, 주성이였지. 그리고 여자는 혜원이라는 사람이었고……'

둘이서 밤에 같이 남산에서 내려왔다면 애인 사이라는 것을 부인할 수는 없는 일이었다.

'그렇다면 그 자식은 용감한 놈이다.'

인성은 밥을 먹으며 생각했다. 상대의 여자에게 과거가 있어 마땅치 않다는 생각은 추호도 없었다. 다만 생각하는 대로 행동할 수 있는 주성의 젊음과 또 자유가 부러웠던 것이다. 그러나 젊음의 탓이 아님을 알고는 있었다. 젊어서 자유롭게 행동할 수 있다기보다 성격에서 오는 것임을 모르는 인성은 아니었다.

"전에는 어미한테도 잘하더니만 요즘은 무슨 말을 물어보려

해도 들은 척 만 척 쫓아 나가기 일쑤고……."

어머니는 큰아들에 대한 불평을 겸하여 푸념을 한다.

"시끄럽소. 그래도 그놈은 그만하면 건실한 편이오."

인성은 고개를 숙이고 밥을 먹으며 엷은 미소를 띠었다. 어릴 때부터 인성의 성질이 그래서인지 심상호 씨는 늘 간접적으로 인성을 나무라왔다. 지금도 주성은 건실한 편이지만 인성은 그렇지 못하다는 뜻이다. 술 먹고 난봉 부리지 않았다 뿐이지 인성의 정신이 건전치 못한 것만은 사실이다.

"돈을 달라고 하면 줄 것인데 그놈은 번역 나부랭이 같은 것 해서 용돈은 뜯어 쓰니 그것만으로도 기특하지 않소. 난 그놈 걱정은 안 하오."

그 말은 인성에게 살아가는 데 대한 의욕이 없다는 뜻의 간접적인 나무람이었다.

"영감은 모르니까 하는 말씀이죠."

"뭘 몰라? 주성이는 궁하면 지게라도 질 아이요."

"누가 알아요? 그 애는 하여튼 이상해졌어요. 영성이가 와서 말하는데……."

"무슨 말을 합디까?"

"영성이가 영감보구 아무 말 하지 말라고 합디다만 당신이 하도 주성의 편역을 드니까 말이 나올 수밖에요."

영성英盛은 인성의 누이동생이요 주성의 누님이다.

"주성이 무슨 짓을 했는지 말이나 하오."

심상호 씨는 좀 초조해지는 모양이다.

"영성이한테 와서 돈 십만 환을 꾸어 갔대잖아요?"

"뭣에다 쓸려구?"

심상호 씨는 돈 문제라는 것을 알자 마음을 놓는다.

"글쎄 그걸 누가 알아요? 곧 갚는다 하면서 꾸어 갔대요. 우리한테 말하면 안 된다고 신신당부를 하면서."

"허, 여자들은 그러니까 탈이거든. 본인이 말하지 말라는 것을 왜 하오?"

마누라는 입을 딱 다물었다.

"지가 갚겠다 하고 얻어 갔으니 갚을 때까지 기다릴 일이지."

"아니, 뭐 영성이가 돈 달라고 그러는 줄 아시오? 어디다 쓸려고 그러는지 모르니까 걱정이 돼서 한 말이죠."

마누라는 영감이 딸을 마땅찮게 여기는 것이 언짢아서 노한 목소리로 말했다. 저녁을 먹고 난 뒤 인성은 한동안 우두커니 앉았다가 집에서 나왔다.

'주성이 빌려 갔다는 그 돈 십만 환이 유혜원의 입원비로 쓰인 사실을 안다면 어머니 아버지는 어떤 얼굴을 하실까?'

인성은 피식 웃었다. 아무리 심상호 씨가 주성에 대하여 관대하다 할지라도 한 번 결혼에 실패한 여자를 며느리로 맞아들일 리는 만무였다. 게다가 나이 일곱이나 손위고 보니 부모의 허락은 절망일 수밖에 없었다. 사실 인성 자신도 그들의 관계에 대하여 의심을 가진 적이 없었고 유혜원의 입원비만 해도 어떻게 처리가 되었는지 지금껏 알지 못하였다. 그리고 그것을 생각한 일도 없었다. 어젯밤에 그들을 보지 않았던들 어머니로부터 돈 얘기를 들었어도 그 돈이 유혜원의 입원비로 나간 것에 생각이 미치지 못했을 것이다. 정말로 뜻밖의 일이었다. 주성이 그런 여자를 사랑할 줄은.

'하여간 행복한 놈이다.'

그들이 서로 사랑하는 사이라면 으레 있을 수 있는 일이다. 사랑하는 여자의 수술비를 마련하는 것은 당연한 일이었다. 그러나 당연한 그 일이 인성에게 상당히 강한 자극이 되었던 것이다.

'사랑한다면 무슨 일인들 못 하리.'

그는 자기의 처지를 생각하며 언제나 규희 앞에서 주저하고 얼떨떨해하는 자기의 모습을 생각해 봤다. 규희는 언젠가 이런 말을 했다.

'남이 십 년 살면 전 삼 년밖에 못 살 거 아니에요? 그러니까 인생을 좀 낭비해도 좋다는 거예요.'

인성은 밤바람이 차가워 바바리코트의 깃을 세웠다.

'인생을 낭비한다고?'

인성은 새삼스럽게 규희가 하던 말을 중얼거렸다. 규희가 자기 생명에 대한 의구심 때문에 그런 말을 했다면 인성은 불붙기 시작한 그 사랑의 생명에 대한 의구심 때문에 인생을 낭비하는 일을 생각해 보는 것이었다. 그러면서도 규희와의 사랑을 위하여 어떤 난관이 있더라도 현숙하고 이혼을 해야겠다는 생각이 들지는 않았다. 물론 이혼을 하지 않겠다는 생각이 있던 것도 아니다.

이와 마찬가지로 외국행에 대한 문제만 해도 그러했다. 아버지에게 구체적인 이야기를 해놓고서도 그의 마음속에는 꼭 가야 한다는 결정을 짓지 못하고 있는 것이다. 그러면서도 외국으로 떠나지 않겠다는 확고한 결심을 한 것도 아니었다.

"흐리멍덩하다. 나는 어쩌자는 것일까? 대체……."

인성은 앞으로의 자기 행동을 도무지 예측할 수도 없고 믿을 수도 없었다. 그로부터 여러 날이 지나갔다.

그동안 인성은 규희의 어머니를 생각하여 규희 집에 자주 드나들지 못하였다. 이틀 만에 혹은 사흘 만에 한 번씩 들르지만 그것도 의사와 환자의 입장에서 벗어날 수는 없었다. 서로 눈과 눈이 마주치면서 마음과 마음을 전할 뿐이었다. 인성은 규희 옆에 단정히 앉아 있는 그 선량한 모친을 때론 미워하고 때론 원망하기도 했다. 마음속으로 만사에 냉정했던 인성이었다. 그리고 분별할 수 있는 나이의 사나이였다. 그럼에도 불구하고 사랑은 사람을 유쾌하게 만드는 모양이다.

초조하고 괴로운 날이 지나갔다. 현숙의 히스테리도 다시 도지기 시작했다. 간밤에도 끊이지 않는 현숙의 푸념을 듣다가 잠이 들었다.

"여보! 어서 일어나요!"

꿈길에서 어슴푸레 들려오는 소리에 인성은 눈을 떴다.

"송애가! 송애가 죽었대요!"

인성은 누군지는 몰라도 죽었다는 말에 벌떡 일어나 앉았다.

"송애가 약을 먹었대요!"

"왜?"

송애라는 이름을 확실히 듣자 인성은 눈살을 찌푸렸다.

"왜가 뭐예요? 어서 일어나서 가보세요. 자동차가 기다리고 있어요."

"죽었다면?"

"그러니까 혼수상태죠. 어서요!"

인성은 직업의식에서 일어나 옷을 주워 입었다. 아직 날이 밝지는 않았다. 현숙은 밖에까지 따라나오며,

"소문날까 봐 당신을 데리러 왔다는 거예요."

하고 덧붙였다. 인성은 송애가 죽었다고 현숙이 호들갑을 떨었지만 위독하지 않다는 것을 짐작했다. 통금이 풀린 지 얼마 되지 않은 거리를 자동차는 질풍처럼 내달린다. 인성을 데리러 온 송애의 동생 영애는 초조한 표정으로 차창 밖을 내다보며 말이 없다.

"언니는 언제 잤지?"

인성이 물었다.

"열두 시까지 우리들하고 같이 있었어요."

"그럼 약은 열두 시 후에 먹었겠군."

"세 시쯤 돼서 제가 눈을 떴을 때 언니 방에는 불이 켜져 있었고 기척이 났어요."

"음."

"수면제를 바숴서 먹었나 봐요. 책상 위에 부스러기가 남아 있었어요."

'음…… 빨리 퍼지라고 그랬구면.'

그것은 송애의 결심이 보통 아니었던 것으로 짐작되었다. 수면제를 바숴서 먹었다면 일시적인 격정으로 한 짓은 아닌 성싶었던 것이다.

"낮에 언니는 주성 씨를 만났나 봐요."

"주성일?"

그 말은 인성의 이마빡을 치는 듯했다. 영애英愛도 대학교의 이 학년이니 이성 간의 갈등을 이해할 만한 나이는 되어 있었던 것이다.

"낮에 만나서 저녁까지 같이하고 돌아왔나 봐요."

자살의 원인이 주성에게 있었던 것만은 확실했다.

'그놈의 성격으로 봐서 지나치게 확실한 답변을 한 모양이구나.'

인성은 송애의 귀여운 얼굴을 생각했다. 고등학교 시절에는 가끔 효자동 집에도 놀러오곤 했던 것이다.

'어디에 그런 매운 마음이 숨어 있었던가?'

자동차는 미명의 길을 뚫고 마구 달리고 있었다.

'망할 자식! 그놈의 뒷시중은 밤낮 내가 들어야 하니.'

아닌 게 아니라 유혜원의 경우도 그러했고 또 이번 일에도 자기가 달려가지 않으면 안 되게 된 것이 화가 나기도 하고 한편 우스운 생각도 들었다.

원남동 송애 집에 이르러 자동차는 멈추었다. 집 안의 방마다 불이 켜져 있고 사람 소리가 두신두신 들려왔다. 자동차 소리를 듣고 송애 어머니가 맨 먼저 쫓아 나왔다.

"선생님, 이런 끔찍한 일이 어디 있겠어요."

송애 어머니는 울먹울먹 말하며 인성 손을 덥석 잡았다. 그의 손은 발발 떨리고 있었다. 원성과 호소가 뒤섞인 애절한 얼굴이다.

인성은 고개를 숙였다. 그리고 그의 손을 살그머니 뿌리치고 급히 방으로 들어갔다.

송애는 침대 위에 반듯이 누워 있었다. 연분홍빛 한복 차림으로 누워 있는 송애의 모습은 불빛 아래라 그런지 어느 때보다 아름답게 보였다. 그러나 그의 얼굴에는 온갖 고뇌와 고통이 서려 있어 직업의식으로 대하는 인성의 마음도 선뜩해지는 것이었다.

"송애야! 아가!"

송애 어머니는 안타깝게 딸의 이름을 불렀다. 그리고 마치 구세주처럼 인성을 바라보는 것이었다. 송애는 인성이 예상했던 것보다 훨씬 위급한 상태였다. 아까 올 때 영애는 세 시경까지 송애 방에서 기척이 있었다고 했다.

'착각이 아니었을까?'

의심이 들었다. 약은 그보다 훨씬 전에 먹지 않았을까 싶었던 것이다.

"안 되겠습니다. 종합병원으로 가야겠습니다."

하며 인성은 서둘렀다. 인성의 말을 들은 송애 어머니는 발을 동동 구르며 울음을 터뜨렸다. 다른 가족들의 얼굴도 한층 창백해진다. 송애는 곧 K종합병원으로 옮겨졌다.

산소호흡을 비롯하여 갖가지 응급조치를 다시 또 해봤으나 송애는 소생하지 않았다. 싸늘한 병원 창문에 아침 햇빛이 퍼지기 시작했을 무렵 송애는 아직 영글지 못한 그의 생애에 막을 내리고 말았다. 가족들의 울부짖는 소리를 등 뒤에서 받으며 인성은 말없이 돌아섰다. 병원의 뜰로 잔디 위에 아침 햇빛은 한결 따사롭게 내리쏟아지고 있었다.

청명한 아침이었다. 늦가을이라 할 것인지 초겨울이라 할 것인지 햇빛은 따사로우나 공간은 맑고 바람은 차갑다. 자기 목숨을 스스로 끊어버린 송애와 같이.

병원을 나선 인성은 한동안 멍하니 걷고 있었다. 흡사 망실환자忘失患者처럼 그의 눈은 초점을 잃고 있었다. 그러나 그의 시야에는 가로를 뒤흔들고 지나가는 전차가 보였다. 육중한 버스가 괴물처럼 달려가는 것도 눈에 보였다.

한 생명이 방금 병원에서 마지막을 고했는데 그들 무생명체의 기계문명의 산물들은 마치 불사조처럼 그들의 생명을 구하고 있는 듯한 환각이 인성의 머릿속에 스치고 간다. 인성은 그 무생명체들이 오만스럽게 그들의 활동을 개시하고 있는 데 대하여 별안간 울화가 치밀었다. 그는 달려들어 그것들을 모조리 때려 부수어 망가뜨리고 싶은 충동을 느꼈다.

"아아, 나도 역시 저들 무생명체의 조직의 한 부분이 아니었던가."

불빛 아래 번들거리던 갖가지 수술기구, 그리고 수없는 죽음을 냉정히 지켜보고 있었던 일, 의사라는 그 직업 자체.

'한 사람이 죽었다고, 아니 백 사람이 수만 사람이 죽었다고 해서 이 불가해한 조직이 끊어질 리는 없지.'

인성은 뭐가 뭔지 알 수 없었다. 머릿속이 흐릿해졌다. 임종을 본 일은 의사로서 허다했다. 인성은 냉정하고 객관적으로 그것을 보아 넘겨왔다. 그러나 송애의 죽음은 여러 가지 면에서 인성에게 상당한 충격을 주었다.

송애를 오래전부터 알고 있었다는 일, 단발머리를 나풀거리고 다니던 소녀 시절부터 알고 있었다는 그 사실 때문만은 아니었다. 주성으로 인한 자살이었다는 점과 주성의 입장과 자기의 입장이 근사하게 동시에 전개되었다는 사실이 더 그에게 강하게 왔던 것이다. 인성은 현숙을 생각했다.

'자살한 송애와 신경질의 현숙이, 그리고 주성이와 나……'

인성은 쓰디쓰게 입맛을 다셨다. 지금 현숙은 송애와 같은 행동을 취할 가능성을 내포하고 있다. 인성은 머리를 흔들고 지나가는 택시를 잡았다. 자동차에 오른 그는 시트에 머리를 얹었다. 몹시 피곤했다. 그런데도 여러 가지 생각들이 집요하게 자꾸만 달려들었다.

'두 형제가 다 잘못된 인연을 맺고 있었다.'

인성은 그 말이 절실하게 가슴을 쳤다.

'송애가 죽은 것은 주성의 잘못 때문이 아니다. 내가 현숙을 사랑하지 못하는 것도…… 그것도 내 잘못은 아니다. 이 많은 인종들 속에서 어찌하여 사람들은 제 짝을 찾지 못하고 방황해야 하며 미워하고 괴로워하고 스스로 목숨을 끊어야 하는가?'

부질없는 감상이라고 뿌리쳐 버리기에는 너무나 현실이 인성 앞에 바싹 다가선 느낌이다. 전에는 외면하려던 그것이 인성에게 실은 누구의 죽음보다 규희의 존재만이 절실한 그의 현실이었던 것이다. 두드려도 소리 없고 사랑에 목마른 송애는 죽었다. 그리고 현숙은 몸부림치고 있는 것이다. 다만 현숙과 송애가 다른 것은 현숙이 법적으로 인성에게 그의 의무를 강요할 수 있는 점이다. 그리고 인성과 주성의 차이는 한편에는 책임이 있고 한편에는 책임이 없는 점이다. 송애의 죽음은 주성의 탓이었지만 주성이 책임져야 할 의무는 없는 것이다.

'그러나 정신적인 책임을 면할 수는 없겠지. 우정만이라도 가졌다는 그것으로서.'

병원 앞에서 내린 인성은 일단 병원에 들렀다가 다시 거리로 나왔다. 그는 가끔 들르는 다방으로 찾아 들어갔다. 커피 한 잔을 시켜놓고 우두커니 탁자를 내려다보고 있었다.

다방 안에는 손님이라곤 인성이 혼자뿐이었다. 맥빠진 듯한 음악이 울려 나오고 있었다. 인성은 팔을 들어 시계를 보았다. 여덟 시 십 분 전이다. 레지가 인성을 의아한 눈초리로 바라본다. 그도 그럴 것이 인성의 눈은 허공에 떠 있었다. 그 자신도 알 수 없는 자실自失상태였다. 한참 만에 인성은 생각이 난 듯 일어섰다. 그리고 카운터로 와서 전화의 다이얼을 돌린다. 효자동 집에 거는 것이었다. 식모가 전화를 받았다.

"주성이 있소?"

"예, 계십니다만 누구시죠?"

"여기 서대문의 병원이오."

"아, 서대문 서방님이세요?"

"주성이를 좀 불러다 주오."

한참 만에 주성이 나왔다.

"형님이 웬일이세요?"

주성은 잠에 취한 듯 어리벙벙한 음성으로 말했다.

"어제 늦게 들어왔나?"

"예, 좀……."

"나올 수 있겠나?"

"지금 말입니까."

"음."

"학교 나가야 할 텐데요?"

"하루쯤 쉬려무나."

"무슨 급한 일입니까."

"급할 건 없다만."

"무슨 일인데요?"

주성의 목소리는 좀 불안하게 울려왔다.

"하여간 나오면 된다."

"불길한 일입니까?"

"좋은 일은 아니다."

"……."

"곧 나와라. 집안 식구들한테 아무 말 말고."

"나가죠."

"병원 부근에 있는 다방에서 기다리고 있겠다."

인성은 전화를 끊고 자리로 돌아왔다. 좋은 일이 아니라는 말에 주성도 기분이 나빴던 모양으로 이내 나오기는 나왔으나 찌푸린 얼굴이다. 그는 자리에 앉기 무섭게,

"대체 무슨 일입니까?"

다잡듯이 물었다. 인성도 대답하지 않고 담배를 꺼내어 붙여 물었다. 주성은 안색이 좋지 못한 인성을 보자 더 초조해진다.

"무슨 일이 있었어요?"

그 말 대답은 하지 않고,

"너 어제 송애 씨를 만났나?"

주성의 얼굴빛이 흔들린다.

"만났어요."

"무슨 이야기를 했나?"

"……."

"말을 해봐."

"왜 그러시죠?"

"글쎄, 무슨 말을 했느냐 말이다."

"애인이 있다는 선언을 했어요."

주성은 눈을 번득이고 반항하듯 말한다.

"윤혜원 씨 말이지?"

"예?"

주성은 당황하며 인성을 힐끔 쳐다보다가,

"왜, 나쁩니까?"

주성은 다시 반항하듯 말을 내뱉으며 인성을 노려본다.

"나는 나쁘다 하지 않았다. 너가 송애 씨한테 그렇게 명백히 선언한 일이 가혹하지 않았나 싶다."

그 말에 주성은 좀 누그러지는 눈치다.

"지내놓고 보니 좀 가혹했어요. 나는 누이동생처럼 생각한 것뿐입니다. 어차피 명백히 말해둘 필요는 있었어요. 안개처럼 흐미하게 지낼 수는 없었으니까요, 성격상."

"어차피 비극이었다."

"그쪽에서 무슨 말을 하던가요? 그렇다면 그건 그쪽 잘못이죠. 난 책임을 질 만한 아무런 일도 하지 않았어요."

"말하지도 않을 것이지만 이미 말할 사람은 없어졌다."

주성의 얼굴빛이 확 변한다.

"그거 무슨 뜻이죠?"

"송애 씨는 죽었다."

"예?"

주성은 자리에서 벌떡 일어났다. 그의 얼굴에는 핏기가 싹 가
셔진다.

"뭐라구요?"

"저, 정말입니까!"

주성은 한 손으로 탁자를 꼭 짚으며 외치듯 말했다.

"이미 다되어 버린 일이다. 발버둥쳐서 이제는 돌이켜 볼 수
없는 일이다."

주성은 인성의 눈을 응시했다.

"흥분하지 말고 거기 앉아라."

인성은 우울하게 다시 뇌었다. 주성은 쓰러지듯 자리에 펄썩
주저앉았다.

"죽었다구요?"

낮게 신음하듯 말한다. 인성은 주성을 한참 동안 멀거니 바라
보고 있다가 외면을 하면서,

"죽었다. 그러나 그것이 너 탓이겠느냐? 너의 입버릇대로 너
는 너 인생을 남의 것과 바꿀 수 없다는 신조를 행동에 옮겼을

뿐이고 송애 씨는 자기 인생을 부정했을 뿐이지."

감정과는 달리 그의 입에서는 냉정한 말이 나왔다. 주성은 흥분 속에서도 인성의 그 말을 바로 듣지 않았다. 무서운 매질로 받았던 것이다. 그의 자신만만하고 당돌한 인생관은 그 순간 약하게 무너져 가는 것을 느꼈다. 그만큼 죽음이라는 사실은 엄숙하고 냉혹한 일이었던 것이다.

"가보겠어요! 어딥니까? 소, 송애가 있는 곳은!"

주성은 다시 벌떡 일어섰다.

"안 된다."

인성은 주성의 팔을 덥석 잡아 자리에 앉혔다.

"지금 가도 병원에 있을 테니 집은 비어 있어. 너가 가면 가족들이 더 흥분할 게다. 좀 시일이 지난 뒤에 가보도록 해라. 그것이 현명한 일일 게다."

주성의 눈에서 비로소 눈물이 한 줄기 쏟아졌다. 그리고 목멘 소리로,

"할 수 없었습니다."

"……."

"나로선……."

"……."

"그, 그렇게 송애가 모진 마음을 가지고 있을 줄은 몰랐습니다."

"나도 몰랐다."

"그, 그런 줄 알았음……."

"그런 줄 알았음 너의 애인을 단념했겠느냐?"

인성이 추궁하듯 물었다. 어쩌면 주성의 말이 인성 자신에 대한 어떤 시금석과 같은 것이었는지도 모른다. 그러나 주성은 대답을 못 했다.

그러니까 어제 아침의 일이었다. 주성이 자리에서 일어났을 때 식모는 전화가 왔었다는 말을 했다.

'아침부터 누굴까?'

주성은 생각하며 응접실로 나가서 수화기를 들었다.

"주성 씨예요?"

의외로 송애의 목소리였다.

"아아―."

주성은 멋쩍지 않을 수 없었다. 얼마 전에 다방에서 우연히 송애를 만나 저녁을 같이하고 극장으로 가던 도중에 혜원을 만난 주성은 송애를 길 위에 내버려두고 혜원의 뒤를 쫓았던 것이다. 그 일을 생각하니 미안하고 멋쩍었던 것이다.

"그간 안녕하셨어요?"

송애의 목소리는 가라앉아 있었다. 주성이 미처 대답을 못하는데,

"어젯밤에 전화했었는데 안 계시더군요. 아침이 아니면 연락할 수 없을 것 같아서."

송애의 목소리는 여전히 가라앉아 있었다. 주성은 그 말 대답
은 하지 않고,

"일전에는 미안했어."

뒤늦게나마 사과를 한다.

"정말 미안하다고 생각하세요?"

그 여자가 누구냐고 묻지는 않았으나 따지듯 한 어세가 주성
의 귀에 약간 거슬렸다.

"사과한다."

"그럼 사과하는 뜻에서 오늘 한 번만 저를 만나주시겠어요?"

"무슨 일인데?"

역시 송애를 만나는 일은 괴로운 노릇이었다.

"무슨 일이 있어야만 꼭 만나나요?"

"그런 건 아니지만……."

"주성 씨한테 저녁 얻어먹었으니까 갚아야 하잖아요? 공것
먹으면 배탈이 나거든요."

"배탈이 났음 벌써 났겠다."

주성은 실없는 농처럼 그의 말을 받았으나 마음이 무거웠다.
평소 같으면 송애의 그런 말은 보통이었고 성격이 명랑하니 으
레 주고받는 수작이지만 송애의 목소리는 이야기의 내용과는
달리 떨리고 있었던 것이다.

"만나주시겠어요?"

"어디서 만날까?"

겨우 주성의 입에서 말이 떨어졌다.

"그때 만났던 그 다방에서 기다리겠어요."

"몇 시에?"

"세 시에."

"알았어. 그럼 세 시까지 나가겠다."

주성은 일찍 학교에서 나왔다. 약속한 다방으로 나갔을 때 송애는 넋 빠진 사람처럼 멍하니 앉아 있었다. 벌써부터 나와 있었던 모양이다. 송애는 무슨 생각을 하는지 주성이 옆에까지 간 것도 모르고 있었다. 주성이 맞은편의 자리에 털썩 주저앉자 비로소,

"아, 나오셨군요."

여전히 허탈한 사람처럼 입속으로 말을 뇌었다.

"오래 기다렸어?"

동정이라는 것은 무관심보다 악질적인 것이라 생각해 온 주성이었지만 그는 자기도 모르게 송애를 측은하게 생각하며 부드럽게 말을 걸었다. 송애 모습이 그 어느 때보다 가련하게 보인 때문인지도 모른다.

"아뇨."

"학교는?"

"안 나갔어요."

"왜?"

"볼일이 좀 있어서요."

"일전에는 정말 미안했어."

주성은 전화에서 한 말을 다시 되풀이했다. 송애는 주성을 힐 끔 쳐다보고 아무 말도 하지 않는다.

"참, 차는?"

"아직."

주성은 급히 레지를 불러 차를 주문했다. 말없이 차를 마신 뒤 송애는 한참 손끝을 내려다보고 있다가,

"덕수궁에 가시지 않겠어요?"

"거긴 뭣 하러?"

좀 엉뚱하다 생각하며 주성은 송애를 바라본다.

"문득 가보고 싶어요."

어린애 같은 말을 했으나 송애의 맑은 눈은 초점을 잃고 허공 에 떠 있는 듯 보였다.

'송애는 왜 하필 나를 좋아하는 것일까? 하구많은 사람들 중 에서…… 그의 처지라면 얼마든지 나보다 몇 배 나은 사람을 택 할 수 있을 텐데…….'

주성은 그답지도 않게 지극히 상식적인 생각을 하고 있었다. 실은 달리 생각할 도리가 없었기 때문이다. 주성은 자리에서 훌 쩍 일어섰다.

"그럼 덕수궁으로 가아. 소년과 소녀 같은 취미지만 말이야."

주성은 억지로 명랑한 척했다. 송애는 말없이 따라 나왔다. 그들은 덕수궁으로 들어갔다. 국화 전시장 때문에 그곳에만 사

람들이 몇 명 드나들 뿐 시간이 늦고 날씨가 쌀쌀한 때문인지 사람들은 별로 없었다.

"들어왔으니 국화 구경이나 할까?"

주성이 송애를 돌아다보며 말했다.

"그렇게 하세요."

송애는 흥미 없는 듯 대답했다. 그들은 전시장으로 들어갔다. 한 바퀴 돌고 나오면서,

"외국에선 국화는 조화弔花라죠?"

"그렇다더구먼."

"불길한 꽃이군요."

"습관이지 뭐. 외국에선 조화지만 일본의 황실의 문장이라더구먼. 그러고 보면 불길한 꽃은 아냐."

"별것을 다 아시는군요."

그들은 전시장에서 나와 천천히 안으로 걸어 들어갔다. 사방은 온통 노란빛 붉은빛으로 단풍이 들어 말할 수 없이 아름다운 정취를 자아내고 있었다.

그들은 연못가에 놓인 벤치에 가서 나란히 앉았다. 등나무 잎이 많이 떨어져 거울같이 맑은 하늘이 덤성덤성 보였다. 분수는 둥근 물줄기를 뿜으며 사방에다 잔잔한 파문을 일으키고 있었다. 그 연못 위에 노오란 은행나무 잎이 몇 잎이 떠 있었다.

주성은 짙어만 가는, 아니 겨울을 맞아들일 차비를 차리고 있는 풍경 속에서 불현듯 혜원을 생각했다. 그저께 밤의 일이 선

명하게 눈앞에 떠올랐다. 허술한 다방 구석에서 혜원을 기다리며 가슴 태우던 일, 허둥지둥 혜원의 집으로 달려가던 일, 거리를 방황하다가 다시 혜원의 집으로 가는 도상에서 혜원과 어떤 사나이가 나란히 타고 지나가는 자동차를 보던 순간 피가 밖으로 터져 나올 것만 같은 질투를 느낀 일, 그 사나이의 턱 밑을 내리쳤던 일, 하나하나의 광경이 차례차례 눈앞에 떠오르는 것이었다.

이야기를 듣고 보니 혜원에게는 아무 잘못도 없었다. 그런데도 주성은 그 일을 생각하기만 하면 가슴이 뻐근해지도록 격렬한 감정이 치솟는 것이었다.

'사랑한다는 것은 이렇게 괴로운 일이었던가?'

무인가도無人街道를 달리듯 자기의 마음먹기에 따라 사랑도 앞으로 앞으로만 나갈 줄 알았다. 그는 그 자신의 이기심과 자부가 얼마나 크고 불손한 것인지 도모지 깨닫지 못하고 있었다. 그리고 송애가 바로 옆에 앉아 있다는 일도—.

"주성 씨?"

돌연한 송애 목소리에 주성은 몹시 당황하여 송애를 쳐다보았다. 송애는 코트 깃을 바싹 세우며 발끝을 우두커니 내려다본다. 그의 발끝에도 노오란 은행나무 잎이 희롱하듯 감겨든다. 불러놓고 한참 있다가,

"저에게 살아갈 수 있는 희망을 주시겠어요? 실오라기만 한 희망이라도 좋아요."

232

주성은 말을 못 한다.

"기다리겠어요."

"……"

"실오라기만 한 희망이라도 있다면 기다리고 살겠어요."

"왜 그런 말을 하지?"

주성은 발끝을 내려다보며 꺼져 들어가는 듯한 목소리로 묻는다.

"대답이나 해주세요."

말의 뜻과는 달리 송애는 절망적으로 말했다.

"송애한테 희망이 없다고 나는 생각지 않아."

"주성 씨가 말하는 그 희망이란 어떤 거죠?"

"……"

"미련일 거예요…… 잘 알아요. 주성 씨는 대답 못 하실 거예요."

주성은 괴로웠다.

"송애는 아직 젊고…… 아름답고 그리고, 그리고…… 환경이 좋지 않아? 얼마든지 훌륭한 사람이…… 왜 나한테, 나한테 희망을 달라는 거지?"

주성은 중얼거리듯 말했다. 사실 주성은 그런 말을 하면서도 자기의 말이 허공에 떠 있고 아무런 진실성이 없다는 것을 알고 있었다. 송애가 젊고 아름다우며 온상과 같은 좋은 환경 속에 있는 것만은 틀림이 없었다. 그러나 그것이 송애의 행복한 미래를 약속하는 것은 아니었다. 초가삼간 오두막집에 사는 한이 있어도 그가 원하는 것은 오직 주성의 사랑일 뿐이었다. 그것을 주성은 줄 수 없는 것이다. 그것만은 주성으로서도 어쩔 수 없는 일이었다. 혜원에 대한 사랑은 현재로서는 그에게 인생의 전부였기 때문이다.

"미련이겠군."

송애는 흐느끼듯 말했다.

"다시는 만나지 않겠어요. 오늘이 마지막이라는 것을 알고 나왔으니까요. 마지막이라 생각한다면 무슨 일을 못 하리, 그런 구실로 내 자존심 남 못지않게 강한 자존심을 다 팽개치고 이런 애원을 했군요."

"마지막이라 할 수는 없잖아? 우리는 앞으로도……."

"그럴까요?"

송애는 쓸쓸하기 그지없는 미소를 띠며 자기에게 반문하듯 뇌었다.

"주성 씨?"

"……."

"언젠가 그분, 그분이 애인이세요?"

"……."

"그분을 사랑하고 계시군요."

"사랑하고 있어."

"역시."

송애의 얼굴에는 핏기가 확 가셔졌다. 그러나 이내 얼굴에 피가 모여 그의 얼굴은 홍당무가 되었다. 그는 감정이 격심하게 나타난 얼굴을 처치하기 곤란했던지 얼굴을 팍 숙인다. 주성은 자기 자신을 잔인한 인간이라 생각했다.

그들은 얼마 후 덕수궁에서 나왔다.

"제가 저녁 사겠어요. 괜찮죠?"

송애는 핼쑥한 얼굴에 만들어 붙인 듯한 웃음을 띠었다. 주성은 고개를 숙이며 침묵으로 동의를 표시했다.

"최후의 만찬이에요."

송애의 목소리는 다시 흐느끼는 듯 들렸다. 그리하여 그들은 저녁을 끝내고 헤어졌던 것이다.


"형님……."

긴 회상에서 깨어난 주성은 벌떡 자리에서 일어났다.

"어딜 가겠다는 거냐?"

"소, 송애한테."

"송애는 병원에 있어. 시체는 이십사 시간이 지나야 인수된다."

"시체라구요!"

주성은 자기 머리를 쥐어뜯듯 손가락을 머리 속에 쑤셔 넣으며 외쳤다.

"엄연한 사실이다."

"병원은, 병원은 어딥니까!"

"그걸 말할 수 없다. 너는 거기 가서는 안 된다."

"좋아요! 난 송애 집에 가겠소!"

주성은 다방에서 뛰쳐나왔다. 그는 택시를 잡아타고 송애 집으로 향하였다. 송애 집에 들어갔을 때 집은 텅 비어 있고 식모가 혼자 우두커니 서 있었다.

"아무도 없소?"

주성은 핏발 선 눈으로 식모를 노려보며 물었다.

"초상이 났어요."

주성이 누군지를 모르고 식모는 말하며 눈물을 글썽거렸다.

"아무도 없느냐 말이오!"

"작은아씨 혼자 계세요."

"영애 말이오?"

"예."

"좀 불러주시오."

한참 후 눈이 퉁퉁 부은 영애가 나왔다. 그는 주성을 보자 울음을 터뜨렸다.

"너무해요! 너무."

"어느 병원이야?"

주성은 신음하듯 말했다.

"병원에 가서서 어쩌겠다는 거죠? 언니는 주성 씨를 볼 수 없어요. 싸늘하고 무자비한 그 얼굴을 다시는 볼 수 없어요."

"영애, 날, 날 병원에까지 데려다줘."

영애는 흑흑 흐느끼다가 눈물을 닦으며,

"그보다 주성 씨에게 드릴 게 있어요."

그는 안으로 쫓아 들어갔다. 얼마 후 그는 흰 봉투를 한 장 가지고 나왔다.

"언니가 주성 씨에게 드리는 거예요."

영애는 미움과 원망에 찬 눈으로 편지를 주성의 가슴에다 쑥 디밀었다. 주성은 그것을 뜯어볼 수 없었다. 두려웠다. 너무나 두려웠다.

"이젠 가세요. 그것으로서 언니와 주성 씨의 일은 끝난 거예요. 그리구 우리하구도."

주성은 상가에서 쫓겨난 개처럼 그 집에서 나왔다. 그는 다방으로 갔다. 커피를 한 잔 시켜놓고 편지를 뜯으려고 했다. 그러나 뜯어볼 수가 없었다. 그는 그곳에서 쫓겨나듯 다시 일어섰다. 그는 덕수궁으로 향하였다.

어제 둘이서 앉은 자리에 가서 앉았다. 사방에서 송애의 얼굴이 모여들었다. 웃는 얼굴, 우는 얼굴, 원망하는 얼굴, 애원하는 얼굴.

눈길을 돌리니 송애는 연못 위에 우뚝 서 있었다. 다시 눈길을 돌리니 송애는 은행나무 아래 움츠리고 서 있었다. 주성은 그 모습에 쫓기듯 하늘을 우러러보았다. 유리같이 맑은 하늘 엷은 구름이 면사포처럼 흘러가는데 그곳에서도 송애는 웃고 있지 않은가. 송애는 도처에 있었다.

주성은 웅얼거리며 일어섰다. 편지를 뜯어볼 수가 없었다. 겨우 집으로 되돌아온 주성은 자기 방으로 들어갔다. 굳게 방문을 잠가놓고 그는 편지를 뜯었다. 유서에는 다음과 같은 말이 씌어져 있었다.

주성 씨. 이러한 유서 같은 것을 나는 항상 경멸해 왔습니다. 그리고 무의미한 편지를 지금 쓰고 있는 심정을 실은 내 자신도 이해할 수 없군요. 당신을 미워합니다. 나는 당신을 미워하면서 이 세상을 떠나고 싶습니다.

그러면서도 나는 왜 주성 씨를 이렇게 사랑하고 있는 것일까요? 바로 오늘 덕수궁에서 당신에게 한 말이 생각나는군요. 그러나 내가 이런 길을 걷는 것은 거역당한 자존심 때문은 아닐 것입니다. 그것은 삶 속에서만이 필요했던 사치스런 오만이었을 것이고 노여움이었을 것입니다.

나는 주성 씨를 만나고 그리고 서로 알게 된 운명이랄까요. 그런 것을 원망하지는 않습니다. 당신의 말씀대로 당신 아닌 곳에서 나는 다른 인생을 찾았을지도 모르는 일이죠. 그러나 당신은 나에게 있어 필연적인 사람이었습니다. 그것은 거역이든 허용이든 간에 또 미움의 사람이든 그리운 사람이든 간에 당신은 내게 있어서 필연적인 사람이었습니다.

지금 나를 에워싸고 있는 공간은 먹빛 같은 어둠입니다. 그것은 차츰 나에게로 압축되어 오는군요. 그러나 그 먹빛 같은 어둠 속에서도 당신의 모습은 지워지지 않습니다. 이것을 집착이라 합니까? 이 집착 때문에 나는 저 명부에서는 내 영혼이 암흑의 세계를 방황하리라는 생각을 하고 있어요.

주성은 다음을 읽지 못하고 눈을 감아버린다. 송애의 손길이 자기 머리칼에 와 닿는 듯하여 그는 가벼운 전율을 느낀다. 주성은 다시 유서를 들었다.

그러나 그 집착이 강하다 하여 나는 지금 흥분하고 있지는 않습니다. 낮에 주성 씨를 만났을 때 마지막까지 한 가닥의 희망을 부여잡아보려고 발버둥치는 일을 생각하면 송애가 약간은 불쌍해지지만 이제는 그 불미한 미련의 정마저 교묘히 바라볼 수 있습니다.

사랑했습니다, 주성 씨. 미워합니다. 뼈에 사무치도록 마지막까지 당신을 미워하고 싶었습니다. 그러나 이러한 애증은 이미 저 인생이라는 피안彼岸의 것이군요.

밤은 깊어갑니다. 모래 위의 낙서 같은 이런 유서를 대단케 생각지는 마세요. 그런데도 당신의 행복만은 빌 수가 없습니다. 용서하세요.

주성은 담배를 물고 떨리는 손으로 성냥을 켰다.
얼마 동안이 지났는지 알 수 없었다. 방문을 두들기는 소리가 났다. 주성은 대답도 하지 않고 문도 열어주지 않았다.

"주성아!"

"……."

"이 애, 주성아!"

어머니다. 주성은 유서를 책상 서랍 속에 밀어 넣고 일어섰다.

"왜 그러세요?"

주성은 방문을 열어주며 웅얼거리듯 말했다.

"너 얼굴이 왜 그 모양이냐?"

"……."

"무슨 일이 있었니? 어디 아프냐?"

"아무것도 아니에요."

"전화 왔다. 오늘은 학교 나가지 않니?"

# 6. 홍염

"선생님?"

생각에 잠겨 있던 인성은 규희가 부르는 소리에 놀라며 고개를 들었다.

"이제 밖에 나가도 좋죠?"

"글쎄, 아직은……."

"한 번쯤은……."

"그렇게 나가고 싶어?"

"선생님하구요."

"날씨가 찬데? 아직 봄은 멀었어."

"봄까지 기다려요? 싫어요."

"어린애 같군."

인성은 슬며시 웃는다. 규희는 그동안 많이 좋아졌다. 인성의

성의도 성의려니와 그 자신이 어떤 의욕을 느끼는 모양이었다. 그는 어느 때보다 자기 자신의 건강에 대하여 유의하였고 인성의 말을 어린애처럼 잘 들었다.

누구보다도 좋아한 사람은 규희의 어머니였다. 그는 인성을 신임하고 인성에게 무한한 감사의 염을 지니고 있었다. 그러니만큼 인성과 규희의 감정에 아무런 의심도 품지 않았고 전적으로 규희를 인성에게 맡겨놓은 형편이었다.

"선생님?"

"음?"

"선생님은 정말 제가 나으면 떠나시겠어요?"

"두고 봐야지."

"정말이라면 저 내일부터 약 먹지 않겠어요."

"또 그런 소리."

"하긴 주제넘는 생각이에요. 언제까지나 이러고, 이러고 있을 순 없잖아요?"

"규희?"

"예?"

"규희가 나으면 나하고 같이 갈까?"

"예?"

규희의 눈이 크게 벌어진다.

"난 요즘 그런 생각을 하고 있어."

"어떻게요? 어, 어떻게?"

"나도 모르겠어. 어떻게 하자는 건지."

인성은 주먹을 꼭 쥐어본다.

"무서워요."

"왜?"

"너무나 엄청난 일이에요."

"어째서 엄청나지?"

규희는 한동안 침묵을 지키다가,

"전 그런 일 생각지 않았어요. 병이 나으면 선생님하고 같이 저녁 먹구 영화 구경하구 그리고 같이 밤길을 걸어보고 싶었어요."

"그러고는 헤어지자는 것이었던가?"

규희는 세차게 고개를 흔들댄다.

"당면 목표는 그것뿐이었어요. 그 후의 일을 생각하는 것 무서웠어요."

"내 환경 때문에?"

"아마도……."

"도의심이 강하군."

인성은 자기를 비웃듯 말했다.

"자기 자신의 행복만을 위하여 억척을 부릴 수는 없잖아요."

"자기와 같은 여성의 입장에서 하는 말인가?"

"아니에요."

"그럼?"

"선생님을 위해서요."

"나를 위해서?"

"어느 시일이 지나면 선생님도 내버려두었던 일을 찾을 거예요. 저는 선생님께 소비되는 존재밖에 아니잖아요. 생산적일 수는 없을 거예요. 저도 선생님을 알았다는 것만으로도 행복했으니까, 미래, 미래의 일은 생각하고 싶지 않아요."

이때 양평댁이 방문을 열었다.

"저, 손님이 오셨어요."

"누구?"

규희가 누구냐고 묻자 양평댁은 좀 망설이다가,

"그분이요."

"그분이라뇨?"

"그전에……"

"뭐요? 없다고 그러지 않고."

규희는 상을 찌푸린다.

"어디 있수? 만날 수 없다구 그러세요."

"아니 벌써 들어오신걸요."

"뭐라구요?"

규희의 얼굴빛이 확 변한다. 인성은 엉거주춤 일어서며,

"나가겠어."

"아니에요! 앉으세요."

규희는 흥분하여 격렬한 어조로 말했다. 그러자 방문이 드르

르 열린다. 상진이 머리를 쑥 디민다.

"금남禁男의 집인 줄 알았더니."

상진은 인성을 힐끗 쳐다보더니 자리에 털썩 주저앉는다.

"왜 무단으로 들어오셨죠?"

규희의 목소리가 윙! 하고 바람을 끊는 듯했다.

"언제는 허가받고 들어왔나?"

인성은 맞은편 벽만 쳐다보고 앉아 있었다.

"주치의께서는 볼일을 다 보셨음 자리를 좀 내어주시지요."

도전적인 말투다. 그는 오랫동안 벼르고 벼르어서 일부러 이런 기회를 마련한 모양이다.

"당신은 대체 누구요?"

인성은 냉정하게 묻는다.

"허, 이거 의사께서 건망증이 심하시면 어떡하시우? 언젠가 자기소개를 한 것 같은데? 난 규희의 약혼자요."

"거짓말! 새빨간!"

"나는 당신의 말씀대로 규희 씨의 주치의요. 나가시오. 환자를 흥분시키면 곤란하오."

인성의 목소리는 여전히 냉정했다.

"호오? 주치의? 이름이 좋아 불로초구먼. 직업을 빙자하여 여자들을 농락하는 치한이라는 것을 나는 알고 있소."

"뭐라구?"

인성이 일어섰다.

"왜? 내가 헛말을 했수? 그 여자의 입에서 나온 말인데 뭐 사랑한다나?"

인성의 얼굴이 창백해진다.

"처가 있는 자가 남의 약혼자를 농락한다면?"

사실 상진도 흥분하고 있었다. 그의 말은 공갈치고도 가장 비겁하고 저속한 것이었다.

"무단침입에 공갈은 무슨 죄목에 해당되죠?"

인성은 창백한 얼굴에 쓰디쓴 웃음을 띠었다. 증오에 찬 눈으로 노려보고 있던 규희가 벌떡 일어섰다. 그는 걸어둔 외투를 거칠게 낚아채더니 방문을 밀고 밖으로 화닥닥 뛰어나간다.

"규희!"

인성은 놀라며 따라 일어섰다. 상진의 얼굴빛도 약간 변하였다. 면전에서 이미 규희는 내 여자라는 것을 밝힘으로써 그들의 사랑을 방해하려는 목적이었으나 그 행위가 비루했던 만큼 그는 냉정함을 잃었고 그 자신이 인성을 완전히 압도하질 못했다. 초조하여 횡설수설하는데 규희가 뛰어나가니 그에게도 좀 바른 정신이 들었던 것이다. 규희의 뒤를 따라 쫓아 나온 인성은 문 앞에서 규희의 외투 자락을 덥석 잡았다.

"규희!"

규희는 전신을 떨었다.

"어디 가는 거요?"

"선생님!"

규희는 인성의 어깨 위에 머리를 얹고 흐느낀다.

"추워. 집으로 들어가요."

"들어가면 미쳐버릴 거예요. 선생님, 제발. 제발 날 어디루 데려다주세요."

인성은 잠시 생각에 잠긴다. 상진이 방에 도사리고 앉아 있는 이상 바깥 날씨의 냉기보다 더 큰 악영향이 미칠 것을 생각하지 않을 수 없었다. 인성은 자동차를 불러 규희를 태우기로 하였다.

"그럼 나 자동차 불러 오겠어."

"아니에요. 저도 같이 가겠어요."

규희는 부득부득 따라나섰다. 행길가에서 자농자를 삽은 인성은 규희를 차 속에 밀어 넣고 그 자신도 올라탔다.

"어딜 가죠?"

운전수가 묻는다.

"곧장 가시오."

말을 해놓고 보니 막연했다. 갈 곳이 없었다. 차가운 바람이 씽씽 지나가는 외기, 언제까지나 달리는 자동차 속에 규희를 앉혀놓을 수는 없었다.

"어딜 가지? 편히 쉬게 해야 할 텐데…… 참 어이없는 일을 다 당하는구나."

영화나 소설에서 보아온 추적당하는 사람의 경우를 생각하며 인성은 또 쓰디쓰게 웃는다. 상진이 규희의 옛날 약혼자임에는 틀림이 없다. 그 얘기는 규희로부터 이미 들어 알고 있었다. 처음 송애 집 앞에서 배회하고 있다가 인성을 만났을 때도 인성은 좀 건방져 보이기는 했으나 아까와 같이 그런 비열한 인간이라 생각하지는 못했다. 사람이란 이성을 잃으면 별별 짓을 다 한다지만 인성으로서는 정말 어처구니 없는 일을 당했다고 생각한다.

"규희?"

규희는 흑흑 흐느끼고만 있다.

"어딜 가지? 친구 집에라도 가겠어?"

규희는 고개를 흔들었다.

"그럼."

"어디 멀리멀리 가요. 다시는 아까 그 추한 곳으로 되돌아가고 싶지는 않아요."

"추한 곳이라니? 규희 집이 아니야? 흙발로 들어온 사람이 나빠. 그러나 그것은 닦아내면 그만이야. 어디 친구 집에 잠시 가 있다가 어머니가 돌아오시면."

"닦아내면 그만이라구요? 그걸 닦아낼 수 있을까요?"

규희는 더욱 격렬하게 운다.

"흥분하지 말아. 일방적인 거 아냐? 도리어 무관심하게 상대하지 않으면 되는 거지."

인성은 그렇게 말하면서 생각했다.

'그런 자에게 시집을 가는 것보다 차라리 수녀가 되는 게 나

을 거야. 무식한 놈.'

새삼스럽게 노여움이 치밀었다.

"규희."

"예."

"그럼 잠시 호텔로 데려다줄까? 편히 쉬어야 할 텐데. 거기 가서 집에 전화 연락하구 그자가 갔다면 집으로 돌아가게."

호텔로 데려가는 일이 좀 안됐기는 하지만 아직은 안정을 요하는 환자인 만큼 다른 도리가 없었다. 규희가 하자는 대로 어디까지나 차를 몰고 가는 일도 안 될 말이었다.

인성은 남대문 쪽으로 나가자고 운전수에게 일렀다. 그리고 자동차가 Q호텔 앞에 이르자 자동차를 머물게 하고 아직 울고만 있는 규희를 달래어 자동차에서 내리게 했다. 규희는 호텔 앞에서 잠시 멍하니 인성을 바라보았으나 인성의 진의를 알았음인지 아무 말 하지 않고 따라 들어간다. 인성은 특별히 따뜻한 방을 부탁하여 규희를 그 방으로 데리고 들어갔다. 이들이 호텔로 찾아오게끔 된 미묘한 사정을 알 턱이 없는 보이는 다른 남녀의 유숙객을 대하는 그와 같은 눈으로 그들을 바라보는 것이었다.

"목욕탕은 여기 있습니다. 그리고 부를 일 있으면 이 단추를 눌러주십시오."

보이는 방과 함께 붙어 있는 목욕탕의 문을 한 번 열어 보이며 말했다.

"알았어."

인성은 무뚝뚝한 목소리로 대꾸하고 어서 나가라는 듯 그에게 등을 보인다. 보이가 나가버리자,

"규희, 거기 누워."

규희는 침대 위에 걸터앉은 채 누우려 하지는 않았다.

"누우라니까."

"괜찮아요."

"그럼 나 내려가서 집에 전화 걸어보고 올게요. 어머님이 돌아오셨을지도 모르니까."

"싫어요!"

규희는 나가려는 인성의 옷소매를 와락 잡아끌었다.

"알려야잖어? 어머니가 만일 돌아오셨다면 걱정하실 텐데."

"싫어요! 싫어요. 선생님하고 같이 나간 것 아시면 걱정 안 하실 거예요. 그리고 그 사람이 왔다는 사실을 아시면 제가 나온 일을 이해하실 거예요."

"하지만 알려드려야 하잖어?"

"날, 날 좀 내버려두세요. 집 생각하지 않게. 잊어버리고 싶어요."

인성은 하는 수 없이 의자에 주저앉는다.

"규희?"

"예?"

"그렇게까지 하지 않아도 되지 않았을까? 묵살할 수도 있는

일인데 괜히 죄지은 사람처럼 쫓아 나왔지."

"선생님은 몰라요."

"그야 자세한 사정은 모르지만."

규희는 가느다란 두 손을 무릎 위에 얹고 맞은편 벽을 바라
보고 있었다.

"병적인 흥분이었는지도 몰라요. 하지만 그만한 이유는 충분
히 있었어요. 생각해 보면 우스워요. 그일 전 한때 사랑했으니
까요. 그런 무분별한 사랑이 지금 이렇게 증오의 감정으로써 저
를 괴롭히고 있지만요. 사실 그때 젊음의 권리처럼, 당연한 권
리처럼 사랑하기 이전의 연애 행위였으니까요. 사랑하지 않았
어요. 정말, 정말 사랑했을 까닭이 없어요. 다만 그와 결혼하게
된다는 안심이……."

"이제 그만, 그만하고 자리에 누워요."

인성은 규희의 말 뒤에 숨은 의미를 알아차렸다. 그는 흥분하
여 하는 말이 정연하지 못하였으나 그의 표정 그의 눈빛은 모든
사실을 웅변으로 말하여 주고 있었다.

"선생님?"

"……."

"선생님, 싫으시죠?"

"……."

"제가 싫으시죠?"

규희는 침대 모서리를 내려다보며 중얼거리듯 뇌었다. 창백

한 얼굴에 피가 모이는가 하면 이내 걷혀져서 하얗게 질리곤 한다.

"왜?"

"저속하고…… 어디에서나 굴러 있는 경망한 여자…… 신경질이라 하기에는 너무나 감정이."

하다가 말끝을 맺지 못한다. 규희는 자신이 취한 행동에 말할 수 없는 염오를 느끼고 있었다.

'왜 내가 그랬을까? 좀 의젓하게 대담하게 그를 누르지 못하고 왜 뛰쳐나왔을까?'

흥분이 가라앉은 것은 아니었지만 그의 이성은 차츰 인성 앞에서 부끄러움을 느끼기 시작했다.

'그와 단둘이서 심 선생님이 안 계신 곳에서 만났다 하더라도 나는 그렇게까지 나를 잃어버리지는 않았을 거야. 그렇다면 무엇 때문에?'

인성을 사랑한 때문이라 생각했다. 인성과의 사랑이 어느 형태로나 차츰 구체화되어 가는 때문이라 생각했다. 인성의 환경이 여하튼 간에 어떤 세월의 제한을 받든 간에 규희는 인성 앞에서 무결하고 싶었던 것이다. 과거의 구질구질한 일에는 눈을 가려두고 싶었던 것이다. 어느 날에 가서 그 구질구질한 것을 펼쳐놓게 된다 할지라도 우선은 그만한 마음의 준비가 돼 있지 않았던 것이다. 상진의 출현과 그의 언동은 규희의 잔잔한 마음의 호수에다 너무나 거칠고 벅찬 파문을 일으키게 한 것이다.

단순히 상진이 밉다는 그 이유만은 아니었던 것이다.

"흥분한 건 좋지 않았어. 하긴 나도 흥분했으니까. 상당히 버릇없는 친구더구먼. 면 기사에 나옴 직한……."

하다가 인성은 객관적인 문제를 생각해 본다. 과거에는 규희의 약혼자였던 사나이, 그리고 처자 있는 자기 자신. 이러한 삼각 관계에 있어서 상진의 말을 빌리지 않더라도 직업을 빙자한 유혹으로 단정받기엔 어렵지 않은 일이 아닌가.

'더군다나 호텔까지 데리고 왔으니.'

하여간 인성은 자기 자신이 아내와 이혼을 하고 규희에게 청혼을 하지 않는 이상 상진의 모욕적 언사에는 적어도 객관적인 어느 타당성이 있다고 볼 수밖에 없었다. 그러나 인성을 괴롭힌 것은 그러한 외적인 문제보다 내적인 갈등이었다. 규희의 병든 육신에 병든 자기 자신의 정신, 그 두 가지 비정상적인 것이 그 출구가 어디든 간에 지금 현재 이 순간 필사적인 탈출을 꾀하고 있다는 사실이다.

"선생님."

"음?"

"절 경멸하시죠?"

"왜 경멸을 해?"

"진정이세요?"

"오히려 내 자신을 지금 경멸하고 있어."

"그건 무슨 뜻이죠? 후회하시고 계신다는 뜻이에요?"

"후회할 아무런 것도 없지 않았어?"

"우리들의 애정을 백지로 돌린다는 말씀이시군요."

규희의 목소리가 떨리며 나왔다.

"규희는 그렇게 간단한 일로 생각하나?"

오히려 인성이 반문한다.

"제가 먼저 선생님을 사랑했어요."

인성은 철이 없는 듯한 규희의 말에 쓴웃음을 띤다. 그러나 규희의 절박한 심정은 가슴에 울려왔다.

"그걸 어떻게 알어?"

인성은 말하면서 비가 오던 날 서점에서 규희와 눈이 부딪쳤던 일을 생각한다.

"백지로 돌린다 해도 선생님한테 책임이 없어요. 제 마음대로였으니까. 제 마음대로 처리할 거예요."

"자학하는군, 규희는……."

"할 수 없어요."

"고루하고 보수적이고…… 규희는 전에 뭐랬지?"

"……."

"인생을 좀 낭비해도 좋지 않느냐고 했었지."

"그건 제 마음대로였으니까 선생님에게 그러시랄 자격은 없어요."

"애정에도 자격이 필요했던가?"

인성은 자기 속에 있는 어떤 격정 때문에 그 격정을 죽이려는 듯 소리를 낮추어 말하였다. 두 사람 사이에는 오랜 침묵이 흘러갔다.

의사와 환자라는 입장에서 그리고 환자의 집이라는 환경 속에서 극도로 억압되어 왔던 그 둘의 감정은 이 조용하고 아무도 없는 방에서 쉽사리 풀려나오질 못했다. 호텔로 찾아오게 된 동기가 그들의 감정의 유출을 막았던 것이다. 사실 그들은 서로 말을 주고받으면서도 비 오는 거리를 방황했던 개처럼 비참한 기분이었던 것이다. 각기 자기 자신이 선 위치의 의미를 생각하는 것이었다. 그러한 생각들은 두 사람의 우울한 정염을 식혀버리고 마는 것이었다. 인성은 일어섰다.

"아무튼 전화 걸어보고 오겠어."

"안 돼요!"

규희는 인성의 팔을 와락 잡았다.

"한 시간만, 한 시간만 불안하지 않게 있고 싶어요. 우리들만의 시간을 갖고 싶어요."

규희는 인성을 올려다본다. 눈이 떨고 있었다. 폭속한 입술이 떨고 있었다.

"규희!"

인성은 규희를 안았다. 몸이 으스러지도록 굳게 껴안았다. 규희의 입술은 뜨거웠다. 온몸이 뜨거웠다.

"규희! 사랑하오."

인성은 규희의 부드러운 머리칼을 쓸어주며 뇐다. 규희는 놓치지 않으려는 듯 인성의 눈을 언제까지나 쳐다보고 있었다. 그들은 다시 포옹하고 정염에 몸을 태워버리듯 격렬한 키스를 나누는 것이었다.

"이대로 죽어버릴까요?"

규희는 속삭이듯 뇌었다. 인성은 고개를 흔들었다.

"죽고 싶지 않으세요?"

규희는 다시 물었다.

"오래오래 살고 싶어. 규희와 더불어 나는 살고 싶어."

"우리 우린 또 이렇게 만날 수 없잖아요?"

"왜?"

"선생님은 갈 곳이 있잖아요?"

"마음은 이렇게 언제나 규희 옆에 있을 거야. 어서 병이나 낫도록 해요. 어떡허든 타개해 나가야지."

그러자 마침 밖에서 노크 소리가 들려왔다. 인성과 규희는 좀 놀라며 떨어져 앉는다.

겨우 인성은 대답을 했다. 그 대답을 하면서 결백한 인성은 어쩔 수 없는 죄의식에 사로잡히는 것이었다. 얼굴을 디민 사람은 아까 이 방으로 안내해 주던 바로 그 보이였다.

"전화 왔는데요?"

보이는 두 손을 맞잡으며 인성을 힐끗 쳐다본다.

"뭐라구?"

인성은 어리둥절하며 잘못 찾아온 거나 아니냐는 듯한 표정을 짓는다. 규희 역시 어리둥절한 표정이다.

"저, 심인성 선생님이시죠?"

인성이 너무 의아해하는 것을 본 보이도 다소 미심쩍은 생각
이 들었던 모양으로 확인하려는 듯 인성의 성명을 묻는다.

"그렇소."

인성은 퉁명스럽게 대답하며 규희와 서로 마주 보았다. 아
까 호텔에 들어섰을 때 인성은 호텔의 숙박계에다 자기 이름만
적은 기억이 되살아났던 것이다. 엉겁결에 자기 이름을 쓰기는
했으나 규희의 이름만은 쓰기가 주저되었다. 그러나 숙박계에
다 이름을 썼지만 그것은 호텔 당사자들만이 알 일이요, 그 밖
의 사람으로부터 전화가 왔다는 것은 도저히 믿을 수 없는 일이
었다.

"그럼 맞았습니다. 전화 받으시죠."

'혹시? 모르지. 호텔 안에서 어느 친구가 나를 보았나?'

"외부에서 온 전화요?"

인성은 양미간을 찌푸리며 물었다.

"예."

"상대가 누구란 말하지 않습니까?"

"예, 방금 호텔에 들어간 분을 불러달라기에 어느 분이냐고
물었더니 심인성 씨라구요. 그래 어느 분으로부터 전화가 걸려
왔다고 전할까요 하고 물었더니 불러만 주면 아신다구요."

"이상한데?"

인성은 규희를 다시 쳐다보았다. 규희는 몹시 불안한 모양으로 눈동자가 분주히 흔들리고 있었다. 선뜻 나서지 않는 인성의 태도를 본 보이는 그대로의 짐작을 했음인지 슬그머니 웃으며,

"안 계시다고 할까요?"

하고 눈치를 살핀다.

"아, 아니."

인성은 궁금하기도 하고 또 한편 회피하는 것도 비루하게 느껴져서 일어섰다.

"그럼 갔다 오겠어."

몹시 불안해하는 규희에게 안심하라는 듯 눈짓을 하고 인성은 방에서 나섰다.

'참 묘하게 됐다.'

그들에게 있어서 호텔행의 동기는 사랑을 위한 도피는 아니었다. 동기는 단순히 병자를 위한 피난에 있었다. 그러나 불순하지 않은 동기였다 할지라도 서로 사랑하는 남녀가 호텔 방에서 단둘이 마주 앉았다는 것은 위험하고 또 그들은 그 위험한 고비에 다다르고 있었던 것이 아니었던가.

'내 마음이 왜 이리 방황하는 것일까?'

인성은 머리를 흔들었다. 어쨌든 규희를 호텔로 데리고 온 일은 무모한 짓이었다는 뉘우침이 들었던 것이다. 차라리 그런 동기가 아니고 애정을 위한 대담한 행위였더라면 인성의 마음은 갈피를 잡을 수 있었을지도 모른다.

인성은 아래층으로 내려왔다. 그리고 카운터에 놓인 수화기를 들었다.

"여보세요."

수화기를 잡고 말을 거는 인성의 마음은 대체 누군가 싶은 생각 때문에 초조했다. 그러나 웬 까닭인지 상대편에서는 아무 말이 없다.

"여보세요!"

이번에는 어세를 좀 높였다. 은근히 화가 나기도 했던 것이다.

"심인성 씨죠?"

그쪽에서 겨우 말이 들려왔다. 남자의 목소리였다.

"그렇소."

인성은 그 목소리의 임자가 누군지 영 짐작이 가지 않았다.

"분명히 그렇죠?"

상대편에서는 무슨 생각에선지 따지듯 물었다.

"그렇다는데 댁은 누구시오?"

인성은 불쾌했다.

"으하하핫!"

별안간 웃음소리가 인성의 고막을 내리쳤다.

"당신은 누구요!"

인성은 자기도 모르게 음성을 높였다. 안하무인 격인 웃음이었다. 조롱 같기도 하고 발작 같기도 한 웃음이었다. 인성은 그

웃음소리가 자기 면상을 내리치는 듯 느껴졌다. 그는 자신도 모르게 수화기를 꼭 쥐었다.

"으하하핫— 나? 나 말이오?"

순간 인성의 머릿속에 번개처럼 지나가는 게 있었다.

'옳지. 뒤를 밟았구나!'

인성의 낯빛이 좀 질린다. 그것은 두려움 때문이 아니었다. 그는 상대방의 비신사적 태도에 격분한 것이다.

"대체 당신은 누구요?"

인성은 낮은 소리로 알면서도 거듭 물었다.

"꽤 둔한 인사군그래. 몰라서 묻는 거요? 아무튼 잘 노는구면."

인성은 수화기를 잴칵 놓아버린다. 상진의 말을 더 이상 들어야 할 의미를 느끼지 않았다. 인성이 돌아서자 보이는 호기심에 찬 눈으로 인성을 바라보고 있었다. 인성은 공연히 보이의 면상을 갈겨주고 싶은 충동을 느낀다.

"참. 전화를 걸어야지."

인성은 되돌아서서 전화의 다이얼을 돌렸다.

"양평댁이오?"

"아, 심 선생님!"

반가워하는 목소리가 울려왔다.

"규희 어머님 돌아오셨어요?"

"예. 방금 그러지 않아도 지금 집안이 발칵 뒤집어졌어요. 아가씨는?"

"무사합니다. 전화 바꿔주시지."

"예."

"심 선생님!"

이내 규희 어머니의 목소리가 울려왔다.

"걱정하셨죠?"

"걱정이 다 뭡니까? 지금 규희는 어디 있죠?"

"호텔에 있습니다."

"호텔?"

"달리 갈 곳도 없고 날씨가 추운데 거리를 헤맬 수도 없구요. 그렇다고 해서 집에는 돌아갈 수 없는 규희 씨의 심경이라 생각 다 못해 호텔로 데려왔습니다."

인성은 자연히 변명하는 투로 말이 나왔다.

"규희의 용태는?"

"뭐 많이 나아졌으니까 별일이야 없겠지만 몹시 흥분하고 있으니까요."

"심 선생, 그럼 어떡허죠?"

"어머님이 오셨으니까 집으로 가야죠."

인성은 발끝을 내려다보며 말한다.

"그럼 제가 가겠어요."

했으나 규희의 어머니는 전화를 끊지 않고 가벼운 한숨을 내쉰다.

"심 선생님?"

"예?"

"대체 그자가 와서 규희에게 무슨 말을 합디까?"

인성은 말이 막혔다. 그가 한 말은 규희 어머니에게 전할 수 없었던 것이다.

"그자는 우리 집에 드나들 처지가 못 되는데 뻔뻔스럽게 와서 병든 아이에게 무슨 말을 했기에……."

규희 어머니의 목소리는 노여움에 떨고 있었다. 그러나 손톱만큼도 인성을 의심하는 기색은 없었다.

"만일 심 선생이 계시지 않았다면 어떻게 될 뻔했죠? 규희한테 말을 들었는지 모르지만 그자는 옛날 우리 규희하고 약혼한 사이였죠. 그러나 애아버지가 세상을 떠나자 돌아서고 말았는데 이제 와서 무슨 낯짝으로 찾아와서……."

인성에게 할 말은 아니었다. 그러나 점잖은 규희 어머니도 규희만큼 흥분해 있었고 또 출가 전의 딸이니만큼 남의 오해도 두려웠는지 그런 내막을 인성에게 말하는 것이었다. 하기는 규희 어머니로서는 몇 달 동안 의사의 입장에서 집에 드나든 인성의 과묵한 인품과 또 규희에 대한 열성적인 치료에 전폭적인 신뢰를 갖고 있느니만큼 허심탄회하게 그런 말도 할 수 있었는지도 모른다. 인성의 입장은 난처했다. 규희 어머니가 만일 우리들의 일을 안다면 생각하니 자기의 처지에 대하여 암담함을 느끼지 않을 수 없었다.

"아무튼 심 선생께 죄송해요. 여러 가지로……."

"별말씀을……."

"그럼 곧 가겠습니다."

인성은 무거운 발을 끌듯 하며 이 층으로 올라왔다.

"전화 어디서 왔어요?"

규희는 두 무릎을 모으고 비 맞은 참새처럼 앉아서 물었다.

"아아, 아는 사람이."

상진으로부터 협박적인 전화가 왔다는 말은 못 한다.

"아는 사람이라구요? 선생님이 여기 계신 걸 어떻게 알구요?"

"……."

"왜 감추세요? 그 비겁한 인간이 미행했죠? 그리고 선화로 협박한 거죠?"

역시 여자는 남자보다 예민하다. 인성은 묵묵히 앉아만 있었다.

"능히 그렇게 할 인간이에요. 하지만 이제는 겁내지 않을 거예요. 다시 침범하면 유치장에다 처넣어야지."

규희는 타는 듯한 눈을 번득이며 또다시 흥분하기 시작했다.

"어머님이 곧 오신다 했어."

인성은 혼잣말처럼 뇌었다.

"어머니가요? 어떻게 알구?"

"내가 전활 했어. 걱정하실까 봐."

"선생님은 겁이 나셨군요."

인성은 말없이 눈을 들어 규희를 쳐다본다.

"그 인간이 협박하는 바람에 겁이 나서 어머니한테 전활 하셨군요."

규희의 얼굴에는 원망의 빛이 지나갔다.

"내가 그렇게 비겁하게 보이나?"

인성은 담배를 붙여 문다. 인성이 그런 말을 하지 않아도 규희는 인성을 비겁한 남자라 생각하고 있지는 않았을 것이다. 규희로서는 인성을 딱한 처지로 몰아넣고 만 일에 대하여 도리어 미안했고 그것이 역으로 표현됐을 뿐이다. 그리고 목마른 듯 인성과의 시간을 갖고 싶어 하는 마음 때문이기도 했다.

"선생님?"

"……."

"대답해 주세요."

"말을 해봐."

"전 처녀가 아니에요. 아시겠어요? 전 이 말을 해야 할 시간이 필요했던 거예요."

규희는 고개를 창문으로 돌리며 말했다.

"환멸을 느꼈을 거예요."

규희의 시선은 창문에 못 박혀 있었다.

"규희는 내가 기혼자라는 것을 알았을 때 환멸을 느꼈나?"

"아니에요, 아니에요!"

"그런 얘기 이제 그만두지. 아까 얘기 다 했잖어—."

규희는 고개를 푹 숙인다.

"희미한 표현이었다고 생각했어요. 선생님이 전화받으러 내려가신 뒤 저 자신이 비겁하고 거짓말쟁이구 그리구 몹시나 지저분한 인간이었다고 생각했어요. 견딜 수 없어요."

규희는 호텔에 처음 왔을 때처럼 울지 않았다. 그리고 규희는 그 말을 하기 위하여 시간이 필요했다고 했는데 사실 그는 그런 절박한 심정이었던 것이다. 어머니가 그를 데리러 온다는 말을 들었을 때 규희는 궁지에 몰린 사람처럼 자기의 과거를 뇌까렸던 것이다.

얼마 후 규희의 어머니 염씨가 나타났다. 검정 두루마기에 회색 목도리를 두른 염씨 부인의 안색은 좋지 않았다.

"어머니!"

규희의 눈에 눈물이 글썽한다.

"이 바보야. 네가 왜 여길 오니? 그놈을 쫓아낼 일이지. 대관절 무슨 주둥아리를 놀렸기에 이러느냐."

점잖은 염씨 부인도 상진에 대한 미움에 사무쳤는지 말씨가 거칠었다. 인성과 규희는 다 같이 대답을 못 한다.

"아무튼 집에 가자."

"안 가겠어요."

규희 입에서 야무진 소리가 나왔다.

"뭐?"

"어머니, 나 오늘 하룻밤만 여기서 자겠어요. 집에 가기가 싫어요.”

“애두, 그게 무슨 소리냐? 원, 그놈의 집이냐? 우리 집이지. 안 가다니.”

“하룻밤만 여기 자게 해주세요.”

인성과 염씨 부인이 아무리 달래도 규희는 집에 돌아가려 하지 않았다. 고집이 이만저만이 아니다. 할 수 없이 염씨 부인은 규희하고 같이 하룻밤만 호텔에서 묵기로 했다. 인성은 모자를 들고 일어섰다.

“그럼 저는 가보겠습니다.”

“아이, 미안해서 어떡허나? 공연히 우리 일로 해서 심 선생의 수고가 많으세요.”

염씨 부인은 미안해서 어쩔 줄을 모른다.

“그럼.”

인성은 규희에게 눈을 보냈다.

“선생님.”

“……”

“협박 전화가 왔는데 어떡허죠?”

규희는 아랫입술을 지그시 깨문다.

“그게 무슨 소리냐?”

염씨 부인이 불안한 듯 물었다.

“방금 그자로부터 전화가 왔어요. 우리 뒤를 밟은 모양입니다.”

"예? 아이, 끔찍스러워라. 그놈이 아무래도 환장을 했나 보다."

임희자는 의미 있는 눈을 유혜원에게 던졌다. 장용환은 온종일 나타나지 않았다. 이튿날도 역시 결근이었다.

"웬일이야? 정말 상사병에 걸린 것 아냐?"

모두들 한마디씩 농담을 주고받았다. 사흘째 되던 날 장용환으로부터 전화가 왔다. 아파서 못 나간다는 것이었다.

"유혜원 씨가 문병 가면 아마 나을 거야."

임희자는 또다시 밉상을 떨었다. 아닌 게 아니라 혜원은 은근히 걱정이 되었다. 그가 아프건 말건 상관없다 생각하면서도 주성이 그를 때린 일을 생각하면 불안해지는 것이었다.

'어쩌면 무슨 흉계를 꾸미고 있는지도 몰라?'

마음이 오싹해진다.

'설마……그렇게까지 나쁜 사람은 아냐. 한 번 때려주었는데 무슨 일이 있을라구?'

닷새째 되던 날 장용환은 아무렇지도 않은 표정으로 회사에 출근했다.

"멀쩡해가지구 어디가 아프다는 거야?"

미우니 고우니 해도 임 씨가 제일 먼저 말을 걸었다. 그는 실쭉 웃으며 자리에 털썩 주저앉는다.

혜원은 아랫배에 힘을 주어 냉정하게 자기 자신을 가누려 했으나 순간 얼굴은 절로 굳어지고 말았다.

"대관절 어디가 아팠어?"

임 씨 묻는 말에,

"마음이 아팠겠죠."

임희자가 받아서 말했다. 그러나 장용환은 들은 척도 하지 않고,

"과음했던 모양이지?"

장용환의 목소리는 그답지 않게 조용했다.

"뭐 그날 술을 많이 했나? 별로 하지 않았을 텐데?"

"집에 가서 했거든."

"온…… 무슨 멋으로 혼자서 술을 마시누."

"아무 멋도 없으니까 혼자서 술을 했지. 아이, 따분해서 정말 살맛 없는데!"

장용환은 기지개를 켜고 나서 서랍을 두르르 열었다.

"살맛 없거든 일찌감치 꺼져라. 이력서가 산더미 같으니까."

임 씨가 익살을 부리고 있는데 혜원은 눈을 내리깔고 자기 할 일만 하고 있었다. 그러나 일손과 마음은 겉돌았다. 장용환의 지극히 온건한 태도는 우선 안심할 수 있었다. 그날 밤에 취한 무례한 행동을 생각하면 괘씸하기 짝이 없는 것이었으나 주성이 그를 때린 일을 생각하면 약간의 미안함도 없지 않았다.

'무슨 꿍꿍이속이 있는지도 몰라? 태연하구나 아주. 그런데 왜 결근을 했을까? 멀쩡하면서……'

반나절 동안 장용환은 비교적 말이 없이 일을 보고 있었다. 전에 없는 일이었다. 간접적으로 무슨 말이든 빈정거릴 줄 알았던 혜원은 뭔지 맥이 빠지는 것 같고 도리어 대결하는 심정이었다.

　점심때가 되자 사원들은 일단 일을 끝내고 제각기 자리에서 일어섰다. 점심 생각은 없었지만 혜원은 사무실에서 빨리 나가고 싶었다. 혜원이 막 도어 쪽에 이르렀을 때,

　"혜원 씨."

　혜원은 돌아선 채 발을 멈추었다. 가슴이 뜨끔했다. 돌아보니 장용환은 별로 표정이 없는 얼굴로 서 있었다.

　"왜 그러세요?"

　쌀쌀한 목소리가 절로 나왔다.

　"차 한잔 안 하실랍니까?"

　"……."

　"사과할 겸 차 한잔 사드리고 싶습니다."

　사과한다는 말에 혜원은 잠시 어리둥절했다.

　"장용환은 혜원 씨가 생각하시는 것처럼 그리 나쁜 인간은 아닙니다."

　"사과하실 것 없어요."

　"용서하지 못하겠다는 말씀이신가요?"

　장용환은 퍽이나 심각한 표정이 된다.

　"괜찮아요."

무엇이 괜찮다는 건지 말을 해놓고 혜원은 당황한다.

"그러시지 말구. 저도 사람입니다. 무서운 산적은 아닙니다. 때론 사람 대접도 좀 해주셔야지."

하고 처음으로 씩 웃는다. 그렇게 나오는데는 혜원도 할 말이 없었다. 옥신각신 승강이를 하는 것도 귀찮았고 동료끼리 차 한 잔 같이 마시는데 흉허물이 될 까닭도 없었다.

혜원은 앞서 걸었다.

'온종일 서로 얼굴을 쳐다보며 같이 일을 하는데 원수질 건 없지.'

"날씨가 꽤 추워졌죠?"

장용환은 얼른 혜원 옆으로 다가서며 말을 걸었다.

"글쎄요."

회사 근방에 있는 다방으로 그들은 들어갔다. 점심때가 돼서 그런지 다방 안에는 별로 손님이 없었다. 그들은 마주 앉았다. 차를 주문한 뒤 장용환은 혜원의 얼굴을 넌지시 바라보더니 한다는 말,

"고민이 심하신 모양이죠?"

"그걸 어떻게 아세요?"

혜원은 좀 올곧잖게 묻는다.

"얼굴이 수척합니다."

"……."

"그날 밤엔 술이 과해서 실례가 많았습니다. 용서하십시오."

"아마도 장 선생님께서는 가련하고 불쌍한 여자로 아셨던 모양이죠?"

혜원의 입에서는 좀 매운 말이 나왔다.

"그거 무슨 뜻이죠?"

"그런 여자라 생각지 않고서는 그럴 수 있겠어요?"

"그, 그건 지나친 생각입니다."

장용환은 황급히 손을 내저었다.

"혜원 씨의 처지하고 저의 행동이 무슨 상관입니까? 죄가 있다면 제가 혜원 씨를 사랑한 때문입니다."

"일방적으로 결정할 수 있는 문제는 아니잖아요?"

혜원은 분명히 잘라서 말한다.

"그야 그렇죠. 그렇다는 것을 저도 깊이 깨달았습니다. 며칠 동안 고민도 하고 마음의 갈피를 잡아보려고 애도 썼습니다."

그러나 장용환은 고민한 것같이 보이지는 않았다. 어딘지 여유를 남겨둔 듯한 태도였다.

"실은 술을 핑계하고 사과하는 것도 쑥스러운 일입니다. 술의 탓이기보다 걷잡을 수 없는 저의 감정의 탓이었습니다. 나도 남만큼은 예의도 있고 교양도 있다고 자부해 왔습니다만 그런 경우에 있어서는 역시 교양이고 예의고 다 소용이 없어지는 모양입니다."

장용환은 레지가 가져온 차를 혜원에게 권하고 그도 찻잔을 들었다. 담뱃재를 떨면서 이야기하는 장용환의 표정은 사뭇 심각하였다. 그러나 혜원은 경계심을 풀지는 않았다. 혜원의 태도가 굳어진 채 있는 것에 장용환은 차츰 불만을 가지게 되었는지 심각한 표정이 흐트러졌다.

"여성이 아름답게 태어났다는 것은 그만큼 남보다 혜택을 받은 셈이니까 불행하다는 것을 보장해야 하나 부죠? 그렇지 않습니까? 혜원 씨."

그는 조심스럽게 지껄이던 말을 내던져 버리고 야유하려는 듯한 기색을 보이기 시작했다. 여자와 남자를 함께 반죽해 놓은 듯한 이상한 목소리가 전축에서 흘러나오고 있었다. 차츰 다방 안에는 손님들이 불어나고 있었다.

"가실까요?"

혜원은 더 이상 같이 앉아 있기가 싫어졌다. 장용환의 용모가 매끄럽지 않고 좀 못났더라도 덜 미웠으리라는 생각이 혜원에게 피뜩 들었다. 못났더라면 그의 말을 솔직한 것으로 받아들였을지도 모르고 그러한 태도도 다소는 소박하게 보아줄 수 있었을는지도 모른다.

"뭐가 그리 바쁘세요? 기왕 같이 나왔으니 점심이나 하고 함께 늘어갑시다."

"점심 생각 없어요."

혜원은 냉랭하게 대꾸한다.

"역시 날 경계하시는군요."

"아뇨."

혜원은 기어코 자리에서 일어섰다. 하는 수 없이 장용환도 따라 일어섰다. 그는 황급히 카운터로 쫓아가서 찻값을 내고 혜원의 뒤를 쫓았다.

"쌀쌀하기로 오동지섣달의 서릿발 같군요."

하고 장용환은 픽 웃는다.

"추근덕거리기론 오뉴월의 땀방울 같군요."

혜원의 입에서는 자기도 모르게 기묘한 비유가 튀어나왔다.

"하하핫핫……."

혜원의 말이 떨어지자 장용환은 크게 몸을 흔들며 웃어젖힌다. 혜원도 쓴웃음을 띤다. 혜원이 생각해도 정말 뚱딴지 같은 말이었기 때문이다.

"하하핫…… 거 좋습니다. 하하핫…… 본시부터 서리와 서리 얼음과 얼음은 합칠 수 없는 거지만 오뉴월 땀방울은 오동지섣달의 서릿발을 녹일 수 있으니 말입니다. 거 재미난 비유입니다. 으하하핫……."

지나가는 사람들이 쳐다보는 것도 모르고 장용환은 정말 재미난다는 듯 웃어젖힌다. 혜원은 웬 까닭인지 그 웃음소리가 밉게 들리지 않았다. 하도 뚱딴지 같은 말을 자기 자신이 했기 때문인지도 모른다. 추근거린다는 노골적인 말에 대하여 장용환이 화를 내지 않고 도리어 우습게 돌려버렸기 때문인지도 모른다.

"하여간…… 기왕에 추근덕거린다는 말을 들었으니 점심이나 같이합시다. 서로 호의는 못 가진다 하더라도 동료끼리 적의를 가져서야 쓰겠습니까?"

장용환의 말은 지극히 타당한 것이었다.

'어떡헐까? 술을 먹고 주정을 부렸지만 송충이처럼 그를 미워할 것까지는 없지 않을까? 점심을 같이한다고 해서 무슨 대단한 사건도 아닐 게구…… 사랑한다는 게 크게 죄 될 것도 없지 않아? 그것을 받아주고 안 받아주는 게 문제지.'

혜원은 발부리를 내려다보며 잠시 그런 말을 마음속으로 중얼거렸다. 너무 지나치게 자기 자신의 주변에다 담을 쌓아올린다는 일은 도리어 위험한 짓이었는지도 모른다. 그리고 점점 자기가 선 지점을 좁혀 구속하고 억제함으로써 살아가기 어렵게만 하고 있다는 생각도 들었던 것이다.

"어떡허시겠습니까? 가시죠."

"그럼 간단한 걸로."

그들은 오던 길로 되돌아섰다. 그리고 별로 멀지 않은 명동으로 나갔다. 어느 식당 앞에 가서 걸음을 멈춘 장용환은,

"이런 곳이라야 안심되겠죠?"

하고 혜원을 돌아본다. 혜원은 절로 쓴웃음이 나왔다.

'살아가기 어려운 세상이군.'

그들은 대중식당으로 들어갔다.

점심때라 그런지 식당 안은 한창 붐비고 있었다. 겨우 빈자리를 찾아 자리에 앉았다. 사람 수에 비하여 식당 안은 조용한 편

이었다. 모두 먹는 데 정신이 팔려 있는 듯했다.

'나도 먹기 위하여 살고 있는 것일까?'

혜원은 자기의 주변을 새삼스레 쓸쓸한 기분으로 돌아본다. 주문을 받으러 온 아이에게 장용환은 혜원의 의사를 물을 것도 없이 곰탕 두 그릇을 주문했다.

"혜원 씨."

혜원은 잠자코 시선을 옮겼다.

"몹시 두려워하시는 것 같은데?"

"장 선생의 생각하시기에 따라서요."

당신이 순수하게 대한다면 나는 조금도 두려워하지 않는다는 뜻의 말이었다. 장용환은 픽 웃으며,

"실상 혜원 씨는 나보다 주변에 대하여 더 신경을 쓰고 있지 않습니까?"

"주변?"

"나하고 가깝게 지낸다는 소문이 날까 봐 다른 직원들에게 신경을 쓰고 있는 것 같은데?"

"그야 없는 일을 남이 오해하는 건 싫어요. 귀찮고 괴로우니까요."

혜원은 야무지게 쏘아준다.

"우리가 가깝게 지낸다는 소문이 나는 게 그렇게도 혜원 씨에겐 불명예스런 일입니까?"

그 말을 하는 순간 장용환의 표정은 서글퍼 보였다. 혜원도

좀 안됐다는 생각이 들었다.

"불명예스런 게 아니에요."

"그럼."

"우선 장 선생을 좋아하는 사람의 기분이 어떻겠어요? 저로서는 상당히 정신적인 피해를 받고 있어요."

"떡 줄 사람은 생각지도 않는데 김칫국부터 마시는 격이군요."

혜원은 픽 웃는다. 장용환이 결근했을 때 임 씨와 임희자가 서로 입씨름을 하다가 임희자의 입에서 지금 장용환이 하던 말과 꼭 같은 말이 나온 생각을 했던 것이다.

"다 마찬가지죠 뭐—."

혜원도 다소 밉상을 피우고 싶었던 것이다. 나도 떡 줄 생각을 하지 않는데 왜 당신은 김칫국부터 마시고 덤비느냐는 투로 말한 것이었다. 장용환은 힐끗 혜원을 쳐다보았다. 주문한 곰탕이 왔다. 곰탕을 먹으면서 장용환은,

"혜원 씨는 총명할지는 몰라도 영리하진 못합니다."

"총명하고 영리한 게 어떻게 다르죠? 전 총명하지도 못합니다만."

혜원의 목소리는 덤덤했다.

"다르죠. 총명하다는 것은 본시 타고난 두뇌지만 영리하다는 것은 세상을 헤엄쳐 나가는 동안 몸에 지니게 된 처세술의 능관을 말하는 것입니다. 혜원 씨는 영리하지 못해요."

그 말이 가지는 뉘앙스를 혜원은 감득할 수 있었다. 그러나 무엇을 두고 하는 말인지 구체적인 것에는 얼핏 머리가 돌아가지 않았다.

"혜원 씨."

장용환은 국을 삼키고 나서 또 혜원을 불렀다.

"혜원 씨는 나하고 가깝게 지낸다는 소문이 나는 일이 얼마나 자신을 위하여 다행한 오해인지 모르시군요."

혜원은 의아하게 장용환을 쳐다본다.

"무슨 뜻인지 모르겠군요."

"말씀드리죠."

"……."

"혜원 씨는 지금 부자연스럽기 짝이 없는 연애를 하고 있습니다."

혜원의 얼굴이 벌게진다.

"그 부자연스런 연애가 노출된다면 나 때문에 받는 오해보다 그 피해는 더 크지 않겠습니까?

딴은 그러했다. 상대들은 다 같이 미혼의 남자들이지만 주성의 경우는 연령에서 오는 부조화가 있었다. 객관적으로 볼 때 주성과의 연애는 건전치 못한 것으로 인정받을 수밖에 없었다. 나이의 차이는 그들 자신에게 있어서는 비극이요 끊임없는 갈등이지만 외부에는 그들을 보는 눈이 가혹해질 것만은 확실한 일이었다.

"그런 말씀 하시는 것 비겁합니다."

혜원은 노여운 듯 날카롭게 말한다.

"아닙니다. 오해는 마십시오. 혜원 씨를 괴롭히려고 한 말은 결코 아닙니다. 도리어 나하고 오해를 받음으로써 혜원 씨의 진짜 연애가 커버될 거란 그 말입니다."

"기사 정신이 농후하시군요. 하지만 우리의 연애는 그렇게까지 궁색한 건 아닙니다."

혜원은 화를 낸다. 정말 싫었다. 밥 먹은 게 올라올 지경이었다.

"그야 그럴 테죠."

장용환은 야유하듯 웃는다.

"전 죄짓지 않았어요. 누가 우리를 벌줄 수 있단 말예요?"

"그런 뜻이 아닙니다. 일일이 그렇게 오해만 하구…… 어디 누가 죄지었다 했습니까? 정신적으로 받는 학대가 있을 거란 말이죠."

"저의 사생활에 관한 일이니까요. 앞으론 장 선생께서 저의 일에 간섭 말아주시기 바랍니다."

"허 참, 이거 호의가 악의로 되어버렸군요."

"어디 그게 호의입니까? 정신적인 학대니 뭐니 하시지만 장 선생 자신이 정신적인 학대를 하고 계시잖아요? 불순하고도 좋지 못한 취미예요. 복수 심리라면 비겁하고 남을 괴롭혀 주고서 쾌감을 느낀다면 장 선생은 아주 좋지 못한 분이에요."

그 말에는 장용환도 할 말을 못 찾는 모양이다. 혜원은 자신을 지그시 억누른다. 그는 주성을 생각했다. 부자연스런 연애— 그것은 미래를 기약할 수 없는 연애가 아니었던가.

이때 주성과 혜준도 같은 식당 한구석에 앉아서 식사를 하고 있었다. 손님이 붐비는 때문에 그들은 서로 한 식당에 앉아서 식사를 하고 있으면서도 모르고 있었다. 주성은 집에 처박혀 있다가 혜준으로부터 전화를 받고 그 길로 나온 것이다. 혜준은 좀처럼 결석하는 일이 없는 주성이 학교에 나타나지 않아 걱정이 되어 집에 전화를 걸었던 것이다.

"바쁘냐."

주성은 우울한 목소리로 대뜸 물었다.

"아니."

"그럼 만나자."

그리하여 그들은 다방에서 만났던 것이다. 주성은 만나자고 했으나 돌부처처럼 말이 없었다.

"왜 그래? 얼굴이 왜 그 모양이냐."

혜준이 물었으나 주성은 대답이 없었다. 퀭하게 뜬 눈이 허공을 바라보고 있었다.

"제기랄, 배고파 죽겠다."

혜준은 짜증을 내듯 말했다.

그는 가정교사로 있는 집의 아이가 아침에 별안간 병이 나서 병원에 의사를 부르러 가는 둥 한 소동 겪고 보니 조반 때는 늦었고 학교 갈 시간은 바빠서 아침을 굶은 채 학교에 나갔던 것이다.

"점심이나 하러 가자."

혜준이 일어섰다. 주성도 실은 아침을 굶었다. 밥 생각은 없었지만 그는 잠자코 혜준을 따라 이 식당으로 온 것이다. 주성은 혜준의 왕성한 식욕에 비하여 구미를 잃은 듯 통 먹질 못했다.

"왜 안 하는 거야?"

주성이 곰탕을 휘휘 젓다가 그만두는 것을 본 혜준은 힐끗 그를 쳐다보며 말했다.

"생각이 없어."

"어디 아프나?"

"아니."

"얼굴이 창백하다."

"어서 먹고 어디라도 가자. 남산에라도."

"추운데 남산에는 또 뭣 하러 가누."

혜준은 퉁명스럽게 말한다.

"할 말이 많다."

"여기서도 얼마든지 할 수 있어."

"하늘을 보아야만 말이 나올 것 같다."

"연애 문제냐."

"연애, 죽음, 뒤범벅이다."

"우습군."

"우습지."

"정신분열증 환자 같구나."

"아닌 게 아니라 미칠 것 같다."

"큰일 나겠구나."

"형만 바본 줄 알았던 나도 별수 없는 바보야."

"바보가 되는 것도 좋지. 너무 자신이 만만했으니까."

주성은 그 말에 대해서는 아무 대답도 하지 않았다.

그들 사이에는 잠시 침묵이 흘렀다.

"어, 저 누구야."

문 쪽으로 눈을 준 혜준이 눈을 크게 뜬다.

"아, 아니 누님 아냐?"

혜준이 엉거주춤 일어서려 하자 주성의 눈이 재빨리 그곳으로 쏠렸다. 혜원과 장용환은 방금 식당에서 나가는 판이었다. 혜준이 미처 자리에서 일어나기도 전에 그들 두 사람은 식당 밖으로 사라지고 말았다. 주성의 눈은 금세 시뻘겋게 충혈되었다. 입술빛이 하얗게 변한다. 그는 자동차 속에 혜원과 나란히 앉아 있던 장용환을 똑똑히 기억하고 있었다. 그의 전신은 노여움에 부들부들 떨고 있었다.

혜준은 슬그머니 자리에 주저앉고 말았다. 혜원의 뒤를 쫓아갈 수가 없었던 것이다. 혜원이 낯모르는 남자와 함께 가지만 않았더라도 혜준은 쫓아 나가서 그를 불렀을 것이다. 그러나 평소 깐깐하고 성실한 혜원을 생각하니 그럴 수 없었던 것이다. 그러나 뭔지 가슴이 뭉클해 왔다.

'누굴까?'

혜준은 잠시 생각에 잠긴다. 도무지 짐작이 가지 않았다.

'누님이 연애를 하고 있는 것이나 아닐까? 하기는 해야지. 어차피 결혼을 해야 할 테니까. 그러나 설마?'

혜준은 혜원의 일이 궁금하여 한동안 주성의 존재를 잊고 있었다. 겨우 고개를 들고 주성을 바라보았을 때 혜준은 놀란다.

"왜 그래? 얼굴이."

주성의 얼굴은 핼쑥했다. 눈에는 살기에 가까운 광채가 번득이고 있었다.

"나가자!"

주성은 벌떡 일어섰다. 주성의 서슬에 혜준은 멋도 모르고 따라 일어섰다. 주성은 혜준이 오거나 말거나 아랑곳없이 급한 걸음으로 걸어간다.

"이봐, 주성이."

부르며 혜준은 따라가는 것이었으나 혜준 자신의 기분도 온당하지는 못하였다.

"이봐, 왜 그래?"

"……."

"별꼴 다 보겠다. 별안간 왜 그러는 거야?"

혜준은 꿈에도 주성과 혜원 사이에다 선을 그어본 일은 없었다. 역시 지금도 주성이 혜원의 탓으로 그러는 줄은 상상조차 못하고 있는 것이다.

"대관절 어디루 가는 거야?"

"……."

"갑자기 벙어리가 됐나? 제기, 모두들 왜 그러는 거야?"

"잠자코 따라와 봐!"

하고서 주성은 길가에 있는 식료품 가게로 쑥 들어갔다. 혜준은 영문도 모르고 주성을 따라 들어갔다. 주성은 술 한 병을 사 들었다. 그러고는 말없이 그곳에서 나왔다. 혜준도 따라나왔다.

주성은 남산으로 올라간다. 혜준도 이제 물어보는 것을 단념하고, 그러나 불안한 눈초리를 주성의 등으로 보내면서 남산으로 올라갔다. 마른 잔디 위에 털썩 주저앉은 주성은 술병을 따가지고 병째로 술을 들이켠다. 혜준은 그 모습을 우두커니 바라본다. 어처구니가 없었던 것이다.

"자아, 이제 나머지는 너 몫이다! 마셔!"

혜준은 술을 마시고 싶은 기분은 없었으나 주성의 폭음이 염려되어 내민 술병을 받아들었다.

"왜 안 마시는 거야?"

주성은 핏발 선 눈으로 혜준을 노려본다.

"안 마시겠거든 이리 내놔!"

주성은 손을 쑥 내밀었다.

"미쳤나? 왜 이러는 거야?"

"미쳐? 그래, 미쳤다."

"말을 해놓고 볼 일이지. 말도 않구 왜 그러는 거야?"

"말하지. 말하구말구. 이 얼간이 같은 녀석아! 술병이나 이리 내놧!"

"싫다."

혜준은 술병을 후딱 집어던졌다. 술병은 바위에 부딪쳐 와싹 부서지고 말았다.

"거 신나는군. 흐흐……."

주성은 입술을 깨물듯 하며 웃는다.

"으흐흐…… 하하핫……."

혜준은 얼굴을 돌렸다. 주성의 웃음소리가 그의 고막을 쳤으나 그의 눈앞에는 아까 식당에서 나가던 혜원의 단정한 옆얼굴이 떠올랐다.

"이봐, 혜준이. 내가 말하기 전에 한마디만 묻겠는데."

주성은 웃음을 거두고 눈에 빛을 모으며 나직이 뇌었다.

"말이나 해. 무엇이든 대답해 줄 테니."

혜준은 담배를 꺼내어 붙여 물었다.

"자네 누이 유혜원 씨 말이야."

"뭐?"

혜준은 좀 뜻밖이라는 듯 얼굴을 획 돌렸다.

"그 유혜원 씨는 본시부터 요부적인 요소가 있었댔나?"

주성은 어두운 웃음을 흘렸다.

"요부?"

"그래, 요부 말이야. 요부를 모르는가?"

"그거 무슨 뜻이지?"

혜준의 얼굴에는 노여운 빛이 돌았다.

"문자 그대로야. 여러 남자를 동시에 사랑할 수 있는 소질을 가진 여자란 말이야."

"뭐 어쩌고 어째?"

혜준은 주먹을 불끈 쥐며 주성의 옆으로 다가섰다.

"날 칠 참이냐?"

"그 말 취소해!"

"취소? 하하핫, 취소고 뭐고 있나? 너한테 물어본 말 아니냐."

"이 개새끼야! 나한테 물어본다구?"

"하하핫…… 그래. 술병이나 깨지 않았음 그걸로 내 대갈통을 쳤을 텐데 그랬니?"

주성의 말이 끝나기도 전에 혜준은 주성의 멱살을 불끈 쥐었다.

"무슨 권리로 내 누이를 모욕하는 거야!"

혜준은 주성의 멱살을 잡은 채 와락와락 흔들었다.

"권리? 그렇지, 권리…… 한때 애인이었더라는 권리로 말했나 부지?"

"뭐?"

혜준은 주성의 멱살을 놓아주고 병신처럼 우두커니 서서 주성을 멀거니 바라보다가,

"뭐라구?

다시 한 번 뇌었다.

"왜? 놀랐나? 그럴 수도 있잖아?"

혜준은 멍하니 쳐다만 볼 뿐이다.

"자, 이제는 체면 차릴 것도 없어. 때려봐. 사정 둘 것 없다. 날 쳐라! 마음대루."

혜준은 말문이 막힌 듯 여전히 아무 말도 못 한다.

"난 자네 누님을 유혹했다. 아니 사랑했었다. 그러나 나는 농락을 당한 모양이야. 하여간 내가 먼저 그렇다. 내가 먼저 사랑했었다. 그것을 유혹이라 하겠나?"

주성은 자기 머리를 감싸 쥐고 푹 주저앉는다.

"믿을 수가 없군."

혜준은 혼잣말처럼 중얼거렸다.

"며칠 전의 일이었어. 아까 그 사내하고 밤늦게 같이 자동차를 타고 돌아왔었다. 나하고 약속을 해놓고서. 그러나 너의 누님은 변명을 하더군. 난 그 변명을 믿었다. 믿었고말구. 믿은 것뿐이겠나? 난 그 새끼를 두들겨주었지. 그런데 그 여자는 아까 자네도 본 바와 같이 그 새끼하고 같이 식당에서 나가지 않았느냐 말이다."

주성은 머리카락 사이로 손가락을 쑤셔 넣으며,

"나는 그 여자로 말미암아 한 소녀를 죽게 했다."

주성은 흐느끼듯 말한다.

"그 소녀는, 아니 그 여자는 바로 오늘 아침에 죽었지. 나에게 견디기 어려운 죄의식을 남겨놓구 말이야. 주, 죽었다."

혜준은 나무 막대기처럼 우뚝 서 있었다. 표정은 굳어진 채 미동도 하지 않았다.

"그래도 나는 유혜원이라는 그 여자를 생각했었다. 가엽고 불쌍하고 죄의식 때문에 몸부림치면서도 나는 유혜원이라는 여자에 대한 사랑을 버릴 수는 없었다. 나는 그 소녀의 죽음을 오늘 하루만이라도 슬퍼해야 했을 것이다. 그는 오늘 아침에 죽었으니까 말이야. 그런데도 나는 지금 유혜원을 생각하고 있다. 사랑과 미움 때문에 미쳐버릴 것만 같은 기분에 싸여 있다."

주성은 정말로 흐느끼고 있었다. 흐느끼면서 그는 지껄이고 있었다.

"그런데 그 여자는 어떠했던가? 나를 사랑한다고 했었지. 사랑한다고 하면서 괴로움에 일그러진 얼굴에는 눈물이 있었다. 우리는 만나기만 하면 갈 곳이 없어 비 오는 거리를 어디고 헤매어 다녔다. 집 잃은 개 모양으로. 그래도 행복했었다. 나는 그 여자를 내 인생의 전부라 생각했었다. 그러나 그 여자는 날, 날 사랑하노라 하면서, 아아—."

술의 작용도 있었지만 주성은 거의 이성을 다 잃고 울고 있는 것이었다.

"혜준이, 내가 너 누이를 사랑하고 있다고 생각하지 말어. 난 한 여자를 사랑했을 뿐이니까— 날 못난 자식이라 생각하나? 그럴 테지. 아 아냐, 밉고 괘씸한 녀석이라 생각하겠지. 허나 자네도 알다시피 그 여자는 그 작자하고— 아아, 나는 그 소녀를 죽였구나."

나무 막대기처럼 서 있던 혜준이 주성의 팔을 덥석 잡는다.

"일어섯! 이 거지 같은 새끼야."

그 목소리에는 아무런 적의도 없었다.

"하여간 난 누이에게 직접 말을 들어보기 전에는 너 따위의 말을 한마디도 믿지 않겠다."

"믿고 안 믿고는 너의 자유야. 나는 내가 할 말을 해야겠다! 너 누이는 요부다! 너 누이는 거짓말쟁이다! 그날 밤, 그날 밤 그놈의 새끼를 죽여놓는 건데."

"이 자식이!"

혜준은 주성의 뺨을 한 번 후려친다.

"아가리 닥쳐!"

주성은 혜준에게 얻어맞으면서도 비실비실 일어서서 걷기 시작했다. 그들은 남산에서 내려왔다. 주성은 술집으로 가자고 혜준을 잡아 끌었으나 혜준은 그의 팔을 뿌리치면서,

"요다음에 만나자. 그리고 따지겠다."

"따질 것 있나? 흐음, 내가 그 여잘 배반하지 않았단 말이야. 하기는 좋아. 용의가 있다."

주성은 히죽히죽 웃었다. 그러나 그 눈이 붉게 타고 있었다. 혜준은 그러한 주성을 노려보는 것이었으나 그 눈빛은 절망적인 것이었다.

'누님이 이자를 사랑했다고? 비극이다. 비극이야.'

그는 주성을 깊이 미워하지도 않았으나 악수도 하지 않고 돌아섰다. 발밑을 내려다보는 그의 눈앞이 흐려지기만 한다.

주성과 헤어진 혜준은 주성에 대하여 약간의 불안이 없지도 않았으나 돌아보지도 않고 곧장 걸어간다. 극도로 흥분하고 있는 데다가 술까지 취해 있으니 얌전하게 집으로 돌아갈 것인지 걱정스러웠으나 그를 집에까지 데려다줄 마음이 내키지 않았던 것이다. 그리고 그는 한시바삐 혜원을 만나고 싶었던 것이다. 그리고 주성과의 관계를 확인하고 싶었던 것이다. 그러나 주성의 말을 믿지 않을 수 없었다.

'정말 그렇다면 난 혜원 누님한테 무슨 말을 해야 옳단 말인가? 그리구 주성에게도— 비극이야. 왜 내가 진작 알지 못했던가? 그들은, 그들은 결합될 수 없어. 절대로 결합될 수 없어.'

혜원이 근무하고 있는 회사가 가까워질수록 혜준은 주성으로부터 혜원으로 생각이 옮겨져 갔다.

'누님이 나쁘다! 몰지각한 짓이야. 불장난에 그치고 말 것을 뻔히 알면서 어째서 누님은 그런 행동을 취했을까?'

마음속으로 중얼거리는 그러한 말보다 혜원에 대한 혜준의 감정은 아주 좋지 못했다. 혜원의 성격을 알고 있는 만큼 또 혜원의 건실하고 사려 깊은 행동을 알고 있으니만큼 배반을 당한 듯한 느낌이 잦았던 것이다.

'어차피 재혼은 해야 할 사람, 또 연애도 할 수 있는 처지다. 그러나 그러나 그릇된 선택이야. 정말 그릇된 선택이야. 안 되지 안 돼!'

그러나 마음속으로 강하게 부인하지만 한편은 한 혈육의 누이요 한편은 가장 사랑하는 친구고 보니 그의 마음은 착잡하고도 괴로웠다. 그리고 주성이 일시적인 기분으로 그런 일을 저지를 사람이 아니라는 것에 한층 더 괴로움이 컸던 것이다. 회사 앞에까지 온 혜준은 잠시 발을 멈추었다.

'안 되겠어. 역시 불러내야겠군.'

그는 발길을 돌렸다. 길가 다방으로 찾아들어 간 혜준은 혜원에게 전화를 걸었다.

"웬일이냐?"

잠긴 듯 쓸쓸한 목소리는 전과 다름이 없었다.

"누님 좀 만날려구요."

"지금?"

"되도록이면."

"아직 퇴근까지 한 시간이나 남았는데…… 너 지금 어디 있니? 좀 기다려줄 수 없겠니? 일도 밀려 있구."

"그럼 다섯 시까지는 나오시겠어요?"

"음…… 그런데 무슨 급한 일이냐?"

"글쎄요……."

"하여간 나가마."

혜준은 전화를 끊고 자리를 찾아 앉았다.

"아까 그 남자는 누구일까?"

그는 그 남자가 혜원과 가깝다는 주성의 말을 믿지는 않았다. 주성과 혜원의 관계만은 인정하지 않을 수 없었지만 혜원이 주성을 사랑한다고 말한 이상 그 남자가 혜원과 특별한 사이라고 생각할 수는 도저히 없는 일이었다.

그는 혜원을 믿고 있었다. 비록 주성과의 관계가 어떻게 되었든 간에 또 혜원의 인간성이 서울에 와서 어떻게 변하였다 할지라도 동시에 두 남자를 사랑할 수 있는 그런 사람이라고는 상상조차 할 수 없는 일이었다. 그러면서도 혜준은 혜원을 기다리고 있는 자기 자신에 대하여 두려움을 느꼈다. 다섯 시가 채 못되어 혜원은 몹시 여윈 얼굴로 나타났다.

'고민을 하고 있구나.'

혜준은 눈길을 돌리며,

"일찍 나왔군요."

"음, 걱정이 돼서."

혜원은 맞은편 자리에 앉으며 탁자에 시선을 떨어뜨린다.

"시골서 편지라도 왔니?"

"아뇨."

"그럼?"

"나온 길에 들렀죠."

올 때까지만 해도 누이가 나쁘다 나쁘다 했지만 막상 대하고
보니 혜준은 강경한 태도를 취할 수가 없었다. 더욱이 수척해진
얼굴을 보니 마음이 언짢았다. 이렇게 아름답고 교양이 높고 부
드러운 마음씨를 가진 누이가 초혼에 실패하고 남들은 가정에
서 남편을 섬기고 자식들을 기르는데 먹기 위하여 직업전선에
서야 하는 처지를 생각하니 눈시울이 뜨거워지는 것이었다. 아
름답다고는 하지만 얼마 남지 않은 이해가 지나가면 삼십이 아
닌가.

"어디 조용한 곳으로 갔으면 좋겠는데……."

조용한 곳으로 갔으면 좋겠다는 말을 듣는 순간 혜원의 눈길
이 잠시 혜준의 눈동자를 더듬었다.

"무슨 말인데?"

혜원의 목소리는 약했다. 그리고 그의 좁은 양어깨가 한층 가
련해 보인다.

"하여간 나갑시다."

밖으로 나온 혜준은 중국 요릿집으로 들어갔다. 호주머니 속
에 얼마산의 돈도 있었고 또 한편 조용한 방이 필요했기 때문이
다. 자리에 앉은 뒤 요리를 주문하고 주문한 요리가 올 때까지
혜준은 입을 떼지 않았다. 혜원도 이제는 혜준의 입에서 무슨
말이 나올지 짐작을 한 모양으로 체념한 듯 우두커니 앉아서 말
이 없었다. 김이 무럭무럭 나는 잡채가 들어왔다. 혜준은 소독

저를 들면서,

"누님?"

"……."

"아까 낮에 누님을 봤죠."

"……?"

"누님하고 함께 나가던 그 남성은 누구시죠?"

혜원의 얼굴에는 잠시 안도의 빛이 흘렀다. 혜준은 차마 주성의 말을 먼저 꺼낼 수가 없었던 것이다.

"회사 사람이야. 같이 있는……."

"그분하고 친합니까?"

혜원은 눈살을 찌푸리며 고개를 저었다.

"좋은 사람입니까?"

혜원은 그거 무슨 뜻이냐는 듯 힐끗 혜준을 쳐다보다가,

"좋고 나쁘고 무슨 상관이야? 다만 동료일 뿐인데."

혜준은 젓가락 끝으로 잡채를 쑤시면서,

"드세요, 어서."

혜원은 잠자코 초장 접시에다 잡채를 옮긴다.

"낮에 식당에서 누님이 나갈 때 난 주성 군과 함께 그 식당에 있었습니다."

"뭐?"

혜원은 번쩍 얼굴을 쳐들었다. 그 눈에는 역력히 아픔이 지나갔다.

"주성 씨도 날 봤니?"

혜원은 고개를 숙이며 나직한 목소리로 묻는다.

"봤습니다."

혜준은 똑바로 혜원을 바라보았다. 그러나 혜원은 얼굴을 들지 않았다. 전등불 밑에 귀뿌리가 발그레하니 물들고 있었다. 동생에 대한 수치심, 그리고 주성의 심정을 헤아리니 그의 얼굴에 절로 열이 모였던 것이다.

"누님."

"……."

"주성이는 그 길로 날 끌고 남산으로 올라갔죠. 거기서 술을 마시고 마치 미친놈같이 지껄입디다. 모든 이야기를 말입니다."

"……."

"나는 주성이가 거짓말을 하리라 생각할 수 없었습니다. 그래서 주성과 헤어지는 길로 이리 왔죠."

혜준은 깊은 숨을 내쉰다.

"그래서…… 날 보구…… 무슨 얘기를 하려구 찾아왔니?"

목소리는 낮았지만 항거하는 투다.

"물론 반대하려구요."

혜준의 목소리도 굵었다.

"어째서……."

"그 이유는 누님 자신이 더 잘 알고 있을 게 아닙니까?"

잠시 침묵이 흐른다. 한참 만에,

"알고 있다. 알고 있으면서도 그렇게 되었다면 넌 어쩌겠니?"

그 말은 혜원의 감정이 흐트러지고 수습하기 곤란한 것임을 나타내고 있었다.

"지금이라도 늦지 않다고 난 생각합니다. 주성의 감정은 걷잡기 어려울 것입니다. 나이도 어리지만 아직 그는 세상을 모릅니다. 큰소리치지만 그 녀석은 우리처럼 어디 고생을 했어야 말이죠. 그러니 누님이 자신의 감정을 걷잡아야 합니다."

"내 감정을 걷잡아야 한다구?"

혜원은 맞은편의 흰 벽을 멍하니 바라보면서 억양 없는 목마른 소리로 뇌었다. 잿빛 엷은 스웨터가 혜원의 얼굴을 한층 삭막하게 했다.

"아까 오면서 나는 누님을 원망했습니다. 무지각하고 분별없는 짓을 했다구요. 그러나 지금은 자꾸만 슬퍼집니다. 허구많은 사람들 중에서 하필이면 내 누님과 내 친구가…… 일그러진 인연입니다. 누님."

혜준의 목소리도 잠겨 있었다.

"불행해집니다. 서로가 다아. 여긴 한국 땅이니까요. 인습이다 봉건이다 하지만 개인의 욕망으로 그것들을 무너뜨릴 수는 없잖아요."

"알고 있다."

"상처가 깊어지기 전에."

"상처가 깊어지기 전에?"

"헤어지십시오."

"헤어지라구?"

순간 혜원의 눈에는 붉은 불꽃이 확 튀기는 듯했다.

"그럼 누님은 주성하고 영원히 결합되리라 생각하세요?"

혜준은 노여움과 괴로움이 뒤섞인 얼굴로 혜원의 눈을 응시한다.

"결혼한다고 영원히 결합되는 것은 아니잖니."

혜원의 눈에서는 그 붉은 불길이 사라지지 않았다.

"나는 결혼만을 전제하고 말한 것은 아닙니다."

"이제 고문은 그만해다오."

"……."

"오늘 두 번째야. 불행해지건 행복해지건 내 일은 내가 해결하겠다. 왜들 이렇게 간섭하고 날 못살게 구는 거야?"

혜원은 탁자 위에 얼굴을 얹고 신경질적인 울음을 터뜨렸다.

# 7. 창변에서

혜준과 헤어진 주성은 해 지기를 기다렸다가 사방이 으스름
해지자 그는 혜원이 있는 집으로 향하였다. 그는 가는 도중 술
집에 들러 술을 몇 잔 들이켰다. 바른 정신으로는 혜원을 찾아
갈 수 없었던 것이다. 모든 것을 다 잊고 싶었다. 그러면서도 그
는 혜원을 찾아가지 않을 수 없었고 찾아가는데 송애의 얼굴이
눈앞에 밟히는 것이었다. 그 환상을 지우기 위하여 돌아선다면
그 이름 모를 사나이의 얼굴이 더 이상 그를 괴롭힐 것을 주성
은 알고 있었다. 그는 혜원의 집 앞에서 심호흡을 하고 문을 두
드렸다. 그러나 문을 열고 나온 사람의 입에서 혜원은 아직 돌
아오지 않았다는 말이 나왔다.

주성은 돌아섰다. 그의 마음속에는 송애의 환상은 완전히 지
워지고 그 대신 그 이름 모를 희여멀쑥한 사나이와 같이 거리를

거닐고 있는 혜원의 모습이 떠올랐다. 그는 한 발자국도 물러서서 생각해 보려 하지 않았다. 자기 자신이 오해하고 있을지도 모른다는 생각을 하지 않는 것이었다.

'여기서 기다리자! 오늘 밤에도 그 녀석하고 함께 온다면 죽여버릴 테다!'

주성은 길모퉁이에 멈추고 서서 담배를 꺼내었다. 불을 붙이는데 성냥개비를 든 손이 발발 떨리고 있었다. 얼마 동안을 그러고 있었는지 모른다. 사방은 칠빛처럼 어두웠다. 주성은 그 어둠이 검은 연기처럼 자기 발부리에 휘감겨 온다고 생각했다. 흥분에 전신은 불덩어리처럼 뜨거워온다고 생각했다.

'저기 온다!'

주성은 몸을 가누었다. 혜원은 바바리코트를 입고 발밑을 내려다보며 걸어왔다. 어둠 속에서도 그의 흰 이마는 뽀얗게 묻어나왔다. 그는 혼자였다. 숨을 죽이고 있던 주성은 혜원이 그의 앞을 지나려 하는 순간 팔을 덥석 잡았다.

"앗!"

혜원은 주춤 뒤로 물러섰다. 그러자 주성은 거칠게 혜원의 팔을 자기 앞으로 잡아당겼다.

"아, 주성 씨!"

혜원은 비로소 주성을 알아본다.

"놀라지 않아요?"

혜원은 좀 화를 낸다.

"왜 놀랐죠?"

주성은 씹어 먹을 듯 우악스레 따지고 든다.

"어머, 왜 화를 내세요?"

"긴말은 나중에 합시다. 날 따라가시겠어요?"

"어디루요?"

"따라가겠는가 안 따라가겠는가 그 대답만 하시오."

혜원도 심상찮은 것을 느낀다. 혜준의 말에 의하면 낮에 식당에서 장용환과 함께 나가는 것을 주성도 보았다 하니 짐작이 가기는 했지만 그러나 주성의 태도는 혜원으로서 이해할 한계를 넘어선 것이었다.

"가겠소, 안 가겠소?"

주성은 악을 쓰듯 다시 말했다.

"가, 가겠어요."

혜원은 약한 목소리로 뇌었다. 주성의 태도가 지나치다 생각하면서도 또 혜준의 강력한 반대에 부딪쳤음에도 불구하고 사랑하는 마음은 별수 없이 그런 것을 허물어뜨리고 말았다. 주성은 혜원의 대답을 듣자 혜원이 따라오거나 말거나 혼자 성큼성큼 앞서서 큰 거리로 나갔다. 그리고 지나가는 택시를 잡는다.

"타세요."

주성은 여전히 거친 태도로 혜원의 등을 밀었다. 혜원은 주성의 노여움이 좀 지나치다고 생각했으나 장용환과 식당에 간 일을 질투하여 그러는 거라 생각하니 그의 강한 애정이 가슴을 저

미는 듯하여 괴롭지만 한 가닥의 행복을 느끼기도 했다.

"어디로 가죠?"

묻는 운전수 말에,

"뚝섬으로 가시오."

주성의 무뚝뚝한 소리가 울려 나왔다. 혜원은 주성을 보았다. 주성은 다시는 입을 열지 않을 듯 입을 꾹 다물고 운전수의 뒤통수만 노려본다. 자동차는 가로등을 날리며 달아난다.

뚝섬에 도착하자 주성은 찻삯을 주고 자동차를 돌려보낸 뒤역시 아까처럼 혜원이 따라오거나 말거나 혼자 앞서간다. 혜원은 숨을 할딱이며 주성의 뒤를 따랐다.

"늦으면 어쩔려구 여까지 왔어요?"

"……"

"너무하잖아요? 어쩔려구……."

그러나 주성은 한마디 대답도 하지 않는다. 쓸쓸한 강변 초겨울에 접어들었으니 사람이 있을 턱이 없다. 물소리만이 스산하게 혜원의 가슴을 흔들어주는 것이었다.

"주성 씨!"

참다 못해 혜원은 주성의 팔을 잡았다. 그래도 주성은 말이 없었다.

"무슨 말을 해야만 오해가 풀어질 것 아니에요?"

주성은 걸음을 멈추고 돌아섰다.

"혜원이."

혜원은 주성을 올려다본다. 물결 소리는 한결 높게 혜원의 귓전을 쳤다.

"그럴려구 여까지 왔어요?"

"나하구 죽자고 하면 혜원이는 같이 따라 죽겠소?"

"대답이나 해요."

"죽을 수 있어요."

혜원은 서슴지 않고 말한다.

"거짓말이다!"

주성은 순간 미친 사람처럼 손을 번쩍 들어 혜원의 뺨을 쳤다.

"아아."

혜원은 두 손으로 뺨을 쌌다.

"거짓말이다! 난 믿지 않어!"

하고는 모래밭에 펄썩 주저앉는 것이었다. 혜원은 울음을 죽인다.

"다른 사내하고 밤늦게까지 싸돌아다니면서 날 사랑한다구? 같이 식당에 다니면서 날 사랑한다구?"

주성은 고함치듯 말했다. 주성은 이성을 완전히 잃고 있다. 질투도 있었지만 실상은 송애의 죽음에서 받은 충격에다 겹쳐진 일이다. 그는 그 자신을 거의 잃고 있었다.

"난 말했소. 혜준에게 말이오. 너의 누이는 요부냐구."

"너무, 너무하지 않아요!"

혜원은 이 일 저 일 한꺼번에 북받쳐 올라와 소리를 지른다.

"그, 그럼 오늘 밤에는 왜 늦었느냐 말이오."

주성은 머리를 강하게 감쌌다. 취기는 아직 가셔지지 않았다.

"혜준이를 만나고 온 거예요."

그 말에 주성은 머리를 번쩍 쳐들었다. 혜원은 핸드백 속에서 손수건을 꺼내어 눈물을 닦으며,

"그 애 충고가 옳았나 봐요. 저에게 과거가 없었던들 이런 모욕은 받지 않았을 거예요. 저의 열등감에다 더 이상 매질하지 마세요."

혜원은 휙 돌아서더니 모래밭을 뛰어간다.

"혜원이!"

주성은 비호처럼 일어서서 혜원을 따라 뛴다.

"혜원이!"

그는 혜원의 어깨를 낚아챘다. 그리고 그를 품 안에다 옴싹 안는다.

"혜원이!"

혜원은 흐느껴 운다.

"난 나를 모르겠어. 오늘이, 오늘이 어떻게 된 날인지 모르겠어."

주성은 엉뚱한 소리를 지껄이면서 몸을 뒤로 뻗쳐 얼굴을 흔들어대는 혜원에게 힘찬 키스를 퍼붓는다.

"난, 난 오늘 정상 아니오. 내 정신 상태가. 용서해 주."

"날, 날 어떻게 하라는 거예요."

혜원은 주성의 품에서 빠져나와 모래밭에 풀썩 주저앉는다. 주성도 겨우 진정이 좀 되었는지 혜원 옆에 앉는다.

"장이라는 그 사람 땜에 화나신 것 알아요. 하지만……."

"그것만이 아니오."

"그럼?"

"혜원 씨하군 관계없는 일."

하고 주성은 한 발로 모래를 걷어찼다.

"그걸 제가 알아서는 안 되나요?"

"알 필요가 없어요. 혜원 씨의 잘못이 아니니까."

혜원은 한숨을 푹 내쉰다. 한동안 침묵이 흘렀다.

"그 남자는 뭣 하는 사람이오?"

한참 만에 주성이 물었다.

"함께 있는 사람이라 했잖아요."

"그날 밤엔 강제로 그렇게 됐다 했지만 오늘도 강제였었소?"

주성은 괴로운 듯 뇌었다.

"아니에요."

"그럼."

"그날 밤 그러고서 어제까지 그 사람은 결근을 했었어요. 불순한 생각인지 몰라도 그날 밤 주성 씨가 그 사람을 때리지 않았어요? 그것을 트집 잡아 무슨 일이라도 꾸밀까 봐 겁이 났어요. 그랬는데 오늘 나타나서 사과하겠으니 차 마시러 가자 하지 않아요. 같은 직장에서 안 나가면 몰라도 나가는 이상 원수지고 살 순 없잖아요."

"그 사람 결혼한 사람이오?"

"미혼인가 봐요."

"혜원 씨를 사랑할 자격은 있구면."

주성은 어둠 속에서 쓰디쓰게 웃는다.

"제가 자격이 없을 뿐이죠. 주성 씨에 대해서."

혜원은 별안간 슬픔이 치밀었다.

'애정만으로 해결되는 건 아냐. 혜준의 말은 맞아. 지금이라도 늦지 않아. 이런 성격에 더 이상…… 주성 씨를 파멸시키는 것밖에 안 된다.'

그러나 혜원은 그의 곁에서 떠날 수 없었다. 어둠은 짙어가건만 집으로 돌아가야 한다는 생각마저 잊고 있었다.

"혜준이는 뭐라 했어요?"

"혜준이는 저보다 주성 씨를 더 아끼고 있어요. 주성 씨를 위하여 물러나라 하더군요."

"낡아빠진 자식!"

"정말 낡아빠졌을까요? 그 자리에선 저도…… 주제넘게 주성 씨하고 헤어질 수 없다 했어요. 아무리 미래가 없더라도…… 하지만 그 애 말은 옳았어요."

"그래서 미래가 있는 사람을 택하겠단 그 말이오?"

"너무 심하지 않아요? 전 주성 씨를 대할 때 미래를 생각해

308

요. 하지만."

혜원은 고개를 숙이며 두 손을 꼭 마주 잡았다.

"주성 씨하고 헤어진 후의 일을 한 번도, 한 번도 생각해 본 일은 없었어요. 현재가 괴로워서 차라리 잊기 위하여 누구든 결혼해 버릴까 생각한 일은 있었어요. 하지만 오늘 만난 그 사람을 대상으로 생각해 본 일은 결코 없었어요."

주성은 말이 없다. 다른 때 같으면 왜 그런 고루한 생각만 하느냐고 나무랐을 것이다. 그리고 두 사람만 서로 사랑하면 되지 않느냐고 말했을 것이다. 그러나 혜원을 위하여 괴로워하고 질투하고 하면서도 그것은 순수한 그것만의 것이 아니었음을 주성은 깨닫는다. 그의 눈앞에는 송애의 얼굴이 있었다. 죄의식에서 도망치려는 마음의 갈등이 있었다.

그런 것들이 합쳐져 그를 광폭한 감정으로 이끌었고 혜원이라는 대상 앞에 병적인 질투로써 폭발된 것이다. 주성은 모래밭 위에 벌렁 누웠다. 밤바람은 차가웠으나 들끓어 오르는 뜨거운 감정은 충분히 추위를 잊게 하였다.

"감기 들어요."

혜원은 나직이 뇌었다.

"혜원이도 나 옆에 누워요."

주성은 혜원의 팔을 끌었다.

"어머! 싫어요."

"이렇게 누워서 별을 바라보며 그만 죽어버립시다."

혜원의 정감은 몹시 흔들렸으나 그는 주성의 팔을 뿌리치고 몸을 움츠렸다. 그의 나이에 대한 의식이 어떤 천진성을 몰아내고 자연스러운 행동을 막았던 것이다.

"저 별은 얼마만큼이나 먼 곳에 있을까? 저렇게 먼 곳으로 혜원은 가고 싶다고 생각지 않아?"

"가고 싶어요."

그러나 오가는 말과는 달리 그들의 감정은 얽혀지지 못하고 엇갈려져 간다. 차츰 그들은 자기 속에 웅크리는 마음을 느낀다. 그리고 두 사람 사이에 알지 못할 어떤 이물이 끼어든 것처럼 그것을 서로가 의식하고 있었다. 그러면서도 그들은 그것을 극복하기 위한 다음 행동으로 옮겨가지 못하고 있는 것이다. 서로가 안타까우면서 사랑하면서.

얼마나 많은 시간이 흘러갔는지 모른다. 주성이 벌떡 일어섰다.

"갑시다!"

혜원은 일어섰다. 일어서는데 한기가 오싹 끼쳤다.

"추워요."

하는데 눈물이 울칵 쏟는다.

"추워?"

주성은 혜원의 두 손을 덥석 쥐었다. 얼음장같이 차가운 손이다.

"미안해요."

주성은 자기 감정에만 쫓겼던 일을 뉘우친다. 그들은 합승 정류장까지 걸어왔다. 그러나 합승은 없었다. 주성은 팔을 들어 시계를 보았다. 열한 시가 지나 있었다. 다행히 지나가는 택시를 잡았더니 운전수는 을지로 육가까지만 간다는 것이다. 아마 차고로 들어가는 길인 모양이다.

"하여간 탑시다. 하는 수 없지."

차에 오르자 주성은 다시 혜원의 손을 꼭 쥐어준다. 손은 여전히 얼음장처럼 차가웠다.

'몇 시간을 찬 바람 속에 앉혀두었으니.'

송애의 환상으로부터 주성의 마음은 급격하게 혜원에게로 쏟아졌다. 그의 애정 속에는 측은하고 가엾은 마음이 끼어들었다. 순순히 말없이 추위도 잊고 앉아 있던 혜원이 처음에는 고집 센 여자 같았고 나중에는 누님 같았고 그러나 지금은 그냥 형체 없이 허물어져 버리려는 약한 여자의 그 모습이 아닌가.

을지로 육가에서 내렸을 때는 이미 통금 예비 사이렌이 분 뒤였다. 택시는 그들을 내려놓자 질풍처럼 달아난다. 거리에도 사람의 그림자도 드물었고 지나가는 자동차는 자가용이 아니면 군용차다. 두 사람은 서로의 얼굴을 멍하니 쳐다보았다. 집까지 갈 수 없는 것은 뻔한 일이었다.

"어떡허죠?"

혜원이 물었다.

"할 수 없지 않아요."

주성은 성난 듯 말하면서 담배를 꺼내어 붙여 물었다.

"곧 통금 사이렌이 불 텐데……."

"하여간 이리로 가봅시다. 여관을 찾을 수밖에."

주성은 걷기 시작한다. 혜원은 묵묵히 따라간다. 허름한 여관
을 찾아들어간 주성은 마중 나온 여관집 종업원에게,

"깨끗한 방 있소?"

"예, 한 방만 쓰시렵니까?"

"한 방만."

혜원의 얼굴이 살짝 변한다. 그는 당황하며 고개를 숙인다.
불빛이 눈에 부셨던 것이다. 그들은 방으로 안내되었다. 방 안
은 외모에 비하여 훨씬 깨끗했다. 심부름꾼이 문을 닫고 나가자
두 사람은 마주 앉은 채 서로의 눈길을 피한다. 혜원은 결국 올
데까지 오고 말았다는 생각을 했다. 주성은 이 고비를 넘기지
않으면 송애의 환상을 눈앞에서 뿌리칠 수 없다고 생각했다.

"춥죠?"

허공에 뜬 말이었다.

"아뇨."

혜원은 고개를 흔들었다.

"입술이 먹빛인데…… 이리 오세요."

주성은 아랫목으로 혜원을 잡아끌었다. 방바닥은 따뜻했다.
그러나 혜원은 온도를 헤아릴 만큼 마음의 여유는 없었다.

"제 잘못을 용서하세요."

주성은 그 말을 하는 순간 얼굴을 붉혔다. 그러나 혜원의 얼굴은 점점 창백해질 뿐이다. 그때 마침 밖에서 방문을 두들긴다.

"예."

방문이 스르르 열리더니 아까 그 심부름꾼이 얼굴을 쑥 내밀었다.

"숙박계를 내야 하는데요?"

하며 묵묵히 앉아 있는 주성 앞에 숙박계의 장부를 쑥 내밀었다. 주성은 다소 서두는 품으로 숙박계에 이름을 쓰고 그들의 관계를 부부라 적었다.

"곧 이불 가져옵니다."

하고 심부름꾼은 나갔다. 얼마 후 심부름꾼은 이불을 갖다 놓고 안녕히 주무시라며 나갔다. 사방은 괴괴하다. 통금 사이렌이 분 지도 오래다. 동대문 쪽에서 전차 소리가 이따금 들려왔다.

"우리가 이곳에 온 것은 불순한 짓이었을까?"

주성은 혼잣말처럼 뇐다. 혜원은 화석처럼 앉아 있었다.

"혜원 씨!"

무거운 공기를 밀어내듯 주성이 불렀다. 혜원이 얼굴을 들었다. 전등빛이 그의 얼굴에 쏟아진다. 검고 짙은 눈은 어떤 절망에 떨고 있는 듯했다.

"왜 우리는 서로 사랑하면서 이렇게 두려워하죠?"

그 목소리는 울분에 차 있었다.

"전, 전 두려워하고 있지 않아요."

혜원은 더듬거리듯 말했다.

"그 눈이 온통 공포에 떨고 있어요. 그리고 나도."

하면서 주성은 혜원을 안았다. 그리고 얼굴에 얼굴을 묻었다. 차가운 얼굴이었다. 차가운 입술이었다.

"우린, 우린 헤어질 수 없어. 어떤 일이 있어도 우린 헤어질 수 없단 말이오."

주성은 열에 들떠서 지껄였다.

"헤어져야 해요. 오늘 밤을 마지막으로 우리는 헤어져야 해요."

"안 돼! 안 돼!"

주성은 소리치며 혜원의 입을 막는다.

혜원은 그의 손을 밀어내며,

"이렇게, 이렇게 만나야 한다는 것은 너무나 비참하잖아요. 견딜 수 없어요."

"결혼하면 되지 않소."

했으나 주성의 목소리에는 힘이 빠져 있었다. 아직은 결혼이란 아득히 먼 훗날의 일이었기 때문이다. 당장에 어쩔 수 없는 일이다. 설령 그늘진 곳에서 그 시기를 기다리며 비밀리에 산다손 치더라도 그 살림을 꾸려갈 능력이 지금은 없다. 이런 곳에서 혜원과 더불어 밤을 보내야 한다는 데 대하여 비참한 기분이 들기로는 혜원과 다를 바 없는 것이었다.

"구름을 쫓아가는 거나 다름없는 얘기예요."

주성은 혜원의 얼굴을 내려다본다.

"우린 왜 이리 두려워하고 있죠?"

두 사람만이 가질 수 있는 시간이요 장소다. 갈 곳이 없어 밤 거리를 헤매어 다니던 그들이 아니었던가. 그런데도 그들은 지금 희열보다 고통을 받고 있는 것이다.

"괴로운 이야기나 답답한 얘기는 그만둡시다. 오늘 밤만은 우리가 지닌 우리의 애정 이외의 것은 다 버립시다."

주성은 후닥닥 일어나서 불을 껐다. 착잡하고 괴로운, 그러면서도 젊은 그들이 태우지 않고는 견딜 수 없었던 하룻밤이 밝아왔다. 여관방 들창에 뿌연 아침이 서려질 무렵 주성은 베개에 가슴을 괴고 담배를 피우고 있었다. 꼬박이 새운 하룻밤이다.

"혜원이."

"……."

"방을 옮길 수 없을까?"

"방?"

"지금 있는 집에서 말이오."

"……."

"어디 간편한 아파트라도……."

"……."

"어떻게 그것은 내가 마련해 볼 테니까."

그것이란 물론 돈이었다.

"시골 내려갈래요."

혜원은 별안간 그런 말을 했다.

"시골?"

"시골 갈래요."

혜원은 떼쓰는 아이처럼 그 말을 되풀이한다.

"그거 무슨 뜻이오?"

"우린 다시 만나지 말아요."

"왜, 무슨 이유로?"

"있는 것은 주성 씨의 파멸뿐이에요. 그리고 저에게는 고통뿐이에요. 이젠 혜준이도 어떻게 해나갈 거구 전 시골 가서 학교에나 나가겠어요."

"그건 절대로 안 돼."

"이젠 회사에도 못 나가요. 괴로워서 정말 정말 못 나가겠어요. 우리가 만나지 않으면 잊어버릴 거예요. 서울에 있는 한 우리는 어쩔 수 없이 또 만나구 그리고 비참한 기분으로 이런 곳을 찾게 될 거예요. 정말 정말 싫어요! 내 자신이 미워서 견딜 수가 없어요. 날 가게 내버려두세요. 그리구 주성 씨는 부모가 반대하지 않는 떳떳한 상대를 찾아 결혼하세요. 이 이상 정말 절 괴롭히지 말아주세요. 부탁이에요."

혜원은 무엇에 쫓기는 사람처럼 단숨에 말을 뇌까렸다.

"난 지옥에까지도 혜원을 쫓아갈 거야. 시골에 간다구? 날 보구 결혼하라구요?"

주성은 공허한 웃음을 웃었다. 그들은 여관방에서 아침을 먹고 열 시가 넘어서 밖으로 나왔다.

　"하여간 그 점, 내가 방을 찾아볼 테니 혜원은 집에 있어요. 어떻게 하든지 모든 것 내가 처리하도록 할 테니까. 그럼."

　그들은 헤어졌다. 집으로 돌아온 혜원은 급히 짐을 챙겼다. 그는 시골 내려갈 결심을 단단히 하고 왔던 것이다. 짐을 다 꾸린 뒤 그는 사직원을 써서 회사에 우송하고 그 길로 서울역으로 나왔다. 그러나 차표를 끊는 순간까지 그의 마음이 어떤 체념 속에 있었던 것은 아니다.

　단단히 했다고 생각한 결심은 번번이 마음속에서 허물어지곤 했다. 그는 쫓겨가는 사람처럼 몇 번이고 뒤돌아보곤 했다. 쫓아오는 사람은 주성이라는 한 남성이기보다 주성에게 두고 가는 혜원의 분신이었다. 그는 대합실의 싸늘한 나무 의자에 앉아 시간을 기다렸다. 정말 가기 싫은 고향이다. 이런 기분으로서는 더욱 서먹서먹하게 대할 수밖에 없는 고향이 아닌가.

　'길에서 더러 만나겠지. 낯선 사람들 대하듯 서로 무표정으로 지나치겠지.'

　혜원은 고향에 돌아간다면 싫건 좋건 만나야 할 전남편을 생각하고 있었다. 아무런 미련도 없는 남편이다. 그러나 이런 처지로 돌아간다는 것은 견디기 어려운 패배가 아니고 무엇이랴 싶었던 것이다.

　"고향에 가서 조용히 살리라. 혼자서 홀가분하게……."

그러나 혜원의 생각은 다시 주성에게로 이끌려 가는 것이었다. 그는 그 생각을 떨어버리듯 일어서서 공중전화를 찾아갔다. 다이얼을 돌렸다. 이내 사람이 나왔다.

"댁에 유혜준이라는 학생이 있죠?"

"예, 있어요."

"지금 있습니까? 전 그 애 누입니다만 좀 급한 일로……."

"잠깐 기다리세요."

얼마 후 혜준이 나왔다.

"누님이오?"

"음."

"웬일입니까?"

"나 시골 간다."

"예? 시골?"

혜준은 좀 놀란 모양이다.

혜준은 별안간 시골로 내려간다는 말에 좀 어처구니가 없었던 모양이다.

"아무튼 곧 역으로 가겠어요."

"안 돼."

"왜요?"

"나와도 소용없어."

그 말에 혜준은 의심을 품었던지,

"혼자 가세요?"

318

하고 묻는다.

"혼자 가지 누구하고 가겠어?"

"그럼 왜 못 나가게 하죠?"

"곧 기차가 떠날 테니까 그렇지. 나와도 소용없단 말이야."

혜준은 잠시 동안 침묵을 지키더니,

"주성이는 알고 있어요? 누님 떠나는 걸……."

"……."

"주성이는."

주성이 거기 있지 않느냐고 물으려다 그만두는 눈치다.

"주성 씨는 모른다. 너의 충고대로 나는 떠나는 거야."

한참 만에 혜준은,

"잘하셨어요."

무거운 어조였다. 수화기를 놓은 혜원은 트렁크를 들고 개찰구로 향하였다.

기차는 밤하늘에 기적을 울리며 출발했다. 한강철교 위에 단조한 음향을 새기며 기차가 달리고 있을 때 혜원은 비로소 자기 자신을 가눌 수 있었다.

'이제는 끝났어. 모든 것이 꿈속에서 있었던 일로 생각하구…….'

그의 두 뺨에는 두 줄기 눈물이 흐르고 있었다.

'무한히 무한히 달렸음 좋겠다. 내게 무슨 기류지가 필요하냐 말이다.'

혜원은 흐미한 불빛 아래 양어깨를 좁히며 장갑 낀 자기의 손을 내려다본다. 그리고 〈밤으로의 긴 여로〉라는 연극의 제목을 생각하며 다시 얼굴을 들어 끝없이 펼쳐진 창밖의 어둠을 응시한다.

혜원이 고향인 B읍에 도착한 것은 새벽이었다. 트렁크를 들고 폼에 내려서는 순간 혜원은 움칠하며 멈추고 섰다. 공교롭게도 그의 옛 남편인 임승규林承奎가 서 있었던 것이다. 그는 혜원을 보지 못하고 누구를 기다리는지 가등 아래 눈을 희번덕거리며 서 있었던 것이다. 혜원은 무거운 트렁크를 오른손에서 왼손으로 옮겨 쥐며 망설인다. 개찰구로 나가려면 아무래도 임승규 앞을 지나지 않을 수 없었다. 임승규는 호주머니 속에서 담배를 꺼내어 붙여 문다.

'어때? 나하고 무슨 상관이야? 남이 아니냐?'

혜원은 똑바로 앞을 쳐다보며 발을 내밀었다. 그러나 임승규 앞을 지나갈 때 혜원의 표정은 어쩔 수 없이 굳어지고 말았다.

'누가 죄지었나?'

혜원의 마음속으로 빈정거리듯 말했다. 그러나 혜원의 마음속에는 패배감이 아우성치듯 몰려와 눈앞이 잘 보이지 않았다. 결코 영광스러운 귀향은 아니었다. 절망의 밑바닥 속에서 허우적거리다가 마지막 찾아온 곳. 그곳에 첫발을 디더놓는 순간 그는 그를 버린 남편을 만났으니 처참한 기분이 되지 않을 수 없었다.

'남이야 남! 스쳐 간 구경꾼이야!'

혜원은 마음속으로 외쳤다.

"흥! 서울 가도 별수 없었던 모양이지? 한 번 버림받은 계집이 어디 가면 잘 살라고? 공연히 콧대만 높아서."

그런 투의 말을 승규가 중얼거리며 자기의 뒷모습을 바라보고 있는 것만 같아서 혜원은 뒤통수가 뻑적지근하게 아파왔다.

'난 당신을 조금도 원망하고 있지 않아요. 설령 내가 창부로 떨어졌다 할지라도 결코 당신을 원망하거나 미워하지는 않을 거예요. 왜냐하면 난 당신을 사랑한 일이 없었으니까요.'

혜원은 마음속으로 중얼거리며 자기 자신 속에 몰려오는 패배감과 열등의식에다 채찍질을 하는 것이었다.

개찰구에서 빠져나온 혜원은 사방을 두리번거렸다. 시골이니 택시가 있을 턱도 없고 지게꾼만이 득실거린다. 그리고 사방은 새벽 속에 묻혀 어둡다. 집에까지 가려면 흐미한 길을 한참 걸어야만 했다.

"여보세요."

혜원은 늙수그레한 지게꾼을 불렀다. 지게꾼이 달려오기도 전에 누군가가 슬그머니 다가섰다. 그리고 혜원의 손으로부터 트렁크를 빼앗는 것이 아닌가.

"아."

혜원이 놀라며 돌아보았을 때 승규가 혜원을 내려다보고 서 있는 것이 아닌가.

"내가 집에까지 바래다 주지."

혜원은 전신이 떨려왔다. 분한 생각이 치솟았다.

"새벽길에 여자가 혼자 갈 수 있어?"

승규는 태연히 말했다.

"누가 그런 걱정해 달랬어요?"

승규는 좀 무안하고 어색한 듯 히뭇이 웃었다.

"트렁크 인 주세요."

혜원은 날카롭게 쏘듯 말했다. 그러나 승규는 트렁크를 주기는커녕 혼자 앞서서 성큼성큼 걸어간다. 훌쩍 큰 키가 어둠 속에 별나게 선명하다. 뒤쫓아 가며 트렁크를 달라고 했다. 그러나 승규는 여전히 걸어갈 뿐이다.

큰길을 횡단하고 닫아놓은 상점 앞길을 그는 말없이 간다. 혜원은 어이가 없었다. 그는 승규를 쫓아가는 것을 단념하고 길 복판에 서버렸다. 기차에서 내린 몇몇 사람들이 흩어져 버린 거리에는 아무도 지나가는 사람이 없다. 혜원은 이 새벽의 정적이 가슴 밑바닥까지 스며든다고 생각했다. 승규는 저만큼 가다가 돌아보았다. 혜원이 서 있는 것을 본 그는 되돌아왔다. 그리고 혜원의 얼굴을 한참 동안 말없이 바라보다가,

"그렇게 모나게 굴 건 없지 않소?"

뭔지 모르게 목소리가 잠겨 있는 듯했다.

"남이 내 트렁크를 들어다 줄 이유가 없지 않아요?"

"남…… 남이겠지. 하지만 생판 모르는 남자보다는 낫겠지.

자, 어서 가요. 집에까지 데려다줄 테니."

승규는 혜원의 팔을 잡아끌었다. 혜원은 그의 팔을 뿌리쳤으나 걸음만은 옮겨놓는다.

'내가 이 남자를 따라가다니?'

혜원은 피곤했다. 몸과 마음이 다 피곤했다. 자기를 조소하리라 생각한 승규가 도리어 이러한 태도를 취하는 데 대하여 혜원은 겉으로 반발하는 것이었으나 어떤 위안을 느끼는 것만은 사실이었다. 과거에는 남이 아니었던 사나이. 그러나 지금은 남. 혜원의 감정이 착잡해지지 않을 수 없었다.

사랑하지 않았던 사람이지만 과거에는 남편이었다는 사실은 혜원의 어느 의식을 지배하고 있었다. 장용환에 대한 것처럼 경계하고 역겨워하는 기분이 강렬하지는 못하였다. 이미 주성을 사랑했었고 그저께 밤에는 최후의 선까지 넘고 말았다는 그 절절한 환희와 회후의 심정을 알고 있으면서도 밤거리에는 지금 오직 두 사람의 발소리만 포도를 울리고 있었다. 아직 날이 밝으려면 상당한 시간이 필요하다.

낯익은 거리, 낯익은 건물, 그리고 한때는 부부라는 칭호 아래 그들이 같이 거닐던 거리, 지금 남이 되어 제각기의 세계와 생활을 지니고서 다시 같이 이 거리를, 더욱이 아무도 없는 새벽길을 걷고 있는 것이 아닌가.

"혜원이?"

"……."

"새삼스럽게 할 말도 없지만……."

"……."

"서울에 몇 번 갔었지. 혜원이 있다는 회사 앞에까지 갔다가 그냥 돌아온 일이 있었지."

"……."

"돌이킬 수 없는 것을 잘 알고 있지만 혜원에게도 그 책임은 있지 않았을까?"

너무나도 예기치 못한 말을 승규는 했다.

'어째서 이렇게 사람이 변했을까?'

그러나 혜원은 입을 굳게 다물고 있었다.

"사람이란 자기의 감정을 못 믿을 때가 많지. 오해할 때두 있구. 혜원이, 나 역시 애정이 있었던들 그렇게 스스로 물러나지는 않았을 거요. 바람이 불다가도 잘 때도 있고……."

혜원이 한마디의 말도 하지 않는 것을 본 승규는 말을 끊고 발끝을 내려다보며 걷는다. 그들은 어느새 B읍의 중심지를 빠져나와 잎이 떨어진 포플러가 우뚝우뚝 선 마을로 나섰다. 인가는 드문드문했고 바람이 좀 거세게 불어온다.

혜원의 아버지가 파산하고 돌아간 뒤 혜원의 친정은 시내에 있는 큰 집을 팔고 변두리로 나가서 지금은 그의 홀어머니가 얼마간의 남은 재산을 정리하여 아쉬운 생활을 이어나가고 있었다.

"가끔 장모님을 만나지."

승규는 푸듯이 뇌었다.

혜원은 장모님이란 말이 몹시 귀에 거슬렸다.

"인사를 드려도 받지 않고 외면을 하시니……."

"인사할 이유가 없지 않아요?"

혜원은 처음으로 입을 떼었다. 날카로운 어조였다.

"도와드리고 싶었어."

"거렁뱅이가 아니에요."

"내 잘못이야 많지. 하지만 성실하게 하는 말은 들어줄 정도
의 아량이 있어야지."

"아량도 상대 나름이죠."

"혜원이."

"……."

"나를 그렇게 원망하고 있나? 원망하겠지, 하기는……."

"원망을 왜 하겠어요? 서로 인연 없는 사람이 만나서 헤어졌
을 뿐인데…… 전 원망한 일이 없어요."

"원망하지 않는데 그런 험악한 말을 할까?"

"상식적인 이야기 아니에요?"

"욕도 때론 애칭이 될 수 있고 정중한 말도 때론 모욕이 될 수
있지. 말하는 사람의 분위기에 따라."

막연한 불안과 의혹 때문에 종일 집 안에서 징징거리다가 현
숙은 네 시가 되자 일어섰다. 저녁 늦게까지 인성을 기다리고

앉아 있어야 할 시간이 괴로웠던 것이다. 그는 친정으로 가려고 옷을 갈아입는다.

"선생님 일찍 들어오시거든 나 명륜동에 갔다고 해요. 그리구 내가 늦어지면 일곱 시쯤 해서 애기 우유 먹이구. 알았수?"

현숙은 식모에게 이르고 핸드백을 집어 들었다. 그리고 거울 앞에서 다시 한 번 자기의 모습을 비춰본다.

'뚱뚱해졌어.'

이제는 아무리 멋을 부려봐도 아이 엄마 같은 태를 벗어버릴 수 없었다.

"어차피 그이는 나에게 관심이 없는 사람. 뚱뚱해지거나 말라 비틀어지거나 무슨 상관이람?"

그러는데 탁자 위에 놓은 전화벨이 요란스럽게 울린다. 현숙 은 공연히 신경질이 나서 거칠게 수화기를 들며 얼굴을 잔뜩 찌 푸리는 것이었다.

"심인성 씨 자택이죠?"

좀 건방지게 울려오는 남자의 목소리였다.

"예. 그렇습니다만."

현숙도 냅다 던지듯 말을 하며 다시 얼굴을 찌푸린다.

"심인성 씨 지금 계시는지요?"

"안 계신데요. 무슨 용무신지."

"예, 그저……."

"병원으로 전화 걸어보세요."

"그럴 필요는 없구요."

'뭐가 이따위야?'

현숙은 마음속으로 혀를 차면서 수화기를 놓으려 하는데,

"볼일은 심인성 씨에게 있는 게 아니구요. 부인에게 말씀드릴 일이 있는데, 댁이 부인이세요?"

"예. 그렇습니다."

"아아, 그러세요?"

"저에게 할 말이 있다뇨? 그보다 댁은 누구시죠?"

"저, 그건 지금 아실 필요 없구!"

상대편 사나이는 오만스럽게 재는 듯 말한다.

"일방적인 그런 말은 실례가 아니에요? 할 말이 있으면 당신의 신분부터 말씀해야지."

현숙은 아주 신경질적으로 쏘아붙인다. 말하는 투도 비위에 거슬렸지만 이름을 성큼 대려 하지도 않고 이야기를 질질 끌고 있는 일이 기분에 나빴던 것이다.

"만나게 되면 자연 아시게 될 일 아닙니까?"

'이 작자가 누굴 협박하는 거야?'

현숙은 유들유들한 사나이 태도에 불안을 느끼기 시작한다.

"누군지도 모를 사람을 만나야 할 의무가 있을까요?"

사나이는 가볍게 웃어넘기는 듯하더니,

"그럼 할 수 없군요. 하지만 부인께서는 부인 자신을 위하여 심인성이란 사람의 행적을 알아야 할 권리는 있다고 생각하는

데요?"

순간 현숙의 얼굴이 좀 변한다.

"대체 당신은 누구시오!"

"글쎄, 만나 뵈면 말씀드리죠."

"무슨 일이죠?"

"글쎄, 그것도……."

"좋아요. 어디로 나갈까요?"

현숙은 감정이 좋지 않은 투로 따지듯 말했다.

"지금 곧 나오시겠습니까?"

"나가겠어요."

"그럼 종로에 있는 Y다방으로 나오십시오. 저는 회색 바바리 코트를 입고 다방 문 앞에 서 있겠습니다."

"전 푸른 두루마기예요."

현숙은 전화를 끊었다.

'우스운 별꼴을 다 보겠구나. 사기꾼이나 아닐까?'

현숙은 짜증의 출구라도 발견한 듯 혼자 투덜거리면서도 불안을 느낀다.

'무슨 일일까? 설마 정보기관은 아닐 테지. 그이가 그런 방면의 실수를 할 사람은 아니구. 모르겠다. 나가보면 알겠지.'

현숙은 신돌 위에 내려섰다. 그는 이상하게도 늘 인성과 다른 여자를 결부시켜 놓고 혼자 몸부림치며 괴로워하면서도 이 순간만은 그 일에 생각이 미치지 못하고 있었다. 상대가 남자였기 때문인지도 모른다. 그는 그 길로 종로에 나갔다. 초겨울의 가로는 쓸쓸하고 지나가는 사람들의 표정은 초겨울 날씨보다 한결 쌀쌀하게 느껴진다.

Y다방 앞에 이르렀을 때 과연 회색 바바리코트에 두 손을 호주머니 속에 찌른 젊은 남자가 한 사람 서 있었다. 상진이었던 것이다. 그도 푸른 두루마기를 입은 현숙을 보자 이내 알아차린 모양으로 두벅두벅 다가서며,

"혹 심인성 씨의?"

하고 묻는다.

"예."

현숙의 표정이 약간 굳어진다. 사기꾼같이 보이지도 않았고 정보기관의 사람 같지도 않았고 희여멀쑥한 얼굴 과히 인상이 나쁘지 않은 청년이라고 현숙은 생각했다.

"들어가시죠."

상진은 앞장서서 다방 문을 밀고 들어선다. 현숙이 뒤따른다. 자리에 앉기가 바쁘게 현숙은,

"무슨 일이죠?"

말씨가 부드럽지 못했다. 자기 신분도 밝히지 않고 강압적으로 만나자고 한 미지의 사나이에 대한 감정은 그대로 남아 있었던 것이다.

"하, 이렇게 나오시라 해서 죄송합니다."

전화에서보다 자세가 수그러진다. 그러나 그는 용무를 꺼내

지 않고 담배를 꺼내어 붙여 물더니 레지를 불렀다.

"뭘 드시겠습니까?"

"커피."

현숙은 상진을 좀 차근차근히 살피며 말했다. 레지가 주문을 받고 가버리자 상진은 양어깨를 으쓱거리며,

"부인께서는 혹 이규희라는 여자를 아시는지요?"

"이규희?"

"모르시는 모양이군요."

상진은 슬그머니 웃는다.

"이규희?"

들은 듯한 이름이다. 그러나 생각이 나지 않는다.

"사실은 이규희라는 그 여자는 저의 약혼자였습니다."

"……?"

"부인의 사정도 딱합니다만 우선 저의 입장이 난처하게 됐습니다. 그래서 이 일을 상의하려구 초면입니다만 나오시라 했죠."

"저의 사정이 딱하다구요?"

현숙은 천착하듯 상진의 눈을 바라본다.

"사나이로서는 비겁한 짓인지도 모르겠습니다. 그까짓 아주 단념해 버렸음 그만이지만 상대가 상대니만큼 그냥 묵과해 버릴 수가 없었습니다. 저는 그 여자하고 헤어지는 한이 있어도 그 여자가 불행해지는 것을 방관할 수는 없거든요."

제법 심각한 표정이 된다. 현숙의 낯빛이 완전히 변하였다.

"말하자면 부인께서나 저의 입장이 다 같단 말입니다. 우린
다 같은 피해자란 말입니다."

"좀 더 구체적으로 말씀해 주세요."

현숙은 핼쑥해진 얼굴로 서둔다. 상진은 그 얼굴을 곁눈질하
며 현숙의 분노에 부채질하는 표정으로,

"거북한 얘깁니다만 어차피 알아야 할 일이니까. 심인성 씨의
연애 사건입니다."

"연애 사건?"

"솔직히 말씀드리자면 제 약혼자인 이규희를 심인성 씨가 유
혹했습니다."

현숙은 아무 말도 못 하고 핼쑥했던 얼굴이 열이 나서 벌게
진다.

"이규희…… 규희? 규희?"

현숙은 몇 번인가 중얼거리다가 얼굴을 번쩍 쳐든다.

"그 여자, 환자 아, 아니에요?"

"예. 결핵이죠."

"아, 알았어요. 언젠가 병원에 저, 전화 건 일이 있었어요."

하더니 현숙은 벌떡 일어서려 했다.

"잠깐만, 잠깐만 기다리세요. 아직 말은 끝나지 않았습니다."

현숙은 크게 숨을 몰아쉬며 자리에 주저앉는다. 그리고 마치
상진이 장본인인 것처럼 매서운 눈초리로 그를 노려보는 것이

었다.

"화가 나시겠지만 수습을 위하여 진정하십시오. 그러니까 그저께 저녁이었군요. 나는 그들이 호텔로 들어가는 것을 목격했습니다."

"호텔?"

현숙의 붉었던 얼굴이 다시 파아랗게 질린다.

"내가 전화까지 걸어서 확인했으니까요. 하지만 부인께서는 서두르지 마시고 규희의 어머니를 한번 만나보시는 게 좋을 듯합니다."

"왜, 왜 그렇습니까?"

"떠들고 나서면 오히려 역효과를 보는 일이 많으니까요. 규희의 어머니는 지금 심인성 씨를 충실한 주치의로만 믿고 있으니까요. 그러니까 부인께서 가서서 심인성 씨의 부인이라는 것을 밝히고 그들의 관계를 말씀하시면 그 봉건적인 어머니로서는 무슨 조치가 있을 겁니다."

"만날 필요도 없어요. 헤어지면 그만이지."

현숙은 목멘 소리를 하며 손수건을 꺼낸다.

"허 참, 그건 안 될 말씀입니다. 그들의 행복을 위하여 스스로 불행해지려는 그런, 그런 법이 어디 있어요?"

상진은 약간 당황한다.

"누가 그냥 곱게 헤어질 줄 아세요? 어림도 없어요. 내가 고통을 받는 것만큼 주어야지."

현숙은 입술을 깨물며 일어섰다. 그리고 상진에게 인사 한마디 없이 다방에서 쫓아 나가는 것이었다. 그는 그 길로 명륜동 친정으로 달려갔다.

"어머니! 난 어떡허면 좋죠?"

현숙은 어린아이처럼 그의 어머니 앞에 쓰러져 우는 것이었다.

"현숙아, 왜 그러느냐."

친정에 오자마자 말없이 울기만 하는 딸이 딱했다.

"말을 좀 하려무나. 너 남편하고 싸움했니?"

영문을 모르는 그의 어머니로서는 그렇게 추측할 수밖에 없었다.

"나 안 갈래요. 어머니."

현숙은 손수건을 꺼내어 눈물을 닦으며 말했다. 이미 아이까지 있는 의젓한 가정부인이면서도 친정어머니 앞에서는 별수 없이 어린애가 되어버리는 현숙이었다.

"미친 소리. 남남끼리 살아가노라면 더러 의견 충돌도 있고 비위에 거슬리는 일도 많은 법이란다. 허구한 날을 웃고만 지내겠니? 좀 싸웠다고 보따리를 싸다간……."

현숙의 어머니는 대수롭지 않게 넘겨버리려 든다.

"어머닌 모르세요. 제가 얼마나 고통을 받고 있는지."

현숙은 흐느낀다.

"모르기는 왜 몰라? 밤낮 와서 푸념인데 내가 몰라? 워낙 그 사람의 성격이 차갑지. 그거야 타고난 천성이니 할 수 없는 일 아니냐? 그래도 그만하면 가정에 충실한 편이지. 바람 피우지 않는 것만으로도 다행으로 여겨."

그 말을 듣자 현숙의 눈에는 쌍심지가 돋는다.

"다행으로 알라구요? 지금 피우고 있는 바람은 어쩌구."

"뭐?"

그 말에는 현숙의 어머니도 놀란다.

"아아니, 그게 정말이냐?"

"호텔까지 가는 것을 본 사람이 있대요."

현숙은 울며불며 상진으로부터 들은 얘기를 그의 어머니에게 털어놓았다.

"으흠…… 차돌에 바람 들면 석돌보다 못하다는데 야단났구먼."

심각한 표정으로 혼잣말처럼 뇌었다.

"야단날 것도 없어요. 안 살면 그만이지. 이혼할 테예요. 그럼 폐병쟁이하고 결혼해서 살 것 아니에요?"

현숙은 이제 울음에도 지쳤는지 험악한 표정으로 어머니를 쏘아보는 것이었다.

"당치도 않은 소리. 이혼이 다 뭐야? 넌 아직 세상을 몰라 큰 탈이다. 남편이 바람을 피우는데 너의 책임이 없다고 할 수 없지."

현숙의 어머니는 딱한 나머지 딸에게 설교를 시작한다. 결국

모녀끼리 아웅다웅하다가,

"그 약혼자라는 남자의 말이 옳다. 공연히 애아비한테 덤비지 말고 그 여자 어머니를 만나보는 게 좋을 것 같구나. 딸이 중하면 그 어머니로서도 생각이 있을 게 아니냐."

어머니는 딸과의 시비를 그만두고 달래기 시작한다.

"성이 난다고 성대로 다 할 수 있니? 성난다고 바위를 차면 바위가 끄덕이나 할 것 같으냐? 내 발목만 삐지. 이런 일을 당할수록 침착하고 조심성 있게 처리를 해야 한다. 아무 말 말고 그 여자 어머니를 만나봐라. 그리고 풀세게 날뛸 것이 아니라 이런 일이 있으니 어떻게 했음 좋겠느냐는 식으로, 미운 놈일수록 품어주어 안는다는 옛말이 있지 않니?"

현숙의 어머니는 누누이 타일렀다. 얼마간 흥분이 가라앉은 현숙은 여덟 시가 지나 친정을 나섰다.

친정에서 나온 현숙은 곧장 병원으로 갔다. 그는 간호원인 미스 한으로부터 좀 더 확실한 정보를 듣고 싶었던 것이다. 말로는 안 살겠느니 이혼하겠느니 했으나 현숙 자신이 누구보다 이혼을 두려워하고 있었던 것이다. 인성의 성격을 알고 있느니만큼 그 약혼자라 자칭하는 사나이의 말대로 인성이 연애를 하고 있다면 인성 자신이 이혼을 요구할지도 모른다는 것을 현숙은 생각했던 것이다. 불안했다. 당면문제도 중대하고 기가 막힐 노릇이지만 닥쳐올지도 모르는 이혼 문제는 현숙을 절망 속에 몰아넣었다. 그러나 현숙은 그의 친정어머니 앞에서 울고불고 할 때처럼 철없이 어리석지는 않았다. 본능을 억누를 만큼 그는 상식적인 지혜를 가지고 있었다.

현숙이 병원으로 들어갔을 때 그가 만나려 한 미스 한은 없고 인성이 창변에 서서 담배를 피우고 있었다. 현숙은 굳어지려는 표정을 억지로 풀면서,

"미스 한 어디 갔어요?"

하고 태연히 물었다. 인성은 아무 말 하지 않고 돌아보았다. 다른 때처럼 왜 나왔느냐고 따지려는 기색도 아니었다. 현숙은 의자에 앉았다. 인성은 현숙에게 옆모습을 보인 채 다시 담배를 입으로 가져갔다. 현숙의 피는 이글이글 끓었다. 목석처럼 차가운 그 얼굴을 할퀴어주고 싶도록 미운 생각이 치밀었다.

'돌부처 같은 저 얼굴. 그러나 그 여자 앞에서는 웃었겠지? 사랑한다고 했겠지?'

현숙의 얼굴은 별안간 홍당무가 되어버린다. 상식적인 그의 지혜로써도 이글이글 끓어오르는 질투의 감정을 억제할 수 없었다. 그는 숨을 몰아쉬었다.

"여보."

인성은 그대로 그 모습대로 움직이지도 않았고 대답도 하지 않는다. 마치 창변에 서 있는 초상화만 같다.

"여보!"

"할 말이 있으면 해요."

녹음기에서 흘러나오는 목소리만 같다.

현숙은 별안간 무서움이 쭉 끼쳤다. 초상화 같은 그 모습에서 이혼하자는 말이 당장 튀어나올 것 같아서 그는 전신이 떨려 왔다.

'서, 섣불리 해서는 안 된다. 내가 말을 하는 그만큼 상대는 악화하게 마련이지.'

그러나 그러한 이성은 아무 소용이 없었다.

"이규희라는 여자는 누구죠?"

현숙의 입에서 절로 말이 나왔다.

인성은 몸을 휙 돌렸다. 그리고 어두운 눈으로 현숙을 바라본다.

"대체 그 여자는 누구죠?"

현숙의 목소리는 낮았다. 그러나 인성을 잡아먹을 듯 격렬한 어조였다. 인성이 당황하지 않고 그를 바라보고 있는 것이 더 울화통을 터뜨렸던 것이다.

"당신이 더 잘 알겠구먼. 내 설명이 필요할까?"

인성의 얼굴에는 말할 수 없는 고통의 빛이 있었다.

"점잖은 선비 뒷구멍에서 호박씨 깐다더니. 말을 하세요! 솔직히 말을 해달란 말예요! 난 그것을 알아야 할 권리가 있어요!"

현숙의 감정은 완전히 흐트러지고 말았다.

"무슨 말을 해달라는 거요? 애정 말이오?"

"무슨 놈의 말라비틀어진 애정이에요? 남의 약혼녀를 빼앗은 저열한 인간이 치정이지 그게 연애란 말이오!"

현숙의 입에서 침이 튀었다.

"치정? 그건 당신과 나 사이에 사용할 수 있는 말일 게요."

그 말은 두말할 것도 없이 애정 없는 너와 나의 육체관계가 치정이 아니냐는 뜻이다.

"뭐라구요?"

현숙은 의자에서 벌떡 일어섰다. 그의 입술은 푸르다 못해 흙빛이 된다. 무서운 형상이다.

"잘하는구먼요. 당신네들 혀, 형제는 모두 살인귀야! 여자를 잡아먹는 살인귀란 말예요!"

그 말에는 인성도 찔끔한 모양이다. 그의 낯빛도 핼쑥해진다. 그러나 이제는 말이나 감정을 돌이킬 수 없었다. 두 사람은 서로 불구대천의 원수처럼 마주 보고 서 있을 뿐이다. 인성은 괴로웠다. 마음속에 이는 공포와 그 공포에 굴복하지 않으려는 치열한 싸움.

"남의 약혼자를 빼앗고 처자를 저버리고 그러고도…… 아아, 분해! 나 하나 없어지면 그만이지. 행복하게 살란 말예요. 애정 없는 여자는 없어져 드릴 테니까 애정 있는 여자하고 오래오래 살란 말예요!"

현숙은 얼굴을 감싸고 밖으로 쫓아 나갔다. 인성은 창가에 몸을 기대고 눈을 감는다. 그의 눈앞에는 죽어간 송애의 얼굴이 있었다. 쫓아 나간 현숙이 죽을지도 모른다는 생각이 퍼뜩 들었다.

"아마."

그는 소파에 벌렁 나자빠지고 말았다.

"될 대로 되라지."

중얼거린다. 하얀 페인트 칠을 한 천장이 내려와서 가슴을 짓누르는 것만 같았다. 현숙을 달래는 방법을 모르는 인성이 아니었다. 아니라고 잡아떼든지 중상모략이라 해버린다면 일시적인 수습은 된다. 그러나 인성은 그러기가 싫었다.

서로가 다 상반된 성격이라 자처하면서도 인성과 주성은 너무나 닮은 형제였다. 성격이 운명이라는 말이 있듯 외곬으로 흐르는 그들의 성격은 정말 비극이 아닐 수 없었다. 그들 자신에게보다 상식적인 남에게 있어서는.

"어머, 선생님 왜 그러세요?"

얼마 동안이 지났는지 미스 한의 목소리에 인성은 소파에서 일어났다.

"지금 몇 시지?"

"열 시예요."

"그렇게 됐나?"

"환자 없었어요?"

"음."

"거리가 영 어수선해요."

미스 한은 피운 지 얼마 되지 않은 난로 앞에 서서 으시시 떨며 말했다.

"뭐라구?"

인성은 가슴이 뜨끔한다.

"형사대가 거리에 쫙 깔려 있어요."

"왜?"

인성은 좀 서둔다.

"요 아래 전당포 있잖아요?"

"그래서?"

"강도가 들어와서 사람을 죽였다나 봐요."

"아아."

인성은 우선 안심한다. 그는 미스 한의 말을 듣는 순간 현숙의 쓰러진 시체를 환상하고 있었던 것이다.

"선생님? 사람이 도무지 사는 것 같지가 않죠?"

미스 한은 좀 심각한 표정으로 말했다.

"어느 세상이나 다 그렇지 뭐."

인성은 말하며 일어섰다. 역시 마음에 걸리는 것은 현숙의 일이었다. 현숙을 아끼는 마음이기보다 일종의 죄의식 때문이었다.

'집으로 돌아갔을까? 아니면?'

인성은 전화 곁으로 가서 다이얼을 돌렸다.

"여보세요."

분명히 전화를 받았는데 대답이 없다.

"여보세요? 아주머니요?"

역시 대답이 없다.

"여보, 당신이오?"

"저예요."

현숙의 목소리였다. 인성은 자기도 모르게 안도의 숨을 내쉬었다. 그러나 현숙이 집으로 돌아간 것을 알고 보니 달리 할 말이 없었다.

"곧장 집으로 갔었소?"

"⋯⋯."

"아까는 미안했소. 나 일찍 들어가리다."

"그렇게 마음 쓸 필요 없어요. 일찍 돌아오실 필요도 없구요."

현숙은 냉정한 소리로 말했다. 집으로 돌아가서 줄곧 울었던 모양으로 약간 코 먹은 소리다.

"당신이 뭐라 해도 나로선 할 말이 없소."

서로 대면하고 있을 때보다 전화로 대하니 인성의 마음은 한결 부드러워지는 것이었다. 측은한 생각도 아울러 들었다.

"선심을 쓰시는 거예요? 병 주고 약 주는 격이군요."

현숙의 말은 퍽이나 야비하게 들렸다. 그러나 인성은 아까 심한 모욕을 가한 일을 생각하며,

"약이 되어 당신 마음의 상처를 얼마간이라도 아물게 했다면 다행으로 생각하겠소."

아마 현숙과 마주 앉아서는 그런 말이 인성의 입에서 나오지

는 않았을 것이다.

"흥, 입에 붙은 그런 말 그만두고 오늘 밤에도 그 계집애하구 호텔에나 가시구려."

인성은 욱했으나 참는다.

"당신이 생각하고 있는 일하고는 상당히 거리가 멀 거요."

인성은 호텔에 간 사건을 설명하기가 싫었다. 그뿐만 아니라 규희에 관한 일체의 일을 현숙에게 말하기가 싫었다. 현숙의 질투라는 것이 연애감정에서 우러나오는 것이 아니기 때문이다. 애욕과 그리고 기성의 권리를 주장하는 데서 오는 것이라 생각한 때문이다.

"아무튼 나 일찍 들어가리다."

인성은 전화를 끊기 위하여 그 말을 하고 수화기를 놓았다.

"아아."

그는 미스 한을 보고 좀 놀랐다. 미스 한은 아까부터 있었다. 새삼스럽게 놀랄 것은 없다. 그러나 인성은 전화를 거는 동안 미스 한의 존재를 잊고 있었다. 그와 동시에 인성은 전화에다 대고 무슨 말을 했는지 기억할 수 없었다.

"신생님, 요즘 냉전이군요."

미스 한이 빙긋 웃으며 말한다. 인성은 아무 대꾸도 하지 않고 창가로 간다. 어두운 거리에는 창문에 새어 나오는 전등 빛이 흐미하게 비치고 있었다. 일찍 들어가겠다고 했으나 일찍 들어가고 싶은 마음은 없었다.

인성은 규희를 생각하고 있었다. 현숙이 집에 무사히 있다는 것만으로 그는 현숙을 그의 뇌리 속에서 몰아내고 말았다. 규희의 입으로부터 상진과의 관계를 들었을 때는 비교적 담담한 심정이었던 인성이다. 그러나 이렇게 창가에 서서 규희를 생각할 때 그 일은 견딜 수 없는 고통으로 되살아나는 것이었다.

'그래서 어쨌다는 거지? 넌, 넌 대체 뭐야?'

인성은 자기도 모르는 자기의 마음에다 역시 모르는 소리를 냅다 던지듯 하며 창가에서 물러섰다. 그는 얼마 후 병원을 나섰다. 바람이 차가웠다. 인성은 바바리코트의 깃을 세우며 집과는 반대편 방향으로 발길을 돌린다. 그가 찾아가서 발길을 멈춘 곳은 규희의 집 앞이었다.

'깜찍스런 계집애! 날 어쩌자는 거지?'

눈앞에 있다면 뺨이라도 한번 갈겨주고 싶은 분노가 치밀었다. 그는 담배를 붙여 물고 우두커니 서 있을 뿐이다. 집 안은 괴괴하였다. 큰 집에 식구라고는 세 사람 뿐이니 고요할 수밖에 없다.

'만나보고 싶다. 지금 규희는 뭘 하고 있을까?'

질투는 그리움을 도발했다. 인성은 목마르게 규희가 보고 싶었다. 그리고 그의 과거를 추궁하며 괴롭혀 주고 싶은 잔인한 충동을 느꼈다.

"아아니, 심 선생 아니시오?"

인성은 소스라쳐 놀라며 뒤로 물러섰다. 그리고 어둠 속을 노려보았다. 규희의 어머니였다. 외출에서 돌아오는 모양이다.

"아아! 저 이 앞을 지나가다가……."

인성은 당황한다.

"온. 그럼 들어가실 일이지."

규희의 어머니는 아무런 의심도 없이 초인종을 누른다.

"저 그럼, 저는 가보겠습니다."

"아, 아니 들렀다 가시잖고."

규희 어머니가 황급히 말했으나 인성은 뒤도 돌아보지 않고 급한 걸음으로 가버린다. 큰길로 나온 인성은 택시를 잡아타고 명동으로 나왔다. 그는 술을 마시고 싶었다. 그러나 그는 술집에 들어가지는 않고 명동 거리를 하염없이 몇 바퀴를 돌다가 공중전화가 있는 담뱃가게로 들어갔다.

"양평댁이오?"

"예, 선생님이시군요."

양평댁은 이내 인성임을 알아차리고 규희에게 전화를 넘겼다.

"선생님! 왜 그냥 가셨어요?"

규희는 그의 어머니로부터 이야기를 들은 모양으로 원망 섞인 말부터 했다.

"규희!"

인성은 자기도 모르게 외치듯 불렀다.

"예, 선생님."

"왜 밤길이 이렇게도 넓지?"

"외로우셔서 그래요."

"그렇다. 외로워서…… 규희는 날 생각하고 있었나?"

"그럼요."

"오늘 밤 나는 규희를 만났다면 규희를 때려주었을 거야."

"왜요?"

"나도 모르겠어."

"……."

"잘 자. 공연히 내가 전화를 걸었군."

인성은 규희가 뭐라고 말을 하는데도 싱겁게 수화기를 놓고
말았다.

# 8. 와중

밤새껏 잠 한숨 못 잔 현숙은 창가에 아침이 희뿌옇게 서리자 자리에서 일어났다. 밤늦게 술에 엉망이 되어 돌아온 인성은 현숙이 아무리 말을 걸어도 뿌리쳐 버리고 건넌방으로 가더니 그냥 떨어져 잠이 들어버렸다. 인성은 아직도 깊은 잠에 빠져 있었다.

'흐음, 어떡허지?'

현숙은 두 무릎을 모으고 앉아서 한숨을 내쉰다. 잠자는 아기가 꿈길에서 방긋 웃는다. 현숙은 그러는 아이마저 밉다고 생각했다.

'음...... 역시 그 사람 말대로 하는 게 좋겠어. 만나러 가자. 어느 부모가 처자 있는 남자에게 딸 주려 할까? 설마. 무슨 대책을 세우겠지.'

현숙은 자기의 힘으로는 도저히 인성을 막아볼 수 없다고 생각했다. 그의 입버릇처럼 이혼을 할 결심을 하고 덤빈다면 인성과 규희를 매장할 수도 있고 복수할 수도 있다. 그러나 현숙은 인성하고 이혼할 마음은 추호도 없었다. 그의 친정어머니 말대로 여자란 한 번 이혼하면 그만이라는 생각을 하고 있었기 때문이다.

그는 인성이 일어나거나 말거나 조반도 들지 않고 밖으로 나왔다. 밖으로 나오고 보니 찾아갈 집의 주소를 모르고 있다는 것을 현숙은 깨달았다.

'음, 어떡허지?'

현숙은 멍하니 길가에 서고 말았다. 현숙은 자기 자신이 비참하게 느껴졌다. 누구든지보고 악을 쓰고 싶은 기분이었다.

'옳지. 미스 한은 알 거야.'

현숙은 퍼득 생각이 났다. 그는 부리나케 걷기 시작했다. 좀 일러서 미스 한이 나오지 않았나 싶어 걱정이었으나 가니까 와 있었다.

"어머! 사모님 웬일이세요?"

현숙은 억지로 나오지도 않는 웃음을 웃었다.

"나 좀 알아볼 일이 있어서 왔는데."

"무슨 일이시죠?"

"혹 병원에 환자카드가 없을까?"

"그건 왜요?"

"사람을 좀 찾는데 주소가 명확하지 않아서."

"우리 병원의 환잔데요?"

"음."

"이름은?"

"이규희?"

미스 한은 고개를 갸웃거린다.

"카드 좀 내봐요. 내가 찾을게."

미스 한은 영문을 모르는 일이기는 해도 선뜻 내놓을 수가 없었다. 그리고 그의 머리에는 이규희라는 이름이 남아 있지 않았다.

"미스 한, 왜 그러고 있지? 미스 한도 한통속이야?"

"어머! 무슨 말씀을 그렇게 하세요? 전 아무것도 모르는데?"

미스 한은 험악해진 현숙의 얼굴을 보며 놀란다.

'무서운 얼굴이다. 무슨 일일까?'

"거짓말 말아요. 같이 있으면서 모른다는 건 믿을 수 없어. 누가 곧이들을 줄 알아? 하여간 환자카드나 이리 내놓아요."

하는 수 없이 미스 한은 환자카드를 꺼내놓고 불안한 표정으로 현숙을 살피더니 좀 거북한지 약제실로 들어가 버린다.

현숙은 떨리는 손으로 카드를 넘겼다. 그러나 이규희의 이름은 나오지 않았다.

'앗, 있다!'

현숙의 얼굴은 금세 붉어졌다. 그는 떨리는 손으로 이규희의 이름이 쓰여진 카드를 뽑았다.

"미스 한!"

날카롭게 현숙은 미스 한을 쏘아보았다.

"예?"

미스 한은 현숙의 험악한 표정에 다소 당황한다. 어제저녁 인성이 현숙에게 전화하는 것을 옆에서 들었으므로 짐작이 되지 않는 바는 아니지만 미스 한으로서는 아무 잘못도 없었던 것이다.

"이래도 모르겠단 말이야?"

현숙은 카드를 미스 한의 코밑에다 쑥 내밀었다.

"예. 아, 그 환자 말예요?"

"알고 있었구먼. 그러고도 딱 잡아떼는 것은 무슨 이유지?"

"아, 아녜요. 딱 잡아떼다뇨? 전 그 환자는 전혀 모르는 사람이에요."

그것은 사실이었다. 미스 한은 이규희를 만나본 일이 없었다. 그러니 이규희라는 이름이 그의 머릿속에 흐미한 것은 당연한 일이었다.

"모른다구?"

"예, 한 번도 본 일이 없어요."

"거짓말 말아요. 미스 한은 이 병원의 간호원이야. 간호원이 환자를 못 봤다면 누가 곧이듣겠어? 모두들 한통속이 되어 날 속이려 들지만 난 그렇게 어리숙하진 않단 말이야."

미스 한은 기가 막혔다.

"정말 너무하십니다. 그건 정말 오해예요. 그 댁의 식모가 가끔, 아니 두 번인가 왔을 뿐예요. 그것도 한 번은 약을 가질러 왔었고 한 번은 치료비를 청산하러 왔었어요."

"그럼 왜 카드는 없다고 딱 잡아떼었지?"

"기억이 흐미했어요."

"거짓말이야!"

현숙은 마치 미스 한을 현행범처럼 노려보며 다잡는다.

"대관절 무슨 일인데 그러시죠?"

미스 한도 이제는 화가 났다. 역습하듯 어세를 높였다.

"몰라서 묻는 거야? 날 놀리는 거야? 잔말 말고 날 그 집에까지 데려다주어."

기가 나서 펄펄한다. 그리고 카드를 다시 한번 쳐들어 보면서,

"이 병원 바로 근방이군그래."

하고 덧붙였다.

"사모님도 참 딱한 말씀을 하십니다. 제가 무슨 이유로 사모님보구 거짓말을 하겠어요? 전 몰라요. 좀 계시면 선생님께서 나오실 테니까 그때 물어보세요. 그리구 그 이규희라는 분의 집도 선생님께서 왕진 다니셨으니까 아실 게 아니에요? 선생님보구 물어보세요."

미스 한은 냉정하고도 야무진 목소리로 말을 했다.

'흥! 최고학부를 나왔다는 여자의 교양이 이거야?'

미스 한은 내심으로 현숙을 경멸했다. 높은 교육을 받고 양가의 자녀라는 데서 더욱 그랬는지도 모른다. 미스 한의 눈에는 어딘지 촌스럽고 억척스러운 듯 느껴지는 현숙의 인품이 싫었던 것이다. 한때는 매일같이 병원에 나타나서 자기를 의심하듯 감시의 눈을 희번덕거리던 일도 아울러 생각이 나서 미스 한은 기분이 나빴던 것이다.

인성이 나오거든 물어보라는 말에 현숙은 좀 질린 모양이다. 현숙은 지금까지 미스 한을 잡아먹을 듯 화를 벌컥벌컥 내던 일을 수습하려 하지도 않고 카드의 주소만을 눈여겨보더니 밖으로 휙 나가버린다.

'저래가지구 가서 망신이나 당하지 않을까? 심 선생님이 환자하구 무슨 놈의 연애를 하냐 말이다.'

미스 한은 좀 불안한 생각이 들었으나 남의 일이니 할 수 없었다.

현숙은 과히 고생하지도 않고 이규희의 집을 찾았다. 병원에서 한바탕 신경질을 부렸던 만큼 그의 신경에는 한층 더 예리한 날이 서는 것을 그는 느꼈다. 그러나 미스 한에 대한 것처럼 아무렇게나 할 수 없는 것만은 그 자신도 깊이 명심하고 있었다. 그는 집 주변을 한참 살피다가 초인종을 눌렀다. 초인종을 누르는 순간 그는 전신에 전기가 통한 것처럼 와들와들 떨렸다. 양평댁이 그 선량한 얼굴을 내밀었을 때 현숙의 눈은 저도 모르게 험악해진다. 그는 온통 세상 사람들이 모두 원수만 같이 보이고 소리 내어 울고 싶은 고독감에 사로잡히는 것이었다.

"이 댁에 이규희 씨라는 분이 계시죠?"

"예. 그렇습니다만."

양평댁은 어물어물한다. 양평댁의 눈에는 공연히 빚쟁이 같은 생각이 들어 겁이 덜컥 났다.

"규희 씨의 어머니 지금 계신가요?"

"예. 계십니다."

"그럼 좀 만나봐야겠어요."

"어디서 오셨는데?"

"만나보면 알아요."

양평댁은 미심쩍은 듯 한참 동안 현숙을 살펴보다가 안으로 들어갔다.

'흥! 식모까지 경계심이 대단하구나.'

한참 만에 나타난 양평댁은,

"저 어디서 오셨는지 그리구 무슨 일로 오셨는지 마나님은 물어보고 오라 하시는데요."

현숙은 이내 얼굴이 빨개진다. 그러나 진정하면서,

"당신에게 말할 수 있는 일이라면 이렇게 아침부터 찾아오지 않았겠소. 매우 중대한 일이니까 어서 가서 그렇게 말하시오."

양평댁은 우물쭈물하다가 다시 안으로 들어갔다. 한참 만에 나온 그는,

"들어오세요."

하고는 현숙을 응접실로 안내했었다.

"잠깐만 기다리세요."

양평댁이 나가자 현숙은 앞으로 취할 태도의 참고라도 삼을 듯 응접실 안을 두리번거린다. 아주 고풍이 깃든 응접실이었다. 탁자나 의자, 그리고 묵직한 피아노, 문갑 모두가 다 낡은 물건들이었지만 고가의 것들이라는 것은 현숙은 이어 알았다.

'전통은 있는 집인 모양이지?'

현숙은 그렇게 생각하니 좀 기가 죽는 듯했으나 한편으론 더욱 화가 났다.

'어떤 계집앨까? 예쁠까?'

그 문제만은 현숙에게 가장 괴로운 것이었다.

'예쁘면 뭘 해? 결핵환자 아니냐?'

현숙은 그 일에다 유일한 희망을 찾는다. 그러나 그것도 한순간에 지나지 못하였다.

'어머니하구 같이 올걸 잘못했구나.'

이제는 뉘우쳐도 소용이 없다. 응접실에까지 들어온 이상 혼자 감당할 수밖에 없는 일이다.

'내 팔자가 왜 이럴까?'

현숙은 한숨을 쉬며 창밖을 내다본다. 햇빛이 몇 줄기 커튼 사이로 새어 나오고 있었다. 이때 밖에서 발소리가 들려왔다. 현숙은 긴장한다. 그러나 도어를 밀고 들어선 사람은 양평댁이었다. 그는 차판에 찻잔을 받쳐 들고 들어왔다. 그는 아무 말 없이 탁자 위에 찻잔을 내려놓고 나가버린다. 현숙은 넋 빠진 사람처럼 김이 오르는 찻잔을 내려다본다. 연갈색 홍차의 빛이 고왔다. 현숙은 갈증을 몹시 느꼈으나 찻잔을 들지는 않았다.

한참 후 다시 발소리가 들려왔다. 도어를 밀고 들어선 사람은 현숙의 눈에도 너무나 점잖은 초로의 부인이었다. 회색 치마저고리를 맵시 있게 입은 모습에서 현숙은 다소의 위압을 느낀다. 그리고 그도 모르게 자리에서 엉거주춤 일어섰다.

"앉으세요."

규희 어머니는 자연스럽게 손짓하며 현숙에게 앉기를 권하고 자신도 자리에 앉는다.

"저, 무슨 일로 오셨는지— 뭐 중대한 말씀이라구요?"

규희 어머니가 먼저 입을 떼었다. 매우 온화한 말씨였다.

"예. 중대한 일입니다."

현숙은 목이 말라 침을 한 번 삼키고 나서,

"저는 심인성의 아내 되는 사람입니다."

현숙은 신분을 밝히고 어떤 반응이 나타나는가를 살피듯 상대편의 눈을 주시한다.

"아아, 그러세요?"

규희 어머니는 반색을 했다. 그리고 경계심—엷은 것이었지만—을 풀면서,

"정말 심 선생님한테는 여간 신세를 지고 있지 않답니다. 우

리 애의 은인이랄 수 있어요. 정말 아닌 게 아니라 한번 찾아뵀어야 했을 텐데 심 선생께서는 통 가정에 관한 말씀을 하시지 않아서."

"그야 그렇겠죠. 어떻게 가정 얘기를 할 수 있겠습니까?"

가정에 관한 말을 하지 않는다는 말에 현숙은 빨끈했다. 규희 어머니는 심한 감정을 나타내는 현숙을 좀 의아스럽게 바라보며,

"본시 심 선생께서는 말씀이 없으셔서 대하기가 좀 어렵죠. 그만큼 우리도 신뢰하고 있지만……."

하며 온화한 미소를 띤다. 현숙은 상진의 말을 생각했다. 규희의 어머니는 모르고 있으니까 가서 말하라 했던 것이다.

'정말 모르고 있는 모양이지?'

"참, 그런데 중대한 일이라뇨? 심 선생에게 무슨 일이라도?"

"그인 지금 집에 있습니다."

"그래서?"

규희 어머니는 좀 불안한 듯 앞으로 몸을 내밀었다.

"저도 여러 가지로 생각해 봤습니다만 역시 규희 씨 어머님을 만나 상의해 보는 것이 좋을 듯해서 이렇게 찾아왔습니다."

현숙의 말투가 좀 이상하다고 생각한 규희 어머니의 표정이 심각했다.

"말씀해 보세요."

규희 어머니는 현숙의 굳어져 가는 얼굴을 유심히 살피며 다

음 말을 재촉한다.

"이 일을 당자끼리 해결해야 할 문제인 줄 저도 알고 있습니다. 그러나 저도 어떤 분으로부터 충고를 받았고 또 일이 이 이상 복잡해지기 전에 규희 씨 어머님의 조력을 바라는 게 좋으리라 생각했습니다."

현숙은 전제를 장황하게 늘어놓기만 한다. 규희 어머니는 좀 답답했다. 그리고 현숙의 저의가 어디 있는지 궁금했다.

"좀 더 구체적으로 말씀해 주실 수 없을까?"

"결론적으로 말하자면 댁의 따님과 저의 남편이 옳지 못한 애정에 빠져 있다는 말입니다."

그 말을 할 때 현숙의 표정은 무섭게 번했다. 현숙에 못지않게 규희 어머니의 얼굴도 창백하게 되었다.

"어떠한 근거로 그런 말씀을 하시죠? 환자인 내 딸과 의사인 당신의 남편이 만나는 것은 자연스런 일이고 그것으로 애정이다 뭐다 할 수는 없지 않습니까?"

규희 어머니도 감정이 격해졌다. 그러나 말씨만은 어디까지나 정중하다.

"근거 없이 찾아왔을 리가 있겠습니까? 저의 말이 미덥지 못하시면 댁의 따님에게 물어보시면 확실하지 않겠습니까."

규희 어머니의 얼굴빛은 점점 푸르게 된다.

"여보시오. 젊은 부인, 생각해 보세요. 딸에게 물어보나 마나 상식으로 생각해 보세요. 병든 자식이 밤낮 천장만 올려다보고 누워 있는데 그런 일이 있을 수 있겠소? 당치도 않은 말씀이오. 연애니, 애정이니 그따위 일은 성한 사람들이 하는 짓이지, 온 그럴 수가……."

규희의 어머니는 심히 불쾌한 듯 눈살을 찌푸린다.

"밤낮 천장만 올려다보고 누워 있다구요? 그럴 리가 있겠습니까. 호텔까지 두 사람이 가는 것을 보았다는 사람이 있습니다."

"뭐라구?"

"그만한 근거도 없이 남의 귀한 따님의 중상을 하려고 여기 온 줄 아십니까?"

현숙의 말이 떨어지기도 전에 규희의 어머니는 소리 내어 웃었다. 그 웃음소리에 현숙은 어리둥절해서 바라본다.

"호홋홋…… 그 몹쓸 놈이 또 장난을 했군요. 그놈을 그만……."

놀랄 줄 알았는데 규희 어머니가 웃는 바람에 현숙은 한동안 멍한 채 앉아 있다.

"여보시오. 호텔에 간 일이라면 내가 누구보다 잘 알고 있어요. 부인은 상진이란 그 못된 불량배 말에 속아 넘어갔군요. 호텔로 간 일만 해도 그자가 나타나서 수라장을 벌이는 바람에 우리 애가 밖으로 쫓아 나갔죠. 심 선생은 환자의 병을 근심하여 그 애를 데리고 호텔까지 잠시 피신한 것뿐이오. 그리고 내가 오자 이내 전화를 걸어서 규희를 호텔에서 데려가게 하지 않았겠소?"

"그렇지만, 그렇지만 그, 그 사람은 댁의 따님의 약혼자가 아닙니까? 무조건 행패를 부렸을 리가 없지 않습니까?"

"옛날 얘기죠. 그자가 우리 살림이 망하는 것을 보자 스스로 물러났단 말입니다. 이제 와서 약혼자니 뭐니 하고 주장할 아무런 건덕지도 없어요. 사람이 아주 못되게 타락돼서……."

규희 어머니 얼굴에는 안심의 빛이 돌아왔다. 그러나 그 말로써 현숙의 의혹이 사라질 리가 없었다.

"그렇지만 저의 남편은 규희 씨와의 일을 시인하였습니다."

현숙의 그 말은 규희 어머니의 심장을 찌르는 데 충분한 것이었다. 규희 어머니는 반쯤 몸을 일으켰다.

"뭐라구요?"

규희 어머니가 놀라는 것을 보자 이런 중에서도 현숙은 가벼운 쾌감을 느낀다.

"제가 남의 말만 듣고 이렇게 찾아올 줄 아십니까?"

현숙이 말하는 태도는 제법 의젓했다. 규희 어머닌 도로 자리에 주저앉았다.

'정말, 정말 그랬었나?'

노여움보다 슬픔이 확 밀려들었다. 인성에게 아내만 없었다면 규희 어머니로서도 사위로 맞아들이는 데 유감이 없는 사람이었다.

'가엾은 규희.'

생각할수록 억울한 마음만 치밀었다. 처음의 약혼자라는 게 그 모양이고 이제 또 이 지경이니 지지리 복이 없는 딸이라 생각하니 측은하기 한량이 없었다.

규희 어머니는 눈물을 씻으며,

"내가 잘 알아 처리할 터이니 돌아가시오."

현숙은 더 이상 말하지 않고 일어섰다. 현숙이 도어를 밀고 복도로 나갔을 때 규희는 넋 빠진 사람처럼 멍하니 서 있었다. 현숙은 눈이 뒤집힌 듯 규희를 노려본다. 한 번도 만나본 일이 없는 처지였으나 현숙은 이어 규희라는 것을 직감했다.

"이 애, 왜 그러고 있느냐!"

뒤따라 나오던 규희의 어머니가 당황하며 어성을 높였다.

"이규희 씨예요?"

지체 없이 현숙의 목소리가 나왔다.

"예. 그렇습니다."

억양 없는 목소리로 규희가 뇌었다. 그리고 안개처럼 뿌연 시선을 현숙에게 던지는 것이었다.

"언젠가 전화하신 일 있죠?"

현숙은 다잡듯이 다시 물었다.

"예. 했습니다."

아무런 감정의 변화도 없는 듯 뇌는 규희 목소리에 현숙은 열패감과 아울러 분노를 느꼈다.

"당신의 마음이 그렇게도 평온할 수 있어요?"

한 발 다가섰다.

"심 선생님의 잘못은 아니었습니다. 심 선생님은 저에게 아무런 관심도 없었습니다."

대본을 외우듯 한 규희의 말에 현숙은 순간 안도의 숨을 내쉬었다. 그러나 그것은 한순간에 지나지 못하였다. 인성의 말이 생각났기 때문이다.

"잘못은 모두 저에게 있었습니다. 그 잘못은 다만 사람을 사랑한 때문입니다. 사람을 사랑한 것이 죄가 될 수 있을까요?"

규희는 현숙에게보다 그의 어머니에게 아니 자기 자신에게 말하고 있었던 것이었다.

"사람을 사랑한다 해도 그 선택에 달렸겠죠. 엄연히 사랑해서는 안 될 사람이 아니에요?"

현숙은 다부지게 응수한다.

"사람은 누구나가 다 기독교인은 아니에요. 보는 것도 죄요 생각하는 것도 죄라지만 누구나가 다 보고 생각하게 되는 거예요. 제 혼자 생각도 하지 말라면 그럼 전 로봇이 돼야 한단 말예요?"

"혼자 생각만 한 일이 어떻게 이런 결과가 됐죠?"

"어떤 결과가 됐어요?"

규희는 현숙을 빤히 쳐다본다. 빤히 자기를 쳐다보는 규희의 눈이 아름답다고 현숙은 생각했다. 그럴수록 증오의 감정이 부글부글 끓어오르는 것이었다.

"뻔뻔스럽기는! 내가 여기까지 오게 된 결과를 모르겠단 말이오?"

그러자 규희의 어머니가 들어서며,

"규희야. 넌 들어가거라. 내가, 내가 처리할 테니까."

규희 어머니는 숨을 몰아쉬듯 말하고 규희의 등을 밀었다.

"어, 어머니 시, 심 선생님한텐 아무 잘못도 없어요. 제가 생각한 것이 잘못이라면 저분한테 제재를 받겠어요. 자아, 부인 마음대로 하세요. 그렇지만 그렇지만 전 심 선생님을 생각할 거예요."

규희는 흐느껴 운다. 조금 전까지도 그렇게 무표정했던 규희가 어디서 이처럼 슬픔과 고통이 격동하는 감정이 넘쳐나오는지 현숙은 한동안 아연했다. 그러나 그것으로써 규희에 대한 감정이 늦추어진 것은 아니었다.

"교묘하게도 빠져나가는구면. 일류배우 같으네요."

현숙은 규희 어머니를 돌아보며 조소했다.

"아무 잘못도 없다는데 아주머니께서는 어떻게 선처하시죠?"

규희 어머니의 눈에는 노여움이 일었다. 아내 있는 사람을 사랑한 규희에게 백번 잘못이 있다손 치더라도 규희는 솔직하게 말했고 제재를 받겠다고 한 데 대하여 현숙의 말은 너무나 잔인하고 독이 서려 있었던 것이다.

"내가 내 자식을 어떻게 처리하든 그것은 당신이 알 바 아니오. 당신 남편과 만나지 못하게만 하면 될 거 아니오. 자식의 머릿속의 궁리까지 어떻게 내가 휘어잡는단 말이오. 당신이나 나, 아니 하나님도 사람의 마음을 임의로 할 수 있겠소?"

"그럼 따님이 옳았다, 그 말씀인가요?"

"옳고 그르고가 있겠소. 행동의 잘못이 있다면 자식 잘못 둔 어머니로서 당신에게 무슨 모욕이라도 당하겠소만."

"누가 그걸 알아요? 행동의 잘잘못이 있는가 없는가를."

규희 어머니는 노한 표정을 규희에게 돌리며,

"들어가라는데 왜 안 들어가는 거야!"

하고 화를 벌컥 냈다. 그리고 현숙을 보내려고 돌아섰을 때,

"아."

규희 어머니는 소스라치게 놀란다. 핏기 잃은 얼굴로 심인성이 현관에 서 있었던 것이다. 말뚝처럼 우두커니 서 있었던 것이다. 현숙의 시선도 규희의 시선도 동시에 그곳으로 쏠렸다. 인성은 고개를 푹 숙였다. 그리고 발밑을 한참 동안이나 내려다보고 있었다. 그러더니 천천히 고개를 들어 현숙을 쳐다보았다.

"여보."

조용한 목소리였다. 현숙은 전신을 부들부들 떨었다.

"여기 뭣 하러 왔소?"

너무나 조용한 목소리였기 때문에 현숙은 전신을 부들부들 떨 뿐 대답을 하지 못한다.

"나하고 당신하고 해결할 문제가 아니오?"

"그래, 어떻게 해결하겠단 말예요?"

현숙은 용솟음치듯 말하며 다가섰다. 그 얼굴을 인성은 한동안 멍하니 바라보다가,

"두 사람의 문제니까."

인성은 거기서 말을 끊고 규희 어머니에게 눈을 돌렸다가 다시 발끝으로 시선을 떨구며,

"모든 잘못은 저에게 있었습니다. 감정에는 책임을 지고 있었습니다만."

말이 끝나기도 전에 현숙이,

"자알들 하는구먼. 서로 잘못은 자기에게 있다니, 흥!"

그러나 인성은 현숙의 말에는 개의치 않고,

"뭐라 할 말이 없습니다."

하고는 발끝을 내려다본 채 움직이지 않았다. 규희도 움직이지 않았다.

"내가 모르고 있었다는 데도 잘못이 있었던 것 같소. 저로서는 규희의 주치의를 바꿀 수밖에 없다는 결심입니다."

규희의 어머니는 한마디의 원망도 하지 않고 침착하게 말했다. 그럴수록 인성은 견디기 어려움을 느꼈다.

"그럼 부인을 모시고 안녕히 가십시오."

규희의 눈이 번득였다. 인성은 고개를 들고 규희를 물끄러미 바라보다가,

"그, 그럼 안녕히."

인성은 급히 현관을 나섰다. 현숙도 인사 한마디 없이 조르르

따라나섰다. 그러나 바바리코트 호주머니 속에 두 손을 찌른 인성은 뒤돌아보지도 않고 크게 발을 떼어놓으며 언덕길을 내려가는 것이었다. 현숙은 그 급한 걸음을 따를 수도 없었거니와 바위처럼 완강한 저항을 인성의 뒷모습에서 느껴 현숙의 걸음은 뒤지는 것이었다. 인성은 병원 쪽으로 가지 않고 거의 달음질치다시피 하며 길모퉁이로 사라지고 말았다.

현숙은 길 위에 걸음을 멈추고 말았다. 아까 규희 어머니가 주치의를 바꿀 수밖에 없다는 말을 했을 적에 일은 일단락된 것으로 속단했었다. 그러나 그러한 희망이 여지없이 허물어지고 마는 것을 현숙은 인성의 뒷모습에서 본 것이다. 야단을 치고 화를 내는 것보다 두려운 현상이 아닐 수 없었다. 그리고 인성의 성격이 새삼스레 되살아와서 저렇게 가버리면 영영 돌아오지 않을는지도 모른다는 생각마저 들어 그는 길바닥에 퍼질고 앉고 싶으리만큼 절망감이 가슴을 짓누르는 것이었다. 그리고 몹시 그는 피곤했다. 눈앞에 그의 적수들이 사라짐과 동시에 그는 절망과 아울러 피곤을 느낀 것이다.

'마음대로 하라지. 죽거나 살거나 내 알 바 아냐. 아아, 죽고 싶다. 내가 죽고 싶다.'

현숙은 겨우 발길을 돌렸다. 마음이 가난한 현숙은 지나가는 사람마다 자기를 쳐다보는 것만 같았고 자기의 불행을 비웃는 것만 같아서 심한 증오를 느꼈다. 모든 사람은 다 행복하게 그들의 갈 길을 바삐 가고 있는데 자기만 불행하고 갈 길을 몰라

방황하고 있는 것만 같았던 것이다. 결국, 그가 돌아간 곳은 집이었다.

"아주머니, 명륜동에서 전화 왔었어요."

식모가 말을 걸었으나 현숙은 들은 척 만 척 방으로 들어와 다리를 쭉 뻗고 앉았다.

"어떻게 애가 울던지 우율 먹였어요. 어디가 아픈지 자꾸만 보채지 않아요."

식모는 현숙의 뒤를 따라 방으로 들어오며 말했다.

"잘됐구먼. 차라리 죽어버린다면 흥, 좋아할 사람이 있을걸."

"어머! 그런 말씀을."

식모는 놀라며 현숙의 얼굴을 쳐다본다.


혜준은 학교에 나가자마자 주성을 찾았다. 어젯밤 혜원이 시골로 내려간다는 전화를 받았기 때문이다. 혜준은 주성의 얼굴에 어떤 표정이 나타날 것인가, 그것이 궁금하면서도 걱정이 되고 불안했던 것이다. 체념을 해버린다면 혜원을 위하여 다소 섭섭한 마음이 들기는 하겠지만, 두 사람을 위하여 다행한 일이지만, 만일 그렇지 못하고 주성이 혜원의 뒤를 끝내 쫓아다니며 기를 쓴다면 곤란한 일이라 생각했다. 가부간 주성을 만나 그의 심리상태를 타진해 볼 수밖에 없었다. 그러나 주성은 강의가 시작되기까지 강의실에 나타나지 않았다.

"녀석이 고민을 하나 부다."

혜준은 그렇게 생각했다. 그러나 주성은 정오가 지날 때까지도 나타나지 않았다.

"웬일일까?"

혜준은 차츰 불안해졌다. 주성은 끝내 나타나지 않았다. 혜준은 학생들이 돌아간 강의실에 우두커니 앉아 생각에 잠긴다. 아침에 생각한 것과는 각도가 다른 추측이 그의 머릿속에서 고개를 쳐들었다. 어쩌면 주성은 혜원과 함께 어디로 갔는지도 모른다는 생각이었다.

"설마, 설마 그럴 리가 있을라구? 그렇게 이성이 박약한 누이는 아니야. 철없는 아이들도 아니구 그럴 리는 없지."

혜준은 혼자 고개를 저으며 강력하게 부인했다. 그러나 역에 나오지 말라던 혜원의 말을 생각하니 다시 의심이 뭉게뭉게 이는 것이었다.

"아냐, 누님은 내 충고대로 떠난다고 하지 않나."

혜준은 자리에서 벌떡 일어섰다. 아무튼 주성에게 전화나 걸어보리라 생각한 것이다. 주성의 심정이 어떻든 간에 지금으로서는 주성이 혜원을 따라갔는지 서울에 있는지를 알아야 할 일이 더 급한 문제 같았다.

혜준은 밖으로 나오자 학생들이 잘 다니는 대학 앞의 다방으로 들어갔다. 전화를 쓰려고 보니 한 사람이 수화기를 잡고 있었고 그 뒤에도 몇 사람이 엉거주춤 서 있었다. 혜준은 친구들이 둘러앉아 있는 자리에 가서 앉았다.

"오늘 주성이 안 나왔지?"

누군가가 혜준에게 말을 걸었다.

"음."

"그 자식 요새 이상하더라? 연애하는 것 아냐?"

또 누군가가 말을 거들었다.

"언젠가 한번 본 일이 있어. 태평로에서 말이야. 굉장한 미인하고 가던데 아무래도 좀 밸런스가 맞지 않아. 나이 들어 뵈더군."

혜준은 얼굴이 화끈 달았다. 말하는 친구는 모르고 한 말이었으나 혜준은 그 여인이 바로 자기 누이라는 것을 생각할 때 죄의식을 가지지 않을 수 없었다.

"나이가 문제야? 그 녀석 좀 색다른 짓을 할 거야."

또 누군가가 무심히 주워섬겼다. 혜준은 아무 대꾸도 못하고 자리에서 일어섰다. 그리고 전화를 쓰기 위하여 엉거주춤 서 있는 사람들 속에 끼어들었다. 마음은 한없이 암담하기만 했다. 그리고 초조했다.

'망할 놈의 새끼. 무슨 사연이 그렇게도 길담.'

혜준은 전화통에 붙어 있는 사나이의 뒤통수를 노려보며 마음속으로 중얼거렸다. 노려보던 사나이가 수화기를 놓는 동시에 누군가가 다방 문을 밀고 쑥 들어섰다. 얼굴빛이 질린 주성이었다. 혜준의 눈과 주성의 눈이 순간 너무나 많은 의미를 내포하고 부딪는다. 혜준은 주성이 옆으로 두벅두벅 다가갔다. 그러자 주성은 핏발이 벌겋게 선 눈으로 한동안 혜준을 노려보다가 아무 말 없이 그 시선을 거두더니 돌아섰다. 그리고 다방의 문을 한쪽 어깨로 밀었다. 아무 말이 없었지만 그것은 혜준더러 따라오라는 시늉이고 무언의 명령이었다.

혜준은 따라나섰다. 그러나 주성의 핏발 선 눈이 그의 마음을 완전히 흩트려 놓고 말았다. 주성이 혜원을 따라서 갔다는 것이 일종의 망상에 지나지 못하였다는 뉘우침도 뉘우침이려니와 앞으로 벌어질 일에 대한 수습이 더 큰 것이라 생각하니 혜준은 머리 골치가 멍하니 아파오는 것을 느꼈다. 충혈된 주성의 눈은 혜원의 도피로써 받은 충격이 얼마나 큰 것이었던가를 여실히 말해주고 있었던 것이다.

주성은 돌아보지도 않고 양어깨를 추켜올리듯 하며 걷고 있었다. 그의 뒷모습에는 온통 감정의 물결, 아니 분노의 물결이 용솟음치고 있는 것만 같았다.

가로는 한없이 쓸쓸하였다. 날씨도 쌀쌀하거니와 잔뜩 찌푸린 잿빛 하늘이 머리를 눌러 지르는 듯하여 그러지 않아도 광포해진 주성의 감정과 우울하기 그지없는 혜준의 감정을 한층 더 나쁜 방향으로 몰고 가는 것이 아닌가.

"이봐! 주성이!"

혜준은 걸음을 빨리하여 주성이 곁으로 갔다.

"자네 거기 갔다 왔었구나."

주성은 여전히 대답이 없다.

"누님의 편지라도……."

혜준은 공연히 자기 잘못인 양 다시 말을 걸어놓고 우물쭈물한다.

"아무 말 하지 말고 내 뒤를 따라오란 말이야!"

배 속에서 밀어내는 듯한 굵은 목소리로 말을 뇌까린다. 혜준은 주성의 그 말에서 자기 내부 속의 저항력이 모조리 무너져 가는 것을 느낀다.

"내 잘못이냐?"

저항력을 잃어간다고 느끼면서도 혜준은 화를 벌컥 내며 주성에게 덤빌 듯 따질 듯 말한다.

"잠자코 오래도. 누가 너 같은 작자 잡아먹지는 않을 테니."

주성은 무서운 눈초리로 혜준을 돌아본다. 그들이 간 곳은 학교 뒤편에 있는 나지막한 산이었다. 하얗게 쇠어버린 잔디 위에서 주성은 걸음을 멈추었다. 그리고 무서운 눈을 들어 혜준을 잡아먹을 듯 노려본다.

"이 새끼! 너 수작이지!"

"뭐?"

혜준온 화가 머리끝까지 치밀었다.

"이 비겁한 놈아! 골동품처럼 낡고 썩어빠진 대가리를 바수어 버리기 전에 말해라!"

주성은 거의 미치광이 같은 표정으로 웅얼거리듯 말했다.

"그래, 내가 가라고 했다. 어쩔 테냐?"

혜준은 바싹 앞으로 다가섰다.

"혜원 씨는 어디로 갔어! 그 회답부터 듣자꾸나."

"무슨 권리로 묻는 거냐. 그것부터 말해봐! 권리가 타당하다면 말해주마."

두 사람은 원수처럼 대결한다.

"그것을 몰라서 묻느냐? 두들겨주면 알겠어?"

주성이 불끈 주먹을 쥔다.

"불행하게도 나는 피부의 촉각으론 납득이 안 된다. 난 귀머거리도 벙어리도 아니란 말이야."

"새끼가!"

주성이 덤벼들었다. 그들은 잔디 위에 뒹굴며 치고받고 처절한 싸움을 벌이는 것이었다.

얼마 동안이 지났는지 그들은 서로가 다 지쳐서 움직이지 못했다. 그와 동시에 그들은 왜 치고받고 했는지 그 원인을 완전히 상실한 속에서 잔디 위에 나가떨어져 있었다.

한참 후 주성은 겨우 몸을 일으켜 호주머니 속에서 납작하니 찌그러진 담배를 꺼내고 발부리에 떨어져 있는 라이터를 집어들어 불을 붙인다. 서로의 가슴에 증오의 감정이 있을 수 없었다. 주성이 담배를 하나 다 피우고 꽁초를 잔디 위에 내던졌을 때,

"주성아."

하고 혜준이 슬며시 불렀다.

"할 말이 있으면 해봐."

"너 미쳤니? 아무래도 너 옳은 정신은 아닌 모양이로구나."

"그래, 미쳤다! 난 미쳤어! 너의 그 알량한 누이 때문에 말야!"

주성은 꿈꿈 소리를 내며 웃었다. 우는 소리 같기도 했다.

"저주야! 저주! 누군가가 저주하고 있어. 아니 모든 인간들이 그리구 스스로 목숨을 끊은 그 모질고 깜찍한 계집애의 혼령이 나를, 나를 저주하고 있어. 난 견딜 수가 없다! 난 살아갈 수가 없다! 지옥이라도 좋고 시궁창 속이라도 좋다! 그 여자하고 떨어져 살 수는 없다! 이런 내 감정은 분명코 누군가의 저주의 결과가 아니었을까. 나는 나를 가눌 수 없어."

주성의 뒤의 말은 힘이 빠져 있었다.

"주성."

혜준은 피가 배어난 입술을 손수건으로 문지르며 주성을 불렀다.

"혜원 누님은 시골로 갔다. 고향으로 갔단 말이야. 내 강요에 못 이겨서 내려간 것도 아냐. 누님은 누님대로 결심한 바가 있었겠지. 그러니까 어젯밤이로군. 전화가 걸려왔었어. 역에서 했더군. 내가 역까지 나가려 하니까 이제 시간이 다 됐다 하면서 못 나오게 하더군. 나는 도리어 의심했었지. 자네하고 같이 어디로 떠나는 게 아닌가 하구서……."

완전히 흥분을 가라앉힌 혜준은 조용히 말했다.

"그, 그럼 왜 진작 말하지 않았어!"

주성도 치고받고 한 일이 쑥스러웠던지 좀 말을 더듬으며 말했다.

"언제 자네가 내게 말할 기회를 주었나?"

"……"

"잘못은 모두 자네한테 있었지."

"사람을 사랑하는 일이 잘못이냐?"

"그럼 사람을 죽이구 남의 것을 훔치구 그것도 잘못이냐?"

"묘한 말을 하는군. 그것하고 이것하고 어떻게 같어?"

"그야 하나는 선에 속한 것이라면 하나는 악이겠지. 그러나 그것은 다 본능이 아니냐 말이다. 그 본능을 하나님이 주신 바에야 동물의 세계처럼 죄 될 것 없지. 하지만 우리 인간이 만든 까다로운 궤도 속에서 인간과 더불어 살고 있단 말이야."

"내가 혜원 씨를 사랑하는 행위가 그럼 인간이 만든 인간의 제도의 위반이란 말이냐? 하긴 위반이 될지라도 그걸 겁낼 나는 아니다만 우리의 행동은 다만 그 낡아빠진 풍습이라는 것의 얼굴을 좀 찌푸리게 한 데 지나지 못한 거야. 그리구 우리도 약간은 저항을 느끼지."

"그건 그렇다. 하나 명문화된 법의 조항보다 때에 따라서 풍습이라는 것이 보다 집요하게 가혹하게 인간을 제재하는 경우는 얼마든지 있는 일이야. 그러나 그런 이야기는 그만두자. 나는 자네가 불쌍해졌을 뿐이니까."

"자네에게 동정을 받을 그런 입장은 아냐."

마치 소년처럼 철없는 표정으로 퉁명스레 내뱉는 주성을 바라보며 혜준은 쓰디쓰게 웃는다.

"그럼 애당초부터 내 탓이나 하지 말 일이지."

"잠시 오해했지. 하지만 자넨 근본적으로 우리의 방해자니까."

혜준은 한동안 말이 없다가,

"하여간 자네 마음대로 하게. 그러나 말이다."

혜준은 순간 날카롭게 주성을 쳐다본다.

"그러나 자네가 단념을 하지 못하고 나로서는 오직 자네의 그 미친병이 나았으면 싶은 생각뿐이다. 그러나 단념할 수 없다면 그 후의 일을 책임져야 한다."

"물론이다. 난 어느 누구에게도 책임을 전가시킨 일도 없거니와 회피한 일도 없다."

"좋아. 아마도 자네는 혜원 누님을 찾아가겠지. 찾아간 이상 자네는 내 누님을 버려서는 안 된다. 한번 발을 내디딘 이상 열병이 나았다는 구실로는 안 된단 말이야. 내 누님을 비참하게 해서 버린다면 그땐 난 너를 용서하지 않을 것이다."

"내가 만일 혜원 씨를 버린다면 그건 내가 죽는 그날일 거야."

주성도 혜준의 말에 감격되었는지 퍽 감상적인 말을 하고 자리에서 일어섰다. 그들이 산에서 내려올 때 사방은 어둑어둑했다. 그러나 두 사람의 마음은 아직도 숙제가 남아 있는 듯 무겁기만 했다. 주성의 심정을 이해해 준 혜준이나 전적으로 혜준으로부터 혜원에 대한 행동의 자유를 허용받은 주성도 실은 더욱

더 앞길이 막막한 것을 느끼지 않을 수 없었다. 거리에 나오자,

"술이나 하러 가자."

하고 주성이 말했다.

"난 매인 몸이야."

혜준은 성난 소리로 대꾸했다.

"흥, 가엾은 신세로군."

주성이 비꼬아 주니까,

"신세 타령은 자네 혼자서 하는 게 좋을걸? 나는 누님을 위하여 울고 싶다. 그리고 자네를 위해서도 울고 싶다. 내가, 내가 이런 일에 협조를 하다니 기막힐 일이 아닌가?"

혜준은 답답한 모양이었다. 혜준의 그 말에는 주성도 아무 대꾸를 못한다.

"사람이란 한번 터뜨려 놓으면 뻔뻔스러워지는 모양이지? 아무튼 자네처럼 야욕이 세고 뻔뻔스런 사내는 처음이야. 그럼, 자 어서 가게. 가서 코를 처박고 울어라. 그리고 고민해."

농담도 진담도 아닌 말을 하고 혜준은 돌아섰다.


혜원이 떠난 후 주성은 간혹 학교에 나오기는 했으나 넋 빠진 사람처럼 우두커니 앉았다가 미처 시간이 끝나기도 전에 강의실에서 나가곤 했다. 혜준은 주의 깊게 그의 행동을 살폈으나 아무 말 하지 않았다.

주성은 감정과 의지의 싸움이 치열한 자기 자신을 가누지 못

했다. 그러는 중에서도 한 가닥의 희망을 버리지는 않았다. 혜원으로부터 반드시 편지가 오리라는 기대였던 것이다. 그러나 일주일이 지난 후에도 혜원으로부터는 아무런 소식이 없었다. 열흘이 지나도 마찬가지였었다. 이렇게 되고 보니 애초 자기 자신에게 이겨보려던 의지력은 봄눈 녹듯 없어지고 노한 감정만이 남아서 그를 밤낮 뒤흔드는 것이었다.

'그럴 수가 있어? 그럴 수가, 그렇게 간단하게 헤어질 수 있느냐 말이다! 식은 밥 먹듯이 그렇게 쉽게 해결을 지을 수 있단 말이냐!'

주성은 길을 거닐다가도 혼자 주먹을 불끈 쥐면서 분노에 떨었다. 편지가 오지 않았느냐고 식모에게 물어보는 일도 이제는 지치고 말았다. 혜원이 옆에 있기만 한다면 연거푸 뺨을 갈겨주고 싶고 짓밟아 주고 싶도록 안타깝고 미운 마음에 그는 미칠 것만 같았다. 손에 닥치는 대로 때려 부수고 포효하고 뒹굴고 싶은 충동을 얼마나 고통스럽게 참았는지.

주성은 혜원이 취한 행동에 대하여 전혀 이해하지 못하는 바도 아니었다. 자학하며 괴로워하는 혜원의 마음을 모르는 바도 아니었다. 그러나 그것은 혜원이 떠난 얼마 동안의 것이었고 혜원의 편지가 오리라는 기대를 가졌을 동안의 것이었을 뿐이다. 열흘이 지나자 그는 혜원이 자기로부터 떠났다는 그 사실만을 생각하고 있었다. 떠나지 않으면 안 되게끔 된 이유나 원인 따위는 주성에게 무의미하고 소용없는 일이었다. 그는 오직 괘씸하다는 생각과 분하다는 생각만으로 잠 이루지 못하는 밤을 보내고 있었다.

'어디 세상에 여자란 혜원이뿐이란 말이냐? 너가 그렇다면 나도 너만큼 꼭 같은 분량으로 무관심하겠다!'

그러나 그것은 잠시였다. 그리고 몇 번이나 편지를 쓰다가 그는 찢어버리곤 했다.

'후— 편지란 지극히 불편한 거로군. 무슨 말을 쓰지? 무슨 말을?'

과연 편지는 주성에게 있어 불편한 것이었다. 분노가 차면 찰수록 그는 한마디의 글도 쓸 수가 없었던 것이다.

'어떠한 이유, 어떠한 난관이 있었다 할지라도 내게서 떠났다는 그 사실은 우리들의 사랑을 부인한 것이 아니고 무엇이냐? 배반이다! 배신이다! 내 장래를 위해서 헤어진다고 할 것인가? 위선이다! 헤어지기 위한 구실이다! 우리에게는 장래가 없지 않느냐구? 얼마나 철두철미한 에고이즘이냐 말이다!'

주성은 자기 자신의 에고이즘에 대해서는 털끝만큼도 생각해 보려 하지 않았다. 사람의 궁극적인 것이 에고이즘이라는 것을 그는 깨닫지 않았다. 만일 혜원이 주성의 말대로 철두철미한 에고이스트였더라면 이러한 결말은 짓지 않았을 것이라는 생각도 물론 주성은 하지 않았다. 사실 주성은 헤어날 수 없는 일종의 자기분열 상태에 빠져 있었다. 그는 자기의 정체를 망각하고 있었다. 자기 존재의 의의마저 상실하고 있는 상태였었다.

주성은 전에 입버릇처럼 나는 나를 위하여 살 것이며 에고이 즘은 인간의 본질이라는 말을 했었다. 그러나 그는 지금에 와서 아무 쑥스러움도 없이 비난의 용어로써 에고이즘이란 말을 사용하고 있는 것이다. 그러한 자기 모순을 지적해 보기에는 너무나 그의 머리는 혼란되어 있었다. 주성의 지금 상태는 과열된 용광로와도 같은 것이었다. 모든 것은 부닥치기만 하면 태워버리고 말 그런 정신 상태에 놓여 있었다. 합리고 불합리고 있을 수 없었다. 자기의 욕망만이 가장 합리적인 것이요 그 밖의 것은 모두가 그의 불 속에서 태워버리고 말 그런 지저분한 것에 지나지 못하였다. 혜원과 함께 지낸 여관에서의 마지막의 하룻밤은 그의 욕망을 한층 탁하게 하였고 정신적인 열에다가 끓는 피를 들어부은 듯 이상한 광기에까지 그를 몰아넣었던 것이다. 주성이 젊었던 만큼, 또 혜원이 최초의 여자로서 그 여체의 비밀을 정복했던 만큼 주성이 혜원을 원하고 혜원을 찾는 갈망은 상식을 벗어난 것이 있었고 여자를 알기 이전보다 그의 정열이 치열해질 수밖에 없었을 것이다.

주성은 그동안 멋모르는 어머니를 다글다글 볶았다. 돈을 내놓으라는 것이었다.

"어디다 쓰는지 그 말을 해라. 그러면 십만 환 아니라 백만 환이라도 주마."

어머니의 대답은 노상 그러했다.

"어디다 쓰는지 그 말을 할 바에야 돈 달라 하지 않겠어요."

결국 화를 내어보기도 하고 으르렁거리기도 하고 애원하기도 하여 주성은 어머니로부터 돈 십만 환을 받아냈다. 그리고 자기 몸뚱아리 하나를 담보로 한다 하면서 마구 어거지를 써가지고 형인 인성으로부터 십만 환을 받아냈다. 인성은 혜원과의 관계를 알고 있었고 자기 자신이 불행한 연애에 빠져 있으므로 다소의 동정, 그리고 동병상련의 기분으로 어머니의 경우처럼 돈의 용도를 캐묻지는 않았다.

"이제 됐어!"

돈 이십만 환은 그의 모든 기우와 고통 그리고 광증을 일시적이나마 휘날려 버리는 큰 효력을 나타냈다. 그는 집안 식구에게는 아무 말도 하지 않고 집을 나섰다. 주성은 혜원을 찾아 시골로 내려갈 작정인 것이다. 방학 때면 시골로 내려가서 혜준이 주성에게 자주 서신을 보내왔기 때문에 혜원이 내려갔으리라고 믿어지는 시골의 주소는 주성의 호주머니 속에 들어 있었다.

주성은 혜준에게도 간다는 말을 하지 않았다. 그는 혜준이 자기 자신의 일에 대한 방해자라는 경계심을 전적으로 풀어놓지는 않았다. 자기가 간다 하면 미리 연락하여 혜원을 도피시킬지도 모른다는 의심이 있었던 것이다. 그러한 의심은 그 자신도 유쾌한 것은 아니었다.

서울역으로 나가서 기차표를 산 주성은 대합실 의자에 앉아 잠시 눈을 감았다. 신천지로 가는 듯 그는 어떤 해방감에서 자기 자신이 용솟음치고 있다는 것을 느꼈다. 바바리코트 호주머니 속에 찌른 손끝에 만져지는 돈의 촉감은 즐거웠다. 모든 오뇌는 영원히 사라진 것만 같았다. 이 돈 이십만 환이면 혜원과 더불어 하늘 끝까지도 갈 수 있다는 망상에 그는 전신을 떨었다.

주성이 B읍에 도착한 것은 정오가 조금 지난 뒤였다.

'과연 혜원은 고향에 돌아와 있을까? 그렇지 않다면?'

피뜩 그런 생각이 주성의 머릿속에 스쳤다.

'어디 다른 곳에 갔을 리가 없지.'

주성은 자기 자신이 별수 없이 느껴졌다. 누구에게나 의심을 품는 일도 그렇거니와 생각이 앞으로 나가면서도 자꾸만 좋지 않게 일이 되어갈 것이란 예감에 자기 자신을 필요 이상으로 학대하고 있는 일도 그러했다.

몇 번이나 행인들에게 물어서 혜원의 집 앞에까지 이르렀을 때 주성의 가슴은 뛰었다. 어떤 형용할 수 없는 공포감이 엄습해 왔던 것이다. 주성은 눈을 지그시 감고 문을 두들겼다.

"누구시오?"

중늙은 부인이 내다보았다. 주성은 혜원의 어머니라는 것을 이내 알아차렸다. 혜원을 많이 닮은 사람이다. 특히 시원하게 트인 이마가.

주성은 다소 당황하며,

"저, 혜원 씨 계십니까?"

중늙은 부인은 의아한 표정으로 주성을 올려다보다가,

"댁은 누구시오?"

천천히 물었다.

"전 서울서 왔습니다만."

"서울서?"

"예, 혜원 씨 계십니까?"

"무슨 일로 오셨소?"

주성은 순간 말문이 막혔다.

"저 혜, 혜준 군에 관해서 말씀 드, 드릴 일이 있어서요."

순식간에 말을 꾸며 맞추었다.

"혜준이? 우리 혜순이 말이오?"

중늙은 부인의 얼굴에는 이내 친근미가 나타났다.

"예, 혜준 군의…… 혜원 씨는?"

"지금 뭐 취직 때문에 학교에 나갔어요. 하여간 들어오슈. 곧 돌아올 겁니다. 혜준이 얘기라면 나도 들어야죠."

"아, 아닙니다. 혜준이가 좀…… 누님한테만……."

"무슨 일이 있었기에요?"

혜원의 어머니 표정이 좀 어두워진다.

"아, 아무 일도 없었습니다. 걱정하실 만한 일은 아무것도 없었습니다."

주성은 준비 없이 대한 혜원의 어머니 앞에서 땀을 뺀다.

"들어오슈. 곧 올 겁니다."

혜원 어머니 얼굴에는 근심의 빛이 사라지지 않았다.

"저 학교가 어딘지…… 저도 시간이 바빠서 기다리고 있을 수가 없습니다."

"오늘 그럼 서울로 가시우?"

"예."

"저…… 상신여학곤데…… 저 시내로 나가셔서……."

혜원의 어머니도 주성이 서두는 바람에 하는 수 없이 혜원이 갔다는 학교의 위치를 주성에게 설명해 주었다. 주성은 서둘러 인사를 하고 급히 돌아섰다. 집에서 기다리느니보다 학교에서 나오는 혜원을 만나는 것이 편리한 것 같았고 또 혜원이 이곳에 와 있다는 것을 확실히 알고 보니 한시바삐 만나고 싶은 마음이 간절하였던 것이다. 주성은 가르쳐준 대로 상신여학교 교문 앞에 가서 걸음을 멈추었다.

'혹 나갔을지도 모르지. 잘못했구나. 집에서 기다릴걸…….'

주성은 온통 자기가 한 짓이 바보같이만 생각되는 것이었다.

'몹시 서둘렀구나!'

후회한들 소용없었다.

'집에서 그냥 기다릴길 그랬지? 혜원 씨가 벌써 나갔다면 허탕 아냐?'

혜원 어머니에게 그렇게 말을 해놓고서 이제 거덕거덕 되돌아간다면 거북한 노릇이다. 사실 주성은 혜원을 한시바삐 만나려고 그랬지만 한편 혜원의 어머니를 대하고 있는 일이 괴로웠다. 그리고 집에서 혜원을 만나는 일이 아무래도 어색했기 때문에 그 집에서 급히 뛰쳐나왔던 것이다.

'할 수 없지. 기다려봐서 안 나오면 집으로 도로 가는 거지.'

그렇다고 해서 아무리 만용을 가진 주성이지만 학교 안에까지 들어가서 혜원이 왔는가를 확인할 수는 없었다. 주성은 코트깃을 세우고 교문 앞에서 이리저리 헤맸다. 서울역을 출발할 때 느낀 그 해방감은 사라지고 불안은 다시 몰려들었다. 교정 담 곁에 서 있는 높은 포플러 나무는 잎을 모조리 떨어버리고 겨울같이 맑은 초겨울 하늘을 향하여 그 밋밋한 가지를 뻗고 있었다.

구체적인 것은 아무것도 생각할 수 없었다. 혜원을 만나기만 하면 우선 어디든지 가버리고 싶다는 생각뿐이었다. 그러나 그런 생각에 불안이 따르지 않을 수는 없었다. 옛날 옛적에 사랑하는 사람들이 손에 손을 잡고 깊고 깊은 산골로 들어가서 도토리와 칡뿌리를 먹고 산다는, 혹은 어느 낯모를 항구에 가서 포전을 파고 산다는, 그런 낭만이 오늘날 통할 수 있을 것인가. 현실에 투철한 주성의 눈으로서 몇 세기 이전의 생활 감정을 머릿속에 그려보는데 주성의 불안이 있고 초조가 있었던 것이다.

이 고요하고 아늑한 지방, 서울에 비하면 모든 것은 평화롭고 선의로만 보여지는 B시. 그러나 어떤 억압 의식은 서울에서보다 더 강한 것으로 주성을 누르는 것이 아닌가. 그러나 주성은 그런 불안이나 억압 의식은 다만 아직 혜원을 만나지 못한 데서 비롯된 것이라 생각한다. 그러나 그것은 일종의 자기 자신에 대한 어거지에 지나지 못하였다.

'이십만 환?'

주성은 마음속으로 뇌었다.

'너무나 적은 돈이다. 며칠을 살 것인가?'

주성은 이십만 환이 이백만 환이었더라면 하고 생각했다.

'학교는?'

주성의 생각은 다시 뛰었다.

'그까짓!'

주성은 땅을 밟아 문드러지듯 뒤꿈치를 세우고 한 바퀴 빙글 돌았다.

'집에서는 야단이 나겠지. 그리고 병역은?'

모든 사회적 상황, 가정적인 상태가 주성의 뒤를 쫓아와서 아우성을 치는 것만 같고 그의 목덜미를 잡고 흔드는 것만 같았다.

'될 대로 되라지. 어차피 기착지는 있을 테니까.'

주성은 담배를 꺼내어 물었다.

이때 마침 교정을 걸어오는 혜원의 모습이 주성의 눈에 피뜩 띄었다.

'됐다!'

주성은 강하게 손끝으로 담뱃재를 떨었다. 혜원은 고개를 다소 숙이는 듯한 자세로 걸어오고 있었다.

감색 코트 자락이 바람에 펄럭였다. 코트 깃 사이에 내비치는 코발트빛 머플러가 퍽 쓸쓸하게 보인다. 혜원의 좀 수그린듯 한 얼굴은 한없이 우울하게 보였다. 극도로 흥분한 주성의 낯빛은 창백해졌다.

혜원은 여전히 발끝을 내려다보는 자세로 교문 밖으로 나섰다. 그러나 주성은 입술을 실룩거렸을 뿐 말을 하지 못한다. 말이 돼 나오지 않았던 것이다. 물론 혜원도 주성이 이곳에서 자기를 기다리고 있으리라는 것은 꿈에도 생각하고 있지 않았으므로 골똘히 자기 혼자 생각에 잠겨 있었던 것이다. 학교까지 찾아간 일의 결과가 비관적이었다는 것을 혜원의 모습에서 느낄 수 있었다. 그러나 주성은 그까짓 일이 무슨 상관이랴 싶었다. 혜원이 주성 옆으로 지나치려 했을 때 주성은 여전히 입이 굳어진 듯 말을 못 하고 있다가 그도 의식할 수 없는 사이에 자기 몸을 혜원에게 부딪치고 말았다.

"어머!"

혜원은 소스라치게 놀라며 얼굴을 번쩍 들고 무례한 사나이를 노려보았다.

"아!"

혜원의 입에서 다시 경악의 소리가 터져 나왔다. 혜원의 눈에는 금세 불이 댕겨진 듯 환하게 빛났다. 주성의 눈에서도 이글이글한 불이 튕겼다. 그러나 혜원의 낯빛은 다시 핼쑥해지고 말았다.

"어, 어떻게 여길……."

혜원은 휘청거리는 몸을 겨우 가누며 눈앞이 아득해진 듯 더듬거리며 말했다.

"여기 오면 안 되나요?"

혜원을 만난 기쁨에 앞서 그동안 쌓이고 쌓인 노여움이 먼저 나왔다. 혜원의 눈은 다시 흐려졌다. 그는 멍하니 주성을 바라본다.

"나를, 여기 못 오랄 사람이라도 있어요?"

주성은 공연히 트집을 부리듯 꼬집었다. 예쁘면 물어준다는 심정이었던 것이다.

"어쩌자구……."

혜원은 바보가 되는 것만 같았다. 모든 감정이 주성의 눈빛 아래 마비되고 만 듯 그와 더불어 언어도 잊어버린 듯 혼자 중얼거렸다.

"어쩌자구? 서울로 가요!"

"……."

"당장 지금 나하구 가요!"

"그건 안 돼요!"

혜원은 별안간 용솟음치듯 말하고 주성을 노려본다.

"왜? 무슨 까닭으로."

주성은 혜원 곁으로 바싹 다가섰다.

"무슨 까닭으로 못 가겠다는 거요."

다잡듯 다시 묻는다.

"안 된다면 안 되는 거죠!"

혜원은 신경질적으로 소리를 바락 질렀다. 날카로운 어디에게 부딪는 소리 같았다. 혜원은 주성에게 저항한 것이 아니었다. 그는 자기 자신에게 저항하고 있었던 것이다.

"안 된다구?"

주성의 이마빡에 핏줄이 불끈 솟는다. 혜원은 자기가 생각해도 어처구니없었던 자기 목소리에 질려서 고개를 푹 숙인다.

"가세요."

낮게 말했다.

"가라구?"

"여기서는 얘기할 수 없잖아요?"

혜원의 목소리는 더욱 낮았다. 혜원은 다시 얼굴을 들어 주성을 바라보았다. 눈에 눈물이 번득이고 있었다. 주성은 혜원이 자기를 괴롭히고 있지만 자기도 그에 못지않게 혜원에게 고통을 주고 있다고 생각했다. 그는 잠자코 혜원을 따라 걷기 시작했다.

시가는 여전히 조용했다. 서울에 비하면 모든 것이 잠들고 있는 것만 같았다. 이따금 지나가는 사람이 있었지만 아까와 달리 어떤 억압을 느끼지는 않았다. 주성은 혜원을 만난 때문이라 생각했다.

혜원은 사실 주성의 출현으로 심한 충격을 받았다. 그러나 그의 미흡한 태도는 격렬한 감정의 장애에서 일어난 상태였다. 사랑하는 남자. 사랑하기 때문에 떠나온 혜원이었다. 그러나 떠나옴으로써 더욱더 그리워했던 주성이었다. 어찌 그의 출현이 반갑고 기쁘지 않았겠는가. 모진 마음으로 편지 한 장 띄우지 못하였으나 그는 몇 번 편지를 쓰다 말았는지 모른다. 그럴 때마다 약한 마음을 채찍질하여 편지를 찢곤 했던 것이다.

"어디로 가는 거요?"

주성이 시무룩하게 물었다.

"어디로 갈까요?"

혜원은 발끝을 내려다보고 걸으면서 물었다.

"내가 그것을 어떻게 알아요?"

주성은 다시 시비를 걸듯 말했다.

초조와 불안, 노여움과 불신, 그러한 모든 것에 앞서서 느껴지는 것은 애절한 그리움이다. 그런데도 그는 공연히 시비하는 어조로 농하고 있었던 것이다.

"우선 다방으로 갈까요?"

"아무 데나. 우선 이야기를 먼저 해얄 테니까."

그들은 다시 말을 끊고 걷기 시작했다.

혜원은 어떤 다방으로 들어섰다. 주성도 따라 들어갔다. 퍽 초라한 다방이었다. 혜원은 잠시 다방 안을 살피더니 구석진 자리를 잡았다. 두 사람은 서로 마주 보고 앉았다. 앉고 보니 할 말이 없었다. 너무나 할 말이 많았기 때문에 그랬는지도 모른다.

"이렇게 풀쑥 나타나면 어떡허죠?"

혜원은 아까보다 훨씬 누그러진 목소리로 힐난하듯 말했다.

"살짝 없어진 사람은 누구요?"

혜원은 하는 수 없다는 듯 비로소 처음으로 픽 웃는다.

"제가 학교에 간 것을 어떻게 아셨죠?"

주성은 힐끗 혜원을 쳐다보다가 눈길을 돌리며,

"집에 갔더랬어요."

혜원의 얼굴이 금세 어두워진다.

"어머니를 만나셨군요?"

주성은 잠자코 고개를 끄덕인다.

"어머니보시구 뭐라 말씀 안 하셨어요?"

"별말 안 했어요."

"누구라 하시고 찾으셨어요?"

"혜준이 친구라 했죠. 친구인 것만은 틀림이 없으니까."

역시 혜원의 어머니를 만난 일은 괴로웠다. 주성은 눈살을 찌푸리며 말하고서 레지를 불렀다. 차를 주문한 뒤 주성은 혜원에게 눈길을 돌렸다.

'여위었구나.'

혜원이 역시 주성의 얼굴을 바라보며 무척 상했다고 생각했다.

"어머니는 저를 믿고 계세요."

"그래서."

주성의 입가에 비웃음이 번진다.

"아시면 슬퍼하실 거예요."

주성의 눈에 노기가 발끈 돈다.

"흥! 돔방치마나 입고 평생을 여학교 선생님으로서 그 거룩한 표정으로 늙어 죽으란 말씀이군."

"뭐든지 자기 본위로만 생각하시는군요."

"자기 본위라구요? 어째서 서로가 사랑하는 것을 슬퍼해야 한단 말이오?"

"주성 씨 어머님은 슬퍼하시지 않겠어요?"

그 말에는 주성도 말문이 꽉 막히는 모양이다.

"그러나 이것은 우리 부모들의 일은 아니오. 분명히!"

"그렇지만 우리들의 어느 부분을 지배하고 있는 것만은 확실하죠."

"지배를 당하고 싶어 하는 사람에게는 확실한 얘기지."

혜원은 쓸쓸하게 웃으며 레지가 날라다 놓은 찻잔을 들었다. 전축에서는 오래 묵은 곡목이 흘러나오고 있었다. 그것은 음악이라기보다 소음에 가까운 것이었다.

"여학교 선생으로시 거룩한 표정으로 늙어 죽으려 했지만 그것도 틀렸나 봐요."

혜원은 한숨을 푹 내쉬었다.

"그런 것은 나하고 아무 상관도 없는 일이오. 아무튼 오늘 밤으로 나하고 떠나요. 이곳에서."

"……."

"서울이 싫으면 다른 곳이라도."

주성의 목소리는 확고하고 명령적이다.

"다른 곳이라뇨?"

혜원은 의아하다는 듯 주성을 주시한다.

"어느 곳이나 지정한 곳은 없어요. 아무 곳이라도 발이 닿는 곳으로 가면 되지 않아요."

"무모한!"

혜원은 날카롭게 뇌까렸다.

"무모하다구요? 그래 분별 있게 인생을 보내야 할 의무가 우리에게 있소? 우린 그런 빚진 일도 없고 떠맡을 이유도 없소."

주성은 생판 어거지를 쓴다. 혜원은 아무 대꾸도 못 했다. 그렇게 되면 말이 되지 않기 때문이다.

"사람이 살아가는 데 대단하고 어마어마한 의미를 부여할 필요는 없어요. 그것은 모두 겁쟁이가 한갓 방패로 내세우는 데 불과한 거요. 혜원 씨도 그렇지 않소? 약고 소심하고 순수하지 않단 말이오. 가장 원하는 그대로 살아가면 될 거 아니오."

주성은 고압적으로 혜원을 몰아세운다.

"혜준이 뭐라 했어요?"

혜원은 말머리를 돌렸다. 그 이야기를 따지고 들자면 점점 주성이 흥분할 것이고 자기의 감정 역시 휘말려 들어가게 마련이기 때문이다.

"혜준이? 아아, 혜준이 말이오? 그 녀석 때려주었죠."

"왜요?"

혜원이 놀란다.

"방해자니까."

혜원은 주성의 눈을 살핀다.

"하지만 그 녀석도 썩은 골동품은 아니더군요. 하는 수 없었던지 이해하더구먼. 전적으로 믿으며 안심할 수는 없어도."

"일단 결심을 하고 내려왔는데."

혜원은 창밖으로 눈길을 돌렸다. 그러나 주성은 그 말을 들은 척도 하지 않고.

"당분간 살아갈 수 있는 준비는 돼 있어요. 아무 말 하지 말구 갑시다."

혜원은 눈길을 돌리지 않았다.

"만일 안 가겠다면 난 며칠이고 여비가 떨어질 때까지 여기 있겠소."

# 9. 애정의 피안

규희 집에서 벌어진 사건으로 하여 모든 일은 일단락 지은 것으로 현숙은 생각했다. 그 일이 일어난 직후에 그러나 인성의 완강한 뒷모습에서 그런 생각은 오산이었음을 깨달았는데 그 예감은 사실로써 현숙의 마음을 저리게 했다. 일단락 짓기는커녕 도리어 사태는 더욱 악화해갔던 것이다.

"내가 뭐랬지? 그 사람 성질은 들쑤시면 못쓰는 거야."

현숙의 어머니는 거의 죽을상이 된 딸을 나무라는 것이었다.

"어머니가 가라 하셨잖아요?"

현숙은 탓할 사람이 없으니 어머니에게 역정을 냈다.

"아 글쎄, 조용히 그 여자 어머니를 만나보라 했지 누가 애아범보구 말하라 했나."

"우연히 마주쳤지 뭐예요."

"병원에 가서 그 소동이 나구 했으니 그 사람이 모를 턱이 있나. 넌 성질이 그래서 탈이다. 그리고 뭐 너가 먼저 애아범한테 말했다면서?"

현숙은 그 말 대답은 못 한다.

"너도 좀 생각해 보아. 상대는 병자 아니냐? 너하고 이혼해서까지 그 여자하고 결혼하겠니?"

"누가 알아요?"

"모르는 소리야. 어차피 죽을 여잔데. 조만간에 끝이 날 게고."

"죽기는 왜 죽어요? 피둥피둥하던데."

"내가 다 알아봤다. 그 여자 어머니는 퍽 점잖은 분이라더라. 딸을 그 지경으로 만들지는 않을 게구. 병세도 심하다더구나."

"어쨌든 이래가지구는 못 살아요."

"만나지 않으면 차차 가라앉을 거야."

"만나고 안 만나는 걸 어떻게 알아요? 제가 그이를 잡아매 놓나요? 자기 가고 싶은 곳에 왜 안 가겠어요."

"밤에는 들어오지?"

"들어오기는 오지만 난 얼굴 구경노 못 했어요."

그 말을 하는 순간 현숙의 입술은 비뚤어지는 듯했다. 아무리 모녀지간이지만 어떤 열등감을 떨어버릴 수 없었던 것이다.

"그러면 안심해라. 만나지 않는 게 분명하다."

"어머니가 그걸 어떻게 알아요?"

"그 여자는 서울에 없는걸."

"네?"

"우연이지. 우리 계원들 중에 그 집 사정을 잘 아는 사람이 있지. 저이들끼리 하는 말을 내가 들었거든."

현숙의 눈에는 한동안 희망의 빛이 돌았으나 다시 그의 눈은 분노에 일그러졌다.

"만나고 안 만나는 게 문제가 아니에요. 그인 내가 싫은 거예요."

말을 해봐야 한이 없는 일이다. 현숙은 점심을 먹고 일어섰다.

"안 되면 마지막 수단을 쓰겠어요."

현숙은 핸드백을 챙겨 들면서 말했다.

"마지막 수단이라니?"

"고소하겠어요. 그리고 매장해 버리고 난 헤어지겠어요."

"너 미쳤니? 무슨 증거로 고소를 한단 말이냐?"

현숙의 어머니는 어이없다는 표정이다. 그 말을 듣고 보니 그들이 사랑하고 있다는 일 이외 아무런 증거가 없었다. 하기는 호텔로 들어간 일이 있기는 하나 그 경위가 명백하니 증거가 될 수는 없었다. 그러나 현숙은 인성에 대한 증오심에 무슨 일을 저지르고 싶은 충동에 자신을 이기지 못하는 것이었다.

친정에서 나온 현숙은 상진과 약속한 다방으로 나갔다. 그러나 상진은 와 있지 않았다. 시계를 보니 좀 이르기는 했다.

'그 사람에게는 무슨 좋은 생각이 있을지도 몰라?'

현숙은 중얼거렸다. 현숙은 친정어머니에게 상진을 만난다는 이야기는 하지 않았다. 어머니가 흥분하고 딸의 생각에 동조하지 않는 이상 그런 얘기는 할 수 없었다. 현숙은 고독을 느꼈다. 말리기만 하는 어머니의 태도가 불만이었던 것이다. 자기의 아픔을 어머니는 나누어서 가져주지 못한다는 외로움이 결국 공동의 피해자인 상진에게 희망을 걸게 했는지도 모른다.

'그 사람이나 내가 다 같이 버림받은 사람이 아니냐.'

처음 만났을 때 느낀 생소한 감정과는 달리 현숙은 상진에게 어떤 친근감을 지니며 기다리고 있는 것이다. 적어도 이런 경우만은 어머니보다 어느 누구보다 상진이 자기 편이라는 생각이 들었던 것이다.

한참 후에 상진은 나타났다. 검정 바바리코트에 이상하게 얼룩진 머플러를 목에 두르고 있었다. 그리고 머리에는 역시 검은 빛 베레모가 얹혀져 있었다. 하여간 멋은 있었다.

"오래 기다리셨어요?"

상진은 퍽이나 다정스러운 어조로 말했다.

"아뇨."

오래 기다렸음에도 불구하고 현숙은 그렇게 대답했다. 그리고 다소 어색하나마 여자답게 생긋이 웃었다. 웃을 처지가 못 되건만 그도 모르게 여자라는 본능이 그런 약간의 교태로써 나타난 것이었다.

"날씨가 쌀쌀해졌죠?"

상진은 자리에 앉으며 말했다.

"이제 겨울 아니에요?"

현숙은 코트 깃을 세우며 대답한다.

"겨울이라기엔— 늦가을이라는 기분을 갖고 싶군요. 겨울은 음산하고 싫으니까."

현숙은 그 말에 대하여 뭐라고 대답할 수 없었다. 그들은 한동안 침묵을 지켰다. 사실 상진이 먼저 전화를 걸어 그동안의 경위를 물었지만 만나자고 한 사람은 현숙이었다. 그러나 만나자 했다고 해서 구체적으로 할 말이 있었던 것은 아니었다.

"아까 전화에서 말씀하시기를 규희 어머니를 만나셨다구요?"

답답했던지 상진이 먼저 말을 꺼내었다.

"네, 만났어요."

"그래서요?"

현숙은 간단히 그때 일을 설명했다. 설명을 하는데 분한 생각이 치밀어 그는 견딜 수 없는 모양이다.

"뻔뻔스럽더군요. 정 선생에게는 미안한 얘기지만요."

"미안할 것도 없습니다. 저도 체념이 강한 사나이니까요. 그쪽이 그렇게 나오면 이쪽에서도 규희를 잊어버릴 용의가 얼마든지 있습니다. 세상에 여자가 없어서 집요하게 늘어지겠어요? 무시를 당한 것 같아서 오기가 났죠. 이런 것은 애정하고는 별문젭니다. 그야 한때는 사랑했었죠."

401

상진은 무슨 생각에선지 전과는 좀 각도가 다른 이야기를 했다.

"그, 그럼 그 여자를 포기한다는 말씀인가요?"

현숙은 불안한 어조로 물었다. 그러나 이상한 쾌감이 잠시 그의 마음속에 스쳤다. 상진이 규희를 위하여 죽느니 사느니 하고 고민을 한다면 그것은 자기하고 아무런 관계도 없는 일이지만 기분 좋은 일은 아니다. 그것은 규희가 가진 우월에 대한 시기였을 것이다. 버림받은 자기에 비하여 어떻게 생겨먹었기에 두 사나이가 이렇게도 정신을 못 차릴까. 그렇게 생각한다면 그것은 더욱 비참한 패배밖에 될 수 없다. 상진이 애정하고는 별문 제라 한 말에 하여간 현숙은 만족을 느꼈다.

"포기고 뭐고 있습니까? 하긴 애정이란 그런 일이 없어도 흘러가게 마련이니까. 제 자신의 경우도 말입니다. 그리고 실상은 약혼을 한 여자가 그렇게 됐다는 데 대하여 자존심이 상했습니다. 부인께서도 규희 어머니로부터 들으셨다고 하셨지만 실은 그동안 저 자신이 그 약혼을 해소할 마음을 먹었었죠. 그러나 그쪽에서 그렇게 나오니 오기상, 실은 복수하는 심리로 규희가 그렇게 나왔을지도 모르죠."

상진은 어디까지나 자신 있는 태도로 말했다. 자부심도 그쯤 되면 대단한 것이다. 그러나 실상 그는 다른 일을 계획하고 있었는지도 모른다.

"그런데 그 여자가 지금 서울에 없다죠?"

현숙은 상대방의 눈치를 살피며 물었다.

"시골 간 모양입니다. 그의 어머니의 조치죠. 하지만 시골 갔다고 그들의 관계가 끝난 것은 아니잖습니까?"

"관계가 끝나거나 말거나 이제는 저도 상관없다는 생각이 들어요."

"왜 그렇습니까?"

"이제는 남편의 마음을 돌리기보다 그들을 매장시키고 싶은 생각뿐입니다. 나에게 상처를 주었으면 그들에게도 상처를 준다는 그런 기분뿐이에요."

상진은 빙그레 웃었다.

'단순한 여자로구나. 똑똑한 척하지만 한없이 어리숙하고…… 애정이 무엇인지를 모르고 있어. 이런 여자일수록 유혹에는 약한 법이니…….'

"어떻습니까? 저녁이나 함께하면서 얘기할까요?"

현숙은 한참 동안 망설이다가,

"저녁은 제가 사겠어요."

하고 일어섰다.

'집에 들어가면 뭘 해? 원수처럼 날 보지도 않는데? 하여간 이 사람은 이용 가치가 있어.'

현숙은 마음속으로 변명하며 다방 밖으로 나왔다. 그의 심정에는 인성에 대한 복수심으로 가득 차 있었다. 인성의 규희를 사랑한 일보다 그 후 자기에게 취한 태도에 그는 더 심한 분개를 느끼고 있었던 것이다. 상진의 말은 규희 이외 여자가 없느냐는 것이었는데 현숙이 역시 인성 아니면 이 세상에 남자가 없느냐는 심보였던 것이다. 그들은 어느 조용한 중국집에 가서 마주 앉았다.

좀 이상한 기분이었다. 현숙은 사나이에 굶주린 여자요, 상진은 또한 여자에게는 능수능란한 사나이다. 그러한 묘한 분위기가 무엇인가를 그들은 이내 깨달았다.

"뭘 드시겠습니까?"

상진이 물었다.

"글쎄요, 아무거나."

현숙은 긴장하면서도 어떤 수치감을 나타내었다. 현숙은 상진과 여러 가지 얘기를 나누며 식사를 했다. 그들 상호 간에 이해에 관한 얘기는 다방에서 끝난 것으로 알고 있는지 상진은 영화 얘기, 음악, 연극, 그 밖에 여러 가지 그 자신이 가진 지식을 모조리 털어놓듯 현숙에게 풍부한 화제를 제공했다.

"인생에 스릴이 없다면 무슨 재미로 삽니까? 이번 일만 해도 그런 쾌감을 맛보기 위하여 덤벼든 것이 그까짓 폐병쟁이에게 무슨 매력이 있습니까? 그 앤 너무 어려요. 말하자면 유치하다는 거죠. 나는 옛날부터 조숙한 탓인지도 모르겠습니다만 소녀들에겐 강렬한 연정을 느낄 수 없더군요."

"어머."

"쓴맛 단맛을 다 알고 세월의 뉘앙스가 깃든 여성, 그런 여성에게 몹시 끌렸습니다. 사실 그런 여성이야말로 익은 과일처럼 방순芳淳한 맛이 있거든요."

"어머."

현숙은 마치 자기를 두고 하는 말 같아서 어머 하며 감탄사만 연발하고 적잖게 당황한다.

"난 영화배우도 뉴페이스는 싫어합니다. 내털리 우드니 BB니 하는 따위도 싫어하죠. 어디가 모자라는 것 같지 않습니까?"

"전 잘 모르겠어요."

"풋과일 같아요. 그보다 난 시몬 시뇨레나 캐서린 헵번을 좋아하죠. 어디 그 배우들이 미인입니까? 차라리 못난 편이죠. 그렇지 않습니까? 미세스 심."

못났다는 말을 강조하며 상진은 현숙을 빤히 쳐다본다.

"그렇지만 여자는 역시 예뻐야 하지 않겠어요?"

"용모 말입니까?"

"그럼요."

"흥! 미인은 얼마든지 있습니다. 서울 거리에도 하루 몇 명씩은 지나다니죠. 하지만 매력이 있는 여자는 드물어요."

한참 동안 상진은 여자의 매력에 관한 이야기를 늘어놓다가 저녁이 끝나자,

"나가보실까요?"

하고 상진은 일어섰다. 현숙은 이상하게 서운한 마음이 들었다.

"저녁은 제가 낸 거예요?"

하며 현숙이 음식값을 치르려 했을 때,

"아, 아닙니다. 그런 법이 어디 있습니까. 신사의 체면을 무시하시면 곤란하지 않습니까."

상진은 어깨를 으쓱해 보이며 현숙을 밀어냈다. 그리고 자기 돈으로 계산을 치르는 것이었다.

"자, 나가시죠."

그들은 밖으로 나왔다.

'퍽 세련된 사람이군. 교양도 풍부하고.'

현숙은 마음속으로 감탄했다. 그들은 헤어져야 할 사람인데도 그냥 거리를 거닐고 있었다.

정말 상진의 태도는 아까부터 이상했다. 무슨 다른 계획이 있음이 분명했다. 그다지 매력도 없는 현숙이다. 못생기지는 않았으나 어디서든지 볼 수 있는 평범한 용모의 현숙이었다. 그러한 현숙에게 색다른 흥미를 가질 상진은 아니었다. 그런데도 상진은 무슨 까닭인지 현숙을 남의 부인으로서 대하지 않고 한 여성으로서 이상한 정감을 담은 눈으로 바라보는 것이 아닌가. 사방은 좀 어둑어둑했다.

현숙도 여자임에는 틀림이 없다. 그것이 정화된 것은 아닐지라도 감정이 둔한 여자도 아니다. 상진의 그와 같은 분위기를 깨닫지 못할 리는 없었다. 현숙은 다소 경계와 의심을 품으면서도 상진의 그와 같은 태도가 짜장 싫지는 않았다. 어리석다면 어리석은 여자다. 그러나 인성과 결혼한 후 한 번도 정답고 섬세한 애정의 기미를 맛본 일이 없는 현숙이었고 그나마 지금은 다른 여자에게 마음이 쏠려 있는 남편의 처지고 보니 그의 외로운 마음속에 친절하고 현대적 감각이 능란한 젊은 상진이 이상하게 비치는 것도 어쩔 수 없는 일이었던 것이다.

"그럼 또 만나 뵐 기회가 있었으면 좋겠습니다."

상진은 어느 길모퉁이에서 걸음을 멈추며 말했다.

"가시겠어요?"

"예."

"전 언제든지 집에 있어요."

현숙은 여음을 두는 말을 했다.

"그렇습니까? 그럼 제가 전화하겠습니다."

상진은 손을 내밀었다. 악수를 하자는 것이다.

"어머."

현숙은 자기도 모르게 얼른 돌아섰다. 그리고 빠른 걸음으로 걷기 시작했다.

"별사람 다 봤다."

그러나 그런 못마땅하다는 중얼거림과 현숙의 마음이 일치된 것은 아니었다. 어떤 결백성보다 습관적인 거역에 지나지 못했던 것이다.

집으로 돌아온 현숙은 다른 때처럼 애아버지가 돌아왔느냐고 식모에게 묻지 않았다. 그는 인성의 동태를 살피기에는 약간 흥분 상태에 있었던 것이다. 죄의식도 들었으나 비밀스러운 즐거움도 있어 마음이 복잡했다. 그는 옷을 벗고 자리에 드러누워 잡지를 펼쳤으나 별로 내용에 마음이 쏠리지도 않았다.

열 시가 지난 뒤 인성은 돌아오는 모양이었다. 그러나 현숙은 내다보지도 않았다. 마루를 지나서 건넌방으로 들어가는 기척이 있었으나 역시 현숙은 그대로 누워 있었다.

"흥! 자기가 그러면 나는 가만 있을 줄 알어? 어디 이 세상에 자기 혼자만 남자인가? 나만 애타게 살라는 법이 어디 있어."

그러나 그 말만으로 마음이 가라앉을 수는 없었다. 아까 느낀 흥분은 어느새 가라앉고 인성에 대한 노여움과 원망이 다시 머리를 쳐들었다. 그는 벌떡 자리에서 일어섰다. 그리고 가운을 걸치고 건넌방의 방문을 와작 열어젖혔다.

"아."

인성은 놀란 듯 현숙을 바라보았다. 손에 편지를 들고 있었다. 현숙은 무조건 인성에게 달려들며 편지를 낚아채려 했다. 그는 그 편지가 규희로부터 온 것임에 틀림이 없다고 생각한 것이다.

"비열하게 무슨 짓이야?"

인성은 소리치며 편지를 손아귀 속에 와삭 꾸겨 쥐고 말았다.

"내가 비열하나요? 당신이 비열하지. 당신이 치사스럽게 왜 숨기죠? 그 여자의 편지 아니에요?"

"그 사람의 편지를 당신이 볼 권리가 있단 말이오?"

인성은 차디찬 눈으로 현숙을 쏘아보았다.

"있구말구요. 당당한 권리가 있죠. 보이세요!"

현숙은 육박해 갔다.

"당신은 내 자신이 아니야. 내가 현숙이라는 사람이 아닌 것과 마찬가지로 우리 부부도 일심동체가 아니란 말이야."

인성은 어디까지 냉정하고 잔인했다.

"그럼 그럼 왜 이혼을 안 하는 거죠? 남남끼리 이렇게 한 지붕 밑에 살 순 없잖아요?"

"난 여태까지 이혼하지 못하겠다는 말을 한 적이 없어."

현숙은 입술을 깨물었다.

"흥! 누가 얌전히 도장을 찍어줄 줄 아세요?"

현숙은 흥분한 바람에 이율배반적인 말을 자꾸만 지껄이고 있었다.

"이렇게 된 바에야 나에게도 각오는 있어요. 이혼? 흥! 누구 좋은 일 시키려구? 아무리 밉고 괘씸해도 난 이혼 안 할 거예요. 똑똑히 들어두세요. 난 이혼 안 한단 말예요. 죽인대도 안 한단 말예요. 지옥까지도 당신을 따라가겠단 말이에요. 왜냐구요? 사랑하기 때문이다 생각한다면 그야말로 이만저만한 오해가 아닙니다. 내가 당한 괴로움 이상으로 괴롭혀 주기 위해서 칼에는 칼로써 대하는 거예요. 나를 망쳐놓은 이상으로 당신을 망쳐놓을 거예요."

현숙은 한숨에 뇌까렸다. 그럴 때의 그의 모습은 거의 미치광이에 가까웠다.

"좋아. 마음대로 하구려. 지옥까지 따라오고 싶으면 오란 말이오. 자유니까."

인성은 헛웃음을 웃었다.

"웃는군요. 웃으세요, 얼마든지."

현숙은 자리에 퍼질러 앉으며 울음을 터뜨렸다. 인성은 현숙이 울음을 터뜨리자 정말 미칠 것만 같았다. 그는 머리를 두 손으로 꼭 눌러 잡았다.

'이렇게 서로 저주하고 미워하며 살아야 하는가? 살아야 한단 말인가?'

그러나 그의 마음 한구석에 현숙에 대한 연민의 정이 없는 것은 아니었다. 그것은 무지에 대한 연민이었는지도 모른다. 그것은 아내라는 좌座에 있는 여자의 위치에 대한 연민이었는지도 모른다. 아니 오랜 역사 속에 인간이 한 인간을 향하여 닫아버리지 않으면 안 되는 감정이라는 문에 대한 연민이었는지도 모른다.

"현숙이."

현숙은 악에 치받쳐 그냥 울고 있었다.

"우리 좀 더 마음을 터놓고 이야기하지 않으려우?"

인성은 담배를 붙여 물었다.

"현숙은 어떤 형식만을 고수하고 있소. 아니면 인습을 굳게 지키고 있는지도 몰라. 사실 현숙은 나를 사랑하고 있는 것이 아닐 거야. 사랑한다고 오해하고 있을지도 몰라."

"흥! 그만하면 당신의 자부심도 대단하군요. 사랑한다구요? 천만에, 분하고 미울 뿐예요."

현숙은 울면서 지껄였다.

"그러니까 내가 그렇게 말하지 않우? 서로가 이해하지 못하면서 애정을 느낄 까닭이 없지. 현숙에게는 애정보다 형식이 더 중요할 거요. 또 애정을 갈망한다 치더라도 그것은 억지로 못하는 일. 난 현숙이 원치 않는다면 억지로 이혼할 마음은 없소. 다만 나를 이대로 좀 내버려두어요. 내 마음의 바람이 잘 때까지."

인성은 찬 음성으로 조용히 말했다. 인성은 전에 없이 슬픈 생각이 들었다. 교양 없이 날뛰는 현숙을 경멸하기에는 너무나 현숙의 위치는 약하고 참담했던 것이다. 미움 뒤에 오는 연민. 노여움 뒤에 오는 슬픔.

'현숙이 뭐라 하든 가만히 있자. 인색한 사람은 내가 아니냐.'

인성은 담배 연기를 푹 내뿜었다. 결국, 끝도 해결도 있을 수 없는 신경질을 한바탕 부리고 난 현숙은 안방으로 물러가고 말았다. 인성은 연민을 느끼고 그 기미를 알아차린 현숙은 어떤 기대를 가져보는 것이었으나 의연히 그들의 영혼은 멀고 먼 곳에 떨어져 합쳐지지 않음을 서로가 느끼는 것이었다.

인성은 꾸겨서 책상 밑에 집어넣었던 편지를 꺼내었다. 현숙이 지적한 대로 규희에게서 온 편지였다. 인성은 그것을 한참 내려다보고 있다가 발기발기 찢어서 휴지통에 던져버린다. 그 일이 있은 후 규희의 어머니는 부랴부랴 규희를 그의 외삼촌이 있는 시골로 내려보냈던 것이다. 그곳에서 규희가 인성에게 보내온 편지였던 것이다. 편지에는 우리의 육신이 멀리 떨어져 있고 그 사이에 무수한 장벽이 가로놓여 있다 할지라도 우리의 마음을 갈라놓을 수 있는 것은 오직 죽음뿐이 아니겠냐는 열렬한 사랑의 호소였던 것이다.

아무 가진 것 없는 규희입니다. 가쁜하고 메마른 이 몸이 이 세상에 존재하고 있다는 일조차 신기스럽다고 생각합니다. 그러나 저의 마음은 세계를 정복한 왕자처럼 아니 그 몇 배로 충족되고 기쁨에 넘쳐 있습니다. 저는 선생님의 마음을 이제는 요구하지 않습니다. 지금 제가 가진 것만으로도 저도 잠을 이루지 못하고 그 귀중히 간직한 것을 생각하고 있습니다. 정말 저는 선생님을 만나기까지 너무나 길고 긴 방황 속에 있었던 것 같아요. 이제는 찬 바람 부는 창가에 서면 모든 것은 나를 위하여 미소하고 축복하는 것을 느낄 수 있습니다. 선생님, 사랑합니다. 사랑합니다. 선생님에게 드리는 말은 아니에요. 선생님, 규희를 보고 행복한 규희를 보고 하는 말이에요. 사랑합니다. 정말 오랜 여로에서 돌아온 것 같아요.

그런 말도 쓰여져 있었다. 마음 내키는 대로 그냥 갈겨쓴 모양이다.

'규희, 나도 사랑해. 하지만 서글픈 얘기가 아니오? 병든 소녀

412

처럼 먼 먼 곳에 있는 환상을 보고 나도 사랑하노라, 사랑하노라고……'

인성은 쓰디쓰게 웃었으나 다음 순간 그의 눈은 한곳을 응시하며,

"그래, 나는 견딜 수 없다. 규희를 만나야지. 한 번이라도 만나야지. 그리고 떠나는 거야."

인성은 열뜬 사람처럼 중얼거리다가 한 시를 치는 시계 소리를 듣자 자리에 들었다.

이튿날 인성은 병원에 가지 않고 거리에 나와서 택시를 잡았다. 우연의 일치였으나 인성과 주성은 거의 같은 코스를 밟고 있었다. 물론 그들은 서로가 다 알지 못한 일이지만. 인성은 대전을 향하여 떠났다. 다만 그는 규희를 한 번 만나보고 싶었을 뿐이다. 어떻게 하겠다는 아무런 계획도 없었다. 규희를 한 번만 만나보고 돌아오겠다는 생각만으로 가득 차 있었다. 대전에 도착한 것은 열한 시가 지난 뒤였다.


인성은 규희의 외삼촌 댁을 찾았다. 조촐한 한식 가옥이었으나 시골이 되어 뜰 안은 넓었다. 규희는 사랑을 사용하고 있는 모양으로 인성이 규희의 주치의라는 말을 하자 그 집의 식모가 아무 말 않고 인성을 사랑으로 안내하여 주었다. 규희는 인성을 보자 너무나 놀라며 말도 제대로 하지 못했다.

"어머니는?"

인성은 우선 그렇게 물었다.

"서울! 서울에 계세요."

"놀랐지?"

인성은 빙그레 웃었다.

"아무 말도 못 하겠어요."

규희의 목소리는 떨리어 나왔다.

"한번 만나보고 싶어서."

인성은 자기의 감정이 충분히 전달되지 못하는 것이 안타까
웠다.

"저, 저도요."

규희의 눈에서는 굵은 눈물방울이 떨어졌다.

"몸은 어때? 열은 나지 않아?"

"괜찮아요. 어떻게 어떻게 오셨죠?"

"보고 싶어서."

인성은 다시 보고 싶었다는 말을 되풀이하였다. 기쁨보다 괴
로움이 앞섰다. 막막한 마음이 달맞이꽃 같은 규희의 얼굴을 멀
리 느끼게 했다. 두 사람은 오래오래 서로 마주 보며 말을 잃은
사람처럼 앉아 있었다.

"나는 어디루 가려구 해."

인성은 힘없이 말을 했다. 규희는 눈만 크게 떴을 뿐 말을 못
한다.

"어느 한 가지도 해결을 지을 수 없어. 인위적인 문제 숙명적

인 문제 그 모두가 미결인 채 내 앞에 쌓여 있어. 오직 내게 가능한 길은 도피밖에 없소. 의지가 약한 탓일까. 약한 탓이겠지."

인성은 혼잣말처럼 중얼거렸다.

"의사가 된 나를 나는 때때로 미워하지. 나는 의학을 선택했을 때 그때만 해도 나는 인간에게 애정을 가졌었고 인생을 거부하지는 않았어. 인생은 의의 깊은 것이고 의학은 슬기로운 사명의 직업이라 생각했었지. 그런데 나는 병원에서 무엇을 보았으며 깨달았을까? 목숨만이 인생의 전부더군. 그런데 그 목숨은 보장받지 못한 허무한 것이었어. 무력하더구먼. 여러 생명의 마지막을 본 나는 자신을 잃고 삶에 대한 의심을 품게 되었어. 그때부터 나는 내 정신을 무장하는 데 있어서 인간에 대한 무관심을 적용했어. 그런 것에서 이루어진 것이 나의 결혼이었지."

인성은 이야기를 하다 말고 규희를 멍하니 쳐다본다.

'내가 왜 이런 말을 했을까?'

규희는 두 손을 싹싹 부비고 앉아 있었다. 인성의 애정이 가슴에 넘치도록 울려왔으나 그것은 기쁨이기보다 도리어 슬픔이요 괴로움이었다. 마음은 영원히 규희 자신의 것이라 믿고 있었지만 그의 육신만은 또다시 자기로부터 떠나면 언제 올지 기약이 없는 사람이 아닌가.

"규희?"

규희는 목마른 눈으로 인성을 올려다보았다.

"규희, 내가 여기 올 때는 이런 말을 하려고 온 것은 아니오.

분명히 내가 어데로 떠나겠다는 말을 하려 온 것은 아니란 말이오. 그런데— 그런데 웬일일까? 나는 다만 규희를 만나고 싶어서 왔을 뿐인데—."

인성은 다시 혼잣말처럼 중얼거렸다.

"선생님?"

"음?"

"언제 떠나세요?"

"언제? 글쎄— 어느 때인가 떠나기는 떠나야지."

"왜 떠나셔야 하나요?"

"……."

"저 때문에? 혹은 부인?"

부인이라는 말을 하는 순간 규희의 얼굴은 좀 핼쑥해진다.

"그런 상식적인 얘기는 하지 말기로 하고 굳이 이유를 붙인다면 내 자신 때문인지도 몰라. 어설픈 인정과 어설픈 도덕관…… 실은 규희를 알고부터 나는 그런 못난, 그러나 인간다운 약점에 사로잡힌 거야. 규희를 사랑하는 것과 동시에 무관심했던 아내에 대하여 연민을 느낀 모양이지? 연민이라는 감정이 동물 아닌 인간에게 향하여졌을 때 그것은 죄악에 가까운 독선적인 것인 줄 나는 알고 있어. 하지만 외면할 수 없더군."

"알겠어요. 선생님의 그 마음. 저도 부인에게 안됐다 미안하다는 말 한마디를 못했어요. 선생님의 마음을 가진 저의 오만이 무서웠던 거예요. 상처 위에다 매질하는 기분이 들었거든요. 지금 저도 나를 잊고 부인에게 돌아가시란 말을 못 하겠어요. 저는 착한 여자는 아니에요. 하지만 착한 척할 만큼 나쁜 여자는 아니에요. 저는 아무튼 행복했어요. 앞으로도 선생님을 생각할 때 행복할 거예요."

규희는 흐느껴 운다.

"규희?"

인성은 규희 어깨 위에 손을 얹는다.

"아직 결론은 나지 않았어. 아마도 떠나게 되겠지. 그곳에 가서 나는 규희를 생각하겠어. 규희, 정말 내가 바라는 것은 규희의 건강이오. 알겠어? 규희가 하늘 아래 있다고 생각하면 나는 새로운 나를 찾는 데 용기를 얻을 거야."

"저두요. 저두 선생님이 같은 하늘 아래 계신다고 생각하면 사는 데 의욕을 가지겠어요. 정말 정말 살고 싶어요. 멀리서라도 선생님을 바라볼 수 있고 길을 거닐다가도 마주치는 우연을 얻을 수 있지 않겠어요. 살기만 한다면…… 그것만으로도 만족해요. 아니 만나지 못하더라도, 생각만 하게 된다 할지라도……."

인성은 규희를 포옹했다. 두 사람은 오랫동안 서로의 심장 소리를 들으며 앉아 있었다. 한참 후 인성은 규희의 눈물을 닦아주고 일어섰다. 더 이상 머물러 있을 곳이 못 되었다. 규희는 인성이 강경하게 말리는데도 자리에서 일어나 대문 앞까지 나왔다.

"선생님."

규희는 손을 내밀었다. 인성은 손아귀에 옴속 들어가는 작은 규희의 손을 꼭 눌러 잡으면서,

"떠나게 되는 그 전날 나는 규희를 만나러 오겠어."

"정말이에요?"

인성은 고개를 끄덕였다. 인성은 돌아섰다. 걸음을 빨리하였다. 걸음을 빨리하지 않는다면 뒷걸음질칠 것만 같았던 것이다.

"선생님."

인성은 우뚝 걸음을 멈추었다. 그는 돌아보지 않고 발부리에 눈을 떨어뜨렸다.

"선생님!"

인성은 걷기 시작했다. 맞은편에 보이는 하늘이 흔들리고 있다고 생각했다.


혜원은 주성의 불과 같은 정열에 이끌려 저도 모르게 서울로 따라 올라왔다. 주성은 철없는 소년같이 굴었다. 떼만 쓰면 무엇이든 되는 줄만 알고 있었다. 혜원은 아직 학생의 몸으로 생활을 감당하지 못할 주성의 처지를 백번 알고도 따라온 것이다. 실직한 자기가 어떻게 서울서 살아갈 것인가 그것을 뼈저리게 알면서도 따라온 것이다. 서로의 애정이 부자연스러운 생활로 하여 파괴되고 말 것이라는 것도 잘 알고 있었다. 혜원은 주성의 정열 앞에서 자기 자신의 사고력을 완전히 상실하고 있다는

것을 깨달았다.

'가는 날까지…… 뉘우치지 말자. 막다른 골목에 가는 동안은 잊고 살아야지.'

혜원은 세 든 협수룩한 방에 혼자 앉아 종일 자기 자신을 잊으려고 애를 썼다. 고향에서 올라올 때는 취직 자리가 있어 서울로 올라간다고 그의 어머니에게 말했다. 그러나 어디 가서 취직을 하겠는가. 먼저 다니던 회사만 해도 소개해 준 옛날 은사에게 말 한마디 없이 사표를 내던지지 않았던가. 혜준을 만나러 갈 수는 더욱 없었다. 아무리 친동기간이라 해도 주성을 따라온 처지고 보니 무슨 면목으로 만나러 가겠는가. 혜원은 종일 생각하고 또 생각하여도 앞날이 막막하기만 했다. 그린 중에서도 가장 가슴이 아픈 일은 주성을 위하여 이런 생활이 과연 옳은 일인가 하고 스스로의 무의지를 책할 경우다.

'그는 변하였다. 그렇게 의욕에 가득 차 있던 그가 이제는 다만 사소한 감정의 노예로 떨어지고 말았다. 그것은 모두가 다 내 탓이 아니겠는가. 내가 있었기 때문에 나를 알았기 때문에…….'

혜원은 차츰 여위어가는 주성의 얼굴을 생각했다. 초조하고 우수에 찬 눈을 생각했다. 그러면서도 만나기만 하면 떨어질 수 없는 그들의 애정인 것이다. 주성은 대개 하루 한 번씩 혜원이 있는 곳에 들른다. 졸업이 얼마 남지 않아 다행이라면 다행이라 할 수도 있지만 그는 거의 학교에 나가지 않고 부지런히 아르바

이트를 찾아다녔다. 번역으로부터 외국의 통속 소설의 번안까지 하여 익명으로 잡지사에 팔아먹고 있는 형편이었다.

'이래서는 정말 안 되겠어. 내가, 내가 뭐라도 해야지.'

혜원은 도사리고 앉았던 자리에서 벌떡 일어났다. 그러자 마침 주성이 찾아왔다. 간밤에는 일 때문에 밤을 새웠는지 얼굴이 핼쑥했다.

"기다렸죠?"

주성은 혜원을 지그시 쳐다보았다. 혜원은 까닭 없이 놀란 듯 눈을 크게 뜰 뿐이다.

"몹시 여위었구먼. 또 혼자서 고민했소?"

"아뇨."

"거짓말. 도망갈 궁리를 했죠?"

주성은 얼굴이 핼쑥하기는 했으나 다른 때보다 기분이 좋은 모양으로 빙그레 웃으며 말했다.

"저보다…… 또 밤을 새웠군요."

"밤샘하는 거야 문제 있겠소. 젊음을 두었다 무엇에 쓰려고. 돈만 척척 들어온다면 세상에 괴로운 일 하나도 없겠어."

"언제부디 그렇게 돈버러지가 되셨어요?"

웃음의 말로 넘기기는 했으나 코허리가 징! 했다.

"태곳적부터."

주성은 또 빙그레 웃으며,

"아아, 피곤하다. 한잠 잘까?"

하고 그는 아랫목에 드러눕는 것이었다. 그러나 그는 눈을 감지 않고 또 싱긋이 혼자 웃는다.

"왜 웃으세요? 무슨 좋은 일이라도 있으신가요?"

그러자 주성은 졸리운 듯한 눈길을 혜원에게 돌리며,

"형이 말이오. 형이 기막힌 곤경에 빠졌나 봐요."

"심 선생님이요? 왜."

"연애를 한 모양인데 그 꽁생원이 영 정신을 못 차리는가 봐."

"부인이 계시잖아요."

"부인 있으나 마나."

"어머, 무슨 말을 그렇게 해요."

"애당초 맺어지지 못할 사람이 만났거든요. 인생에 대하여 무관심했다는 형벌을 지금 받는 셈이지. 동정하지만 삼자로서 이러라저러라 할 수 있겠소? 결국 덕을 본 사람은 난데, 형은 불행한 연애를 함으로써 우리의 연애에도 이해하려 들더구면. 오늘 잠시 만났는데 자기는 불원간 외국으로 갈 것이란 말을 하면서 너 돈 필요 없느냐고 하지 않겠어요. 필요하기야 목구멍에서 손이 나오지만 저번에도 돈을 못 갚았으니 무슨 낯으로 돈 달라 하겠느냐고 했더니 잠자코 십만 환을 주지 않겠어요? 내가 떠나고 나면 앞으로 너도 불편하지 않겠느냐 하면서."

주성은 드러누운 채 몸을 약간 젖히고 호주머니 속에서 십만 환짜리 다발을 꺼내어 혜원에게 휙 던진다. 혜원은 성큼 돈을 줍지 못한다.

"사람이 달라졌어. 역시 형제의 핏줄은 속일 수 없는 모양이죠? 나는 다혈질이고 형은 냉혈질인 줄 알았는데 그렇지가 않더군."

주성은 혼자 지껄이고 있었으나 혜원은 돈을 줍지 않고 바라보고만 있었다.

"왜 그러구 있수?"

주성은 혜원의 태도를 이상하게 여기며 머리를 들고 혜원을 살펴본다.

"이상해요."

"뭐가?"

"매춘부 같은 기분이 들어서 돈을 갖기가 두려워요."

"뭐라구?"

주성은 벌떡 일어나 앉는다. 혜원의 얼굴은 파리했다. 주성의 얼굴도 푸르락누르락했다.

"그, 그래 혜원이는 그럼 나, 나에게 몸을 팔고 있단 말이지?"

"……."

"사, 사랑할 수 없단 말이지!"

"사랑해요."

"그럼 왜 매춘부야!"

주성을 소리를 바락 질렀다.

"말이 과했나 봐요. 기생충 같은 것이었는지도 모르죠."

"그럼 남편이 부양하는 이 세상의 아내들은 모두 기생충이란 말이오?"

"다분히…… 그리고 저의 경우는 더욱 그럴 거예요."

"자기학대도 그쯤 되면 엄청난 고질이야."

주성의 어세는 좀 누그러졌다.

"열등감이에요."

혜원은 입술을 깨물고 다시 돈을 내려다보고 뇌었다. 혜원의 말은 주성의 가슴을 쳤다. 혜원을 부양하기 이전이라면 주성은 윽박지르고 말았을 것이다. 아내 있는 몸으로서 그늘에 여자를 두고 있는 경우와 다르기는 해도 남의 눈을 피하여 혜원을 이곳에다 둔 것만은 다름이 없다. 장래 결혼할 것을 굳게 결심하고 있다고는 하지만 그것이 어느 시절에 가능할지 주성도 막막했다.

"사랑하는 사람끼리 어떻게 열등감이 있을 수 있고 우월감이 있을 수 있겠소."

주성은 혜원을 잡아끌어 포옹했다. 주성은 뜨거운 포옹으로 현실을 잊고 싶었던 것이다. 그들은 또 그렇게 함으로써 얼마 동안은 자신들이 처한 위치를 잊을 수 있었다. 해가 으스름히 지려고 했을 때 한잠 자고 일어난 주성은,

"우리 영화 보러 갈까?"

"싫어요."

"뜻하지 않는 돈도 들어왔고 혜원이 바깥 구경도 할 겸."

"싫어요. 아무 데도 나가기 싫어요."

혜원은 완강히 거부했으나 한번 말을 내놓기만 하면 떼를 써서 어떻게 해서라도 관철하고 마는 주성의 고집에 당할 도리는 없었다. 하는 수 없이 혜원은 따라나섰다. 그의 마음은 영화를 보고 즐기기에는 너무나 고민이 많았다. 그러나 밖으로 나오니 매운바람이 뺨을 스쳐 뭔지 상쾌한 기분이 들었다.

'역시 집 속에만 들어앉아 있는 것은 나빠.'

그들은 K극장으로 들어갔다. 영화는 〈테레즈의 비극〉이었다. 영화는 음침하고 제목이 일러주는 바와 같이 비극이었다. 두 사람은 시몬 시뇨레의 명연기에 깊은 감동을 받기는 했으나 영화의 비참한 결말은 그들의 마음을 무겁게 했다. 영화가 끝나고 장내에 불이 켜졌다. 관중들은 우울한 표정으로 일어섰다.

"영화 선택을 잘못했군."

주성은 투덜거리듯 말했다.

"하지만 좋은 영화였어요."

"퍽 동양적인 분위기더구먼. 난 답답해요. 여자가 왜 좀 대담하게 굴지 못할까?"

"그런 경우에 처해보지 못한 이상 함부로 말할 순 없어요."

"결과적으로 남편을 죽인 것이 되지만…… 우울한 영화야."

두 사람은 뭔지 허공에 떠 있는 듯한 대화를 주고받으며 장내에서 밀려나왔다.

"어머!"

관객들이 들어오고 나가는 바람에 주성은 자기도 모르게 여

424

자의 버선발을 밟았던 것이다.

"죄송합니다."

주성은 우선 사과를 하고 얼굴을 들었다.

"아!"

주성이 놀라는 바람에 여자도 얼굴을 들었다.

"어머!"

형수인 현숙이었던 것이다.

"어서 들어가시죠. 많이 밟히셨어요?"

형수 옆에 바싹 다가서 있던 상진이 주성에게 좋잖은 눈을 보내며 현숙의 팔을 잡을 듯한다. 당황한 현숙은,

"도련님이 웬일이세요?"

하며 상진에게 암시를 주듯 말하고 상진 옆에서 떨어져 섰다.

"저보다 형수씨는 웬일이세요?"

주성은 상진을 힐끔힐끔 쳐다본다. 상진은 현숙의 발을 밟은 사나이가 바로 현숙의 시동생이라는 것을 알자 무슨 꿍꿍이 생각을 하는지 아까보다 더 다정스럽게 현숙의 옆으로 다가서며,

"어서 들어가시죠."

하고는 주성에게 적의 있는 시선을 던졌다.

"어서 들어가 보세요."

주성은 침착하게 말하고 발길을 돌렸다. 현숙은 몹시 당황했으나 변명할 겨를도 없이 가버리는 시동생의 뒷모습을 멍하니 바라볼 뿐이다.

"하하핫— 왜 그러고 계세요? 뭐 죄지었습니까?"

상진은 우악스럽게 현숙의 팔을 잡아당겼다.


그날 밤 극장에서 돌아온 현숙은 그냥 자리에 들고 말았다. 자기 자신의 타락이 인성에게 그 원인이 있었다고 생각하니 인성에 대한 증오가 다시 불길같이 솟았다. 그러나 시비를 걸 아무런 건덕지도 없었다.

'정말 미칠 것만 같다. 차라리 이혼을 하자. 그리고 내 마음대로 살아보자.'

그러나 아내의 엄연한 좌座에는 태산 같은 미련이 있었다. 그는 날이 밝아오자 집을 나섰다. 큰댁에 가서 시동생의 눈치를 살펴볼 마음에서 나선 것이다.

"너가 웬일이냐?"

좀처럼, 더욱이 요즘에는 잘 오지 않는 며느리를 보자 시어머니는 반색을 했다.

"하도 오래 뵙지 못해서—."

하고 일단 집안 식구의 안부를 물어본 뒤 넌지시 주성에 대하여 말을 꺼내었다. 그러자 시어머니의 얼굴은 별안간 어둡게 변하였다.

"그 자식이 어젯밤에도 안 들어왔구나."

"친구 집에 갔겠죠, 뭐—."

현숙은 주성과 함께 가던 그 여자를 생각하며 천착하듯 시어머니의 얼굴을 살폈다.

"친구 집에 갔으면 좋겠다만 여자가 있는 모양이야."

"여자가 있으면 무슨 걱정이에요? 결혼하면 되지 않습니까?"

"결혼할 상대가 못 되니 걱정이지."

"어떤 여잔데 그러세요?"

"소박데기라던가? 그놈이 아주 환장을 했어. 정신을 못 차리고 있거든. 요즘엔 학교도 안 나가고 그 여자를 벌어 먹이노라고…… 참 기가 막힐 노릇이지. 정말 그놈이 그럴 줄은 몰랐다. 너 아버님께서 얼마나 그놈을 믿었기에…… 울화병이 나실 지경이다. 정말 이러다간 집안 꼴이 뭐가 되겠니?"

시어머니 눈에는 눈물이 글썽했다. 현숙은 어젯밤의 일을 일단 안심할 수 있었다. 그러나 좀 아망스러운 마음이 들었다.

"형제간이 모두 바람이 났군요."

하며 코웃음 친다.

"인성의 얘기도 들었다만 그 애는 지각이 있어 나도 별로 마음을 쓰지 않았다만 주성이는 선불 맞은 호랑이 같은 기상이니 마음을 놓고 기다려볼 수도 없구나. 무슨 짓을 할지. 앞날이 창창한 놈이."

시어머니는 인성으로부터 애써 주성에게로 이야기를 돌렸다.

"아버님이 그 여자를 만나서 얘기해 보시는 게 어떨까요?"

"그러잖아도 여자가 있는 집도 알아두었단다. 기회 봐서 내가 가든지 너의 시아버님이 가시든지. 모두들 아들 잘 두었다고 칭

찬이더니 이 꼴이 될 줄이야."

고부간에 이야기를 주고받고 있는데 시아버지인 심상호 씨가 들어왔다. 현숙은 황급히 일어서서 시아버지에게 문안을 드린다. 며느리를 별로 좋아하지도 않고 싫어하지도 않는 심상호 씨는 그저 덤덤한 표정으로 인사를 받았다.

"여보. 어젯밤에도 주성이가 들어오지 않았으니 어쩌면 좋아요."

심상호 씨는 쓴 것을 깨문 듯 얼굴을 찡그렸다.

"흡사 그놈은 신들린 사람 같아요. 뭐라 말만 하기만 하면 잡아먹을 듯한 얼굴로 날 쳐다보니 자식이라도 정이 떨어지는구려. 당신이 그놈은 큰애보다 낫다고 밤낮 추켜올리니 마음만 커졌지 뭡니까? 믿는 도끼에 발 찍힌다구……."

며느리보고 하던 푸념을 되풀이한다.

"시끄럽소."

"아, 시끄럽기는요? 어떻게 요절을 내야지. 이대로 내버려둘 작정이오? 어디 세상에 여자가 없어서 한 번 시집간 여자를. 그런 여자가 온당할 리 있겠어요? 철없는 놈은 그냥 걸려들었지 뭐예요. 그래가지곤 신셀 망친단 말예요. 온통 정신이 거기에만 쏠려 있으니 뭐가 눈에 보이겠소."

"시끄럽다니까. 자식의 일을 인력으로 하오? 지 좋으면 과부건 소박데기건 데리고 사는 거지."

"그걸 말이라고 하는 거요? 당신이 그 모양이니까 자식들

꼴이."

"애잇! 날 어쩌라는 거요!"

심상호 씨는 버럭 화를 낸다.

"집도 알아두셨다니까 한번 가보셔야 할 게 아니오? 제가 가리까? 그럼 그놈이 계집을 감추어둔 집이나 가르쳐주구려."

마누라도 화가 나서 벌떡 일어섰다. 심상호 씨는 입맛을 쩝쩝 다시며 방에서 나갔다. 거리로 나온 심상호 씨의 마음은 암담하고 분했다.

심상호 씨는 큰아들 인성보다 주성을 사랑했다. 어릴 때부터 고집이 세어 애는 먹었으나 조용하기만 한 인성보다 사나이답고 자기주장을 굽힐 줄 모르는 주성에게 큰 기대를 걸어온 것만은 사실이다.

'그러나 그놈하고 부딪치기는 싫다. 맞부딪치면 도리어 역효과가 날 거야. 반발심이 강하니까.'

심상호 씨는 울적한 마음속에서도 그런 신중한 생각을 한다. 사실 심상호 씨는 마누라가 덜덜 볶지 않아도 벌써부터 주성의 여자를 찾아갈 생각이었던 것이다. 그래서 주성을 미행하여 집까지 알아두었던 것이다. 그러나 막상 가려고 하면 젊은 여자를 만나 뭐라 할 것인가 그것이 망설여져서 발을 떼놓을 수 없었던 것이다.

점심을 밖에서 먹은 뒤 심상호 씨는 크게 결심하고 주성의 여자가 있는 H동으로 향하였다. 이미 알아두었던 집이었으나 그

집 앞에서 보니 마치 자기가 무슨 큰 잘못을 저지른 것처럼 도리어 가슴이 두근거린다.

'그놈이 있을까? 없겠지.'

그는 혜원이 묵고 있는 방의 창문 밑에서 귀를 기울였다. 아무 소리도 들리지 않았다. 심상호 씨는 마음을 크게 먹고 대문을 뚜들겼다.

"누구시오?"

늙은 할머니가 얼굴을 내밀었다.

"이 댁의 세 든 젊은 여인네를 만나러 왔는데요."

심상호 씨는 낮은 목소리로 말했다. 그러자 노파는,

"새댁! 손님 오셨수!"

하고는 안으로 들어가 버린다. 그러자 방문을 여는 소리가 나더니 혜원이 그림자처럼 심상호 씨 앞에 섰다. 그의 얼굴은 푸르다 못해 자줏빛으로 변해 있었다. 아무도 찾아올 리 없는 혜원에게 이 노신사의 신분은 너무나 명백한 것이었기 때문이다.

"어디서 오셨죠?"

혜원의 목소리는 떨려 나왔다. 심상호 씨는 혜원의 얼굴에 주의 깊은 시선을 보낸다.

'괜찮은 여자군. 그놈이 미칠 만도 하다.'

심상호 씨는 혜원에게 눈길을 보낸 채,

"나 심주성의 아비 되는 사람인데."

혜원의 푸르렀던 얼굴은 하얗게 변하더니 이내 주홍빛이

된다.

"조용히 얘기 좀 하고 싶은데……."

"그, 그럼 들어오시죠."

심상호 씨는 망설였으나 달리 도리도 없었으므로 혜원의 방으로 들어갔다.

'이렇게 얌전하고 고운 여자가 주성이 같은 애송이를…….'

조금도 사치스럽지 않은 방은 심상호 씨에게 어떤 안도감을 갖게 했다.

"내가 여기까지 댁을 찾아오게 된 이유를 잘 알고 계시리라 믿는데?"

혜원은 고개를 숙인 채 입술을 깨문다.

"모든 잘못은 내 자식 놈한테 있다는 것을 나도 알고 있소. 또 자식을 휘어잡을 수 없는 책임은 아비인 나에게 있다고 생각하고 있소. 나는 댁을 책하려고 여기까지 온 것은 아니오."

심상호 씨는 담배를 붙여 물었다.

"내 자식이지만 그놈이 본시 고지식하고 고집이 세어서 그 애하고는 타협이 되지 않을 것 같았소. 하나 댁이 내 자식을 진정으로 좋아한다면 그 애 장래도 생각해 주서야겠소. 지금 그 애를 불행하지 않게 하고 또 우리 가정의 평화를 유지하는 방법은 하나밖에 없겠는데."

심상호 씨는 잠시 말을 끊었다.

"그것은 댁이 그놈 앞에서 몸을 감추는 일이오. 무리한 청일는지도 모르겠소만 사람이란 자기 욕망대로만 살 수도 없는 거구 혼자 사는 세상도 아니니…….”

혜원의 눈에서 눈물이 떨어졌다. 방바닥 위에 손등 위에 쉴 새 없이 눈물이 떨어진다. 그러나 그는 머리카락 하나 움직이지 않고 마치 굳어버린 석고상처럼 쭈그리고 앉아 있었다. 그 꼴이 보기 딱했는지 심상호 씨는 조각보 모양으로 북쪽에 난 들창을 멀거니 바라본다. 혜원의 가련한 모습은 심상호 씨의 가슴을 쳤다.

그가 상상해 본 여자로는 과히 나쁜 여자는 아니었다. 그것은 아들 주성의 사람됨을 믿었기 때문이다. 그러나 만나보니 상상한 것보다 훨씬 아름답고 총명하고 그러면서도 허약하게 보이는 여자였다. 주성을 사랑하는 심상호 씨는 이러한 처지에 놓였음에도 야릇한 안도감을 느꼈다.

‘큰애보다 열 배 나은 여자다!’

심상호 씨는 다음에 할 말을 잃고 혜원을 살핀다. 정말 어느 모로 보나 현숙이보다 월등했다. 그러나 주성의 결혼 상대로서는 생각해 볼 여지도 없는 일이었다.

“내 말만 한 것 같은데 댁은 어떻게 생각을 하고 있소?”

“할 말이 없습니다. 모든 것은 제 잘못이었습니다.”

혜원은 비로소 양어깨를 들먹이며 흐느껴 운다.

“항상, 항상 생각하고 이, 있었습니다. 주성 씨 장래를. 그, 그리구 우리는 헤어져야 한다는 것을…….”

"고맙소. 사람의 연분이란 뜻대로 되는 게 아니니까……."

심상호 씨는 더 이상 할 말도 없거니와 울고 있는 모습을 바라보고 있는 일도 딱하여 일어섰다.

"이렇게 말하면 비겁하다 할 거요. 우리네들 일만 생각한다 할 거요. 하지만 부모의 마음이란 이런 경우에는 미련하게 되는 것이니…… 내가 여기 왔다는 얘기 주성이보고 하지 마오."

혜원은 앉은자리에서 그냥 흐느끼고만 있었다.

"그, 그리고 앞으로 딱한 사정이 있으면 나에게 의논해 주시오. 편리를 보아드리리다."

그러자 혜원은 자리에서 벌떡 일어섰다. 눈물에 범벅이 된 얼굴을 꼿꼿이 세우면서,

"전, 전 그, 그런 여자 아니에요!"

혜원의 얼굴은 노여움에 홍조 되어 있었다. 심상호 씨도 그 말에는 얼굴을 붉히며 잠자코 그 방을 나섰다. 밖으로 나온 심상호 씨의 마음은 무거웠다. 벼르고 벼르던 일을 치렀으니 마음이 후련해질 테인데 그렇지가 못했던 것이다. 상대가 나쁜 여자로서 뺨이라도 몇 번 갈겨주고 나온 편이 오히려 속 시원했을 것 같았다.

'절대로 안 될 이야기야. 어떻게 주성하고 그 여자하고 결혼할 수 있단 말인가?'

심상호 씨는 약해지는 마음에다 채찍질하며 택시를 잡았다.

"서대문 쪽으로."

그는 인성을 만나고 싶었던 것이다. 혜원을 만나보고 마음이 약해지기도 했으나 한편 혜원을 만났다 하여 모든 일은 해결이 되었다고 볼 수도 없었다. 그 점도 불안하여 하여간 인성을 만나 의논을 하고 싶었던 것이다. 심상호 씨가 병원으로 들어갔을 때 인성은 환자도 없는 빈 진찰실에 멍하니 앉아 있다가 심상호 씨를 보자 벌떡 자리에서 일어섰다.

"아버지가 웬일이십니까?"

"볼일이 있어 좀 나왔다가 들렀지."

"모두들 안녕하세요?"

심상호 씨는 그 말 대답은 하지 않고,

"너 수속을 끝냈다면서?"

"아직 다 안 됐습니다. 수일간에……."

심상호 씨는 담배를 붙여 문다.

"어디 갔다 오시는 길입니까?"

"주성이 녀석 때문에……."

"……."

"너 주성이 일 알지?"

"예.〞

"벌써부터 알고 있었나?"

"……."

"알고 있었군그래."

"어렴풋이 알고 있었습니다."

"그 여자를 본 일이 있나?"

"예. 처음엔 모르고 주성이가 친구 누님이라 하기에."

"그래서."

"급 맹장염으로 제가 다른 병원에 소개해 준 일이 있었죠."

"어떤 여잔가?"

심상호 씨는 방금 혜원을 만나보고 왔으면서도 넌지시 인성에게 묻는다.

"글쎄요……."

인성은 한참 우두커니 심상호 씨를 바라보다가,

"사람은 순한 편입니다. 불행한 여자지요."

"순하게는 생겼더군."

심상호 씨는 자기도 모르게 실토한다.

"만나셨습니까?"

인성은 놀라며 심상호 씨를 올려다본다. 심상호 씨는 좀 난처한 웃음을 띠며 담배를 붙여 물고 나서,

"방금 만나고 오는 길이다."

"예?"

"왜 그리 놀라는 거냐?"

"만나서 무슨 말씀을 하셨습니까?"

"뻔하지 뭐."

"……."

"아무리 사람됨이 순하고 인물이 잘생겼다 하더라도 될 법한

일이냐? 일찍 단념하는 것이 피차를 위해서 좋지 않겠느냐."

"그래, 헤어지라는 말씀을 하셨군요."

"주성이는 너가 알다시피 성질이 그 모양이구 잘못 건드렸다
간 도리어 역으로 나갈 것이니 결국 여자 쪽을 달래어 돌아서게
할 수밖에 더 있겠느냐?"

"그이가 뭐라구 해요?"

"뭐라겠니. 울 뿐이지."

"가엾군요."

"가엾지만 할 수 없지. 주성의 신셀 망칠 수는 없지."

"그 여자하구 결혼한다구 주성의 신세가 망쳐질까요?"

인성은 의심에 가득 찬 눈으로 심상호 씨의 얼굴을 주시한다.

"그거 무슨 소리냐? 멀쩡한 놈이 어디 색시가 없어서 결혼한
여자를 얻는단 말이냐? 도시 난 주성이 벌써부터 결혼하는 그
자체를 달갑게 생각지 않는다. 뭐 누구네의 규수하고 말도 있었
다지만 나는 그다지 마음이 내키지 않았어. 학교나 졸업하고 군
대에나 갔다 오면 외국에나 갔다가 대학에 눌러앉아야지. 일찍
결혼하면 남자란 가정에 희생되고 마는 법이다. 너만 하더라도
그렇지 않느냐?"

인성은 묵묵히 앉아 있었다.

"하물며 결혼에 실패한 여자, 게다가 나이도 많고…… 그놈
이 환장을 해서 공부고 뭐고 다 팽개치고 있는 형편 아니냐? 남
들은 결혼까지도 출세를 계산하여 상대를 택한다는데 그렇게

까지는 못하더라도 정상적인 코스는 밟아야지. 만일 주성이 그 여자의 문제를 해결하지 않는다면 이 벅찬 세상에서 낙오하고 만다."

인성은 흥분하는 심상호 씨로부터 얼굴을 돌리며,

"출세하는 것과 개인의 행복이 반드시 합치된다고는 볼 수 없는데요."

"그럼 넌 주성이 옳은 짓을 했다고 생각하느냐?"

심상호 씨는 화를 발칵 낸다.

"옳은 짓이라 생각지는 않습니다만 반드시 나쁘다고 할 수도 없습니다."

"너는 그 여자하고 주성이 결혼할 것을 원하느냐?"

심상호 씨의 얼굴이 벌게진다.

"그건 제가 뭐라구 말할 수 없습니다. 당자끼리 생각하고 해결할 문제라 생각하는데요."

"안 돼! 안 돼! 당자끼리 해결이 되나? 올바른 판단력이 있었다면 애당초부터 그렇게는 되지 않았을 거다."

"그렇지만 아버지. 냉각기를 기다려야죠. 자기 자신들도 억지로 못하는 짓을 어떻게 제삼자가……."

"제삼자?"

심상호 씨는 노여운 듯 인성을 노려보았다.

"난 그놈의 애비다!"

"하지만……."

"하지만이 뭐야."

"그럼 주성을 붙들어 두십시오."

"그게 안 되니까 하는 말 아니냐."

이야기는 제자리걸음으로 되고 말았다.

"도무지 그놈의 속을 알아야지."

한참 만에 심상호 씨는 지친 듯 말을 내뱉었다.

"그러다가 자식이라도 생기면 어떡허냐 말이다."

심상호 씨는 다시 말을 내뱉었다.

"자식이라도 정말 마음대로 안 되는군."

이번에는 한탄 조다.

묵묵히 앉아 있는 인성. 심상호 씨는 별안간 외로움을 느낀다.

"기를 때는 정말 이러지 않았다. 자식이란 다 크고 보면 다 제각기의 세계를 갖고 타인이 되어버리는구나. 부모의 애정이나 염려도 오히려 귀찮게만 생각하니……."

심상호 씨는 일어서려다 말고,

"인성아."

"예?"

"여자만 떠나고 나면 해결되겠지?"

"……."

"여자가 떠나지 않을 것 같으냐?"

"아마 떠날 겁니다."

"그럼 주성의 마음도 가라앉겠지."

"찾아갈 것입니다. 지금 상태보다 더 나쁜 결과가 되지 않을
까요?"

심상호 씨의 낯빛이 변한다.

"그 여자가 다른 사람에게 가지 않는 한에 있어서 주성은 단
념하지 않을 것입니다."

"그놈이 미쳤지, 미쳐!"

심상호 씨는 벌떡 일어섰다. 심상호 씨에게 있어서 인성의 말
은 전혀 새로운 것은 아니었다. 심상호 씨가 느낀 불안을 인성
이 말해주었을 뿐이다. 인성은 심상호 씨를 바래주기 위하여 일
어섰다. 심상호 씨는 도어를 밀고 나가려다 말고 돌아보며,

"애 어미가 집에 왔더라."

"예?"

인성은 무감동한 눈으로 심상호 씨의 눈과 맞선다.

"뭐 큰 실수야 없겠지만 요즘 너도 시끄럽더구나. 남자의 외
도가 집안 풍파의 원인이 된다면 못난 짓이니 조심해라."

인성은 얼굴을 붉힌다. 심상호 씨는 주성의 문제로 가슴이 그
득하여 인성에 대하여 그다지 나무라는 표정을 짓지는 않았다.

"차는 어떻게 했습니까?"

인성은 밖에 차가 없는 것을 보고 묻는다.

"자식 놈의 계집을 찾아다니는데 회사 차를 쓰겠느냐! 창피
스럽게."

하고 쑥스레 웃는다. 인성은 아버지를 위하여 택시를 잡아주고 병원으로 들어왔다.

'주성이를 한번 만나기는 만나야겠어. 떠나기 전에—.'

인성은 담배를 피워 물었다.

'내가 갔다가 돌아온다? 돌아오면은?'

인성은 규희의 눈을 생각했다.

'흥! 주성이하고 나하고 꼭 입장이 반대구나. 흥!'

인성은 헛웃음이 절로 나왔다. 그러자 전화벨이 요란스럽게 울린다. 인성은 수화기를 들었다.

"거기 병원이죠?"

목소리가 쨍쨍 울려온다.

"예, 그렇습니다. 동인의원입니다."

"심 선생이군요."

인성은 비로소 상대가 상진이라는 것을 깨달았다.

'대체 이 작자가 무슨 수작을 또 걸려는 것일까?'

"무슨 용무십니까?"

인성은 조용히 물었다,

"저를 아시겠소?"

"……"

"정상진입니다."

"용무나 말씀하시지."

인성은 경멸하듯 말했다. 욱해진 상진은,

"별로 용무는 없소. 원래 연애는 용무에 속한 일이 아니기 때문에. 하하핫……."

인성은 전처럼 흥분하지도 않고 노여워하지도 않는다.

"그래서요."

할 말이 있으면 다 해보라는 투다.

"대개 남자들은……."

해놓고 상진은 한참 있다가,

"내 자신을 비추어 생각해 볼 때 버린 것이라도 남이 주워가면 아깝더군요."

인성은 규희를 모욕하는 그 말에 수화기를 놓으려다 그냥 잠자코 있다.

"내가 버린 여자를 심 선생께서 주워주셨는데 심 선생께서 버린 여자를 내가 줍게 되니 좀 기묘한 생각이 들어서요."

"……?"

"심 선생의 가엾은 부인이 나에게 매달리니 어떡허면 좋죠? 자비심을 베풀었는데 그것도 한계가 있는 법이라 이제는 처치 곤란하게 됐으니."

인성의 낯빛이 확 변했다. 인성은 수화기를 떨어뜨리고 말았다. 그러나 얼마 가지 않아 벨이 다시 울리기 시작했다. 인성은 수화기를 들었다가 끊어버리고 수화기를 내려놓고 말았다.

'그럴 리가. 그럴 리 없어.'

인성은 책상 위에 엎드렸다. 너무나 큰 충격이었다. 현숙을 사랑한 때문이 아니다. 오히려 현숙을 사랑하지 못하고 정신적인 학대를 했기 때문이다.

'그 놈팡이한테 그럴 리 없다! 중상이다. 모략이다. 그놈이 나에게 복수하려고 꾸민 일이다!'

그렇게 마음속으로 부정했으나 부정하는 마음이 크면 클수록 시인하는 마음도 같은 비례로 커지는 것이었다. 인성은 창가에 가서 섰다.

'만일 그렇다면 현숙과의 이혼은 성립된다. 그러면 나는 규희하고 결혼할 수 있지 않느냐?'

그의 혼란된 머릿속에 이기적인 속삭임이 수시로 일었다. 그러나 그는 현숙에 대한 책임, 현숙이 놀아나게 된 책임을 회피할 수는 없었다.

"불쌍한 여자다! 잔인한 사나이들을 만난 불쌍하고 못난 여자다!"

혐오의 감정은 티끌만큼도 없었다. 이기심과 책임감이 치열한 싸움질을 하고 있을 뿐이었다.

"선생님, 왜 그러세요?"

미스 한이 물었다.

"아아, 언제 왔어?"

"환자도 없고 해서 늦장을 부렸지 뭐예요. 선생님도 곧 떠나실 거구 흥이 나지 않아요."

"내일이라도 말해놓은 병원으로 가요. 준비도 있고 하니까 이제 병원 문도 닫아야겠어."

인성은 푸듯이 뇌었다.

# 10. 산을 바라보며

심상호 씨가 돌아간 뒤 혜원은 눈물을 거두고 일어나 앉았다. 주성의 장래를 생각하라는 심상호 씨의 말만이 귓가에 쟁쟁거리고 있었다. 새로운 말도 아니요, 예기하지 않았던 일도 아니었다. 누가 일깨워 주지 않아도 늘 가슴을 찌르고 있었던 말이다. 그러나 그 말을 주성의 아버지로부터 들었다는 것, 그 일이 중요했던 것이다.

'그럼 난 어디로 가지?'

혜원은 실로 자기에게는 종착역이 없다는 것을 느꼈다.

'죽음밖에 없는가? 정말, 정말 내게는 죽음의 길밖에 없단 말이냐?'

혜원은 전신을 떨었다.

'혜준을 만나볼까? 아니다! 무슨 낯을 들고 그 애를 만나러

간단 말이냐.'

혜원은 얼굴이 달아올랐다. 초라한 마음을 안고 감히 동생 앞에 설 수는 없었다.

'미스터 장을 만나 취직을 부탁해 볼까?'

일루의 희망은 있다. 그러나 상대가 위험했다.

'위험하다구? 흥! 너에게 아끼고 소중히 간직할 것이 있단 말이냐?'

혜원은 목동을 잃고 친구를 다 잃어버린 한 마리의 양이 벌판에 서 있는 것 같은 자기 자신을 느낀다. 앞으로 나갈 길도 없고 뒤로 물러날 길도 없는 것을 깨닫는다. 그러면서도 어느 무리 속에 자기 자신을 내던져야만 주성과의 괴로운 애정의 굴레에서 벗어나올 것만 같았다. 그냥 홀로 떠나버린다면 그것이 죽음이 아닐진대 다시 그 강력한 주성의 인력에 끌려들고 말 것 같았다. 아니 주성의 인력이라기보다 자기 자신의 인력으로써 주성을 끌어들이고 파괴하고 말 것만 같았다.

"누구에게든지 가야 한다. 다시 주성 씨에게 돌아가지 못하게 나를 망그러뜨려야 한다."

혜원은 다시 엎드려 흐느껴 울었다.

'언제부터 이런 인간 세상에 제약이 있었습니까? 인간을 만드실 적에 이런 엄한 계율이 있었단 말입니까?'

혜원은 마음속으로 울부짖었다. 혜원은 울면서 이 땅에 태어난 여자를 원망하고 선량하게만 보이던, 그렇기 때문에 더욱 항거할 수 없는 힘을 지닌 심상호 씨를 원망하는 것이었다. 그러나 그것은 다 부질없는 일이었다.

혜원은 일어섰다. 옷을 갈아입고 거울을 들여다보았다. 울었던 자욱을 감추기 위하여 엷게 화장을 하고 집을 나섰다. 명동거리는 예나 다름없이 화려한 군상들이 몰려간다. 모두 근심 걱정 없이 인생을 마음껏 즐기고 있는 표정이다. 혜원은 자기 자신만이 가난하다고 생각했다. 초겨울의 쌀쌀한 바람이 뼈에 사무친다. 날씨가 차기보다 혜원의 마음이 황량했던 것이다. 혜원은 다방으로 들어갔다. 그리고 카운터에 놓인 수화기를 들었다.

"여보세요? 거기 장용환 씨 계세요?"

혜원의 목소리는 설로 떨려 나왔다.

"잠깐 기다리세요."

귀에 익은 임 씨의 목소리다. 혜원은 불현듯 임 씨 생각이 났다.

'참 좋은 분이었는데!'

선량한 임 씨는 여러 가지 면으로 혜원을 두둔하고 아껴주었던 것이다.

"여보시오. 나 장용환입니다. 누구시죠? 댁은."

굵은 목소리였다. 어딘지 사람을 얕잡아 보는 듯한 말투다. 혜원은 얕잡아 보는 듯한 그 목소리를 들었을 때 수화기를 놓으려 생각했다. 그러나 그는 간신히 수화기를 눌러 잡았다. 이 전화를 끊고 보면 혜원은 자기 자신의 행동이 중단되고 만다고 생각했다. 마음은 어디로 방황하고 있건 몸만은 무엇이든 행동을 계속해야 한다고 생각했던 것이다.

"여보시오! 누구시죠?"

이쪽에서 말이 없자 화가 난 듯 장용환은 전화통에 대고 소리를 질렀다.

"저예요."

"저라니요?"

"유혜원입니다."

"네?"

장용환은 무척 놀란 모양이다.

"아니, 혜원 씨란 말이죠?"

믿어지지 않는 듯 다시 물었다.

"제가 혜원입니다."

혜원은 정신 나간 것처럼 대답한다.

"아, 아니, 저 지금 어디 계십니까?"

"명동에."

"명동 어디예요?"

징용환은 서둘렀다.

"K다방이에요."

"그럼 곧 나가겠습니다."

장용환은 전화를 건 용무도 묻지 않고 황급히 전화를 끊었다. 자리로 돌아온 혜원은 차를 시켜놓고 창밖에 눈을 돌렸다.

'자아, 그럼 미스터 장이 나올 것이다. 그럼 나는 무슨 이야기 하지? 우선 취직을 부탁할 것이다. 그리고. 그리고? 저녁을 먹으러 가자고 하겠지. 그럼 따라간다. 그러고 나면?'

혜원은 생각을 거기까지 하다가 찻잔을 들었다. 그 이상의 일을 생각하기도 싫었고 또 막연하기만 했던 것이다.

한참 후에 장용환이 나타났다. 그는 갈색으로 된 가뿐한 외투를 걸치고 있었다. 원기가 왕성해 보였다. 산다는 데 대한 무한한 의욕이 넘쳐 있는 것만 같았다. 그는 자리에 털썩 주저앉으며,

"오래간만입니다."

혜원은 깊은 패배감을 느끼면서 간신히 고개를 숙였다.

"제가 회사 그만둔 일 말예요."

장용환은 고개를 끄덕였다.

"고향으로 내려갔어요."

"왜요?"

"왠지 모르겠어요."

혜원은 찌그러진 웃음을 얼굴에 흘렸다.

"그래, 고향에서 올라오셨어요?"

"고향에서…… 그렇죠. 고향에서 올라왔어요."

"얼굴이 몹시 상하셨군요."

장용환은 비교적 동정이 서린 말로 뇌었다. 그러나 그의 눈에는 여전히 천착하는 빛이었다. 혜원은 아무 말도 하지 않았다.

"회사에서는 말들이 많았죠."

"뭐라구요?"

"글쎄 별안간 사표를 내고 혜원 씨가 나타나지 않으니까 그럴 수밖에요."

"화젯거리가 됐겠군요."

"재혼한다는 말이 돌았죠. 그러나 일부에서는 나에게 많은 화살을 던졌습니다."

"왜요?"

"제가 혜원 씨를 쫓아다니니까 귀찮아서 그만두었을 거라구 비난들 했죠."

혜원은 쓰디쓰게 웃는다. 그런 처지라면 오히려 다행한 일이 아니겠는가. 그만한 여유가 있으니까.

"혜원 씨가 떠난 뒤 혜원 씨가 계시던 곳에 갔었죠. 주인아주머니가 떠났다 하더군요. 실망했습니다."

장용환은 다시 혜원의 눈치를 힐끗 살폈다. 혜원이 먼저 전화를 해서 만나게 된 만큼 장용환은 자신이 있었던지 다른 때보다 여유 있고 점잖은 태도로 대한다. 그 속심을 빤히 알고 있는 혜원은 굴욕감을 느꼈다. 그러나 그것이 심한 편은 아니었다.

"사실은 오늘 전화했습니다만 저의 취직을 좀 부탁드리려구요."

그 말을 하는데 조금도 절박하지 않았다. 안 된다 해도 좋고 된다 해도 기쁠 것이 없었다. 그냥 타성으로 자기 자신이 밀려가고 있다고 느낄 뿐이다.

"네? 취직 말입니까?"

장용환의 얼굴에는 순간 난처한 빛이 돌았다.

"먹고살아야 하지 않아요?"

그런 말을 하면서 혜원은 무엇 때문에 살아야 하나? 희미한 정신 속에 그런 의문이 불쑥 솟았다.

"그럼 애당초 회살 왜 그만두셨습니까?"

"미친 바람이 불었던가 봐요."

"혜원 씨는 퍽 달라졌군요."

장용환은 좀 눈을 크게 뜨고 혜원을 바라본다.

"나쁘게 달라졌죠?"

"아니, 솔직해졌다고나 할까? 전에도 자기 자신의 주변에다 너무나 완강한 성벽을 쌓고 계셨으니까요."

"여자가 솔직해졌다는 것은 타락을 의미하겠죠?"

"그런 뜻으로 말한 것은 아닙니다."

"아무튼 좋아요. 취직은 어렵겠죠? 안 돼도 실망하고…… 그러진 않을 거예요."

"혜원 씨가 사직하자마자 회사에서도 이내 사람을 채용했죠."

"그랬을 거예요. 요즘 같은 취직난에 가만있겠어요?"

"그렇지만 차차 알아보죠, 다른 곳에. 확실하진 못한 일입니다만."

"책임지실 필요는 없어요. 안 되면 다시 내려가죠. 시골루."

장용환은 입을 다문다.

이야기를 해놓고 보니 혜원은 무엇 때문에 장용환을 만났는가 싶었다.

"저녁이나 같이하실까요?"

"아직 해도 지지 않았는데요."

"그럼 얘기 좀 더 하다가…… 그런데 혜원 씨의 그분은 안녕하십니까?"

제일 궁금했던 말을 장용환은 물었다.

"안녕하겠죠."

하는데 혜원의 입언저리는 심한 경련을 일으켰다.

'혹 이 여자는 그 작자에게 버림을 받은 거 아닐까?'

장용환은 천천히 담배를 피워 물었다.

"마치 남의 일 같군요."

"남이 아니구 그럼 저의 육신이란 말입니까?"

혜원은 신경질적으로 말했다.

"따갑게 생각지 마세요. 사랑하는 사이니까 하는 말이죠."

"사랑할수록 더 멀어지는 게 인간 세상 아니에요?"

하는데 혜원의 눈에는 눈물이 글썬 돌았다.

"그럴 수 있어요? 사랑하면 가까워지는 게 상례죠."

"그것은 행복한 극히 소수의 사람에게만."

"그럼 실례올시다만 혹……."

"혹?"

"헤어지셨습니까?"

이야기를 하다 보니 시시한 생각이 들었다.

'어떡헌다는 거지? 이 사람을 만나서 취직? 취직을 부탁한다구?'

그렇게 마음속으로 뇌면서도 혜원은 자리에서 일어설 수 없었다. 갈 곳이 없는 때문이다.

'시골에 내려간다면?'

순간 혜원의 머리에 전남편 임승규의 얼굴이 떠올랐다. 혜원이 귀향했을 때 역에서 승규를 만난 후 승규는 두 번인가 혜원을 찾아왔었다. 무슨 *까닭*으로 찾아왔는지 알 수 없었으나 혜원과 혜원의 어머니의 냉담한 태도에 그냥 별말 없이 돌아가곤 했던 것이다. 혜원이 고향에 머문 기간이 짧았기 때문에 승규를 다시 만나 승규의 의도를 알아볼 수도 없었거니와 그때 혜원의 심정으로는 알아볼 필요도 느끼지 않았던 것이다. 다만 소문에 의하면 옛날부터 승규와 관계가 있었고 또 혜원과 이혼한 동기가 된 그 여자와의 사이가 웬만큼 못하다는 것이었다. 여자는 낭비벽이 심한 데다가 과거나 현재에 있어서도 품행이 단정치 못하다는 것이다. 혜원은 승규가 자기를 찾아오는 이유를 그 소문으로 다소 짐작은 했으나 그렇다고 해서 옛날로 돌아갈 생각은 추호도 없었다. 돌아가지지 않을 일이라 생각했다. 그런데 혜원은 문득 승규를 지금 생각한 것이었다.

"무슨 생각을 하고 계세요?"

"아, 예……."

혜원은 장용환의 말에 희미한 얼굴을 들었다.

"누구 생각을 그렇게 하고 계시오."

장용환은 아까보다 말씨도 다정스러웠고 태도도 친밀감을 나타내고 있었다. 마치 길 잃어 헤매는 망아지가 자기 품으로 돌아온 것처럼.

"아무 생각도 않았어요."

혜원은 장용환의 다정스러운 눈빛이 싫었다. 자기가 상대를 불러내 놓고, 또 상대로서는 전부터 쫓아다니던 사람이니 자기 의사를 나타내는 것도 당연한 일이건만 혜원은 어쩔 수 없이 그가 싫었다. 그 밴들밴들하게 잘생긴 얼굴이 오히려 못생긴 편인 거무죽죽한 옛 남편보다 보기가 싫었던 것이다.

"저, 그럼 저녁이나 같이하실까요?"

장용환은 시계를 보며 말하였다.

"아뇨. 전 그냥 가겠어요."

"왜 그러십니까? 제가 또 무슨 실례 된 짓이나 할까 봐 겁을 내시는 겁니까?"

"아뇨. 겁을 낼 처지도 아니구 수절을 지키는 과부도 아니니까요."

"예?"

장용환은 어리벙벙한다. 그만큼 혜원의 말투는 전과 달랐던 것이다.

'매력이 있는데? 전보다 한결 더.'

장용환은 마음속으로 중얼거렸다. 혜원이 자기라는 것을 꼭꼭 묶어두고 외부와 높은 성을 쌓아올렸을 때는 소청하고 차가웠다. 그러나 그것을 내던져 버린 눈앞의 혜원은 퇴폐적이면서도 될 대로 되라는 식의 자포적인 모습이다. 그것이 도리어 장용환의 마음을 끌었던 것이다.

"옛날과 사뭇 달라졌군요."

"달라지는 게 인간이겠죠."

"그렇지만 혜원 씨는 너무."

"왜요? 전 인간이 아닌가요?"

혜원은 픽 웃으며 핸드백을 집어들었다.

"공연히 되지도 않을 취직 부탁을 해서 죄송합니다."

장용환은 당황하며 따라 일어섰다.

"아니, 안 되기는 왜 안 됩니까?"

혜원은 쓰디쓰게 웃는다.

"제가 알아보겠다 하잖습니까. 너무 급히 서둘지 마세요. 알아보기도 전에 비관적인 생각을 하면 안 됩니다."

장용환은 혜원을 놓쳐서는 안 된다 생각하며 급히 말을 했다.

"제가 어리석었죠."

"왜 그런 말을 합니까?"

"요즘 세상에 떡 먹듯 그렇게 쉬이 취직이 되겠어요? 공연히 마음속에 바람이 일어서 나와본 거예요. 나와도 신통한 궁리가 생기지 않는군요."

혜원은 다방 문을 밀고 나오면서 혼잣말처럼 중얼거렸다.

"아, 아닙니다. 혜원 씨는 경력이 있으니까 다른 사람보다 훨씬 조건이 좋죠."

장용환은 마음속에 바람이 일어서 나왔다는 혜원의 말에 구미가 바싹 당겼고 기대를 가져본다.

"그 대신 나이 먹지 않았어요? 젊고 의욕이 왕성한 사람들이 얼마든지 많은데 뭐가 답답해서 그런 젊은 사람을 제쳐놓고 저 같은 사람을 채용하겠어요? 부려먹기도 거북하고…… 전 단념하는 게 좋겠어요."

혜원은 내던지듯 말했으나 생각은 다른 곳으로 쏠리기만 한다. 장용환은 혜원의 말에 공연히 너털웃음을 터뜨리며,

"공연히 겸손하지 마십시오. 현대에 있어서 그것은 미덕이 못됩니다. 혜원 씨는 젊은 여자들 열 몫은 할 겁니다. 모든 점에서."

혜원은 픽 웃는다. 속이 빤히 들여다보이는 말이었다. 다른 때보다 아주 서툰 말이었다.

"징 신생님? 그럼 진 가보겠습니다."

혜원은 장용환과 거리를 두면서 말했다.

"아, 아니 저녁은 함께해야죠."

장용환은 혜원의 손을 덥석 잡았다.

혜원은 그 손을 뿌리치면서,

"저녁 생각 없어요. 요다음에 또 만나죠."

"그렇지만 저로서는 혜원 씨에게 연락할 길도 없구 이렇게 헤어지면 곤란하지 않습니까?"

"만나지 않았던 거로 치면 되잖아요?"

"그럴 수 있습니까? 공연히 그러시지 말고 가십시다."

"아녜요."

혜원은 쌀쌀하게 완강히 거부한다. 순간 장용환의 미간에 노기가 서렸으나 억지로 누르며,

"그럼 연락 장소라도 알려주십시오."

타협 조로 나간다.

"시골 내려갈 생각이니까."

"그럼 요다음 만난다는 것 거짓부리 아닙니까?"

"가끔 올라오겠죠."

"뭔지 조롱을 당한 기분이군요."

"죄송합니다."

"그럴 수가 있어요?"

"할 수 없습니다."

혜원은 자기 자신이 무슨 생각을 하고 있으며 또 무슨 말을 지껄이고 있는지조차 알 수 없었다. 하여간 자기 스스로가 불러내놓은 이 사나이로부터 빨리 떠나고 싶은 생각만이 간절하였던 것이다.

"그럼."

혜원은 발길을 돌렸다. 장용환은 할 수 없는 듯 혜원의 뒷모습을 지켜볼 뿐이다. 이때 혜원의 뒤를 급히 따라가는 다른 사나이가 있었다.

장용환은 그 사나이를 보지 못하고 돌아섰다. 그러나 사나이는 장용환과 혜원이 서서 이야기하는 것을 보았던 것이다. 혜원과 장용환이 헤어지는 것을 보자 그는 급히 혜원을 뒤따랐다.

초겨울 날씨라 일곱 시가 채 못 되어 사방은 어둑어둑했다. 명동 거리의 네온이 한결 선명했다. 혜원은 흐느적흐느적 걷고 있었다. 명동 거리에서 버스 정류장까지 걸어왔을 때 사나이는 혜원에게 바싹 다가섰다.

"혜원이!"

혜원은 자기 이름을 부르는 소리도 듣지 못하고 버스에 오르려 했다. 그러자 사나이는 혜원의 팔을 잡았다.

"어머!"

혜원은 장용환이 짓궂게 따라온 줄 알고 날카롭게 소리쳤다. 그러나 돌아본 그의 눈이 사나이의 눈과 마주쳤을 때 혜원의 눈은 굳어져 버린다.

"혜원이!"

"어떻게 된 일이에요?"

혜원의 입에서 억지로 말이 밀려 나왔다. 그러나 그 말은 엉뚱하기 짝이 없는 것이었다.

"우연이지."

사나이는 빙그레 웃었다. 그는 혜원의 전남편인 임승규였던 것이다. 혜원은 그 말 대답은 하지 않고 또 버스 타는 것도 그만 두고 걷기 시작했다.

'우연이라구? 정말 우연이구나! 아까 난 다방에서 이 사람 생각을 했었지.'

임승규는 혜원을 따라 잠자코 걷는다.

"어떻게 서울로 오셨어요?"

혜원은 발끝을 내려다보고 걸으면서 물었다.

"전부터 서울엔 자주 다니지만……"

승규는 말꼬리를 흐려버린다.

"부인 찾으러 오셨어요?"

"부인?"

승규는 쑥스럽다는 듯 웃는다.

"혜준이를 만나려 왔지."

"그래, 만나셨어요?"

"어제 만났지."

"뭐 하려고 만나셨어요?"

"혜원을 좀 만나보려구…… 모른다고 하더구먼."

"절 만나서 뭣 하시려구요?"

"만나서 얘기해 보려구. 나 때문에 서울로 되돌아갔나 싶어서……"

"왜 관심을 가지시죠?"

"그건 나도 모르겠소."

그러고는 말이 끊어졌다.

한참 가다 말고 승규는,

"어디 조용한 곳에 가서 차나 할까?"

"좋아요. 저도 마침 갈 곳이 없어 헤매던 참이에요."

하고는 허공에다 대고 혜원은 헛웃음을 웃었다. 웃는데 눈에서

눈물이 줄줄 흘렀다. 승규는 잠자코 지나가는 택시를 잡았다.

"자, 타요."

승규는 혜원을 보고 말했다. 혜원은 택시에 올라탔다.

'이렇게 되면 어떻게 되는 거지?'

술 취한 기분이었다. 그러나 그는 눈에 눈물을 보이기 싫어서

창밖을 줄곧 내다보았다.

"반도호텔 앞으로."

택시는 이내 반도호텔 앞에 가서 멈췄다. 승규는 혜원을 앞세

우고 걸으면서,

"스카이라운지에 갑시다."

승규는 자리를 잡고 앉자 웨이터에게 마실 것을 주문했다. 그

동안 혜원은 창밖의 남산 쪽을 멍하니 바라보고 있었다. 그러한

모습은 거의 허탈 상태에 가까웠다.

"혜원이?"

혜원은 그냥 멍하니 앉아 있었다.

"혜원이? 아까 헤어진 사람이 누구지?"

승규는 어세를 좀 높였다.

"예?"

비로소 혜원은 승규에게 눈을 돌렸다.

"아까 명동에서 헤어진 남성 말이야."

혜원은 픽 웃었다. 승규는 유심히 혜원의 눈치를 살핀다.

"그때 벌써 절 보셨어요?"

"음."

"그리구 따라오셨어요?"

"음."

"왜 그러셨어요?"

"몰라. 안된 것 같아서."

"왜요?"

"만일에 애인이라면 곤란하지 않았을까?"

"애인이라구요?"

"그렇게도 생각할 수 있잖아? 혜원은 자유의 몸이니까."

혜원은 소리 내어 웃는다.

"왜 웃어?"

"뭐가 뭔지 모르겠어요. 오늘 밤은 특급열차를 타고 마구 달려온 것 같아서 머리가 띵해지는군요."

"묻는 말에는 왜 대답을 안 하는 거야?"

승규는 좀 고통을 느끼는 듯한 표정을 지었다.

"애인같이 보였어요?"

이번에는 혜원이 되묻는다.

"글쎄…… 혜원의 태도가 좀 쌀쌀하더군."

"애인 아니에요. 아주 귀찮게 구는 사내였는데 그것도 아쉬운 생각이 들어서 만나봤어요."

"……."

"만나보니까 더 싫어지더군요."

"외로워서 그랬나?"

승규의 표정은 다소 희망적으로 변했다.

"예? 외로워서 그랬느냐구요? 호호……."

혜원은 신경질적으로 웃었다.

"외로웠어요. 외로워서 그랬답니다."

혜원의 얼굴에서 웃음은 사라지고 눈에는 눈물이 글썽 돌았다.

"많이 변했군."

승규는 한마디 뇌고 맥주컵을 들었다.

"변할 수밖에요."

혜원은 눈물을 보인 것이 분해서 고개를 휙 돌렸다. 시가의 불빛이 눈앞에 아련하다.

"혜원이?"

"말씀하세요."

혜원은 고개를 돌리지 않고 말한다.

"언젠가도 말했지만 모든 잘못은 나에게 있었어. 혜원이 뭐라 해도 난 할 말이 없지만…… 사람이란 때때로 장님이 되어 진실을 식별하지 못하는 경우도 있어. 결국 세월이 그런 우둔함을 가르쳐주기는 하지만…….”

“세월이 들어서?”

혜원은 넋이 나간 사람처럼 뇌었다.

“난, 난 여자를 보는 눈이 없었어. 나이 탓이었을까? 젊음의 잘못이었을까?”

승규는 한숨을 푹 쉬며 말했다.

“지금에 와서 이런 말 한다는 거 뻔뻔스런 일이지만 혜원이, 다시 한 번 생각해 줄 수는 없을까?”

“뭘을 생각해 보라는 거예요?”

승규는 몹시 망설이다가,

“옛날로 돌아가는 일을.”

“옛날로 돌아가는 일을?”

혜원은 승규를 쳐다보았다. 예기하지 않았던 말은 아니었다. 그런데도 혜원은 그 말이 신기스럽게 이상하였다.

“어떻게, 그리될 수 있어요?”

“여자에게 버림을 받은 것 같아서 자존심이 상하는 이야기지만 그 여자는 이혼할 수 있는 조건을 갖추고 있어. 그런 조건이 생겼기 때문에 혜원을 찾는다는 것은 비겁한 짓인지도 모르겠어. 하지만 난 벌써 오래전부터 그 여자가 탈선하기 전부터 혜원을 생각했어. 그리고 얼마나 후회를 했는지.”

승규는 담배를 붙여 물고 진실된 표정으로 혜원을 바라본다. 그 표정에는 아무런 거짓도 없었다. 순수하게 보였다. 그러나 혜원은 그의 순수한 표정에 이끌려 들어갈 수는 없었다.

"저의 상처는 어떡허구요?"

혜원은 날카롭게 쏘듯 말했다.

"그러니까 내가 용서를 빌고 있잖소. 혜원에게 낸 상처를 나는 아물게 해주겠어. 나를 용서만 해준다면."

"당신이 낸 상처는 아니에요."

혜원은 쏘아붙이듯 다시 한 번 말하며 승규를 노려보았다.

"……?"

"당신이 낸 상처가 아니구 다른 사람이 낸 상처라면 어떡허시겠어요? 그리고 그것이 영원히 아물 수 없는 것이라면?"

승규의 낯빛이 확 변한다.

"그거 무슨 뜻이지?"

승규는 더듬듯 말했다.

"말한 대로의 내용이예요."

"그, 그럼 다른 남자."

"네, 다른 남자."

"아까 그, 그 남자?"

"아녜요!"

혜원은 배 속에서 밀어내듯 말했다.

"그럼?"

"그것까지 아실 필요는 없지 않아요?"

"사랑했었나?"

"사랑했어요."

"지금도?"

"지금도 사랑하고 있어요."

"그럼 왜 상처가 되지?"

"같이 있을 수 없으니까. 잊어버려야만 하기 때문에."

"혜원을 버렸단 말인가?"

승규의 얼굴은 더욱더 변해갔다. 그리고 그의 눈은 열에 들뜬 듯 불그레하게 물들었다.

"버렸다면 차라리 상처는 아물 거예요. 시일이 지나감에 따라서 제가 도망쳐야 할 입장이니까."

혜원은 단숨에 지껄였다.

"왜? 왜? 그럴 수 있어? 사랑한다 하면서."

승규는 혼잣말처럼 약한 목소리로 중얼거렸다.

"그 이유까지 아실 필요는 없어요."

승규는 떨리는 손으로 담배를 다시 붙여 물었다. 그는 혜원의 얼굴 위에 연기를 내어 뿜으면서 한동안 침묵을 지켰다.

'혜원이 무슨 짓을 했건 내게는 아무런 권리가 없다. 혜원은 자유의 몸이었으니까.'

승규는 노여워지는 마음을 달래듯 마음속으로 뇌었다. 그러나 실망과 노여움은 좀처럼 사그라지지 않고 혜원의 여윈 얼굴만이 눈앞에 아물거린다. 그들은 꽤 밤이 깊어서 밖으로 나왔다.

"혜원이?"

"……."

"내일 한 번 다시 만나줄 수 없을까?"

"……."

"이대로 헤어지면 연락할 길도 없고…… 기회란 참 중요한 거요. 오늘 밤 우연히 혜원을 만나게 된 것도 그렇지. 사소한 기회가 운명을 지배할 때가 허다하거든. 우리는 다시 한 번 기회를 가져볼 필요가 있을 것 같아."

승규는 진지한 태도로 말했다.

"생각해 보구요."

혜원은 나직이 말했다.

"지금 헤어지게 됐는데 생각해 보다니? 나도 혜원이 있는 곳을 모르고 혜원이 역시 마찬가지 아니야?"

"그러니까 당신 있는 곳을 가르쳐주면 생각해 보아서 연락하겠어요."

혜원은 이혼한 후 승규를 만날 기회가 몇 번 있었으나 처음으로 당신이라 호칭을 사용했다.

"음! 그럼."

승규는 수첩을 꺼내어 그가 묵고 있는 여관의 이름과 전화번호를 적었다. 그리고 혜원에게 주었다.

"그렇지만 어차피 전 시골로 내려갈걸요."

"정말?"

승규의 눈이 어둠 속에 반짝였다.

"그렇게밖에 할 수 없는걸요."

그들은 헤어졌다. 셋방으로 돌아왔을 때 주성은 와 있지 않았다. 하기는 매일 밤 찾아올 형편이 못 되는 주성이었지만. 혜원의 가슴속에 황량한 바람이 인다.

'무서운 장벽이다!'

혜원은 방 한복판에 우두커니 앉아서 마음속으로 중얼거렸다. 주성의 빙그레 웃는 얼굴 위에 심상호 씨의 엄숙하게 무거운 얼굴이 겹쳐진다.

'무서운 장벽이다!'

혜원은 얼굴을 감쌌다.

'그놈의 장래를 위한다면. 진정으로 아낀다면…….'

심상호 씨의 목소리가 울려왔다.

'물러나겠어요. 달아나겠어요. 나도 이 불안 속에서 살 수 없어요. 멀리서 멀리서 생각하는 게 도리어 행복할 거예요. 쓰라리겠지만, 보고 싶겠지만.'

혜원은 전등불만 휘황한 빈방에서 흐느끼며 중얼거렸다. 떠난다 하여도 챙겨놓을 짐도 없고 설령 짐이 있다 하더라도 그냥 홀몸으로 떠나고 싶었을 것이다. 이튿날 아침 혜원은 쪽지 한 장을 방바닥에 떨어뜨려 놓고 집을 나왔다.

'그이를 찾아간다고? 그렇다. 그이를 찾아가자. 그리고 만난 후 감정대로 처리하자.'

혜원은 어젯밤 승규가 준 쪽지를 핸드백에서 꺼내어 공중전화를 찾아 들어갔다. 전화를 걸어 승규를 좀 불러달라고 부탁한 뒤 혜원은 수화기를 든 채 멍하니 창밖의 하늘을 바라본다. 바람이 이따금 유리창을 치기는 해도 하늘은 구름 한 점 없이 맑았다.

"여보시오?"

승규의 목소리였다.

"저예요."

"아, 혜원이오?"

승규의 목소리는 다급하고 높게 울려왔다.

"어떻게 이리 일찍이?"

"너무 일찍 전화 걸어서 미안합니다."

"아, 아니 나는 거의 체념하고 있었기 때문에…… 놀랍고 반가워서 한 소리지."

승규의 목소리는 소년처럼 흥분되어 있었다.

'이분도 퍽 달라졌구나!'

삭막했던 혜원의 마음에 한 줄기 따뜻한 것이 흘렀다.

"그래, 어디로 나오겠소?"

"아무 데나요."

"그, 그럼 별 지장이 없다면 내가 묵고 있는 곳으로 오면 어

470

떨까?"

승규는 조심스럽게 말했다.

"지장이 없다면 그리로 가죠."

"지장이라니? 무슨 지장이 있을 턱이 있겠소?"

"그럼 가겠어요."

"택시 타고 와요."

혜원은 수화기를 놓았다.

'택시 타고 와요.'

그 말은 묘한 여음을 혜원의 마음에 남겼다.

'달라졌구나. 옛날엔 저렇지가 않았다. 그이도 고독한 때문
일까?'

혜원은 택시를 잡아타고 가면서 줄곧 승규의 변모를 생각
했다.

'역시 돌아가야 할 곳인가 보다.'

평범한 결론이었다. 이기적인 결론이었는지도 모른다. 주성
으로부터 떠난다면 승규에게 가는 것이 최상의 길이었을 것이
다. 혜원은 다소의 가책을 느꼈다. 자기 자신에게 부끄러움도
느꼈다. 그러나 그 길밖에 갈 길이 없었다.

"그렇지만 내가 영원히 주성 씨를 잊을 수 없다면?"

혜원은 가볍게 몸부림쳤다. 여관 앞에 가서 내렸을 때 현관에
서 기다리고 있던 승규가 쫓아 나와 택시값을 치렀다. 혜원은
멍한 눈으로 그 광경을 바라보고 있었다. 이것도 새로운 발견이

아닐 수 없었다. 전에는 이와 같이 승규가 재빠르고 델리키트하지 못했던 것이다.

"들어갑시다."

승규는 창백한 혜원의 얼굴을 쳐다보고 미소 지으며 말하였다. 혜원은 순순히 그의 뒤를 따랐다. 이 층으로 올라간 승규는,

"조반 했어?"

하고 묻는다. 혜원은 비로소 아직 조반 전인 자기 자신을 깨달았다. 그리고 보니 어제저녁도 굶은 생각이 난다.

"먹고 싶지 않아요."

사실 혜원은 배고픈 줄 몰랐다. 입안이 깔깔하여 물 한 모금도 넘어갈 것 같지가 않았다.

"아니 안 했음 해야지."

"먹고 싶지 않다니까요."

혜원은 짜증 부리듯 말했다.

"그럼 생각날 때 하기로 하고."

승규는 깨어진 그릇을 감싸듯 조심스럽게 말했다.

"많이 변했군요."

혜원이 푸듯이 뇌었다.

"내가?"

"예."

"어떻게?"

"인간미가 좀 풍부해진 것 같아요."

472

말하고 혜원은 창백한 얼굴에 웃음을 흘렸다. 승규는 싱긋이 웃었으나 퍽 즐거워 보이는 표정이다.

"그런데 얼굴이 창백하군. 어디 몸이라도?"

승규는 웃음을 거두고 혜원을 본다. 혜원은 균형을 잃은 비행기를 탄 것 같은 기분이 들었다. 마음속에 주성에 대한 깊은 애정을 간직하면서도 승규라는 인간에게 새로운 신뢰감을 느끼게 되고 그 셋방으로 와서 자기가 써놓고 나온 쪽지를 보게 될 주성의 모습을 생각하니 가슴이 쓰릴 지경으로 아프면서도 지금 눈앞에 앉아 있는 사나이에게 그것이 애정은 아닐지라도 마음이 기우는 것을 어쩔 수 없었다. 정말 균형을 잃은 비행기처럼 이리 기울고 저리 기울고 감당할 수 없으리만큼 마음은 착잡하기만 했다.

"혜원이."

혜원은 얼굴을 들었다.

"어젯밤에 혜원은 어차피 시골로 내려가야 한다고 했지?"

"그랬어요."

"아주?"

"아마도."

"나를 한 번이나 염두에 두었어?"

혜원은 아무 말 못한다.

"이건 내 생각이지만……."

승규는 그 말을 퍽 빈번히 썼다.

"혜원에게는 마음의 상처가 있는 모양."

"마음뿐만 아니에요!"

혜원은 쏘듯 말했다. 승규의 표정은 굳어졌다. 그러나 그는 애써 그 표정을 풀었다.

"하여간 어느 것이든 간에 혜원뿐만 아니구 나에게도 상처는 있지 않소? 내 상처는 혜원의 잘못이 아니지만 혜원의 상처는 내 잘못에서 온 것이니 내 책임도 있을 게 아니오."

"책임지실 필요는 없어요."

"책임감에서 그러는 건 아니야. 나는 지금 혜원을 원하고 있기 때문이오. 만일, 만일 혜원, 다른 사람에게 가는 애정 때문에, 그리고 그 사람과 맺어지기 위하여 내게 오지 못한다면 그것은 할 수 없는 일일 거요. 하지만 어젯밤에 혜원은 그 사람과 헤어진다는 뜻의 말을 한 것 같은데 그렇다면 혜원은 어떤 사람에게보다 내게 오는 일이 순리가 아닐까? 두 사람이 다 같이 한때 서로를 배반했으니까 혜원의 경우는 좀 다르지만 아무튼 우리는 각자가 지니고 있는 같은 상처로써 도리어 상쇄하는 그런 것이 되지나 않을까?"

승규는 말을 하는 데 무척 힘이 든 모양으로 호주머니 속에서 손수건을 꺼내어 이마에 밴 땀을 씻었다.

"한 번 비바람을 겪었으니까 이제는 건실하게, 화사한 감정보다 생활을 위해 살아나갈 수 있을 것 같은데 혜원은 어떻게 생각해?"

혜원은 승규의 말을 듣고 있지 않는 것은 아니었다. 아니 그의 말은 옳았고 혜원에게는 유일한 가능의 길이었고 그의 머릿속에는 빈방에 남겨놓고 온 주성에게 주는 쪽지가 바람개비처럼 돌고 있었다.

"감정이 정리되지 못하여 당장에는 대답하지 못하겠지."

"아니에요."

혜원은 머리를 저었다.

"그럼?"

"지금 당장에라도 대답할 수 있어요."

"어떻게?"

승규의 얼굴에는 불안한 빛이 모여들었다.

"가겠어요. 당신에게."

해놓고 혜원은 두 손으로 얼굴을 가리며 흐느꼈다. 무엇 때문에 우는지 실상 그 자신도 알 수 없었던 것이다.


인성은 여권 관계로 외무부에 들렀다 나오는 길에서 윤태호를 만났다.

"웬일이야?"

윤태호는 반갑게 인성의 손을 잡아 흔들며 물었다.

"외무부에 좀."

"가나? 정말로."

"음."

"그래, 소문도 없이 그냥 훌쩍 가버리기야?"

"소문?"

인성은 싱긋 웃는다.

"이렇게 만나지 않았더라면 몇 해 동안 영 얼굴도 못 볼 뻔하지 않았어?"

"내 얼굴 못 보았다고 영업이 안 되겠나? 이 행복한 사람아."

인성은 농치듯 말했다.

"흥…… 아무튼 좋아. 우리 술이나 하러 가세."

"이 대낮에?"

"왜? 대낮에는 금주령이 내렸나?"

"환자는 어떡허구? 부인이 또 조바심할 게 아니야?"

"쳇! 더럽게 상식적인 말을 하는군그래. 내가 뭐 외양간에 매둔 송아지란 말이야? 그래 삼백예순 날 환자 콧등만 쳐다보고 있으란 말이야?"

윤태호는 따지듯 말을 하다가 지나가는 택시를 잡았다.

"타게."

"어딜 가는 거야?"

"사네 말대로 대낮에 술 마시기가 좀 난감하니 멀리 나가세. 주정을 부려도 상관없는 곳으로 말야."

두 사람은 택시에 올랐다.

"그래, 수속은 다 끝났나?"

"음."

"언제쯤 떠나게 되나?"

"근간에."

"떠나는 날짜를 좀 알아야 할 게 아니야? 불행한 사나이를 위하여 꽃다발 하나쯤 내가 희사하지."

아까 행복한 사나이라는 말을 따서 불행한 사나이라 하며 윤태호는 웃었다. 그러나 그것은 전적으로 농담은 아니었다. 불행까지는 가지 않더라도 윤태호는 인성을 고독한 사나이로 생각하고 있었다. 옛날 학생 시절부터 윤태호는 인성의 어두운 표정에서 늘 그런 것을 느껴왔던 것이다.

"아무도 몰래 떠나고 싶다."

"그건 왜?"

"이유는 없어."

"얼마 동안이나 있을 작정이야?"

"가봐야 알지. 가봐서 나쁘면 돌아오겠지만 그저 있을 만하면……."

"돌아오지 않을 작정인가?"

"그건 단언할 수 없지."

"왜 그리 사람이 애매해?"

그 말을 하자 인성은 윤태호의 얼굴을 힐끗 쳐다보았다. 상당히 가슴 아픈 말이었던 것이다.

교외 S장에 도착하자 그들은 내렸다. 널찍한 S장의 홀로 찾아들었다. 날씨는 쌀쌀했다. 유리창 밖에 비치는 숲의 풍경은 삼

엄한 초겨울을 표현하고 있어 기분이 상쾌했다.

"맥주 하지. 날씨는 춥지만."

말하며 윤태호는 웨이터에게 맥주를 주문했다. 그들은 맥주를 몇 잔 들이켜고 창밖에 시선을 던진다. 택시 안에서는 그렇게 허물없이 지껄이던 윤태호의 표정은 무슨 까닭인지 좀 침울하였다. 인성은 인성대로 자기 생각에 가라앉는다. 대낮이라 그런지 S장의 넓은 홀에는 거의 손님이 없었고 빈집처럼 조용하기만 했다. 인성은 생각난 듯 담배를 붙여 물었다. 태호도 생각이 난 듯 맥주잔을 들고 한 모금 마신 뒤 풋콩을 집는다.

"영업은 어때?"

무료했던지 인성이 묻는다.

"병원 말이야?"

"병원 말고 다른 사업체가 또 있었나?"

"이 사람아, 내가 그리 돼지같이 보이나?"

"아닌 게 아니라 배가 나와서 돼지를 닮아가는군."

"옛날부터 자네는 선비고 나는 장사꾼 아니던가?"

"실속 있고 좋지 않아?"

"하긴, 장사꾼 살기 좋은 곳이 한국이니까 선견지명이 있어서 우리 부모가 이런 자식을 낳았나 부지?"

하며 윤태호는 껄껄 웃었다.

"그런데 이 사람아."

윤태호는 웃음을 거두고 아까처럼 침울한 표정으로 돌아가며 인성을 의미심장한 어조로 불렀다.

"왜? 무슨 일이야? 자네에게 심각한 표정은 어울리지 않는데."

"어울리건 안 어울리건 그건 내가 상관할 바 아니야. 그런데 자네가 외국으로 도망가게 된 직접의 원인이 자네 부인에게 있는 게 아닌가?"

"……."

"언젠가 우리 밤에 술 함께한 일이 있지? 그때 자네가 어떤 여자 얘기를 하더군."

"내가 그런 말을 했던가?"

"능청을 떠는군."

"능청 떨 것도 없다."

"나는 그때 그리 대단한 일로 생각하지도 않았고 또 다소는 보수적인 사고방식이었으니까 연애는 연애대로 하고 가정은 파괴하지 말라는 주장을 갖고 있었지. 자네 같은 결백한 인간에게는 통하지 않는 얘긴지도 모르지만— 그러나 지금 생각하니 그렇지가 않더란 말이야."

"어떻게?"

인성은 윤태호 말에 깊이 귀를 기울이지도 않고 무심하게 뇌었다.

"자네가 외국으로 간다지만 목표가 없지 않느냐 말이다."

"가게 되면 목표도 생기겠지."

"나그네 같은 말을 하는군."

"원래가 다 나그네 아닌가? 우연히 가다가 어디든지 마음 내킨 대로 정착하는 게 인간이고 그래서 역사도 있고 모든 게 있었을 게야."

인성은 초점이 맞지 않는 말을 내뱉었다.

"야심이나 연구를 위해서 간다면 내가 자네 가는 마당에서 축복을 했음 했지 못마땅해할 이유는 없거든. 난 자네를 아끼고 싶다. 그래서 남의 사생활에 관한 이야기에 머리를 들이미는지도 몰라. 이런 이야기는 사실 친한 사이라 할지라도 회피하는 게 예절이거든. 그것쯤은 나도 알아."

"그래, 대체 무슨 이야기야?"

"나 단도직입적으로 말하지. 자네 부인하고 이혼하게. 그리고 그 여자하고 결혼해서 생활을 발견하게."

"어째서 그런 말을 하지?"

인성은 의심스런 눈을 들어 윤태호를 물끄러미 바라본다.

"아까도 말한 바와 같이 난 보수적인 인간이야. 결혼관에 있어서도 그렇고."

"그래서 어쨌다는 거지?"

"자네 부인은 이혼할 수 있는 죄를 범하고 있단 말이야."

"뭐라구?"

인성은 놀라며 반문했다.

"자네 그럼 모르고 있단 말인가?"

윤태호는 긴장하면서도 인성을 유심히 바라본다.

"무슨 말인지……."

인성은 자기 목소리가 떨려 나오고 있다는 것을 느꼈다. 윤태호는 입을 다물었다. 그리고 의심스러운 눈으로 인성의 눈치를 살핀다. 인성은 재차 묻지 않았다. 물으면 무슨 말이 나올지 두려웠고 또 그것을 어떻게 자기가 감당할 것인가 의심스러운 노릇이었다. 되도록 말하지 않고 서로 희미하게 덮어두고 싶었다. 무슨 말이 나올지 두렵다고는 했으나 윤태호의 입에서 현숙의 부정에 대한 말이 나올 것이 분명했다. 이혼할 수 있다는 말은 부정을 지적하는 말에 틀림이 없었던 것이다.

'윤태호가, 윤태호가 어떻게 그 일을 알고 있을까? 설마…….'

인성은 마음속으로 중얼거렸다. 그 일이라 하지만 인성은 지금껏 반신반의로 지내왔다. 상진의 협박으로 해석하려고 애를 쓰기도 했던 것이다.

윤태호는 다시 담배를 피워 물고 라이터를 탁자 위에 놓으며,

"아까도 말한 바와 같이 나는 결혼문제 혹은 가정 문제에 퍽 보수적이야. 그리고 남의 사생활에 대해서는 흥미도 갖고 있지 않어. 하지만 나는 자네라는 인간을 잘 알고 또 우정을 지니고 있네. 그런 점에서 자네를 위하여 타산적인 생각을 하는지도 몰라. 자네가 부인에게 애정이 없고 다른 여자를 사랑하게 됐다는 것은 흔히 있는 일이야. 그러나 자네의 경우는 공교롭게 돼 있지 않느냐 말이다. 잘됐다고 생각한다면 그것은 잔인한 짓이겠

지. 그러니까 잘됐다는 생각을 내버려두고 필연적으로 이혼은 성립되는 게 아니냐 말이다. 자네가 외국에 가려고 급히 서둔 것은 그 일 때문이라 생각하는데? 자네는 자네 자신이 생각하는 것보다 훨씬 휴머니스트거든."

윤태호는 힐끔힐끔 인성을 쳐다보며 말했다. 말이 그쯤 되면 확실한 얘기다.

"어떻게 자네가 그 일을 알아?"

인성은 목 졸린 사람처럼 말을 억지로 밀어냈다.

"세상은 좁은 거야. 뉴욕 같은 곳이라면 몰라도 복작거리는 이 서울에서 무슨 비밀이 있겠나. 하기는 공교롭게도 내가 그것을 목격했으니 참 세상이란 아이러니컬한 거지. 하필이면 호텔에서 왜 나를 만난단 말이야? 투숙객 중에 자살 미수자가 있어 갔었는데 그만 그 일행에 부딪치지 않았겠나."

"그만! 그만."

인성은 손을 올려 자기 얼굴을 막듯 하며 윤태호의 말을 중단시켰다. 윤태호도 말을 해놓고 보니 좀 지나쳤다고 생각했는지 입을 다물어버렸다. 한참 동안이 지났을 때 인성은,

"내게 그 책임이 있어."

푸듯이 말했다.

"그건 그렇지."

"내가 다른 여성에게 연정을 느끼는데 그는 그러지 못하라는 법은 없지. 다만 그런 것이 아니고 나를 말미암은 피해라 생각

하니 불쌍하더군."

윤태호는 나를 말미암은 피해라는 말의 뜻을 깊이 생각하지 않았다. 복잡하게 얽힌 그들의 관계를 모르기 때문이다. 인성은 눈길을 돌렸다. 유리창 너머 먼 곳에 있는 산이 안개 서리듯 눈앞에 묻어온다.

'내가 떠나고 나면 저 산은 눈에 묻히겠지.'

방금 그는 현숙에 관한 말을 했으나 산을 바라보는 동안 시골에서 앓고 있는 규희의 모습이 불현듯 눈앞에 떠올랐다.

'규희!'

어떤 감동이 그의 가슴에 치솟았다. 떠나고 나면 저 산은 눈에 묻히겠다는 생각, 가벼운 향수 같은 생각은 강하게 규희의 영상을 인성의 눈앞에 끌고 왔던 것이다.

'뭘 하고 있을까? 누워 있겠지. 편지를 쓰고 있을까?'

인성은 소년처럼 중얼거리는데 가슴이 꽉 멘다. 눈앞에 보이던 산이 한결 먼 곳으로 물러난다.

'나는 돌아올 수 있을까? 그리구 규희는? 데리고 가고 싶다. 내가 가는 곳으로.'

"하여간."

윤태호의 말에 인성은 고개를 번쩍 돌렸다.

"말을 해놓고 보니 실없는 짓이었군. 공연히 노파심으로······ 난 자네가 생활에 의욕을 갖는 것을 보고 싶었지. 떠난다는 것도 막연히 현실을 도피하는 그런 식이니까."

윤태호는 어딘지 초연한 듯한 인성의 태도에 좀 멋쩍은 표정을 지으며 말했다.

　　"다 자기 나름으로 사니까."

　　인성은 집어던지듯 말했다.

　　"그야 그렇지."

하고 윤태호는 인성의 술잔에다 맥주를 따르었다.

　　"자, 술이나 드세. 오늘은 자네하고 마지막의 날이 될지도 모르니까."

　　인성은 컵을 입으로 가져가며,

　　"뭐, 내가 저승길로 가나? 마지막이라니."

　　"기약 없는 길을 떠나니까 그럴 수밖에."

　　"누가 알아? 가다가 되돌아설는지. 애착이 없는 땅이지만 보고 싶은 사람이 한 사람은 있으니까."

　　인성은 쓸쓸하게 웃는다. 윤태호는 고개를 갸웃거렸다. 도모지 알 수 없는 사나이라 생각했던 것이다.

　　"보고 싶은 사람이 있으면 감정을 구체화시킬 것이지 달아나기는 왜 달아나는 거야?"

　　인성은 쓰디쓰게 웃으며 아무 말 하지 않는다.

　　"묘한 사내가 다 있다."

　　"희미하지. 내가 나를 모를 때가 많으니까."

　　"하는 수 없지."

　　윤태호도 인성의 문제에서 손을 떼어버리듯 중얼거렸다. 구름 속에 묻힌 햇빛이 돋아난다. 낙엽송의 앙상한 가지 사이에 햇빛이 부서진다. 초겨울의 햇살은 반갑고 부드러운 것이다. 텅 빈 식당의 하얀 식탁보가 창밖에 부서지고 있는 햇빛과는 달리 몹시 쓸쓸해 보인다.

"사람이 없군."

인성은 무료하게 말했다.

"사람이 없을 계절이지. 그리고 시간도 어중간하니까 남의 눈을 피하는 아베크족이나 찾아올까?"

그런 말을 주고받고 있는데 한 쌍의 남녀가 식당으로 들어섰다.

"아니!"

윤태호가 별안간 술잔을 놓고 크게 놀란다. 인성은 윤태호의 놀라는 시선을 따라 얼굴을 들었다. 들어선 사람은 바로 현숙이와 정상진이었던 것이다. 바로 조금 전에 이야기를 주고받은 장본인이 아닌가. 그들은 미처 인성을 보지 못하고 구석진 자리를 찾아 앉았다.

상진은 천천히, 그러나 지극히 오만한 태도로 담배를 꺼내어 붙여 물더니 현숙을 바라본다. 현숙의 얼굴에는 근심이 서려 있었으나 그렇다고 해서 즐겁지 않은 표정도 아니었다. 주로 한복 차림으로 다니던 그가 연한 회색 외투에 검정 구두를 신고 있었고 머리는 그린의 엷은 머플러로 감싸고 있었다. 그는 머플러를 끌러 탁자 위에 놓고 핸드백에서 콤팩트를 꺼내어 콧등을 열심히 두들긴다.

얼굴빛이 핼쑥해서 그 광경을 바라보고 있던 인성은 눈길을 돌렸다. 젊은 사나이, 그도 세상이 달라져서 온통 때투성이만 같은 젊은 사나이 앞에서 얼굴의 화장을 고치고 있는 현숙의 모습을 차마 더 이상 바라보고 있을 수가 없었던 것이다. 인성보다 더 흥분하고 화를 내고 있는 사람은 윤태호였다. 그는 얼굴이 벌게져,

"만일 내 여편네가 그러고 있다면 때려 죽여버린다!"
하며 나직이 외쳤다.

"인성이! 어쩔 셈이야!"

잇몸이 지글지글한 듯 윤태호는 다시 나지막한 목소리로 외치듯 말했다.

"데리고 가야지."

인성은 핏기가 걷혀진 얼굴에 쓴웃음을 띠었다.

'이 사내는 절박해지면 웃음을 웃는구나.'

태호는 벌떡 일어섰다. 그는 인성의 표정에는 아랑곳없이 두벅두벅 현숙이 곁으로 다가갔다. 태호가 다가가자 현숙은 시선을 놀렸다.

"부인!"

태호의 목소리는 낮았으나 몹시 억압적이다. 현숙의 얼굴은 순식간에 변하고 말았다.

"오래간만입니다."

현숙은 어떻게 할 바를 모른다. 상진은 여전히 거만한 표정으로 윤태호를 넌지시 쳐다본다.

"심 군이 저기 있는데 못 보셨습니까?"

현숙의 입술이 파르르 떤다. 상진은 재빨리 시선을 돌렸다. 움직이지 않고 앉아 있는 인성의 뒷모습이 눈에 띄었다. 상진은 빙그레 웃는다. 기회가 좋았다는 투의 표정이다. 다만 미간이 약간 곤두서서 희미한 불안을 나타내고 있었다. 현숙은 고개를 비틀듯 돌아보았다. 그는 아무 말도 못 하고 얼굴이 푸르락누르락한다.

"가보시죠?"

상진은 턱으로 인성을 가리켰다. 마지막의 구원을 청하듯 현숙은 상진을 올려다본다. 윤태호는 상진을 노려본다.

"저, 저 할 얘기가 있어 여기 왔는데…… 이야기 끝내고 그리로 가겠습니다."

현숙은 쥐어짜는 듯한 목소리를 내어 간신히 말을 했다.

"아, 그렇습니까?"

윤태호는 다시 상진을 한 번 노려보고 자리로 돌아왔다. 인성은 눈을 감고 있었다. 윤태호는 화가 치밀기도 하고 인성을 보기가 딱하기도 했던지,

"나가지."

하고 인성이 곁에 와서 말했다.

"음."

인성은 일어섰다. 그러나 윤태호를 따라나서지 않고 그는 두
벅두벅 현숙이 곁으로 다가갔다. 현숙은 파아랗게 질린 채 인성
을 쳐다보았다. 역시 아직은 세상 모르는 가정부인이었고 인성
에게 미련을 갖고 있는 만큼 그는 능란하게 이 딱한 장면을 수
습할 줄 몰랐던 것이다. 인성은 상진에게는 한눈도 팔지 않고
현숙이만을 쳐다보았다.

"현숙이."

그의 목소리는 뜻밖에도 부드러웠고 그의 눈에는 연민의 정
이 서려 있었다. 그럴수록 현숙은 모든 것이 이제는 끝장이 났
다는 절망감에 사로잡힌다. 악몽 같은 며칠이었다. 허전한 마음
에 스며든 젊은 사나이의 정, 그러나 그것이 얼마나 성실치 못
한 것이었던가를 현숙은 뼈저리게 느껴왔던 것이다. 그러면서
도 한번 발을 헛디디고 보면 끝없이 굴러떨어지게 마련이다. 후
회한들 소용없고 상대방의 정체를 똑똑히 본들 소용없는 일이
다. 갈 데까지 간다는 기분으로 현숙은 오늘도 이 젊은 사나이
를 따라나섰던 것이다. 그러나 공교롭게도 이런 장소에서 인성
을 만날 줄은 꿈에도 몰랐다. 상진은 다소의 불안을 느끼면서
도 재미나게 일이 벌어지고 있다는 생각을 하고 있었다.

"현숙이, 나하고 집에 돌아가지."

현숙은 전에 없이 부드러운 인성의 목소리에 더한층 공포를
느끼는지 인성의 눈을 숨어 보았다.

"어서 가자니까?"

인성은 상진을 완전히 묵살하고 있었다. 현숙은 본능적으로 일어섰다. 탁자 위의 핸드백을 들 때 그의 손은 발발 떨리고 있었다.

"그럼 실례합니다."

인성은 현숙의 등을 밀다시피 하고 상진에게 가벼운 인사까지 했다. 상진은 냉수처럼 맑고 잔잔한 인성의 태도에 완전히 억압당하고 말았다. 싫은 소리 몇 마디쯤 준비되어 있었으나 그런 말은 입 밖에 나오지 않았다. 마치 입이 붙어버린 것처럼.

완전한 패배였다. 현숙이 그의 남편을 따라나갔다는 사실보다 인간성에서 상진은 여지없는 참패를 당하고 만 것이다. 그도 무지막지한 사나이는 아니었다. 한때는 순진했었고 애정을 경건하게도 생각했었다. 그러나 그는 너무나 화려하고 허위에 찬 세계에서 젊음을 오해하고 타락하게 됐던 것이다. 밖으로 나온 인성은 윤태호에게,

"미안하네만 자네 먼저 가주게."

"그러지."

윤태호는 마침 서서히 달려온 택시를 잡아타고 혼자 가버렸다. 인성의 마음 씀을 알기 때문이다. 사랑하지도 않는 아내의 부정을 너그럽게 볼 뿐만 아니라 그의 거북한 입장을 모면케 해주기 위하여 윤태호를 먼저 가게 했던 것이다. 윤태호는 까끌하고 신경질적인 인성에게 그와 같이 관대하고 인간미가 풍부한 면이 있는 것이 즐거웠다. 마음이 흐뭇하였다.

'역시 그 녀석은 휴머니스트야. 보통 사내는 그럴 수 없지.'

윤태호를 보내고 난 뒤 인성은 잠시 생각에 잠겼다가,

"우리 걸어가면서 얘기 좀 할까? 도중에서 차 타기로 하고."

현숙은 얼굴이 창백해진 채 잠자코 따라 걷는다. 그러나 인성은 좀처럼 입을 열지 않았다. 날씨는 쌀쌀하고 불어오는 바람도 피부에 매웠으나 그들은 다 같이 추운 줄 몰랐다. 눈앞에 펼쳐진 황량한 풍경만이 그들의 마음과 마찬가지로 삭막했을 뿐이다.

"누구에게 잘못이 있고 없고를 떠나서 우리 얘기합시다. 잘못을 따진다면야 내게 있을 것이다. 당신의 잘못을 따진다면 역시 그 원인은 나에게 있을 것이오. 당신도 알다시피 나는 며칠 후에 이곳에서 떠날 작정이오."

현숙은 발끝을 내려다보고 체념한 듯 걷고 있었다.

"나도 여러 가지로 생각해 봤소. 그렇다고 해서 무슨 결론이 내려지는 것은 아니지만……."

인성의 얼굴은 고민에 일그러졌다.

"하여간 내가 당신을 행복하게 해주지 못하는 이상 당신이 무슨 짓을 해도 할 말이야 없지만 그러나."

인성은 갑자기 어세를 높였다.

"아까 그 사람만은 안 돼! 나는 내 감정에 충실하기 때문에 비극인지 모르지만 그자는 얼마든지 거짓의 감정을 조절할 수 있는 그런 점으로 하여 당신을 망칠 거요."

"망치든 말든 이혼하면 그만 아니에요?"

현숙은 심한 모욕과 자기염오 때문에 흐느끼며 소리친다.

"당신이 원한다면 언제든지…… 나는 당신 자신의 행복을 위하여 자유를 원한다면 그 길은 막지 않으리다. 그러나 이것은 독선적인 얘긴지 모르지만 이러한 심인성이라도 믿는 구석이 있고 바라는 마음이 있다면……."

하는데 인성의 마음이 아팠다.

"바라는 마음이 있다면 나를 기다려주오. 그곳에 가서 나는 내 감정을 정리해 볼 작정이고 무엇이든 손에 잡히는 일을 해볼 마음이오. 우리가 서로 애틋하게 사랑하지는 못하더라도 신뢰감으로 시로의 마음이 가까워질 수 있을지도 모르니까…… 그리고 오랜 세월이 흘러가면 설마 상처도 아물지 않겠소?"

"동정하시는 거예요?"

현숙은 흐느끼며 낮게 중얼거렸다.

"동정도 여러 가지로 해석할 수 있지 않소?"

"동정은 싫어요! 타락을 하든 신셀 망쳐버리든…… 이제는 할 수 없지 않아요? 당신은 그 여자하고 결혼하세요. 어리석고 못난 제 자신만 물러가면 될 거 아니에요?"

현숙은 별안간 길 위에 푹 주저앉으며 얼굴을 두 손으로 가리고 소리 내어 우는 것이었다. 인성은 그 모습을 내려다보다가 담배를 뽑아 물고 불을 댕겼다.

'그렇게 오만하고 신경질을 부리던 여자가…….'

마치 길 잃은 양처럼 애처로운 모습이라고 인성은 생각했다.

"일어나요. 갑시다."

인성은 현숙의 팔을 잡아끌었다. 아무도 없는 거리를 그들은 타박타박 걸어간다. 이따금 택시가 먼지를 일으키며 그들 옆을 지나갔으나 그들은 자동차를 세우려 하지도 않고 말없이 걷고만 있었다.

# 11. 분기점

열흘 동안을 주성은 혈안이 되어 혜원을 찾아 헤매었다. 고향까지 내려가서 그를 찾았으나 혜원은 없었고 도리어 혜원의 모친으로부터 봉변만 당하고 말았다.

"우리 혜원인 어디 갔수? 당신이 온 뒤 온다 간다 말도 없이 나갔으니까 당신이 그 애 알 게 아니오? 혜원인 어디 있수."

혜원의 모친은 험악한 표정으로 주성에게 따지고 들었다.

"알면 이렇게 찾아왔겠습니까?"

주성은 변명하노라고 진땀을 뺐다. 서울에 돌아오는 기차 속에서 주성은 견딜 수 없는 불안과 초조에 고통을 받았다.

'고향에 내려가지 않았다면 도대체 어디를 갔을까?'

죽었을지도 모른다는 의심이 피뜩 들었다.

'왜 죽어? 죽어야 할 이유는 뭔가!'

주성은 마음속으로 외쳤다. 부정하면서도 거기에 대한 의구심을 떨어버릴 수는 없었다. 그는 혜원이 남겨놓고 간 쪽지의 구절을 다시 머릿속에 되새겨 보았다. 그 문구 하나하나를 검토해 봤으나 그 속에서 죽음의 그림자를 찾을 수는 없었다.

'그렇다면 어디로 갔단 말이냐!'

어디로 갔는지 알 수 없는 일도 일이거니와 어찌하여 무슨 이유로 나가버렸는지 그것도 알 수 없었다. 근본적인 문제야 있지만 그런대로 참고 견디며 서로 격려하고 살아오지 않았던가. 그가 피곤한 몸을 끌고 집으로 돌아갔을 때 며칠 전부터 아들의 행동을 주의 깊게 바라보고 있던 심상호 씨는 아들을 사랑으로 불러들였다.

"너 요즘 무슨 일이 있었느냐?"

다소 마음의 가책을 받으면서도 심상호 씨는 천연스럽게 물어보지 않을 수 없었다.

"아무 일도 없었어요."

주성은 고통을 깨물듯 입술을 지그시 깨물며 퉁명스러운 어조로 뇌까렸다.

"안색이 나쁜데……."

"잠을 못 자서 그럴 겁니다."

주성은 다시 내던지듯 말했다.

"어젯밤에는 안 들어왔지?"

조심스레 묻는다.

“예.”

“어디 갔었댔니?”

“시골루요.”

“시골?”

“예.”

“뭣 하러?”

“볼일이 있어서요.”

“무슨 볼일이 있어 갔지?”

“사람을 찾으려구요.”

주성은 도전하듯 강하게 말하고 마치 심상호 씨가 적수나 되는 상대처럼 쏘아본다. 심상호 씨는 마음 한구석이 찔끔했으나 역시 모르는 척 시치미를 잡아뗄 수밖에 없었다.

“사람을 찾아가다니? 어떤 사람이냐? 친구냐?”

“아뇨.”

“그럼.”

“여자예요.”

“여자?”

주성은 얼굴이 뒤틀리는 듯한 웃음을 흘렸다.

심상호 씨는 주성의 얼굴을 외면했다.

“무슨 고민이 있는 듯한데 나에게 말해줄 수는 없을까?”

심상호 씨는 자기 자신이 부친이라는 권리로 그들을 갈라놓기는 했으나 주성의 얼굴을 바라보는 것이 괴로웠다. 언짢은 마음과 가엾은 생각이 들었던 것이다. 주성의 표정은 천하를 준다 해도 하찮다는 그런 것이었다. 그는 오로지 떠나간 여자만을 생각하고 있는 것이었다.

'어릴 때부터 고집이 세고 언행이 명확해서 내가 이놈한테 무한한 희망을 걸었건만…… 역시 그 성질 때문에 연애도 무섭게 하는구나.'

심상호 씨는 마음속으로 중얼거리며 어떠한 해결 방도도 없다는 생각을 하는 것이었다.

"아버지."

주성은 심상호 씨가 묻는 말에는 대답할 생각도 않고 그를 불렀다.

"말해봐."

"지금은 구체적으로 말씀드릴 수 없습니다. 사람을 찾지 못했으니까요."

심상호 씨는 힐끗 아들을 쳐다보았다.

"그 일의 결과를 보고 나서 상의하는 것이 옳은 일이라 생각합니다만……."

"그래, 무슨 말이냐."

"시골에 땅이나 좀 사주세요."

"뭘 하게?"

심상호 씨는 놀란다.

"사실 출세니 성공이니 하는 통념을 저는 의심하고 있습니다. 그러한 시끄러운 말들이 개인의 행복과 무슨 상관이 있겠습니까."

"그래서 땅이나 파고 시골에 들어앉겠다는 뜻이냐?"

"예. 사람은 다 외부적인 행식과 오랫동안 내려온 거짓된 풍습 속에서 얽매여 살고 있습니다. 자기 자신의 삶을 사는 게 아니구 남의 삶을 살아주고 있단 말입니다. 그래서 아무 값어치 없는 자기 인생을 오해하며 끝마치거든요."

"그래, 넌 한 여자를 위하여 시골에 묻혀서 사는 일이 대견하단 말이냐!"

혜원에 대하여 어디까지나 모르는 척 시치미를 떼고 있던 심상호 씨였건만 아들 주성을 휘어잡을 길이 없다는 것을 깨닫자 화를 발칵 내며 한 여자라는 말을 내뱉고 말았다. 주성은 강한 눈으로 심상호 씨를 바라본다. 그 눈에는 의심도 감돌고 있었다.

"아버지가 한 여자를 위하여 그러는 것을 어떻게 아세요?"

주성은 추궁하듯 말했다.

"아까 너가 그러지 않았느냐? 어떤 사람을 찾고 있다고."

주성은 입을 다물어버린다.

"다 사치스런 생각이다. 나에게도 젊은 날이 있었지만 그것은 이상에 지나지 못해. 사나이는 한 계집을 위하여 자기의 생애를 바쳐서는 안 된다. 그것은 가장 못난 놈이 하는 짓이다. 사나이는 좀 더 큰일을 위하여 살아야 한다. 애정이란 일시적인 것이지 인생의 전부는 아니다. 넌 아직 철이 덜 들어서 그래."

심상호 씨는 다시 아들을 달래기 시작했다. 주성은 고집 세게 입을 다물고 있었다.

"시골에 땅을 사달라 어쩌라 하지만 넌 학교 나오면 군대에 가지 않나? 거기 다녀와야 무슨 이야기고 타협의 여지가 있는 거지. 너의 형도 며칠이면 떠나게 돼 있다만 남보다 늦게 이제 사 부실거리니 그만큼 헛되게 세월을 보낸 셈이지. 넌 잔말 말고 군대에 갔다 오거든 외국에 가거라. 그만한 능력은 나한테 있으니까."

심상호 씨는 비굴할 정도로 주성을 타이르고 달래는 것이었다. 그러나 주성은 종시일관 그 말 대답은 하지 않고 자리에서 일어섰다. 심상호 씨는 쓰게 입맛을 다실 뿐이다.

방으로 돌아간 주성은 무슨 짓을 하는지 꼼짝하지 않고 있다가 해가 으스름히 질 무렵 방에서 나왔다. 그는 저녁을 먹으라는 어머니의 말을 듣는 둥 마는 둥 하고 밖으로 휙 나가버린다. 목표도 없이 거리를 헤매다가 주성의 발길은 혜원이 묵고 있던 집의 방향으로 절로 돌았다. 절망을 되씹으며 돌아설 것을 뻔히 알면서 그는 한 가닥의 희망을 안고 찾아가는 것이었다. 혜원의 하얀 얼굴이 눈앞에 밟혔다. 문을 두들기면 옷매무새를 고치고 혜원이 나와서 대문을 열어줄 것만 같았다.

'어딜 갔을까? 어딜? 아니 지금쯤 집에 돌아왔을지도 몰라. 잊어버릴수 없어서 왔노라 하고.'

그러나 주성은 하늘을 올려다보며 헛웃음을 웃었다. 별이 반짝인다고 생각했으나 그 별은 아득히 먼 곳에, 마치 혜원이 있는 곳처럼 아득히 먼 곳에 있다고 생각했다.

'나를 배반할 여자는 아니다! 결코 나를 버리고 갈 여자는 아니다. 무슨 이유가 있었겠지. 이 세상에 살아 있다면 우리는 어느 날에고 한 번은 마주치고 말 거야.'

주성은 눈 익은 집 앞까지 왔다. 대문은 굳게 닫혀져 있었다. 혜원이 거처하는 방의 들창에는 불이 꺼져 있었다. 절망이 가슴을 눌러 다지는 듯했다. 그러나 희망을 아주 문질러버릴 수는 없다. 주성은 대문을 두들겼다. 안에 사는 노파가 문을 열어주었다.

"또 오셨군요."

노파의 목소리는 멸시에 찬 것이었다. 혜원이 돌아오지 않았음은 명백한 일이다. 그러나,

"안 돌아왔어요?"

"종무소식이오."

노파는 간단히 내뱉듯 하고 대문을 닫았다.

'어리석은 녀석 다 봤네. 계집이 싫다는데 왜 저리 쫓아다닌담? 쓸개 빠진 녀석.'

들려오지 않았으나 노파의 조롱이 뒤통수를 치는 듯하여 주성은 허겁지겁 밤길을 더듬었다.

'다시는, 다시는 안 온다!'

주성은 그 길로 나와 혜준을 불러냈다. 혜원이 없어진 후 세 번째 혜준을 만난다. 주성은 혜준의 얼굴에서 비밀을 찾아내려는 듯 그의 눈을 응시했다. 그러나 혜준의 근심스러운 표정에는 아무런 변화도 없었다.

　"그러지 않아도 자네를 찾아가려고 했었지."

　혜준이 먼저 입을 떼었다.

　"왜."

　주성은 바보처럼 뇌었다.

　"혜원 누님 땜에."

　"소식이 있었나?"

　주성은 주린 개가 고깃덩이에 덤벼들듯 혜준의 두 손을 덥석 잡았다.

　"음."

　혜준은 무거운 표정으로 말했다.

　"어디, 어디 있다는 거야!"

　"어디 있는 걸 모르니까 답답하지. 주소도 없이 편지를 띄웠더군. 무사한 것만은 알아서 다행이지만 나로서는 모르는 일 수두룩이다."

　혜준이 가지고 온 소식은 주성에게 반가운 것도 아니고 희망적인 것도 아니었다. 혜준의 생각과 마찬가지로 혜원이 무사하게 있다는 일에만 안심을 가질 수 있었을 뿐이다.

　잔뜩 서둘렀던 만큼 주성에게는 보다 큰 실망과 허무가 엄습해 왔다.

"무슨 생각으로 나갔을까?"

주성은 혼잣말처럼 중얼거렸다.

"나도 몰라."

혜준은 좀 투박한 어조로 말했다.

"무슨 변화가 있었을까?"

"그걸 내가 어떻게 알아?"

"누가 너한테 묻는 거야?"

주성은 화를 발칵 낸다. 그러자 혜준은 딱하다는 듯 픽 웃으며,

"설마 어느 때고 알 날이 있겠지. 같은 하늘 아래 산다면."

"누굴 놀리는 거야?"

혜준은 주성을 멍하니 바라보며,

"참 고약하게 됐다. 잔말 말고 가자."

"어디로 가는 거야?"

"아무 데나."

"아무 데나? 할 말이 있나?"

"음, 직접 관계되는 일은 아닐지 몰라도 다소 짐작되는 점이 있어서."

"조용한 곳으로 가야 하나?"

주성은 좀 긴장한다.

"조용한 데가 좋지."

그들은 장충동공원으로 갔다. 낡은 벤치에 앉아서 주성은 신경질적으로 담배를 꺼내어 붙여 물었다.

"무슨 얘기야? 해봐."

"얼마 전에 학교로 나를 찾아온 사람이 있었지."

"누군데?"

"옛날의 매부였던 사람이야."

"뭐라구?"

주성은 긴장하며 혜준의 입을 주시한다.

"누님하고 이혼한 그 사람 말이야."

"음, 그래서."

"뜻밖의 일이고 나 역시 그에게 감정이 있어서 무뚝뚝하게 대했지."

"무슨 일로 찾아왔대?"

"누님 있는 곳을 모르냐구."

"혜원 씨를 찾는단 말이지?"

"고향에 내려갔을 때 몇 번 만난 모양이야."

"음……."

"좁은 지방이니까 자연히 만나게도 되겠지."

"그래서?"

"난 그 사람 의도를 몰랐어. 왜 나를 찾아왔는가. 다만 그 사람 말이 사람이란 실수 없이 지낼 수는 없다는 거야. 알고도 저지르고 모르고도 저지른다 하면서 퍽 쓸쓸한 표정을 짓더군."

"그건 무슨 뜻으로 한 말일까?"

"나도 모르겠어. 다만 그는 고독을 느끼고 있다는 짐작이 가더구먼. 말로 듣기에는 가정생활이 불행한 모양이야."

"그래서 지금 혜원 씨와 옛날로 돌아가자는 이야긴가?"

주성은 흥분한다.

"그것까지는 나도 잘 모르겠어. 추측이…… 누님을 찾아올 이유가 없거든."

"그래 그 사람이 찾아온 것은 언제쯤이야?"

"그러니까 한 열흘 됐나?"

"열흘?"

"아마 그렇게 됐을 거야."

"그럼 혜원 씨가 나간 날짜와 거의 비슷하다!"

주성은 벤치에서 벌떡 일어섰다. 그는 어디든 내달릴 기세를 보였다. 혜준은 주성의 거만한 태도를 미리 예측하고 있었다. 그래서 그는 과히 서두르지 않고 주성의 손목을 슬그머니 잡았다.

"좌우간 앉아."

주성은 혜준의 손을 탁 뿌리쳤다.

"지금 서둘러본다고 혜원 누님이 눈앞에 있단 말이야?"

주성은 혜준을 휙 돌아다본다.

"별도리 없지 않은가? 앉아."

여유 있는 듯한 혜준의 태도에 주성은 의심을 품는다. 주성은 날카로운 눈으로 혜준의 아래위를 훑어본다. 희미한 가등에 비친 혜준의 얼굴은 가면처럼 무표정하기만 했다. 멀리 가로를 뒤흔들고 지나가는 차량 소리가 어슴푸레 들려온다. 앙상한 나뭇가지가 바람에 흔들린다.

"솔직히 말해주게."

주성의 목소리는 낮고 약했다.

"무슨 말을 하라는가?"

혜준의 미간이 슬그머니 움직였다.

"자네는 나에게 숨기고 있어."

"그렇게 오해할 줄 알았다."

혜준은 먼 곳에 시선을 두고 말했다.

"숫제 얘기하지 않았던 편이 나를 위해서는 편리했지. 하지만 자네의 무모한 짓을 바라보고 있는 것이 괴로웠어. 그렇다고 해서 내가 무엇을 알고 있다는 얘기는 결코 아니야. 아까도 말한 바와 같이 옛날의 매부였던 사람이 나를 찾아왔던 일, 그리고 누님한테서 온 편지, 그것도 거처를 알리지 않은 편지가 날아왔을 뿐이야. 그 밖의 일은 모른다. 그러나 추측할 수는 있는 일인지도 몰라."

혜준의 말소리에는 조금의 거짓도 섞여 있는 것 같지가 않았다. 주성은 자리에 주저앉았다. 별이 나 있는 희끄무레한 하늘을 물끄러미 올려다본다. 별이 어디로 흘러가는지 알 수 없었다. 아까 혜원을 찾아 한때 그들의 보금자리였던 집으로 갈 때도 주성은 별을 보고 그런 생각을 했었다.

혜준의 말에 아무런 거짓이 없다 할지라도 지금 혜원의 행방에 대하여 어떤 윤곽만은 잡을 수 있는 일이었다. 주성은 자기 자신을 비참하다고 생각했다. 장용환이 혜원과 함께 돌아온 밤에는 분노를 느꼈지만 지금은 그렇지가 않았다. 분노보다 여지없이 자기 자신이 때려눕혀진 기분이었던 것이다. 전남편에게 혜원이 돌아갔을지도 모른다는 생각은 여지없는 종말을 말하는 것이 아니겠는가. 그러나 주성은 그런 결단을 내리는 것이 두렵고 피하고 싶었다.

'그, 그렇다면 혜원은 그의 전남편을 잊지 못하고 있었단 말인가?'

주성은 담배를 꺼내어 피워 물려다가 도로 집어넣고 두 손으로 머리를 부둥켜 안았다.

'그, 그렇다면 혜원이 나에게 표시한 애정은 모두 거짓이었더란 말인가!'

지금껏 혜원을 찾는 데만 열중하여 이상할 지경으로 주성은 혜원의 애정을 의심치 않았다. 혜원이 자취를 감추었지만 그것은 애정 문제이기보다 서로의 처지가 다른 데서 온 일종의 자학 행위로 어렴풋하게 생각했던 것이다. 주성은 비로소 그들 사이의 근본적인 애정 문제를 곰곰이 생각해 보는 것이었다. 지금까지 주성은 자기 자신의 내부에서 이는 애정에만 열중하고 있었다. 말하자면 내가 원하는 곳에 상대가 있다는 생각이다.

'기막히는 독선이다!'

주성은 마음속으로 자신을 비웃었다. 혜준은 주성의 심중을 충분히 헤아리고 있는 듯 말이 없었다.

"그래, 만일 혜원 씨가!"

주성은 말을 꺼내놓기는 했으나 끝맺지를 못했다. 그러자 혜준은 다물었던 입을 열었다.

"물론 이것은 내 상상에 지나지 못하는 일이지만 만일의 경우 누님이 옛날 사람을 찾아갔다면 주성은 어떻게 하겠나?"

"상상으로 얘기는 할 수 없다!"

주성은 외치듯 말했다.

"사실이라면?"

"사실이냐?"

주성은 혜준 옆에 몸을 바싹 대며 다잡듯 물었다.

"사실이라면?"

혜준은 꼭 같은 말을 되풀이한다.

"그 여자는 날 농락했다! 내가 바보였다는 것을 깨닫겠지."

혜준은 아무 말도 하지 못한다.

"사실이라면 그것으로 끝장나는 게 아니겠나. 나는 그래도 쫓아다닐 만큼 어리석지는 않아."

주성은 떨리는 손으로 담배를 붙여 물었다.

"주성이."

"말을 해봐."

"사실도 아니거니와 만일 그렇다 하는 경우 나는 자네와 같은 그런 판단은 내리지 못하겠다."

"그야 친구보다 누이가 가깝지 않겠나."

주성은 허탈한 웃음을 웃는다.

"가깝고 멀고의 얘기가 아니야. 그야 누님 자신이 아닌 바에야 그 심중을 끄집어 말하는 것은 불가능한 이야기겠지. 하지만 난 누님의 성격을 알고 있을 뿐만 아니라 과거 그는 그의 남편 된 사람을 사랑하지 못했단 말이야. 내가 그에게 누님이 갔으리라는 단정을 내리지 못하는 것도 그 이유 때문이지. 남자의 잘못도 있었지만 누님이 사랑을 느끼지 못했던 이유가 더 컸을지도 몰라. 그런데 내가 그 사람에게 갔을지도 모른다는 상상을 하게 된 것은 누님의 괴로운 처지 때문이야. 누구보다도 누님은 자존심이 강한 여자였어. 자네의 애정이 아무리 강하고 큰 것이라 할지라도 누님은 자기의 열등의식에서 벗어날 수 있는 그런 여자는 아니야. 누님은 끊임없이 그 자신의 애정에서 도망칠 궁리를 하고 있었을거야. 심슨 부인은 윈저 공의 왕관을 벗게 했지만 누님은 그럴 여자가 못 된다. 자네가 없었다면 도리어 찾아온 옛 남편을 거절했겠지만 네가 있기 때문에 그 사람에게로 어떤 탈출구를 발견하게 됐을지도 모르지."

혜준의 말은 신중했다. 그리고 적중된 말이기도 했다.

"나는 아직 세상일도 잘 모르고 남녀의 애정 문제에 대해서도 별로 아는 게 없다. 그러니까 내 의견이 정확한 것인지 그건 의심스럽지만 연애는 바람 같은 거구 생활은 잔잔한 일기 같은 것이 아닐까? 누님을 평범하게 살게 해주는 것이 좋을 것 같다. 뭐 자네를 설득시키고자 하는 말도 아니고 더군다나 누님의 처신을 나는 지금 모르고 있었으니까…… 또 이런 말 한다고 해서 내 말대로 할 자네 성격도 아니지만 그렇게 될 경우 나로서는 누님이 자네를 농락했다고 그렇게 생각하고 싶지는 않아. 진정으로 누님은 자네를 사랑했다고 나는 생각하고 있어."

그날 밤 혜준과 헤어진 주성은 밤늦게 집으로 돌아왔다. 그는 자리에 누워서 혜준이 한 말을 하나하나 되새겨 보았다. 지금 이 마당에 와서 혜원은 간 것에 틀림이 없고 혜원이 자기를 사랑하면서 갔을 것이란 혜준의 말이 아무런 위안도 되지 않을뿐더러 아무 의미도 갖지 못한 것임을 그는 통감하였다.

'이미 가버리지 않았느냐!'

그 말을 마음속에 수없이 되풀이하면서 엄연한 사실을 눈앞에 보는 것이었다.

'송애!'

주성은 몸을 뒤치며 죽은 송애의 이름을 불렀다. 새삼스럽게 그에게 가는 정 때문에 송애를 불러본 것은 아니다. 같은 슬픔 속에서 송애의 죽음이 애처로웠을 뿐이다. 사랑을 거역당하고 스스로의 생명을 끊어버린 송애는 분명히 주성 자신의 희생자였다. 그런데도 불구하고 주성은 자기 자신이 가해자와 하수인이란 실감을 느끼지 못한다. 다만 같은 슬픔을 지녔던 사람으로서 공감을 느꼈을 뿐이다.

'송애는 죽었지만 난 죽을 수 없지. 못난 짓이야. 좌절되었다고 내가 내 생명을 대가로 지불할 아무런 이유도 없단 말이야.'

중얼거리면서 주성은 남자와 여자의 커다란 차이점을 깨닫는다. 슬픔은 여자보다 더 컸을지도 모른다. 고통도 여자보다 더 컸을지도 모른다. 그러나 외골수는 될 수 없고 바늘처럼 가늘고 매서울 수는 없다. 여자의 슬픔이 예리한 것이라면 남자의 슬픔은 둔중한 것이다. 여자의 고통이 국부적인 것이라면 남자의 고통은 전신적인 것이 아니겠는가.

주성은 이리저리 몸을 뒤치다가 한 시가 지난 뒤 자리에서 도로 일어났다. 그는 객실로 나갔다. 그리고 전화의 수화기를 들었다. 배설하지 못하고는 견딜 수 없었던 것이다. 신호가 가는데 받는 사람이 없다. 한밤중이니까 그럴 수밖에. 그러나 주성은 끈덕지게 수화기를 귀에다 대고 있었다. 아니 누가 받아주리라는 기대마저 잃고 간격적으로 울려오는 신호에 귀를 기울이며 멍한 눈으로 어두운 창밖을 내다본다.

"여보세요?"

자다 일어난 듯한 현숙의 목소리와,

"접니다. 주성입니다."

"밤에 웬일이세요?"

현숙도 심야의 전화였으므로 긴장되는 모양이다.

"별일은 없습니다. 형님 좀 바꿔주십시오."

"무슨 일인데요?"

불안해하는 현숙의 목소리다.

"잠이 오지 않아서요. 별일은 없습니다. 형님……."

"지금 주무시는데."

어쩐지 인성에게 바꾸어 주기를 싫어하는 눈치다. 주성은 그때 극장에서 만난 일 때문에 형수가 자기와 인성과의 대화를 꺼려한다고 생각했다.

"좀 깨워주십시오. 제 일신상의 의논이 있어서요."

굳이 형하고 해야 할 이야기가 있었던 것은 아니다. 그런데 못하게 고집을 부리고 싶어서다.

"그럼 좀 기다리세요."

현숙은 부시시 수화기를 놓는 모양이다. 주성은 수화기에보다 마루방에서 들려오는 기둥 시계 소리에 귀를 기울인다. 밤은 괴괴하였다. 물기 없는 방의 냉기가 가슴속까지 스며든다.

'술이라도 있었음 좋겠다.'

방이 한없이 넓게만 보였다. 그 넓은 방을 의식하면 할수록 더 넓게 확대되어만 간다. 끝도 없고 가도 없는 허공만 같은 넓이다. 황량한 바람이 마구 주성의 머리칼을 나부끼게 하는 것만 같았다.

'술이 있었음 좋겠다. 오늘 밤 따라 왜 맨송맨송하게 그냥 돌아왔을까.'

"주성이냐?"

드디어 인성의 목소리가 울려왔다. 평상시와 다름없는 목소리다.

"늦게, 주무시는데 전화해서 죄송합니다."

"무슨 일이냐?"

"아무 일 없었습니다."

"술 마셨구나."

"아닙니다. 지금은 술 생각을 하고 있죠."

"이야기해 봐. 뭐 일신상의 의논이라구? 나야 본시 그런 일에는 소질이 없는 사람이다만."

"일신상의 의논요? 시시한 얘깁니다. 건설적인 것이 못 되고 파괴적인 것이니까요."

"아닌 게 아니라 너 요즘 이상하다 하더구나. 어머니가 몹시 걱정을 하시더군."

"이제 끝났습니다."

"끝이 났다고?"

"예. 바로 끝이 났습니다. 여자가 달아났으니까요."

주성은 주정 비슷하게 말했다. 인성은 아무 말도 하지 않는다.

"조용해서 참 좋군요. 전화 소리가 아주 똑똑합니다. 형수씨께서는 옆에 계신가요?"

"아니, 내 방으로 옮겼다."

"형님?"

"왜."

"형님도 괴로우시죠?"

"……."

"다 알고 있습니다."

"무엇을 안단 말이냐."

"심중을 말입니다. 그러나 저처럼 이렇게 피를 흘리지는 않을 겁니다. 형님은 중용의 미덕을 지녔으니까요."

"쓸데없는 소리 하지 말아."

"쓸데없는 얘기가 아닙니다. 중요한 얘기죠."

인성은 여자가 달아난 이유를 너무나 잘 알고 있었다. 심상호 씨가 혜원을 찾아간 사실을 알고 있기 때문이다.

"형님."

"말해봐."

"사람을 싫어하고 사람을 좋아하고 그래서 우리의 생애가 이리저리 변하는 것 아니겠어요? 제가 송애를 싫어했는데 그 여자는 나를 싫어했단 말입니다."

"싫어했다고 단정할 수는 없지. 체념한다는 데는 더 큰 고통과 더 큰 용기가 필요했을 거야."

인성은 은근히 암시해 준다.

"형님으로서는 퍽이나 완곡한 말씀인데 무의미합니다. 헌데 형님은 어떻게 그 일을 아세요?"

"느낌이지."

"느낌……."

"잊어버려."

"물론입니다. 잊어버려야죠."

"내일 우리 만날까?"

"그럴까요?"

"조용히 얘기라도 나누고 싶다. 나도 곧 떠나게 될 테니까. 그리고 함부로 감정을 배설하는 것은 나쁘다."


이튿날 주성은 인성을 찾아갔다. 전에 없이 부엌에서 식모와 함께 서성거리고 있던 현숙은 주성을 보자 슬그머니 외면을 했다.

"형님 계시죠?"

"건넌방에."

하고는 얼른 안방으로 들어가 버린다. 주성이 건넌방으로 들어가자 인성은 책상 앞에 앉아 책을 읽고 있었다.

"음, 왔구나."

인성은 주성의 수척한 얼굴을 빤히 쳐다보다가 피식 웃었다. 그 웃음은 주성을 보고 웃는 것인지 인성 자신에 대한 웃음이었는지 잘 분간할 수 없었다.

"날씨가 좋군. 어디 나가볼까?"

주성은 석불처럼 쭈그리고 앉아 있다가,

“나갑시다.”

했다. 인성은 옷을 갈아입으면서,

“너 어제 술 마셨나?”

“아뇨.”

그들은 밖으로 나왔다.

“어딜 갈까.”

“아무 데나요.”

“우선 점심은 해야지.”

“그럭헙시다.”

그들은 시내로 나와 식당으로 들어갔다.

“맥주 하겠나?”

“하죠.”

그들은 우선 맥주를 시켰다. 날씨는 쌀쌀했으나 맥주 맛은 좋았다. 그러나 할 말은 없었다. 아니, 너무 할 말이 많아서 말을 할 수 없었는지도 모른다.

“형님.”

“응.”

“형님은 왜 별안간 떠나려고 마음먹었습니까?”

“일종의 도피겠지.”

“난 도피할 수 없어요. 바로 부딪치고 깨어져 버리겠어요.”

인성은 픽 웃는다.

“어느 편이 강한지— 하긴 도망치는 놈이 더 비겁하긴 하겠지."

"아니, 차라리 이젠 그게 부러운걸요. 무엇이든 해결책은 있어야잖습니까?"

"너는 젊다."

"형님도 늙지는 않았어요."

"나는 나를 많이 바라보았다. 그러나 너는 너를 아직 모르고 있다."

"알고 모르고 그런 건 행동이나 감정 이전의 일 아닐까요. 나는 내 자신을 알기보다 나는 상대편을, 내가 원하는 상대편을 더 알고 싶은걸요."

"행복한 정열이다."

"불행한 참패죠."

주성은 미간을 찌푸리고 맥주컵을 들었다.

"그럼 그것은 자폭이다. 도피보다 더 약한 노릇이 아니냐."

인성은 여전히 웃으며 말했다. 주성은 그 말 대답은 하지 않고,

"형님?"

"……."

"형님이 도피하는 행위의 동기에 여성이 있습니까?"

하고 인성을 빤히 쳐다본다. 인성은 대답을 못 한다.

"여성이었군요. 왠지 그런 생각이 들더구면요."

"자기가 뿌린 씨는 자기 손으로 거둬야 한다."

인성은 대답이 될 수 없는 말을 독백처럼 뇌었다.

"그건 무슨 뜻인지요?"

주성은 묘한 얼굴이 된다.

"별 뜻이야 있겠나. 내가 내 인생을 소홀히 한 죄지."

인성은 구체적인 말을 피하였다.

주성은 인성 앞에서 몸을 돌려 창문을 바라보면서,

"형님?"

"……"

"애정이 있으면서도 몸을 돌리고 가버릴 수 있을까요? 여자들의 애정 세계는 그런 것일까요?"

"남자의 경우도 그럴 수 있다. 내 자신도 그럴 수 있다."

"믿을 수 없습니다."

두 형제는 그것으로써 일단 말을 끝내고 간단한 식사를 한 뒤 밖으로 나왔다.

"참 날씨가 좋구나. 햇빛이 따스해서 봄 날씨 같구나."

"웬일입니까?"

"뭐가?"

인성이 주성을 돌아다본다.

"만사에 무관심한 형이 오늘따라 자꾸만 날씨 얘기를 하니 말입니다."

"음— 그랬던가? 별나게 기분이 평온해서 하는 말이야."

그들은 정한 곳도 없이 나란히 발길을 옮겼다.

"우리 덕수궁에나 한번 가볼까?"

주성은 인성의 얼굴을 쳐다본다. 인성의 얼굴에는 조용한 우수가 흐르고 있었다.

"떠나시려니까 역시 마음이 언짢은 모양이죠."

"뭐 언짢기야. 누구 다시 못 올 곳으로 가나?"

그들은 덕수궁으로 들어갔다. 사람이 없었다. 초겨울에 이런 곳을 찾아올 사람은 별로 없을 것이다.

지난가을 국화 전시회를 했던 장소까지 왔을 때 주성은 가슴이 메어오는 것을 느꼈다. 송애를 생각한 것이다. 아까 거리에서 인성이 덕수궁으로 가자고 했을 때도 주성은 죽은 송애 생각을 했다. 그러나 그는 덕수궁을 피하고 싶은 생각은 없었다. 기왕 생채기가 난 곳이니 무엇이든 더 눌러 다져도 무슨 상관이랴 싶었던 것이다. 아니 생채기 위로 더 무엇이 매질한다면 오히려 통쾌할 것 같기도 했던 것이다.

"송애가 죽은 지 몇 달도 안 되는군요."

주성은 자기 자신을 학대하듯 그 말을 꺼내놓고야 말았다. 인성은 주성을 힐끗 쳐다보았다.

"바로 저곳에서 우리가 마지막 만났습니다."

주성은 연못 옆의 벤치에 손가락질까지 하며 말했다.

인성은 묵묵부답이다.

"인과응보라 생각하기에는 너무나 쑥스런 노릇입니다. 바보 같은 계집애. 살아 있었음 우리 그런 대로 다시 만났을 텐데……."

주성은 껄껄 소리 내어 웃는다.

"자기 자신을 그렇게 괴롭힐 것 없다. 만나고 헤어지고 또 죽고 살아남고. 대단찮은 일이다. 너는 송애가 불쌍하고 송애에 대하여 가책을 느끼고 있지 않다. 실상은."

"맞았습니다. 송애보다 내 자신이 더 불쌍했겠죠."

"남아로서 창피스런 말이다. 왕시의 심주성은 어디로 갔느냐."

인성은 놓치듯 말하고 벤치에 털썩 주저앉는다.

"하늘이 얼음장 같구나. 서울에 살면서도 이런 것을 모르고 있었으니."

인성은 담배를 꺼내어 붙여 물었다. 주성은 어느 한곳을 노려보고 있었다. 이야기를 하고 있던 인성은 주성의 시선이 간 곳을 쫓았다. 남녀 한 쌍이 천천히 걸어오고 있었다. 주성의 눈은 막연했다. 인성도 무심히 바라보고 있었다.

'이런 날씨에 덕수궁을 찾아오다니. 어지간히들 낭만적인 사람들이군.'

인성은 별반 호기심이 가는 것도 아니었지만 마음속으로 뇌었다. 여자는 외투를 입고 발부리를 내려다보며 걷고 있었다. 남자 역시 여자의 시선과 마찬가지로 발부리를 내려다보며 걷고 있었다. 그들이 인성이 앉아 있는 벤치를 향하여 걸어오는 모양이다. 여자가 손을 올려 외투의 깃을 세운다. 그와 동시에 여자의 아미가 살짝 치켜들렸다.

'아!'

인성은 경악의 소리를 씹어 삼킨다. 그와 동시에 주성을 쳐다보았다. 주성의 눈이 번쩍 빛났다. 그렇게 찾지 못하여 괴로워하던 바로 그 유혜원이 아닌가. 주성은 말뚝처럼 이쪽을 향하여 다가오는 남녀를 지켜보고 서 있었다. 혜원이 인성의 형제가 그를 지켜보고 있는 것을 알지 못했다. 외투 깃을 세운 뒤 그는 다시 시선을 발부리에다 떨어뜨린 채 가까이 온다.

"주성아."

인성은 무슨 일이 벌어질지 두려운 예감에 가슴을 떨며 주성의 한 팔을 살그머니 잡았다. 주성의 팔은 강철처럼 빳빳하고 무겁기만 했다. 이 미터의 거리가 남았다.

인성은 주성의 팔을 잡은 손에 힘을 주었다. 그들은 바싹 다가왔다. 사나이가 잠시 눈을 들어 주성을 보다가 그 눈의 강력한 힘에 주춤하고 놀란다. 사나이가 주춤하는 바람에 혜원은 드디어 얼굴을 들었다. 네 개의 눈, 얼어붙은 듯한 눈, 기가 막히는 회후다.

"안녕하십니까."

인성의 입에서 말이 나왔다. 얼어붙은 듯한 혜원의 눈에 공포와 구원을 청하는 빛이 넘실거린다.

"오래간만입니다."

인성의 입에서 다시 말이 나왔다. 좀 떨리는 목소리였다.

"안녕하세요? 선생님."

기어드는 듯한 혜원의 목소리는 더 심하게 떨리고 있었다.

"이제 몸은 괜찮으십니까?"

혜원은 그 대답을 못 하고 주성의 눈에 끌려들어 가듯 그곳으로 시선이 쏠렸다. 그러나 그는 입술에 피가 배어 나오도록 물어 씹는 순간 그의 눈은 잔잔히 가라앉았다.

"정말 선생님에겐 신셀 많이 졌어요. 여보, 인사하세요. 제가 맹장염을 앓았을 때 편리를 보아주신 의사 선생님이세요. 저, 저의 남편입니다."

기묘한 분위기에 눌리듯 우두커니 서 있던 승규는 모자를 벗었다.

"저 임승규올시다. 감사합니다."

인성은 가볍게 고개를 숙였다. 고개를 숙이면서 인성은 주성의 감정을 생각하는 것보다 유혜원을 가엾다고 생각했다. 그리고 강인하며 이상적인 여성이라 생각했다. 그들은 인사를 나누자 인성과 주성 앞을 지나쳐 가버렸다. 주성은 인성에게 팔을 잡힌 채 머리카락 하나 움직이지 않고 서 있었다. 그는 혜원의 뒷모습을 돌아보지도 않았다. 그러나 주성의 눈에는 눈물이 가득 괴어 있었다.

"가자."

인성은 주성의 팔을 잡아 끌었다. 주성은 저항하지 않고 터벅터벅 걷기 시작한다. 인성은 진심으로 주성을 동정하고 혜원에 대하여 언짢은 생각이 들었다.

'순진한 놈이다. 나한테 비하면 이렇게 순수할 수가 있을까?'

인성은 진실로 때 묻지 않은 마음이라 생각했다. 그리고 주성처럼 될 수도 없고 주성을 위하여 아무것도 할 수 없는 자기 자신에 염오를 느끼는 것이었다. 덕수궁 밖으로 나간 인성은 아무 말 없이 택시를 잡았다.

"타."

주성은 자동인형처럼 자동차에 올랐다.

"S장으로!"

인성은 운전수에게 말했다. 얼마 전에 윤태호와 함께 간 곳이다. 주성은 인성의 말을 듣고 있지 않았다. 그는 운전수의 뒤통수를 너머 차량 밑으로 말려들어 가는 가로를 허탈한 사람처럼 바라보고 있었다. 택시가 교외로 나간 후에도 주성은 멀리 어디로 가느냐는 말을 묻지 않았다.

인성은 주성의 감정을 오롯이 그대로 내버려둘 생각으로 말을 걸지 않고 담배만 태운다. 그는 주성의 일로부터 규희에게로 생각을 옮기고 있었다. 떠나기 전날 그는 규희를 찾아갈 계획을 세우고 있는 것이다.

'주성은 쫓아가다가 지쳤고 나는 도망가면서 이렇게 방황하고 있지 않느냐.'

인성은 도망을 치는 자기 자신에게는 영원히 종착역이 없고 방황할 뿐이지만 쫓아가다가 지치고 단념할 주성은 도리어 그

대로의 무슨 다른 방향의 길을 찾을 것만 같았다.

'힘껏 사랑하고 그리고 물러선 주성은 역시 나보다 건전하고 에누리 없이 인생을 살고 있다.'

인성은 이미 주성의 마음이 작정되어 있음을 느낄 수 있었다. 지금은 허탈 상태에 놓여 있지만 그는 모든 것을 털어버리고 일어설 것 같았다.

S장에 도착했을 때,

"여기가 어디죠?"

주성은 비로소 사방을 두리번거렸다. 창백한 얼굴에 앙상한 나뭇가지의 그늘이 걸려 무수한 상처가 난 것같이 보였다.

"S장이다."

"이렇게 멀리?"

"며칠 전에 친구하고 왔었지. 조용하고 해서……."

그렇게 말하는 인성의 뇌리에 잠시 현숙과 정상진의 모습이 스쳐 갔고 불쾌한 감이 일기는 했으나 별반 큰 의미를 가진 것은 아니었다. 그들은 탁자에 마주 보고 앉았다.

"맥주 하겠나?"

"하죠."

주성은 메마른 입술을 엷게 움직였다.

"그동안 우린 퍽 먼 사이였었지."

인성은 다시 담배를 붙여 물고 느닷없이 말했다.

"오늘은 여러 가지 일도 많았고 또 한편 너하고 무척 가까워진 것 같다."

"위로하시는 겁니까?"

"아니지. 위로를 받아야 할 사람은 너보다 아마 나였을지도 몰라."

인성은 주성의 얼굴 위에 연기를 뿜었다.

"세상은 별것 아니군요."

"별것 아니면서도 우리는 그 별것 아닌 것에 작별을 하지 못하고 살아가는 거야."

주성은 얼굴을 일그러뜨리며 웃는다.

"참말 여자의 마음이란 갈대와 같은 것이란 진부한 말이 있습니다만 그 진부한 말은 모조리 진리더군요."

주성은 내던지듯 말하고 웨이터가 부어주는 맥주컵을 움켜잡듯 꼭 쥐었다. 인성은 잠시 주성을 바라본다.

"주성아."

주성은 인성을 힐긋 쳐다본다.

"네."

"유혜원 씨를 그런 갈대와 같은 마음의 여자라고 믿고 있나?"

"믿고 안 믿고가 있어요? 사실은 그렇지 않습니까?"

주성은 인성을 잡아먹을 듯한 기세로 말했다.

"가엾은 사람이다. 제발 그런 생각일랑 하지 말어."

"가엾다구요? 천만의 말씀입니다. 왜 그 여자가 가엾습니까? 생각하는 대로 얼마든지 남자를 골라잡을 수 있는 여자가 가엾습니까? 그건 창부에 대한 연민입니까? 위선에 찬 형님의 연민이냐 말입니다."

"입 닥쳐!"

"무슨 까닭으로 형님은 그 여자를 두둔하고 동정하는 거죠?"

"그 사람에 대한 모욕적인 언사는 삼가라. 사내답지 못한 비겁한 짓이다."

"예? 비겁한 짓이라구요?"

주성은 열이 바짝 올라서 대들듯 인성을 노려본다.

"주성아."

"할 말 있으면 해보세요."

"너를 위해서 나는 이 말을 하고 싶지 않다. 그리고 아버지를 위해서도 말이야."

"그건 무슨 뜻입니까?"

"하나 그 여자가 부당한 모욕을 당하고 있는 것은 옳지 않단 말이야. 나는 우리 집안이나 혹은 내 동생만을 위하여 그 여자가 창부로 불리우는 것을 참을 수는 없다. 그것은 지독한 이기가 아니냐? 사실은 그 여자가 너를 밟아 문드린 것이 아니고 우리 자신이 그 여자를 밟아 문드린 거야."

"옛?"

주성은 노기를 꺾지 않는 눈으로 인성을 응시했다.

"그 사실만은 알아둘 필요가 있다."

"명확하게 말씀하세요."

"말하마."

인성은 숨을 좀 크게 몰아쉬었다.

"형님."

주성은 인성의 다음 말도 듣지 않고 성급하게 형을 불렀다.

"그런데 형님은 어떻게 혜원이를 안단 말입니까?"

"난 혜원이라는 여자를 잘 모른다. 그때 병이 났을 때 만나고 오늘이 처음이니까."

"그럼."

주성의 말이 다급해진다.

"그간의 경위를 좀 알고 있지."

"그간의 경위라뇨?"

"어찌하여 유혜원이라는 여자가 너로부터 떠나게 되었는가 그 경위를 말이다."

주성은 숨을 모으고 인성의 눈을 주시한다. 인성은 긴장한 얼굴에 갑자기 쓰디쓴 웃음을 띤다.

"『춘희』 같은 얘기지."

"『춘희』?"

주성은 어이없다는 듯 인성의 말을 반문했다.

"별안간 지금 그 일이 생각나는구먼. 뒤마의 『춘희』 말이야."

인성은 무심결에 그 말을 했다. 그러자 주성의 얼굴은 새파랗게 질렸다.

"그건 무슨 뜻이죠? 혹?"

"아버지가 유혜원 씨를 만났어."

"아버지가!"

"그렇다. 아버지가 그이를 찾아가셨더래."

"그래서요. 그래서 뭐라 했답디까?"

"뻔하지."

"그! 그런 횡포가!"

"흥분하지 말어. 부모의 마음 다 마찬가지다. 아버지로서는 그렇게 가시는 게 당연했다."

"당연하다구요? 무슨 권리로 저의 생애를 지배하려는 겁니까? 난, 난 결코 용납하지는 않을 겁니다!"

주성은 두 주먹으로 탁자를 짚으며 일어섰다.

"그래, 그럼 넌 어쩌자는 거지?"

"혜원이를 도로 뺏을 테요!"

"안 돼! 너는 너 자신의 감정에만 사로잡혀 있다. 진실한 뜻에서의 사랑을 모른다."

"형님은 그런 말 할 자격이 없소!"

"자격이 있지."

"없소!"

인성은 빙그레 웃는다.

"하여간 앉아라. 지금 쫓아 나간다고 혜원 씨를 당장 찾을 수는 없다. 너를 만난 그 덕수궁에 지금까지 우물주물하고 있을 상싶으냐?"

주성은 쓰러지듯 의자에 주저앉았다.

"이제는 그 사람 너에게 돌아오지 않을 게다. 적어도 그 사람은 너보다는 현명하단 말이야."

그러나 주성은 형의 말을 듣고 있지 않았다. 그는 아버지가 혜원을 찾아갔다는 그 새로운 사실에 전 분노를 태우고 있었다. 인성은 하던 말을 중단하고 주성의 푸르락누르락하는 얼굴을 물끄러미 바라보고 있었다.

"그, 그런 횡포가 어디 있어요? 겨, 결국 혜원을 쫓아냈군요. 그렇죠? 형님."

"쫓아냈다기보다 애원을 했겠지. 『춘희』에 나오는 아버지를 생각하면 되겠지. 아니 그보다는 아버지 편이 더 순진했을 거야. 아버지도 몹시 고민을 하신 모양이니까."

"진부한 말입니다. 아버지가 어디 귀족입니까! 자수성가해서 다소 돈을 모았기로서니 그게 무슨 대단한 권위라구. 하물며 혜원은 창부가 아니란 말입니다. 설령 창부면 어때요? 사랑하면 그만이지. 사랑에도 계산이 있습니까?"

주성은 대어들듯 말했다.

"계산이야 없지. 하지만 꼭 같이 살아야 한다는 법도 없지 않은가. 그거야말로 이기심이지. 사랑에는 희생이 있어야 해."

"희생이라구요? 그래 혜원을 내쫓은 결과는 내 희생의 소치란 말이죠?"

"표면상의 이야기다. 희생은 이미 혜원 씨가 했다. 그러나 너 자신도 희생해야 한다."

"뭘 희생해야 합니까? 그것을 제발 좀 가르쳐주십시오!"

"넌 혜원 씨를 가지고 싶어만 했지 그 여자의 행복을 생각했느냐?"

인성은 좀 엄숙하게 주성을 바라보는 것이었다.

"어떻게 말입니까?"

"그것은 너 자신이 생각할 일이 아니냐?"

주성의 얼굴은 고통에 일그러졌다.

"여러 가지 조건, 가령 너에게는 아직 독립할 능력이 없다는 것, 졸업하면 군대에 가서 몇 해 있어야 한다는 일, 그것을 모조리 떼어버리고 생각해 보자."

주성의 얼굴은 더욱 일그러졌다.

"주성아?"

"……."

"넌 혜원 씨의 열등의식을 생각해 본 일이 있느냐?"

주성은 얼굴을 번쩍 쳐들었다.

"애정은 모든 것을 넘어설 수 있다고 했다. 그러나 실상은 그렇지 못한 거야. 그러한 걱정은 어느 순간의 일에 지나지 못한다. 그렇다고 내 말을 어떤 세속적인 타협이라 생각지는 말어. 정신적인 열등의식은 결국 애정을 파괴하고 마는 것이다. 도리어 이대로 헤어져 버리는 게 너희들의 사랑을 상처 없이 간직하는 결과가 된다. 이런 얘기하는 것 쑥스런 일이다만, 더욱이 너에게 말하는 것이. 하지만 말해두지. 내가 어떤 소녀를 사랑했다. 환자였지. 지금은 시골에 내려가서 정양하고 있지만……."

인성은 탁자 위에 시선을 떨어뜨렸다.

"맺어지고 안 맺어지고 그런 일 별로 나는 생각하지 않았다. 그 이유의 하나로는 내 맑지 못한 환경의 탓도 있고 또 그가 병자라는 것에도 원인이 있기는 있었을 거야. 하지만 그를 소유하지 못하고 스스로 떠나버리는 데는 그만큼 애정을 아끼는 뜻이 있었을 거야. 난 요즘 와서 그 일을 생각해 보곤 한다. 요즘 사람들은 플라토닉한 연애라고 비웃을지도 모르지. 그러나 그것은 하찮은 육욕이나 소유욕보다는 차원이 다르다고 생각한다. 내가 나이 들고 그도 나이 들도록 살아 있고 그렇다면 우리는 어느 지역에서 다시 만날지도 모르지."

인성은 눈을 들었다.

"이야기로 해놓고 보니 너의 일과는 별반 관련이 없는 것 같구나. 하여간 혜원 씨가 다른 사람 아닌 옛 남편에게로 돌아갔다는 것은 최소한의 비극으로 끝난 셈이야. 잊어버리라고 하지는 않는다. 그렇다고 의무적으로 언제나 생각하고 있으라는 것도 아니다. 다만 자연에 맡기고 그 여자를 쫓지는 말아라. 혜원 씨는 필사적으로 출구를 타개했을 테니 말이야. 그것을 허물어버려서는 안 된다. 처음 아버지가 병원으로 날 찾아오셔서 그 얘기를 했을 때 나는 반대했고 또 책망도 했다. 그때의 내 기분도 인위적인 것보다 자연에 맡겨두는 게 좋을 성싶어서 그랬다. 그러나 일은 이렇게 되지 않았느냐? 넌 기분이 나쁘겠지만 혜원 씨는 그 남편에게 가는 게 좋을 거구 마음의 상처는 남아도 생활은 건강해질 것이다. 난 믿고 있다. 보아하니 그 남편이라는 사람의 인상도 좋고 서로 무슨 사정으로 헤어졌는지는 몰라도 혜원 씨를 불행하게 할 것 같지는 않더라. 만일 상대가 나빴다면 너로서도 대결할 만하지만 그렇지 않고 또 형식적인 일이다만 일단 부부였던 사이고 보면 주성이 너가 사내답게 물러서라."

주성은 묵묵부답이었다. 인성은 주성이 무슨 궁리를 하고 있는지 알 수 없었다. 그러나 왠지 극단적인 생각만은 포기하고 있다는 예감이 들었다.

"해가 지는군."

인성은 눈길을 창밖으로 돌렸다.


인성은 기차를 타는 대신 버스를 탔다. 서울에서 불과 몇백 리밖에 떨어지지 않은 곳에 규희가 있고 그 규희를 지금 만나기 위하여 떠나는 것이다. 짐도 없고 여장을 차리지도 않았다. 그런데도 인성은 오랜 여행길을 출발한 느낌이다. 하기는 내일모레면 그는 한국을 떠난다. 그러니까 이번 시골행은 긴 여행의 서곡이라 볼 수도 있었다.

인성은 귀중한 시간을 음미하듯 창밖을 내다보았다. 택시로 간다면 불과 몇 시간 내에 도착한다. 그러나 인성은 규희를 만나러 가는 어쩌면 마지막이 될지도 모르는 이 시간을 소중히 아끼고 있는 것인지도 몰랐다. 서울시에서 벗어난 버스는 먼지를 일으키며 달린다. 자동차의 엔진 소리와 더불어 사람의 잡담이 차 안에 가득 차 있었으나 인성에게는 그 소리가 들리지 않았다. 그의 귀에는 아무것도 들려오지 않았다. 하나하나 의미 깊게 지나갈 뿐이었다. 그러나 슬프다는 생각이 조금도 일지 않는 것이 이상하였다.

인성이 규희 외삼촌 댁에 도착했을 때 이미 내려올 것을 알고 있던 규희는 집안사람에게 일러두었던 모양으로 늙수레한 아주머니가 그를 사랑으로 안내하였다. 사랑 뒤뜰에는 벚나무가 몇 그루 서 있었다. 지난번에 내려왔을 때 눈에 익은 나무들이다. 그러나 그 나무들은 인성에게 새로운 인상을 가져다주었다.

"아가씨는 선생님을 몹시 기다리고 계세요."

늙수레한 아주머니는 옷섶을 잡아당기며 언짢아하듯 말했다. 규희의 시중을 들고 있는 그는 대강 짐작을 하고 있는 모양이다.

"편지는 많이 나아졌다 했습디다만 좀 어떠시죠?"

"병은 웬만합니다만 밤에 통 주무시지 못한답니다. 요즘 며칠 동안은…… 오늘은 아침부터 안절부절못하고…… 가엾어서……."

그 말은 인성의 가슴을 찔렀다.

"아가씨?"

규희가 거처하고 있는 방 앞에서 아주머니는 그를 불렀다. 아무 대답도 없다.

"아가씨. 서울서 손님 오셨어요."

한참 만에,

"들어오시라고 해요."

떨리는 목소리가 방에서 새어 나왔다. 아주머니는 방문을 열고 돌아다본다.

"들어가시죠."

인성은 마루에 올라섰다. 그리고 방으로 발을 들여놓았다. 규희는 달맞이꽃처럼 하얀 얼굴을 베개 위에 얹고 인성을 올려다보았다. 인성은 방문을 닫았다.

"규희!"

"선생님!"

인성은 누워 있는 규희를 번쩍 안아 일으켰다.

"규희!"

인성은 뜨거운 볼을 규희 볼에다 부벼댔다.

"선생님, 어, 어쩌면 그렇게 더디셔요? 차라리 모르고나 있었다면."

규희는 인성의 얼굴 위에 눈물을 쏟았다. 두 사람은 포옹한 채 오랫동안 그러고 있었다. 규희의 눈에서는 쉴 사이 없이 눈물이 흐르고 있었다. 창밖에서 때늦게 까치가 울고 있었다.

"내일, 내일 떠나신다죠?"

규희는 흐느끼며 말했다.

인성은 팔을 풀어주고 눈을 방바닥으로 떨어뜨렸다.

"마지막이군요."

"아니야."

인성은 자기도 모르게 강한 부정을 했다.

"위로하기 위하여 그런 말씀하시는 것 싫어요. 희망을, 끝없는 희망을 갖는 것은 괴로워요."

규희는 연연한 표정으로 바라본다.

"몸 건강하게 오래만 살아요."

규희는 눈물이 글썽글썽 도는 눈으로 인성을 오랫동안 잊을 수 없는 그런 눈으로 바라본다.

"기다림은 지옥 같은 거예요. 차라리 다시 돌아오지 않는다고 말씀하세요. 그러면 저는 심장에 못은 찌르지만 기다린다는 가냘픈 희망으로 제가 존재하는 그런 괴로움을 지니지는 않을 거예요."

규희는 다시 흐느꼈다.

"규희?"

"……."

"내가 가지 않으면 어떻게 되지? 우리는 말이야."

"전! 전 못 가시라고 말리지는 않았어요. 가셔야죠. 사랑했다고만 말씀하시고…… 때때로 낯선 그 고장에서 규희를 생각하겠다고 말씀하시고."

규희의 목소리는 울음소리에 끊어지고 말았다. 인성은 규희를 다시 와락 끌어안았다. 그리고 떨리는 목소리로,

"사랑했다고? 아니야. 사랑은 과거에도 현재에도 우리들 사이에 있어. 끝난 것은 아니야. 약속하구말구. 어느 곳에 가서도 언제나 나는 규희를 생각할 거야. 생각하구말구."

"고마워요. 선생님."

두 사람은 포옹한 채 서로의 얼굴을 부비고 앉아 있었다. 장지문을 바람이 흔들었다.

"저녁때는 가셔야겠네요."

규희는 두려운 듯 물었다.

"여기 자면 안 되겠지?"

"예?"

"여기서 밤을 밝히고 내일 아침 일찍 택시 타고 서울 가면 안될까?"

규희는 대답을 못 한다.

"할 수 없지. 그러면 여기서 늦게까지 있다가 여관에 가서 자고 내일 아침에 떠나지. 비행장으로 직행하면 되니까."

"놓치면 어떡해요? 비행기."

"할 수 없지 않아? 그러면 그런대로…… 지금은 떠난다는 생각 없이 규희와 함께 있고 싶어……."

"무분별하게……."

"한 번쯤…… 규희를 위하여 무분별하고 싶다."

"저를 위하여 그러는 것은 싫어요."

"뭐 내가 과거라도 하러 가는 사람인가?"

"그렇지만."

"괜찮아. 비행기를 놓친다는 것은 열 중 하나 정도의 가능성
이니까 규희는 그것에 신경 쓸 필요 없어."

규희는 처음으로 얼굴에 미소를 띠었다. 해맑은 얼굴에 슬픔
과 기쁨이 교차되어 다시없이 아름다웠다.

"선생님."

"음."

"믿을 수 없어요."

"뭐가?"

"이렇게 저의 앞에……."

규희는 일단 말을 끊었다. 그리고 정맥이 내비치는 여윈 손을
우두커니 내려다보고 앉아 있다가,

"선생님이 저 앞에 이렇게 앉아 계시는 일 말예요. 한없이 한
없이 멀기만 하더니…… 아무리 꿈에서 한번 만나려고 애를 써
도 꿈에도 보이지 않고 몇몇 날을 허황한…… 아침을 맞이해야
했던지. 운명적으로 우리는 만나지 못할 사람이라고 생각하며
울었어요. 잠들 때마다 기도드렸지만 꿈에서도 선생님은 저에
게 오시지 않았어요."

규희는 이제 눈물도 말라버린 듯 말끔히 갠 수정과 같은 눈을
들어 인성을 깊이깊이 응시하는 것이었다.

"규희?"

"예?"

"시간과 거리가 사랑의 의미를 잃게 할 수 있을까?"

말하기는 해도 인성은 그 말이 진정 확고한 신념이었는지 의심스러웠다.

"원망하고 싶지 않아요. 전 선생님을 잡아둘 자격이 없는 여자예요. 만일 선생님께서 전부를 버리시고."

규희의 말이 미처 끝나기도 전에,

"전부를 버린다고? 애초 내게는 아무 가진 것이 없었다."

인성은 좀 더 노여운 듯 말했다.

"아니에요. 아니에요."

규희는 강하게 고개를 흔들었다.

"선생님은 선생님 자신을 가지셨어요. 아무에게도 줄 수 없는 선생님 자신의 세계를 가지고 계세요. 그것을 범할 수 없다는 것이 규희뿐만 아니라 어느 누구도 범할 수 없다는 것을 저는 알고 있어요. 그렇지만 만일 선생님이 선생님의 그 허무한 세계를 저에게 주신대도 전 도리어 도망치고 말 거예요. 왜냐구요? 선생님은 황야에 혼자 서 있는 자세를 버린다면 선생님은 선생님이 아니고 말아요. 전 선생님을 약탈할 순 없어요. 심슨 부인은 그의 연인에게 대영제국의 왕관을 버리게 했어요. 하지만 전 그럴 순 없어요. 사랑하는 사람이 저를 위하여 그 어떤 것도 희생해서는 안 되는 거예요. 희생의 대가로써 저의 행복을 결코,

결코 찾지는 않을 거예요. 그것은 행복하기보다 고역이며 몸서리쳐지는 열등감이 아닐까요? 전 견딜 수 없을 거예요. 선생님은 그런 분이에요."

규희 몹시 흥분하여 말했다.

"규희, 그만, 그만."

인성의 말에 비로소 제정신을 차린 듯 규희는 입을 다물었다.

"흥분하면 몸에 해로워."

"제가 무슨 얘기를 지껄였죠?"

규희는 멍한 눈으로 인성을 바라본다.

"내가 나쁘다는 얘기겠지."

인성은 쓰디쓰게 웃으며 담배를 꺼내어 붙여 물었다.

"아니에요! 그럴 리 없어요!"

규희의 얼굴에는 처음으로 붉은빛이 돌았다.

"아니야. 사실이 그래. 규희가 그런 말 하지 않아도 난 철저한 에고이스트야."

"전, 전 그런 뜻으로 말 하지는 않았을 거예요."

"아무튼 좋아. 우리들에게는 쓸데없는 말이라도 필요하고 이렇게 마주 보고 있으면 되니까. 그런데 서울의 어머님께서 더러 오셨어?"

"예."

"나에 대하여 뭐라고 말씀 안 하셨어?"

"하셨어요."

"뭐라구?"

"좋은 분이라구요. 절 보구 복이 없는 애래요."

인성은 밤이 저물도록 규희와 함께 있다가 일어섰다.

그들은 열렬한 포옹을 하고 뜨거운 키스를 나눈 뒤 멍한 눈으로 서로의 얼굴을 뚫어지게 바라본다.

"잘 있어."

"……."

"우리가 다시 만날 수 있게, 그 소망을 안고 언제나."

인성은 다시 규희의 손을 꼭 쥐어주고 돌아섰다. 흐느끼는 규희의 목소리를 들으며 인성은 걸었다. 규희가 따라나왔으나 인성은 뒤돌아보지도 않고 거의 뛰다시피 하여 길모퉁이를 돌아섰다. 별빛이 눈에 보이지 않았다. 길도 눈에 보이지 않았다. 허술한 여관을 찾아 들어간 인성은 술을 청했다. 그는 전신이 젖도록 술을 마셨다. 내일의 일은 생각지 않기로 했다. 오직 지금의 모든 것을 잊고 싶었다. 왜 잊고 싶었는지 그것은 자기 자신도 알 수 없는 노릇이었다.

아침에 잠이 깨었을 때 그의 머리는 개운했다. 그렇게 술을 마셨는데도 이상하게 머릿속이 맑았다. 그는 거리로 나와서 택시를 잡았다.

"빨리! 서울."

그렇게 재촉은 하면서도 그는 창밖을 바라보며 조금도 서두르지 않았다. 가까스로 비행장에 도착했을 때 그의 부모와 아이를 안은 현숙이 초조한 모습으로 기다리고 있었다.

"어떻게 된 거야?"

그의 부친 심상호 씨는 잔뜩 얼굴을 찌푸리며 힐책하듯 말했다.

"그렇게 됐습니다."

"얘야, 넌 정말 태평이구나. 얼마나 가슴을 조였기에. 온 사람도 한두 발 가는 길도 아니고 멀리 이역을 가는데 그렇게 태평치고 있니?"

어머니도 이제 안심이다 하는 표정이었으나 늙은이의 푸념을 했다.

"시간에 대올려고 생각하고 있었습니다."

"미리미리 와야지, 그래야 너 얼굴을 좀 더 보지 않겠니? 몇 해가 될지 앞으로…… 부모의 마음을 너희들이 알겠니?"

어머니는 손수건을 꺼내어 눈물을 씻는다.

"다 어른이 되면 제 갈 길을 가게 마련이지만 내 생전에 너를 다시 만날지 기약도 없이 떠나면서?"

"왜 그런 말씀을 하세요?"

인성의 마음도 언짢았다. 내 생전에 너를 다시 만날는지 하는 어머니의 말은 그의 가슴을 찔렀다. 정말 기약 없이 떠나는 길이다.

"쓸데없는 소리. 아, 떠나는 애보고 그게 무슨 말이오?"

심상호 씨는 마누라를 나무랐다.

"부모도 부모지만 너 자식이나 한번 쳐다봐라. 어째 사람이 그렇게 무심하냐."

뒷전에 우두커니 서 있는 현숙이 보기가 안됐던지 어머니는 인성 앞에서 물러서며 말했다.

인성은 잠자코 현숙이 옆으로 다가갔다. 그리고 아이 얼굴을 한번 들여다보고 나서,

"몸조심하고 잘 있어요."

인성은 부드러운 음성으로 현숙에게 말했다. 인성은 다시 돌아서서 심상호 씨 곁으로 갔다.

"주성이는 안 나오는군요."

"몰라, 그놈의 자식!"

심상호 씨는 내뱉듯 말했다. 눈치가 굉장히 마음이 상한 모양이다.

"그놈은 내 자식 아니다."

심상호 씨는 다시 말을 또 붙였다. 인성은 굉장한 충돌이 있었다는 것을 능히 짐작할 수 있었다. 그것도 자기에게 그 원인이 있었다고 생각하니 쓴웃음이 나기도 하고 뒷맛이 좋지 않기도 했다.

"지금 어디 있습니까?"

왜 그렇냐는 말은 하지 않고 어디 있느냐고 물었다.

"어디 있는지 누가 알어? 제 마음대로 나갔으니까."

"나갔어요?"

"나갔다."

"차차 철이 들면 좀 낫겠죠."

인성은 위로 삼아 말한다.

"아아, 아직 철이 못 들었단 말이냐? 이제는 대적이 되든 역적이 되든 난 모른다. 그 행패를 부리고 나갔으니 무슨 낯을 들고 들어와?"

그렇게 강한 어조로 말하기는 했으나 심상호 씨 표정에는 초조한 빛이 있었다.

"아이, 영감두 떠나는 애보구 그러면 어떡해요? 여기 있는 사람이야 무슨 걱정이우?"

이번에는 마누라가 영감을 나무란다. 그러나 주성의 말이 나오고 보니 어머니의 마음도 결코 좋을 리 없었다.

인성은 눈을 들었다. 저만큼 우쭐우쭐 걸어오는 주성의 모습이 보였기 때문이다. 그는 코트 자락을 너불거리며 걸음을 빨리하고 있었다.

"저기 오누만요."

"누가?"

심상호 씨와 어머니의 눈이 동시에 인성의 시선을 따라 그곳으로 쏠렸다. 심상호 씨는 눈을 부릅떴으나 그의 얼굴에는 완연한 안도의 빛이 있었다. 인성의 어머니는 심상호 씨의 눈치를 힐끗힐끗 살피면서,

"이 애, 왜 이제 오니?"

달래듯 말을 걸었다. 그리고 심상호 씨를 다시 힐끗 쳐다 본다.

'부모가 자식에게 져야지 어떡허겠수? 저러다가 정말 빗나가 면 큰일 아니우?'

어머니는 그런 뜻을 띤 눈으로 영감을 쳐다보았다.

"잘 왔다. 그러지 않아도 지금 너 이야기를 하고 있던 참이다."

인성의 말에 주성은 미묘한 미소를 띠었다. 그의 얼굴은 퍽 여유 있었으나 눈빛은 다소 가라앉은 듯 보였다.

"안 올래다 왔군."

"못 와도 할 수 없지만 기왕이면 한번 만나고 떠나는 것도 좋 을 거야. 나도 처음에는 그냥 아무도 몰래 떠나려고 했지만."

인성은 슬슬 발길을 옮겼다. 주성과 얘기하고 싶었기 때문이 다. 심상호 씨는 외면을 한 채 우뚝 서 있었고 시어머니와 며느 리는 그들의 뒷모습을 바라보고 있었다.

"주성아?"

"……."

"긴말 필요 없고 그럴 시간의 여유도 없다. 난 다만 네가 나보 다는 건전해지기를 바랄 뿐이다."

"집을 나왔다고 건전치 못한 생활을 의미하는 건 아닙니다."

주성은 어떤 곳에 결론을 내린 듯 말했다.

비행장에는 출발을 앞두고 웅성거리기 시작했다. 그들 형제 는 굳게 손을 잡았다.

작품 해설

# '사랑',
# 그 오래된 돌림노래 앞에서

김연숙(경희대학교 후마니타스칼리지 부교수)


## 별것 아닌, 그러나 별것일 사랑 이야기


"세상은 별것 아니군요."

"별것 아니면서도 우리는 그 별것 아닌 것에 작별을 하지 못하고
살아가는 거야." (525쪽)


애타게 갈망하던 사랑을 체념하듯 나지막이 주고받은, 형제
간 대화다. 바로 소설 『그 형제의 연인들』의 '그 형제' 인성과 주
성이다. 인성은 내과의사로, 평범하지만 권태롭고 무기력한 결
혼 생활을 하던 중 죽음을 앞둔 젊은 여성 환자 규희를 만나 사
랑을 느낀다. 동생인 주성은 K대학 독문과 졸업반 학생인데, 그
는 친구 누나인 혜원에게 사랑을 느낀다. 혜원은 연상일 뿐만

아니라 이혼녀이다. 유부남 의사와 시한부의 젊은 여성 환자, 그리고 잘생긴 남자 대학생과 연상의 이혼녀. 얼핏 보면 소위 막장 드라마의 인물 쌍과 별다르지 않으며, 그들의 사랑에 동반될 우여곡절도 얼추 짐작 가능하다.

익숙하다 못해 진부한 사랑 이야기. 그러나 늘 그러했다. 인간은 그리고 인간의 이야기는 항상 사랑의 기쁨보다는 그 고통을, 행복한 사랑의 결말보다는 이루어지지 않는 비극적 사랑을 주목해 왔다. 그리하여 "별것 아닌 것에 작별을 하지 못하"는 그 사랑 이야기를 그리스 시대로부터, 삼국 시대로부터 지금껏 되풀이해 온 것이다. 하지만 이런 익숙함이 그저 오래된 관성으로 이어져 왔던 것은 아니다. 사랑은, 인간이 인간인 한 떨칠 수 없는 '별것'이었다. 사랑의 역사에 따르면, 사랑은 인간의 근원적 갈망이자 인간의 정체성을 구성하는 데 가장 핵심적인 관건이다. 사랑은 잃어버린 자신의 반쪽을 되찾아 완전한 합일을 달성하는 결과가 아니라, 차이를 지닌 타자와의 관계 속에서 나를 새롭게 만들어가는 자아의 재구축 행위라는 것이다.*

박경리의 소설 『그 형제의 연인들』(《대구일보》, 1962.10.2.~1963. 5.31.)이 설정한 '별것 아닌' 그 진부한 사랑 이야기를 다시 읽어야 할 이유도 여기에 있다. 『그 형제의 연인들』의 주성과 인성, 규희와 혜원은 각자의 사랑을 통과하면서 자신이 누구인지를

---

* 로버트 C 솔로몬, 이명호 역, 『사랑을 배울 수 있다면』, 오도스, 2023, 283-290쪽.

스스로에게 질문한다. 그리고 이들의 질문은 자기 삶을 찾아나가는 여정에 다름 아니며, 박경리 작가는 그 험난한 사랑의 행로를 고스란히 보여준다.


## 1960년대식 사랑과 결혼

'사랑'은 개인 주체의 확립과 밀접한 관련이 있다. 한국 사회에서 사랑이 전면적으로 부각되었던 1930년대의 핵심어는 '자유연애'였다. 이는 근대적 개인 주체가 자기 삶의 결정권을 행사할 '자유'를 문제 삼는 일이다. 전근대적 사회에서는 가문·친족 공동체의 존속을 도모하는 차원에서 결혼이 행해졌다. 이에 비해 연애와 결혼을 선택·결정하는 개인의 권리를 인정하고, 결혼과는 별개로 개인 감정의 촉발이라는 차원에서 사랑을 중시하는 것은 명백히 근대 개인 주체를 전제한 근대적 양상이다. 이런 맥락에서 '자유연애'라는 핵심어가 1930년대에 크게 유행했던 것이다. '자유'와 '연애'를 연결한 이 신조어는 바로 근대 개인 주체라는 자각과 맞닿아 있으며, 이는 1960년대 대중 연애서사에서도 중요한 지점이다. 다만 1930년대의 사랑 – 연애에 대한 폭발적인 환호와 지지는 개인이 자기 스스로 선택할 수 있다는 그 가능성에 대한 자각과 인식 정도였고, 그것이 현실화·대중화되어 개인의 삶에 실질적인 영향을 미쳤던 것은 해방 이후,

엄격하게 말하면 전후 사회에 이르러서였다. 사랑-연애는 무엇보다도 이성적 주체로서의 동등한 개인을 전제해야 하며, 따라서 개인의 평등성과 자율성이 확보된 사회여야 실질적으로 자유연애를 거론할 수 있기 때문이다.

1950년대 후반에서 60년대 초반의 한국 사회는 전후 재건 사회의 비교적 자유로운 욕망 분출 분위기로부터 국가 재건의 보수 회귀 풍조로 변화하는 도정에 놓여 있었지만, 근대국가 기획과 근대적 개인의 형성이 부각되던 시기였다. 이러한 배경 아래 『그 형제의 연인들』은 개인이 추구하는 사랑과 전통적·사회적 습속이 부딪치는 갈등을 전면화시키며 등장했다. 소설에서 가장 두드러진 갈등은 부모-자식 간, 즉 세대 갈등이다. 이는 개인의 삶 특히 사랑-연애-결혼에 가족이 깊숙이 관련되는, 대단히 한국적인 특성을 반영한 것이기도 하다. 그러나 『그 형제의 연인들』에서는 전통 가족의 정서적 영향력이 약화되고, 경제적 영향력이 한층 강화된 시대적 특성이 뚜렷하다.

'그 형제'의 부모는, 형의 경우에는 유부남의 불륜이기 때문에, 동생은 상대가 연상이자 이혼녀이기 때문에 반대하지만 이는 표면적인 이유일 뿐이다. 특히 연상의 이혼녀 혜원을 반대하는 근본적인 이유는 그 결혼이 손해라는 '계산' 때문이다. "남들은 결혼까지도 출세를 계산하여 상대를 택한다는데 그렇게까지는 못하더라도 정상적인 코스는 밟아야지. 만일 주성이 그 여자의 문제를 해결하지 않는다면 이 벅찬 세상에서 낙오하고 만다.”는 아버지의 판단을 따라가노라면, ‘결혼’은 “출세를 계산”하며 따져야 하는 일이 되어버렸다. 물론 전근대사회의 중매혼에서도 집안과 가문의 이익을 따지는 것은 마찬가지였지만,『그 형제의 연인들』에서 결혼으로 얻는 이익은 더 구체적이고 현실적으로 개인의 출세, 자본주의적 성공을 의미한다. 이는 60년대의 시대적 변화로 인해 개인의 욕망은 물론 인간관계나 가족공동체에서도 ‘돈/이익’이라는 경제적 요소가 가장 중요해져 자본주의적 관계 변화가 자리 잡았음을 보여주는 것이다.


## 그 형제와 그들의 연인


한편 인물 서사를 살펴보면,『그 형제의 연인들』에서는 대중연애서사의 익숙한 문법을 그대로 따르면서도 60년대의 시대적 변화나 박경리 작가의 독특성을 보여주고 있어서 매우 흥미롭다. 사랑의 환희나 기쁨보다 비극적 사랑을 다루는, 대중적으로 익숙한 구조가『그 형제의 연인들』에서도 등장하는데 특히 남녀 모두 사랑 때문에 고통스러워하는 서술이 매우 구체적이고 감각적으로 나타난다. 그러나 남성 인물인 인성과 주성은 사랑의 갈등을 겪으면서도 주체의 동일성을 그대로 고수하는 모습을 드러낸다. 그들은 타자의 이질성보다 자신의 사랑을 절대적으로 긍정하는 가운데 더욱 간절하게 사랑을 열망한다. 이 사랑은 일종의 나르시시즘적 경향의 심화이기도 하다. 다만 과잉과 광기로 표출되는 파격으로 이어지지는 않고 일종의 열린 결말로 마무리되기는 하지만, 여전히 미완의 사랑으로 남을 가능성이 더 크다. 남성 인물들이 자기동일성을 버리고 변화할 것을 예상할 만한 단초를 찾기는 어렵기 때문이다.

이에 비해 여성 인물의 경우, 50년대 후반에 부각되었던 자유 연애의 돌출적 양상, 소위 아프레걸과 신세대 청년이나 기존 인습에 따라 살아가는 전근대적 여성 등 복합적인 모습과 함께 그녀들의 사랑이 현실과 접합하고 굴절되고 변화하는 모습을 다양하게 드러낸다.


유부남 의사와 사랑에 빠진 시한부 환자 규희. 그녀는 죽음을 앞둔 폐병 환자, 미모의 총명한 부잣집 아가씨, 우연한 만남이 이끈 운명적 사랑, 이루어질 수 없는 유부남과의 관계 등등 대중 연애소설의 오래된 클리셰를 총집합시켜 놓은 전근대적 인물이나 다름없다. 그 진부한 설정에도 불구하고, 그녀가 서술되는 방식은 기존 대중 연애소설의 비극적 여성 인물과는 매우 다르다. 규희의 서사는 시한부 환자 특히 각혈하는 청순가련한 여성, 비극적인 사랑에 좌절하는 여성 이미지와는 거리가 멀고, 특히 감정적 과잉이나 자기연민 등은 전혀 찾아볼 수 없다. 오히려 50년대 후반의 '아프레걸'의 도발적이고 유혹적인 면모나 60년대 여대생 작가들이 그려낸 거침없이 자유로운 감각과 상통하는, 솔직담백하고 과감한 신세대 감성이 드러난다.

　이런 규희의 과감한 태도를 죽음을 앞둔 환자의 독특함이라고 해석할 수도 있다. 미래를 전망할 수 없으니 제멋대로 한다고 말할 수 있기 때문이다. 하지만 규희의 자유로움은 충동적이거나 즉흥적이지 않으며, 또 그것이 현실을 부정하거나 파괴하는 것으로 나타나지도 않는다. 규희는 실제로 자살 충동을 느꼈다고 토로하기도 하지만, 기본적으로 그녀는 밝고 긍정적이다. 그저 가까이에서 죽음을 목격했고, 그래서 잠깐 자살을 생각했을 뿐 그 때문에 지금이 이러저러하다는 인과관계에 매이지는 않는다.

　어느 날, 규희는 인성에게 성큼 다가가서 그의 윗옷에 빨간 샐비어꽃을 꽂아주고 그 꽃말이 '불타는 사랑'이라고 말하며 까르르 웃는다. 박경리 작가는 이런 규희의 "대담한" 태도를 "아이" 같다고 서술하는데, 이는 천진난만한 아이가 가진 긍정성을 뜻한다. 아직 세속적인 질서와 규범으로 들어서지 않은 아이의 세계는 때로는 엉뚱하고 파격적이지만 바로 그 때문에 현실 세계를 전복할 새로운 가능성이 있다. 비논리적이고 비합리적이기 때문에 오히려 현실 세계의 논리를 벗어나는 해법이 발명될 수 있는 것이다. 따라서 규희의 '대담함'은 현실과 동떨어진 차원에 있는 게 아니다. 그것은 현실의 복잡성을 제거한 순수함, 즉 무엇이 근본적인지 그리고 무엇이 중요한지를 성찰하게 만든다. 때문에 규희는 자신의 의도와는 상관없이 인성을 깨우치는 역할을 수행한다. 때때로 내뱉는 규희의 질문은 머릿속으로만 새로운 사랑을 꿈꾸던 인성을 자극하기에 충분했고, 결국 그는 자신이 "어떤 정신적인 환자"였다고 깨닫게 된다.

순수한 아이처럼 세상에 정면 대응하는 규희가 현 사회 규범에서는 용납되지 않는 혼외 관계의 사랑 앞에서도 당당한 것은 당연하다. 이때 규희의 당당함은 기존 대중 연애서사에서 상투적으로 서술되는, 소위 '불륜녀'의 적극성이나 이기적 태도와는 다르다. 규희는 사랑으로 말미암아 달라진 관계를 적극적으로 수용한다. 사랑의 이유는 모른다. 하지만 자신이 좋아하고 있다는 것을 분명히 자각하고, 자신이 사랑하고 있다는 감정을 확인하는 것이다. 사랑은 대상에 대한 문제가 아니라, 결국 그 타자와 관계 맺고 있다는 자기 자신을 자각하는 것이다. 이것이 주체로서 사랑의 선택이며, 규희가 보여주는 60년대적 사랑의 새로운 모습이다.

이와 같이 규희가 60년대적 청년의 모습을 복합적으로 반영한 인물이라면, 혜원은 전근대적 인습과 전후 현실의 근대적 감성을 복합적으로 가지고 있는 인물이다. 그녀는 사회적으로 용납되기 힘든 사랑 앞에서 독립적·진취적 성향과 수동적·순종적인 성향이 혼재된 상태를 대단히 현실적으로 보여준다. 이는 여성 인물의 구체적인 삶을 통해, 근대적인 변화 양상과 함께 여전히 이전 시대의 습속이 잔존하고 있는 60년대적 상황을 사실적으로 보여주는 지점이다. 또 혜원의 가장 큰 특이성은 강도 높은 자기 성찰이다. 이는 근대적 개인의 내면 형성과 밀접하게 관련된 것이다.

사랑을 느끼기 시작하면서 그 감정을 온몸으로 표현하며 저돌적으로 행동하는 주성에 비해 혜원은 단편적이지만 예리하고 분명한 자기 인식을 드러낸다. 나이 차이라는 고리타분한 풍습은 무시하고 마음을 열라면서 사랑을 고백하는 주성에게 혜원은 "남의 눈도 한국의 풍습도 중요하겠죠. 하지만 오랜 세월 속에서 어쩔 수 없이 몸에 배어버린 자기 자신이 더 중요하지 않겠어요?"라고 반문한다. 구습 타파를 외치는 사회운동이나 제도 개선도 중요하지만, 그에 앞서 "어쩔 수 없이 몸에 배어버린 자기 자신"을 변화시키는 것이야말로 가장 근본적인 일이다. 아직껏 전 시대의 습속에 매여 진취적인 변화를 추동하지 못하는 자신의 상태를 인식하고 그 문제를 짚는 혜원의 태도는 대단히 현실적인 동시에, 핵심적이다. 이는 자기 인식을 통해 스스로 삶을 성찰하는 개인의 모습에 다름 아니다.

이런 자기 성찰의 힘으로 혜원은 연하의 주성, 직장 동료 장용환, 전남편 임승규 사이를 오락가락하는 방황 속에서도 결코 자신의 삶을 파괴하지 않는다. 이는 기존 대중 연애서사에서 반복적으로 제시되었던 청순가련형이나, 비극의 여주인공이 아닌 현실을 자각하고 수용하는 생활인으로서의 여성을 보여준다는 점에서도 특별한 의미가 있다.

한편『그 형제의 연인들』에서는 주인공 격인 인성과 주성, 규희와 혜원뿐만 아니라 그들의 조합 때문에 얽히고설키는 주변 인물들의 내면과 감정도 대단히 구체적이고 생생하게 그려진다. 질투에 사로잡혀 스스로 피폐해지거나, 사랑과는 다른 차원에서 번져 나오는 동정과 연민을 느끼거나, 감정적 혼란으로 괴로워하거나, 가족과 친구·동료의 서로 다른 입장 차이를 느끼는 등등이 아주 섬세하게, 현실적으로 서술되고 있는 것이다.

유부남과 젊은 여성 환자 그리고 젊은 남자 대학생과 연상의 이혼녀라는 다소 파격적인 관계는 결국 인성이 일종의 판단중지, 즉 아내와 규희를 모두 떠나는 해외 출국을 선택하고 혜원은 주성을 포기한 뒤 전남편과 재결합한다는 다소 도덕적이고도 심심한 결말로 마무리된다. 그러나 이 결말은 누군가의 일방적인 희생이나 헌신의 의미가 아니며, 따라서 현실 순응이나 손쉬운 문제 봉합이라 폄하할 수 없다. 물론 형제와 그들의 연인은 사랑을 지속하면서 각자 빈번히 죄책감에 사로잡히고, 차라리 모든 것을 외면하고 싶다는 유혹도 자주 느꼈으며, 충동적인 모습도 종종 보여왔다. 그러나 박경리 작가가 공들여 서술하는 것은 선택의 결과가 아니라, 그 선택에까지 도달하는 과정이다. 이 과정이야말로 어쩌면 우리 모두의 삶에서 가장 근본적이고도 중요한 방식이 아닐까. 문제 해결책을 찾아내고 그것이 정답이라는 것을 확신할 수 있는 사람은 세상 어디에도 없기 때문이다. 사랑을 통해 내가 누구인지를 묻고, 자기 삶을 찾아나가는 것, 그것이야말로 나의 정체성을 재구축하는 과정이다. 그 고통스러운 과정을 '그 형제'와 그들의 '연인들'이 생생하게 보여주고 있는 것이다.


## 60년대로부터 밀레니엄 이후까지


이러한 면에서 『그 형제의 연인들』은 전통 사회의 습속, 전후 한국 사회에서 새롭게 분출한 변화 그리고 50년대 말에서 60년대 초반 보수 헤게모니가 장악해 가는 국가 주도형 근대화의 자장 속에서 '사랑'으로 촉발된 개인들의 다양한 관계 양상을 보여주는 작품으로 평할 수 있다. 소위 대중성과 통속성의 발현이라는 신문 연재소설에서 당대 사회를 관통하는 문제적 지점이자, '사랑'의 근원적 의미를 질문-탐색-성찰하는 소설의 정치성을 고스란히 드러내고 있는 것이다. 다만 미시적이자 사적권력에 해당하는 가족관계의 알력과 습속이 생생하게 서술되는 반면, 사회적인 공공 영역의 배치와 권력은 거의 드러나지 않는다는 아쉬움이 있다. 이는 대중서사-신문 연재소설의 특성이자 한계이기도 하다. 그럼에도 불구하고 기존 대중 연애서사의 문법으로부터 벗어나 사랑에 대한 의미를 새롭게 재배열하여 사유하는 『그 형제의 연인들』의 방식은 대단히 중요하다.

어쩌면 이 다양한 관계 양상은 50~60년대의 시대적 상황에

국한되는 것이 아니라, 현재 시대의 사랑 양상이 주조된 그 시발점을 보여주는 것이기도 하다. 『그 형제의 연인들』은 2000년대라는 세기의 밀레니엄 이후에도 개인의 사랑이 가족과 사회 습속에 얽혀들어 갈등과 혼란을 야기하는 현재를 되돌아보게 만든다.